U0032483

李爾王
King Lear

威廉·莎士比亞(William Shakespeare)著

孫大雨／譯

聯經經典

譯者傳略

孫大雨（1905-1997）祖籍浙江諸暨，生於上海。原名孫銘傳，字守拙。1925年畢業於北京清華學校高等科。1926年赴美國留學，在新罕布什爾州（New Hampshire）的達德穆斯學院（Dartmouth College）主修英文文學，1928年獲高級榮譽畢業（magna cum laude）；1928-1929年在耶魯大學（Yale University）研究生院專攻英文文學。1930年回國後歷任武漢大學、北京師範大學、北平大學女子文理學院、北京大學、青島大學、浙江大學、暨南大學、中央政治學校、復旦大學、華東師範大學等校外國文學系英文文學教授。

主要作品有：《孫大雨詩文集》、《中國新詩庫——孫大雨卷》、《孫大雨譯詩集》、《屈原詩選英譯》、《古詩文英譯集》以及八部莎譯——《哈姆雷特》（原譯《罕秣萊德》）、《奧賽羅》、《李爾王》（原譯《黎琊王》）、《馬克白》（原譯《麥克白斯》）、《暴風雨》、《冬日故事》、《羅密歐與茱麗葉》（原譯《蘿密歐與琚麗曄》）和《威尼斯商人》。

總　序
──孫大雨先生與莎士比亞

孫近仁　孫佳始

　　1999年9月1日，我們收到台灣聯經出版事業公司寄來的郵遞快件，獲悉父親＊所譯莎士比亞四大悲劇即將出版。這一訊息令我們感到欣慰，因為父親晚年多次談起過，他殷切希望他翻譯的八部莎劇除在大陸出版簡體字本外，還能在海峽彼岸的台灣出版繁體字本，這個遺願現在終於得以實現了，庶幾當可告慰於他的在天之靈。然而它也使我們感到有些遺憾，由於享年92歲高齡的父親已於1997年1月5日溘然長逝，爾今他已不能親眼目睹、親手

＊　孫佳始女士為譯者孫大雨先生之女公子，孫近仁先生則為孫女士之夫婿。現居上海。

撫摩這本新書了，而且他也不再能親筆作序，只能由我們勉爲其
難濫竽充數代勞了。

父親一生中留給後人總共有十多部著譯：即《孫大雨詩文
集》、《中國新詩庫──孫大雨卷》、《孫大雨譯詩集》、《屈
原詩選英譯》、《古詩文英譯集》以及八部莎譯──《哈姆雷特》
（原譯《罕秣萊德》）、《奧賽羅》、《李爾王》（原譯《黎琊
王》）、《馬克白》（原譯《麥克白斯》）、《暴風雨》、《冬
日故事》、《羅密歐與茱麗葉》（原譯《蘿密歐與琚麗曄》）和
《威尼斯商人》。*

他嘔心瀝血爲世界上最優秀的文化瓌寶──楚辭、唐詩、莎
士比亞──進行譯介交流作出了應有的貢獻，正如人們所評價
的：這些作品必將流傳於世。

縱觀他的一生，從1920年他15歲開始在《少年中國》發表了
他的處女作新詩〈海船〉迄今，他所有的文學活動無不與詩聯繫
在一起：早年他創作了一些格律嚴謹的新詩；三〇年代以後他醉
心於莎士比亞戲劇的翻譯與研究──眾所週知莎劇乃詩劇，而他
的譯作則爲詩譯；到晚年他又致力於英文名詩的中譯以及楚辭、
唐詩等的英譯；此外，他歷年來所發表的論文，也大多是有關詩
歌理論或闡述莎譯的文章……這一切都與詩緊密相關。

---

* **編者案**：由於考慮台灣學術界及一般讀者的長久以來的閱讀習慣，因此，書中
主人翁譯名均予更動：「罕秣萊德」更動爲「哈姆雷特」；「黎琊王」更動爲
「李爾王」；「麥克白斯」更動爲「馬克白」；「蘿密歐與琚麗曄」則改爲「羅
密歐與茱麗葉」。不過，這樣的改動，孫大雨先生若在世，恐怕是不會同意的
（可參見《蘿密歐與琚麗曄》〈譯序〉之說明）。

　　1922年他考入北京清華學校高等科後，曾積極參與文學活動，加入了以聞一多、梁實秋、顧毓琇爲首的、可謂中國新文學史上第一個校園純文學團體「清華文學社」。其後他還負責編過《清華週刊》的文藝副刊；並成爲當時詩壇有名的「清華四子」[1]之一。那時「清華四子」和聞一多、徐志摩等就新詩的發展和形式問題，經常進行熱烈的討論。他是「新詩也必須有格律」的堅決主張者，他認爲詩的語言要制約在嚴謹的韻律裡才成其爲詩。這時他從西洋格律詩中的音步結構得到啓發，已大致構想出漢語白話文詩歌中的格律形式。1925年清華畢業後留在國內遊歷的一年中，在那年夏天他盤桓在浙江海上普陀山佛寺圓通庵客舍期間，有意識地探索尋找一種新詩的格律規範，終於創建了他的「音組」理論。所謂「音組」，那是以二或三個漢字爲常態而有各種相應變化的字音組合結構來體現的。接著他便付諸實踐，在1926年4月10日的北京《晨報副刊・詩鐫》上發表了他所創作的十四行詩〈愛〉，這是他有意識地運用音組結構寫的第一首有嚴謹韻律的新詩，每行均有嚴格的五個音組。試以開首四行爲例：

　　｜往常的｜天幕｜是頂｜無憂的｜華蓋，｜
　　　｜往常的｜大地｜永遠｜任意地｜平張；｜
　　　｜往常時｜摩天的｜山嶺｜在我｜身旁｜
　　｜峙立，｜長河｜在奔騰，｜大海｜在澎湃；｜

---

[1] 「清華四子」之名首由聞一多提出。子沅——朱湘、子離——饒孟侃、子潛——孫大雨、子惠——楊世恩。

數十年來，他用這個方法創作和翻譯了數以萬計的格律詩行。

雖然他創作的新詩為數不多，但誠如周良沛所言：「中外古今，詩人從來都不是以量取勝的。」朱自清評論〈紐約城〉「這首短詩正可當『現代史詩』的一個雛形看。」唐弢特別推崇〈訣絕〉，他說：「我愛聞一多的〈奇迹〉，孫大雨的〈訣絕〉……」梁宗岱稱讚「孫大雨把簡約的中國文字造成綿延的十四行詩，其手腕已有不可及之處。」卞之琳說：「也只有孫大雨寫了幾首格律嚴整的十四行詩。」陳夢家評價「〈自己的寫照〉是一首精心結構的驚人的長詩，是最近新詩中一件可以紀念的創造。」徐志摩謂：「孫大雨創作的〈自己的寫照〉長篇無韻體，每行四個音組，」他認為這個嘗試是比較成功的。朱光潛也說：「有一派新詩作者，在每行規定頓數，孫大雨〈自己的寫照〉便是好例。」台灣詩人瘂弦在1972年9月《創世紀》第30期上發表的〈未完功的紀念碑——孫大雨的《自己的寫照》〉一文中更高度評價〈自己的寫照〉「確是中國早期新詩壇一座未完功的巨大紀念碑[2]，作者氣魄的雄渾與筆力的深厚，一反新月派（雖然他自己屬於新月派）那種個人小情感的花拳綉腿，粗浮的感傷，和才子佳人式的浪漫腔調。他以紐約城的形形色色，用粗獷的筆觸，批判地勾繪出現代人錯綜意識的圖像，為中國新詩後來的現代化傾向，作了最早的預言。在那個時代裡，不僅是新月派，就連文學研究會諸子及

2　〈自己的寫照〉這首長詩作者原擬寫一千行，但後來因時過境遷而未能完稿，只撰寫發表了三百七、八十行，故有此「未完功的巨大紀念碑」之說。

創造社的詩人群，也很少有如此闊大雄奇的手筆。僅以這首詩的藝術手法來論，個人甚至認爲即使徐志摩、王獨淸等人也無法與之抗衡。」他又慨嘆道：「更使人不解的是：近三十年來，新月諸人的作品坊間到處可見，而這首力作竟未見流傳！」他呼籲應「給予應得的藝術評價和地位。」

　　父親在二、三〇年代致力於格律體新詩的理論探索與創作實踐，以後他則把主要精力轉移到了莎劇翻譯與詩歌翻譯方面。

　　1931年起他嘗試翻譯莎劇。1934年9月開始正式譯莎劇《李爾王》（*King Lear*），至1935年譯竣。1935年10月5日出版的新月《詩刊》載有該劇譯文的片段。後經兩度校改修訂，迨至1948年11月才由上海商務印書館出版該劇兩卷集註本。由譯畢到成書相隔這麼多年，其主要原因是這期間經歷了八年抗戰的耽擱。他曾在該書扉頁上作了以下題詞：「謹向殺日寇斬漢奸和殲滅法西斯盜匪的戰士們致敬！」

　　莎劇原作，特別是中、晚期的作品，約百分之九十的文字是用素體韻文（blank verse）所寫。所謂素材韻文（梁實秋先生稱「無韻詩」），是指不押腳韻而有輕重音格律的五音步詩行。換言之，莎劇基本上是用輕重格五音步寫的，每行均有規範的五個音步。從這個意義上說，決不可把莎劇誤解爲散文的話劇；而若將莎劇中的格律詩行譯成散文，也只能說是欠理想的權宜之計。

　　莎譯《李爾王》是譯者運用自己創建的漢語白話文新詩的音組結構對應莎劇原文詩行中的音步迻譯的，《李爾王》可謂我國第一部用詩體翻譯的莎劇。然而譯者坦承：「毋庸諱言，譯文距理想的實現還有距離，一方面是緣於無法制勝的英漢文字上相差

奇遠的阻礙，另一方面則許因譯者的能力確有所不逮。」[3]

　　爲了具體說明他的莎譯實踐和風格以及音組究竟是怎麼一回事，以下試舉他的譯文爲例：

不要，	不要，	不要，	不要。	來吧，
讓我們	跑進	牢裡去；	我們	父女倆，
要像	籠鳥	一般，	孤零零	唱著歌。
你要我	祝福的	當兒，	我會	跪下去
懇請你	饒恕。	我們要	這麼	過著活，
要禱告，	要唱歌，	敘述些	陳年的	故事，
笑話	一班	金紅	碧眼的	朝官們，
聽那些	可憐的	東西	説朝中	的見聞；
我們	也要	和他們	風生	談笑，
議論	哪個輸，	哪個贏，	誰當權，	誰失勢，
還要	自承	去參透	萬象的	玄機，
彷彿	上帝	派我們	來充當	的密探。
我們	要耐守	在高牆	的監裡，	直等到
那班	跟月亮	的盈虧	而升降	的公卿
徒黨們	都雲散	煙消。	……

　　這一段是莎氏悲劇《李爾王》的韻文翻譯，是按照原作五音步素體韻文，譯文每行恰爲五個音組。

3　引自《黎瑯王》譯序。

　　此後，他的其餘七部莎譯都是按照這樣的結構、方法從事的。

　　1957年的政治運動，使父親遭到厄運；此後他的處境十分艱難。即或如此，仍未使他放棄心愛的莎譯事業。在1966年更大的政治風暴來臨之前，六○年代前期的幾年裡，他在困境中又孜孜不倦地翻譯了《哈姆雷特》、《奧賽羅》、《馬克白》、《暴風雨》、《冬日故事》共五部莎劇集註本。在「文革」早期抄家風刮起甫初，我們當機立斷冒著風險終於將這五部莎譯手稿轉移保存了下來。「文革」期間父親蒙受了滅頂之災，到「文革」後期，劫後餘生的他又按捺不住譯出了《羅密歐與茱麗葉》和《威尼斯商人》兩部莎劇簡註本。為什麼他的前六部莎譯均為集註本，而後兩部未能一以貫之呢？這是因為「文革」初期的抄家將他以往賴以翻譯的阜納斯集註本莎士比亞全集原作劫掠去了的緣故。

　　令人十分遺憾的是，由於蹉跎歲月的耽誤，浪費掉父親數以十年計的寶貴時光，以致他到暮年已無力完成用韻文譯竣莎翁全集這一艱鉅偉大的工程，宿願未酬。每談及此，總使他扼腕嘆息不已。

　　父親的莎譯自有其特色：一是均為有韻律的詩譯，不同於那些散文譯筆，比較接近原作的風貌；二是他的八部莎譯中除《羅密歐與茱麗葉》、《威尼斯商人》外，均為集註本，註釋詳細，這裡邊既容納了十七世紀以來到十九世紀八○年代世界各國莎士比亞學者的研究成果，也包含有他自己的獨到創見。

　　「文革」結束後，隨著父親的處境逐漸得到改善，他的著譯也有了出版的機會，現在他的所有作品在大陸已經出齊。1991年

《哈姆雷特》出版後,在1992年第二期《讀書》雜誌上有一段評論:「再讀到名著名譯的《哈姆雷特》,更感到翻譯作為一種創造活動,是如何艱辛。……翻譯全集,需要非凡的勇力,翻譯其中的名劇,又何嘗不如此。《哈姆雷特》的這一中譯,怎樣融鑄了譯者的心血,只要看三幕一場中那一段舉世聞名的獨白,譯者如何竭盡考索、推敲之力,以求準確轉達原著精神,就可知大略了。實際上,對每一疑難及易生歧見之處,譯者都作了不厭其詳的註解,不妨說,這既是一部翻譯作品,也是一種現身說法的『譯藝譚』。」1996年6月17日,父親的老友顧毓琇從美國來信謂:「大雨兄惠鑒:……近從台北九歌出版社出版之《梁實秋之詩及小說》讀到吾兄所作〈代序〉,回首往事,不勝感嘆。吾兄以詩譯詩,使莎翁為詩人,而非僅為劇作家,厥功甚偉。……譯詩為新詩的滋養品,亦應有人注意」云云。

迄今為止,我國海峽兩岸各出了一部莎士比亞全集,大陸出了以朱生豪為首翻譯的全集,台灣出了梁實秋翻譯的全集。對此,父親是這樣評價的:「這兩部全集都是散文譯筆,畢竟與原作風貌不盡符合。朱生豪在抗戰的艱難歲月中,貧病交迫,譯出了31部莎劇,為他喜愛而崇敬的工作付出了年輕的生命,33歲即英年早逝,我們應當無比敬佩。梁實秋先生付出數十年辛勞,譯畢了全集,也應受到廣泛、深厚的欽佩。但這並不等於說我們已可放棄對於莎劇翻譯的理想追求和願望。我們應該有更符合原作風貌神韻、用格律韻文翻譯的莎翁全集。」[4] 父親在耄耋之年還表示

4　引自孫近仁、孫佳始:〈說不盡的莎士比亞〉,載《群言》1993年4月號。

自己「恐已無力完成用韻文譯竣全集這一艱巨的工程。我殷切期望同道共同努力，並且盼望早日完成這個偉業。」[5]

梁實秋先生曾說：「翻譯莎士比亞全集須有三個條件：（一）其人無才氣，有才氣即從事創作，不屑為此。（二）其人無學問，有學問即走上研究考證之路，亦不屑為此。（三）其人必長壽，否則不得竣其功。……」對此父親則認為：「對於已譯完並出版了莎翁全集的梁先生來說，這一段話，不消說是言在意外。我則直截認為翻譯莎劇必須具備兩個條件：一是要精通英、漢兩種文字；二是要精通英、漢兩種詩歌。兩者缺一不可。」他又進一步說：「文學作品，特別是詩歌和莎劇的翻譯，要求移植者對於原文和所譯文字的造詣都異常高，譯者不僅要能深入理解和攝取原作的形相和奧蘊，而且要善於揮灑自如地表達出來，導旨而傳神，務使他能在他那按著原作的再一次創作的成果裡充份體現原作的精神和風貌。所以，要恰當地翻譯世界文化瓌寶的莎劇，乃是難上加難之事。」[6]

這就是父親對於莎譯事業的見解和態度。

最後，我們由衷地期待父親的莎譯能得到台灣同胞的欣賞和喜愛。

1999年9月3日

5　引自孫大雨：〈莎譯瑣談〉，載《中外論壇》雙月刊1993年第4期。

6　引自孫近仁、孫佳始：〈說不盡的莎士比亞〉，載《群言》1993年4月號。

譯　序

　　《李爾王》這本氣沖斗牛的大悲劇，在莎士比亞幾部不朽的創製中，是比較上最不通俗的一部，它不大受一般人歡迎，一來因爲它那磅礴的浩氣，二來因爲它那強烈的詩情，使平庸渺小的人格和貧弱的想像力承當不起而陣陣作痛。這兩個原因其實是分拆不開的：作品底氣勢和情致本是同一件東西底兩面，——有了這樣氣勢的情致，並且這情致必須有這樣的氣勢，纔可以震撼到我們性靈底最深處，否則決不會有如此驚人的造詣。雖不投時好，這篇戲劇詩在一班有資格品評的人看來，卻無疑是莎氏底登峰造極之作。作者振奮著他卓越千古的人格和想像力去從事，在戲劇性、詩情、向上推移的精神力等各方面都登臨了個眾山環拱，殊巘合指的崇高底絕頂，驚極險極奇極，俯聽萬壑風鳴，松濤如海濤，仰視則蒼天只在咫尺間，觸之可破。結果是在世界文藝力作裡能跟它並稱的，只有哀司基勒斯底《普洛米修斯》，蘭斯城底聖母寺，但丁底《神曲》，米凱朗琪羅在西斯丁禮拜堂裡的頂畫，斐

多汶底第九交響曲等有數幾件與日月爭輝的偉構而已。當然，若說爐火純青它要讓《暴風雨》，若求技術上的完美它不及《奧賽羅》，可是以偉大而言，就在這位詩之至尊至聖底全集中，也得推這部動天地泣鬼神的傑作爲第一。

　　把這樣一部作品譯成中文分明是件極大的難事。嚴復底翻譯金箴信、達、雅三點不用說不夠做我們的南針，因爲這篇悲劇詩底根本氣質就像萬馬奔騰，非常不雅馴，何況那所謂雅本以雞肋爲典範，跟原作底風度絕對相刺謬。譯莎作的勇敢工程近來雖不無人試驗過，但恕我率直，盡是些不知道事情何等樣艱苦繁重的輕率企圖，成績也就可想而知。對於時下流行的英文尚且一竅不通的人，也仗了一本英漢字書翻譯過，弄得錯誤百出，荒唐滿紙。也有人因爲自知不通文字，貪省便，抄捷徑，竟從日文譯本裡重譯了一兩篇過來，以爲其中儘有莎氏底真面目——彷彿什麼東西都得仰賴人家底渣滓似的。還有所謂專家者流，說是參考過一、二種名註釋本，自信堅而野心大，用了雞零狗碎的就是較好的報章文字也不屑用的濫調，夾雜著並不太少的的誤譯，將就補綴成書，源源問世；原作有氣勢富熱情處，精微幽妙的境界，針鋒相對的言辭，甚至詼諧與粗俗底所在，爲了不大了解，自然照顧不到，風格則以簡陋窘乏見長，韻文底型式據云緣於「演員並不咿呀吟誦，『無韻詩』亦讀若散文一般，」故一筆勾消。總之，抱著鄭重的態度，想從情致、意境、風格、型式四方面都逼近原作的漢文莎譯，像Schlegel和Tieck底德文譯本那樣的，我們還沒有見過。

　　譯者並不敢大言，說這本《李爾王》漢譯已與原作形神都酷

肖，使能充分欣賞原作同時又懂得語體中文的人看了，如見同一件東西，分不出什麼上下。譯筆要跟如此傑作底原文比起來見得纖毫不爽，乃是個永遠的理想，萬難實現。英德文字那樣密邇，十九世紀下半的名譯在短短幾十年內尚須經一再修改，而修改本也未必合乎理想：英華文字相差奇遠，要成功一個盡善的譯本，論情勢顯然是個更難發生的奇蹟。但理想底明燈常懸在望，我們怎肯甘心把它捨去，甚至以步入陰影自豪：知難轉向，或敷衍了事，為人不該如此，譯作又豈可例外？我說譯作，恐怕會引起疑問。然實際上一切精湛廣大的詩篇底譯品，都應當是原作底再一度創造。否則中心的透視既失，只見支離破碎，面目且不能保存，慢說神態了。我這譯本便是秉著這重創的精神，妄自希求貫徹的。至於重創，絕不是說就等於丟開了原作的杜撰。這裡整篇劇詩底氣勢情致，果然得使它們佔據譯者下筆時的整個心情，如同已有；不過它們所由來的全詩、一幕、一景、一長段、一小節底意境，文字底風格意義，韻文底節奏音響，——換句話說，登場人物底喜怒哀樂，他們彼此間互對的態度，語氣底重輕和莊諧，句法上的長短與組織底順序抑顛倒，聯語及用字底聯想與光暗，涵義底影射處和實解處，韻文行底尾斷、中斷、泛溢，音組底形成和音步對於它的影響，音步內容底殷虛，字音進展底疾徐、流連、斷續，以及雙聲疊韻底應用：凡此種種也無一不須由譯者提心吊膽，刻刻去留神，務求原作在譯文中奕奕然一呼即出。這是理想，我們望著那方向走，能走近一分即是一分勝利，縱使腳下是荊棘塞途的困難。

　　譯文距理想底實現還遠得很，一半固是緣於無法制勝的文字

上的阻礙，一半則許因譯者底能力確有所不逮。為保全原作底氣勢神采起見，往往只好犧牲比較次要的小處底意義：遇見這般略欠忠實的情形時，大都在註子裡有一點聲明。為求暢曉及適合我國語言底習慣起見，句子每被改構、分裂，或合併。然疲熟的格調則極力避免，腐辭陳套決不任令闌入。在生硬與油滑之間刈除了叢莽，闢出一條平坦的大道，那不是件簡易的工作；此中不知經歷過幾多次反覆的顛躓，慘痛的失敗。對於風格的感覺，各人不盡相同：我個人底可以在譯文裡見到，旁人或者會覺得這組織太過生疏，那聯語不甚新創：感覺沒有一定的原則和標準可循，唯麻木不仁乃為譯文所力忌。但這一類經營還容易打點，假使不跟忠於原義重要處的嚴格條件扭結在一起。因為最令人手足失措的是身處在原作這白浪潑天的大海中，四望不見岸，風濤無比的險惡，纜是斷的，槳已折了，舵不夠長，篷帆一片片地破爛，駕著幼稚貧瘠的語體文這隻小舟前進。襤褸、枯窘、窳劣與虛浮，最是翻譯莎作底致命傷：譯者敢於慶幸不曾航入「明白清楚」底絕港，譯完了這篇劇詩，比未譯之前，使白話韻文多少總豐富了一些。大家都得承認，我們這語體文字，不拘是韻是散，目下正在極早的萌發時代，不該讓它未老先衰，雖然也有人不等仲夏底茂盛到來，便遽求深秋底肅殺（說實話，他們所蘄求的並非凝鍊，而是沙磧上的不毛）——天時底更易，人事底推移，文字工具底成熟，據我們所知道，從沒有一件是那麼樣違背自然律的。至於原文一字一語乃至一句底準確涵義，多謝Schmidt和Furness他們，譯者不厭繁瑣，需要查考的都查考過。譬如說，莎氏作品裡同一個「nature」有六種大別的用意，其中兩種極相近；譯者挑選了針

對本劇各處上下文的，分別在譯文裡應用。又如「patience」一字在莎作裡有五種解釋，這劇本所用到的卻都不能譯作「忍耐」，還有「Sir」這個稱呼，各處有各處的用法，若一律譯作「先生」，便成了極大的笑話。諸如此類，例子不勝枚舉。可是這並非說絕無失察之處；譯文錯誤，恐仍在所難免。

　　在體製上原作用散文處，譯成散文，用韻文處，還它韻文。以散譯韻，除非有特別的理由，當然不是個辦法。「新詩」雖已產生了二十多年，一般的作品，從語音底排列（請注意，不是說字形底排列）方面說來，依舊幼稚得可憐：通常報章雜誌上和詩集裡讀到的，不是一堆堆的亂東西，便是實際同樣亂、表面上卻冒充整齊的骨牌陣。押了腳韻的亂東西或骨牌陣並不能變成韻文，而韻文也不一定非押腳韻不可。韻文底先決條件是音組，音組底形成則為音步底有秩序、有計畫的進行：這話一定會激起一班愛好「自由」的人底公憤。「韻文」一語原來並不作押韻的文字解，此說也並非本人底自我作古，但恐怕另有一批傳統底擁護者聽了要惶惑。講到音組，說來話長，我本預備寫一篇導言詳加申論，不料動了筆不能停止，結果得另出一部十餘萬字的專書。不錯，「無韻詩」沒有現成的典式可循；語體韻文只虛有其名，未曾建立那必要的音組：可是這現象不能作為以散譯韻的理由。沒有，可以叫它有；未曾建立，何妨從今天開始？譯者最初試驗語體文底音組是在十七年前，當時骨牌陣還沒有起來。嗣後我自己的和譯的詩，不論曾否發表過，全部都講音組，雖然除掉了莎譯不算，韻文行底總數極有限。這試驗很少人注意，有之只限於兩三個朋友而已。在他們中間，起初也遭遇到懷疑和反對，但近來已漸次推

行順利，寫的或譯的分行作品一律應用著我的試驗結果。理論上
的根據在這篇小序內無法詳敍；讀者若發生興趣，日後請看我的
《論音組》一書。現在且從譯文裡舉一段韻文出來，劃分一下音
步，以見音組是怎麼一回事：

　　│聽啊，│造化，│親愛│的女神，│請你聽！│
　　│要是你│原想│叫這│東西│有子息；│
　　│請撥轉│念頭，│使她│永不能│生產；│
　　│毀壞她│孕育│的器官，│別讓這│逆天│
　　│背理│的賤身│生一個│孩兒│增光彩！│
　　│如果她│務必要│蕃滋│就賜她│個孩兒│
　　│要怨毒│作心腸；│等日後│對她│成一個│
　　│暴戾│乖張，│不近情│的心頭│奇痛。│
　　│那孩兒│須在她│年輕│的額上│刻滿│
　　│愁紋；│兩頰上│使淚流│鑿出│深槽；│
　　│將她│為母│的劬勞│與訓誨│盡化成│
　　│人家│底嬉笑│與輕蔑；│然後│她方始│
　　│能感到，│有個│無恩義│的孩子，│怎樣│
　　│比蛇牙│還鋒利，│還惡毒！│……

原作三千多行，三分之二是用五音步素體韻文寫的。譯文便想在
這韻文形式上也盡量把原作底真相表達出來，如果兩國語言底殊
異不作絕對的阻撓。

　　本書所據的底本是阜納斯編纂的《新集註本莎氏集》卷五《李

爾王》（Horace Howard Furness: *A New Variorum Edition of Shakespeare,* Vol. V: *King Lear*, Lippincott, Philadelphia, 1880）。這部書歸納了十七世紀三種四開和四種對開本底異文，網羅了自十八世紀初葉以迄1880年間四十四種名家校訂本底註釋，加以審慎的比較釐訂，淘洗鉤繩既精微而又廣博，實是近代版本裡的魁首。阜納斯所用本文以1623年之初版對開本爲主要的根據，以四開本及其他對開本來正誤補漏，偶爾也旁採各家底校訂。在本文上，譯者與阜氏意見歧異處或摭取別家底校訂時，於本書下冊註解裡都有紀錄（編案：本版已將所有註釋改爲腳註，方便查閱），不過這樣的情形不很多。新集註本以後的名校註本被參考，而註釋經選入本書的，有W. J. Craig之Arden本（Methuen, London, 1931）及W. L. Phelps之Yale本（Yale University Press, New Haven, Conn., 1922）。學生用，註解很詳細的，如W. J. Rolfe本，也曾給譯者一些幫助。A. C. Bradley所著《莎氏悲劇論》（*Shakespearean Tragedy*, Macmillan, London, 1922）論《李爾王》篇底附註，我於譯註完工後亦曾參考過，並且擇要增入了譯文註內。字書用Alexandar Schmidt之《莎氏用字全典》（*Shakespeare-Lexicon: A Complete Dictionary of All the English Words, Phrases and Constructions in the Works of the Poet,* 3rd. edition, revised and enlarged by Gregor Sarrazin, 2 vols., Reimer, Berlin, 1902）和C. T. Onions之《莎氏字典》（*A Shakespeare Glossary*, 2nd. edition revised, Clarenden Press, Oxford, 1919），二書中尤其前者應用得非常頻繁。關於文法，E. A. Abbott之《莎氏文法》（*A Shakespearean Grammar*, Macmillan, London, 1888, etc.）爲譯者充當過嚮導，雖然這本書講韻文規律的

那部分寫得非常壞。E. K. Chambers底《莎士比亞研究》(*William Shakespeare: A Study of Facts and Problems*, 2 vols., Clarenden Press, Oxford, 1930)對我也很有用處,特別在寫本書附錄的時候。此外研究莎作所必備的書籍和研究英國文學的一般參考書,就不必一一列舉了。

　　莎氏劇詩有兩種讀法:一是單純的享受,想獲致的是那一往情深的陶醉;一為緻密的挈討,逐字逐句務欲求其甚解。這兩種懸殊的讀法非僅不相衝突,且正好相成相濟。讀者對於譯本,若抱前一種態度,儘可光看本文,那裡頭我信絕沒有絲毫學究氣。正文裡字旁的小圈乃為表示被註的語句(**編案:本版將小圈悉數刪去**),語句下圍以大圈的數字標明著註子底條數:這些標記(**編案:本版改為阿拉伯數字排序**)似覺不甚好看,但好處是可以利便檢查。讀者若想藉譯本深探原作,若欲明曉各註家對於原文許多地方的不同見解,或若擬參照了原文檢視一下譯筆在某些地方為什麼如此這般措辭,則請檢查下冊底註解(**腳註**),新集註本所收的巨量詮釋雖未通體錄入,但重要的都已加以全譯、節譯或重述,而且另增了不少別處得來的材料——結果註子底總數將近千條。工作進行時,一邊譯正文,一邊加註:現在註解這般頭緒紛繁,可以使讀者頭痛;但當初對譯者卻幫他避免了許多的不準確:往往譯完了一語一句,於加註時發覺尚有未妥,於是重起爐竈,或再來一番錘煉。註解範圍可歸為下列八項:一、各家對於劇情的解釋和評論;二、他們對劇中人物性格的分析與研究;三、原作時代底文物、制度、風俗、政情等事之說明;四、對開與四開版本之差異,各家底取捨從違及比較優劣(即所謂textual

criticism）；五、各校訂註釋家對最初版本用字之校正或改訂（即
所謂emendation）；六、譯者對各家評騭、詮釋、校訂之得失的意
見；七、譯文因種種關係與原意差異及增改處的聲明及商榷；八、
名伶扮演情形。至於原作底最初版本、寫作年代、和故事來源等
三端，另有專記，俱見下冊註解後面的附錄（編案：即本版附錄）。

　　我最早蓄意譯這篇豪強的大手筆遠在十年前的春天。當時試
譯了第三幕第二景底九十多行，唯對於五音步素體韻文尚沒有多
大的把握，要成書問世也就絕未想到（如今所用的第三幕第二景
當然不是那試筆）。七年前機會來到，竭盡了十四個月的辛勤，纔
得完成這一場心愛的苦功。不料一擱就是五年多，起先曾有過兩
度修改，後因人事底蹉跎，國族驟遭禍患，且又被一篇太長而須
獨立成書的導言所延誤，所以本文和註解雖在年餘前排版完畢，
卻一直沒有讓它去見世面。最近國際戰爭底煙燎愈燒愈廣，眼看
著此間即將不能居住，而且自忖也正該往後方去參與一篇正在搬
演中的大史詩，於是於百忙中草就了本書底附錄和這篇小序，作
為十年來一場夢寐和無數次甘辛底結束。這本早應出版的譯劇如
今離我而去了，好比兒女告別了父母底簷樑，去自謀生路一般：
我一方面祝禱它前途無量，莫深負原作底神奇，一方面也盼望知
道自己所難知的缺陷，如果它有缺陷的話，以便再版時加以彌補。

孫大雨

30年10月26日　上海

＊　　　　＊　　　　＊　　　　＊

30年10月29日我離滬赴港，行前將尚未排印的序言與附錄稿子交清。12月2日由港飛渝，到渝後六日太平洋戰事爆發。離港時因飛機限制行李重量，把《論音組》底已寫好而未排的原稿和已校好的清樣以及幾本重要的參考書，留在香港友人家裡。不幸香港失陷時那原稿和清樣被焚而上海商務所存的全部清樣也遭損失。所幸正文和註解已於我離滬前完全打好紙版，而紙版則並無損失。但因戰事底關係，本書出版又延遲了六年。

多謝中華教育文化基金董事會，他們使編譯此書能成為事實。感謝羅念生先生，他看過最初兩幕，他的若干建議有好幾點已被採用。感謝鄧散木先生，他為本書封面題字。感謝商務印書館出版課鄒尚熊先生，他在上海淪陷時的困難環境中保存了正文與註解底全部紙版，和未及排印的序言與附錄底原稿。感謝任叔永先生，他給我許多方便。最後多謝內子孫月波女士，她將全部原稿為我謄錄過一遍。

雨又識

36年12月15日　上海

李爾王悲劇[1]

劇中人物

李爾	不列顛國王
法蘭西國王	
浡庚岱公爵	
康華公爵	
亞爾白尼公爵	
鏗德伯爵	

1　Coleridge論曰：莎氏諸劇中行動最快的當推《馬克白》（*Macbeth*, 1605-1606），最紆緩的要數《哈姆雷特》（*Hamlet*, 1600-1601）。《李爾王》（*King Lear*, 1605-1606）則兼有長度與速率——好比颶風，又好比旋渦，一壁在進展，一壁吸引。它開場時像夏天一個風暴的日子，光芒耀眼；但那是蒼白灰敗的光芒，預示狂風驟雨底來臨。Wilson云：莎氏在《李爾王》劇中兼施《哈姆雷特》與《奧賽羅》（*Othello*, 1604-1605）二劇底方法；那就是說，它是齣性格劇，同時又是齣命運劇，李爾王是個「作孽無幾，遭孽太深的受屈者」。地獄，由他的兩個女兒當替身，由那陣大風暴作象徵，彷彿全副武裝地升到地面上來，起初是摧毀他的傲慢，其次是攪亂他的神明，最後便搗碎他的心。可是李爾確實有過罪孽，所以這本戲不僅顯示善良被罪惡所敗覆，還表彰一個年老易怒的暴君，雖曾用過一大輩子既無節制又不稱當的威權，但終竟能在恥辱和災禍底教訓之下，超升到莎氏作品中的最高的神境。

葛洛斯忒伯爵

藹特加　　　　　　　　葛洛斯忒之子

藹特孟　　　　　　　　葛洛斯忒之野生子

傻子

居任　　　　　　　　　廷臣

老人　　　　　　　　　葛洛斯忒之佃戶

奧士伐　　　　　　　　剛瑙烈之管家

醫師

藹特孟所僱之隊長一人

考黛蓮之近侍一人

傳令官一人

康華之僕從數人

剛瑙烈

雷耿　　　　　　　　　李爾之女

考黛蓮

李爾之隨從武衛數人，軍官數人，信使數人，軍士多人，
　侍從數人

戲景：不列顛

目次

第一幕

第　一　幕

第一景

李爾王宮中。

鏗德，葛洛斯忒與藹特孟上場。

鏗德　　我以爲國王對亞爾白尼要比對康華公爵更心愛些。

葛洛斯忒　我們總是這麼樣看法；不過在現今劃分國土[2] 這件

2　Johnson評曰：在這伏綫的第一景裡有一點不明顯或不準確的地方。李爾已經把
　　他的王國分好，可是他上場時突然檢視起他的女兒們來，要看檢視底結果怎
　　樣，然後再定分配比例。也許他那未曾宣布的計畫只有鏗德和葛洛斯忒兩個人
　　知道，但尚未大定，還須看後事如何，方能決定把它更改掉或實行出來。
　　Coleridge不以此說為然，有剴切的論評如下：在本劇最初的六行裡，李爾還沒
　　有試探過各個女兒底愛心（誰在被試時表示最愛他，誰就得到最高的酬報，得
　　到最好的一份疆土作陪嫁，）但葛洛斯忒就說起李爾已把他的王國分配得十分
　　妥貼，這是經過作者預慮到，而是有意義的。李爾稟性自私而感覺敏銳，又因
　　地位和生活習慣底關係，形成了也增強了他那樣的情緒上的習性，那雖然有些
　　奇怪，但並不能算牽強或不自然；──他要人熱烈愛他的那個熱烈的慾望──

事上，卻瞧不出他更看重的是那一位公爵；因爲兩
份土地底好壞[3] 分配得那麼均勻，所以即使最細心

他的自私，卻特別是一個仁愛和善的本性裡發出來的自私——要徹底的愉快，
他須得一點都不自支撐，完全偎倚在旁人胸前；——他渴望人完全忘掉了自己
去愛戴他，可是那渴望因誇張過度而反遭了挫折，而且以它的性質而言，根本
不能實現；——他的憂慮，不信任，和嫉妒，這些是一切自私的愛底特徵，利
己的愛所以異於眞純的愛也全在這些上頭，而李爾一心只願女們誇說怎樣那
般地愛他，也無非都在這上頭種的根源，同時他那根深蒂固的爲君的習慣已
把他那屑願意變作他的要求與絕對的權利，若遇稍一不遂，他便立即將對方視
同有了罪惡和叛行的一般；——這些事實，這些熱情，這些德性，乃是全劇底
基礎，只須你看完了全劇之後偶一回想，便能恍然大悟，原來它們都在這最初
的六七行裡含蓄著，潛藏著，預備著了，從這六七行裡我們可以知道，那所謂
試探只是一番弄巧而已，而李爾底惱怒所以變成那麼狂悖，也只是考黛蓮使他
不期然地弄巧反拙底自然結果罷了。莎士比亞作品中使全劇底興趣和局勢從一
個極難置信的假定上引出來的，《李爾王》算是一篇唯一的認眞的製作：這事
也許値得我們注意。可是這裡這極難置信的假定並不是絕無理由的。第一，李
爾在第一景裡的行動雖然不容易叫人相信，但那是個家喩戶曉的老故事，深入
人心，已經不成問題，所以事實上不生極難置信的影響。第二，這個假定只當
作傳導性格與熱情的媒介，描繪事變與熱情的機會或藉口，並非劇本底基礎原
因與必要條件。假使讓這第一景遺掉了——只要知道一個傻父親受了兩個大
女兒假說怎麼樣愛他底欺騙，因而剝奪了他以前所最鍾愛也眞値得他鍾愛的小
女兒底遺產，這本悲劇底其餘部份仍舊完全可以看得懂，而且在興趣上並不會
受到絲毫損失，那偶然的，假定的事故在劇中並不成爲熱情底基礎，實在的根
據還是那經天緯地，互古不變，人心所共的至理，——兒女底忘恩負義引起父
母底悲痛，眞正的良善雖然率直但仍無傷於它本質底精純，還有那本性底邪惡
縱令如何圓滑結果依然會使人詛咒它的狠毒。Hudson以爲這一開首李爾底癡愚
便已勝過了他的理智和判斷，因而斷爲莎氏早已預定好了李爾是要發瘋的，有
幾位精神病學者，如美人Brigham及Ray，英人Buoknill等，甚至根本肯定李爾
是個徹頭徹尾的瘋子，不過在這第一景裡他的病微未盡暴露出來而已；推源最
初這樣主張的，據Furness云，乃是一位美國女子名Mrs. Lennox者。譯者底意思
正和Bradley一樣，認爲這未免太穿鑿了一點。

3　「好壞」據初版對開本「qualities」，評註家如Knight，White，Schmidt，Furness

的端詳也分辨不出彼此有什麼厚薄。

鏗德　　　這一位不是令郎[4] 嗎，伯爵？

等都從此；四開本作「equalities」，其他各家校刊本都從之。

4　Coleridge對於藹特孟底性格又有詳論一段，現擇要節譯於後。場幕一開啟時，
藹特孟就站在我們面前，一個英俊有為的青年。我們不禁目不轉睛地端詳著
他。他出脫得魁梧壯美，一表非凡，又加天賦他智能精勁，意志堅強，就是沒
有他那樣的身世，沒有那難堪的時會來湊合，他也很容易走入自傲之一途，為
傲慢所誤。但藹特孟又分明是葛洛斯忒貴爵底兒子；所以他既然有了驕傲底種
子在內，他的處境又在周遭把它盡情地培養，於是那種子便突然飈猛進，長成了
一腔非常強烈的自視不凡之感。可是至此為止，那感覺儘可以發展成對自己的
人品、稟賦、和身世所生的正常的自尊心，於己於人，兩不傷害——一種自知
有好多美德的驕傲，正好跟一些光明正大的動機相輔相成。但是，唉！就在他
面前他父親竟把自認是他的父親當作羞恥——他「紅著臉承認他的回數多了，
也就臉皮老了！」藹特孟聽到他父親用頂可恥、頂淫穢的輕浮態度說起他出生
的情形——他母親被她的相好說成了一個蕩婦，而「這小雜種我是少不了要承
認的」的原因，竟只是他紀念起當時他那陣歡愁滿足得非常好，還有她是怎樣
的又淫蕩，又姣艷！明知道自己身披著這種醜名，又隨時隨刻深信著人家向自
己表示尊敬只是勉強盡禮而已（在對方心裡卻總牽引起，雖然在外表上總壓抑
住，那層口是心非的情緒）；這纏真是吞嚥不盡的黃連，驕傲底傷口上滴不完
的鹽滴；真是把驕傲本身所不具的怨毒，痘苗似的種進驕傲裡邊去，使它發出
嫉忌，仇恨，和對於權勢的貪慾（那權勢，如果一旦到手，便能像一輪紅日似
的將黑斑全都掩去）；真是使他遭受到他不該遭受的恥辱，因而陡然引他的不
平之感；結果使他發憤復仇，極力去消除那害他受苦的機緣和原因，使他終於
盲目地遷怒到一位哥哥身上去，那哥哥底清白的出身和無瑕的名譽，跟他自己
的不名譽相形之下，就格外顯得他自己的鄙賤可笑，而只要那位兄長在世一
日，他自己的臭名便決無被人忽視或忘去的希望。在這一點上，莎士比亞底判
斷力又是十分高妙的：為滿足我們道德觀念底要求起見——在戲劇評論裡這種
要求底滿足叫做「詩的公平」（意譯為「報應」——譯者）；葛洛斯忒後來慘
遭奇禍，端賴他自己這無故的非行去緩和本劇觀眾底駭怪；不過我確信在舞臺
上當眾踩瞎葛洛斯忒底眼睛，莎氏實是越過了悲劇底限度了；——莎氏對於藹
特孟生父母底罪辜絕不原諒或辯解開去，因為葛洛斯忒在這裡自認他當時已
結過婚，而且已有了個合法的財產爵祿底承繼人。

葛洛斯忒　　將他撫養成人是由我擔負的，伯爵；我紅著臉承認
　　　　　　他的回數多了，也就臉皮老了。

鏗德　　　　我不明白你的意思。

葛洛斯忒　　伯爵，這少年人底母親可明白；因此上她就鼓起肚
　　　　　　子，床上還不曾有丈夫，搖籃裡倒先有了孩子了。
　　　　　　你覺得是個過錯嗎？

鏗德　　　　我卻不能願意你沒有那過錯，你看這果子結的多麼
　　　　　　漂亮體面。

葛洛斯忒　　不過我還有個嫡出的兒子，比這個要大上一歲光
　　　　　　景，但並不比他更在我心上；雖然這小子不招自來，
　　　　　　出世得有些莽撞，他母親可長得真俏；造他出來的
　　　　　　那時節真好玩兒，所以這小雜種[5]是少不了要承認
　　　　　　的。——藹特孟，你認識這位貴人嗎？

藹特孟　　　不認識，父親。

葛洛斯忒　　鏗德伯爵。往後記住了他是我的高貴的朋友。

藹特孟　　　願替伯爵奔走。

鏗德　　　　我準會心愛你，請讓我多多地結識你一些。

藹特孟　　　伯爵，我決不辜負您那番好意。

葛洛斯忒　　他出門了九年[6]，如今又要走了。〔幕後號角聲起〕

5　此處原文「whoreson」作「bastard」（私生子）解；旁處單用作名詞則可譯為
　　「傢伙」或「臭傢伙」，但只是嬉笑的粗俗稱呼，不含惡意；可是用作狀詞最
　　普通，那就該譯為「娘子養的，」涵義或者是辱罵，或者為粗俗的憐愛，看上
　　下文而定。見Schmidt之《莎氏用字全典》（*Shakespeare-Lexicon*, 1923）。

6　Eccles註，鏗德為李爾朝庭上一位要人，這情形正可以解釋何以藹特孟和他竟

　　　　　　國王在來了。

　　　　號聲起。一人捧小王冠前導，李爾王，康華，亞爾白尼，

　　　　　　剛瑙烈，雷耿，考黛蓮與眾侍從上。

李爾　　　葛洛斯忒，去陪侍法蘭西和浡庚岱底君主。

葛洛斯忒　遵命，王上。　　　　〔葛洛斯忒與藹特孟同下。〕

李爾　　　同時我們要公佈一個尚未經

　　　　　　宣明的計劃。——給我那張地圖。——

　　　　　　要知道我們把國土已分成了三份；

　　　　　　而且決意從衰老的殘軀上卸除

　　　　　　一切焦勞和政務底紛煩，付與

　　　　　　力壯的年輕人，好讓我們釋去了

　　　　　　負擔，從容爬進老死底境域。——

　　　　　　我們的兒婿康華，——還有你，我們

　　　　　　同樣心愛的亞爾白尼兒婿，

　　　　　　這如今我們決意要公佈女兒們

　　　　　　各別的粧奩，好永免將來的爭執。

　　　　　　法蘭西君王，浡庚岱公爵，爭著

　　　　　　向我們小公主求情的敵手，在我們

　　　　　　宮廷上已留得有不少求鳳的時候，

　　　　　　如今便得給他們一聲回答。——

　　　　　　女兒們，說我聽，如今我們既然要

　　會彼此不相認識，葛洛斯忒似是初次介紹他的私生子給鏗德，看情形藹特孟大概剛從外國遊歷或從軍回來。Wright註，藹特孟以私生子底關係在本國並無前程可言，所以向來在國外過日子，圖立身。

　　　　　解除政柄，捐棄國疆底宗主權，

　　　　　消泯從政的煩憂，你們三人中

　　　　　那一個對我最存親愛？如果誰

　　　　　愛親的天性最合該消受[7] 親恩，

　　　　　那麼，我自會給予她最大的恩賜。

　　　　　剛瑙烈[8]，我們的長女，你先說。

剛瑙烈　　父親，我愛你不能用言語形容，

　　　　　要勝過我愛目力與空間[9] 與自由，

　　　　　勝過一切富麗和珍奇的有價品；

　　　　　我愛你不差似愛一個溫雅，健康，

　　　　　美麗，和榮譽的生命；自來兒女

　　　　　愛父親至多多不過如此，父親

7　據Crosby註，原文「challange」應從古意「claim as due」解；他引了英詩開山祖師喬塞（Geoffrey Chaucer, 1340？-1400）與基督新教論辯家約易（George Joye, 1553卒）底例子各一，和莎氏自己作品中的四個例子，參證這個解釋。

8　Moberly云，「Goneril」這名字似發源於「Gwenar」，而「Gwenar」（音譯為萬維娜）則為古不列顛人稱呼古羅馬司愛情女神維納斯（Vener, Venus）的讀音。「Regan」（雷耿）這名字也許和「尋找聖杯」（The Quest of the Holy Grail）那故事裡的「Rience」（音譯為李安斯）同源；而英國西南部康華郡（Cornwall）方言裡有「reian」一字，意思是「厚厚地施惠」。——譯者按，「尋找聖杯」為流行於歐洲中世紀時的一套富有神話性的傳奇故事，據說有幾位武士想去覓耶穌與十二門徒享最後晚餐時所用的綠柱玉杯，都不成功，最後為三位最純潔的武士所覓得。

9　Wright云，這「空間」（space）是指行動自由底範圍。Schmidt認為這是漫指這大千世界而言，「目力」（eyesight）係領悟這世界中包羅萬象的能力，「自由」（liberty）則為享受人間的一切的自由權。Schmidt又謂，剛瑙烈底缺乏真情，再也不能比這樣的形容過分表現得更明顯的了。

也從未見過更多愛親心；這愛啊，

只嫌語言太薄弱，言詞不靈通；

我這愛沒有邊沿，漫無止境。[10]

考黛蓮　〔旁白〕考黛蓮有什麼話說？只是愛，不說話。

李爾　這一方地土，從這條界線到那條，

裡邊有的是森林和肥沃的平原，

豐盛的[11] 江河，遼闊的草坪，我們

賜與你，讓你和亞爾白尼底後人

世代承繼，我們的次女雷耿，

康華底妻子，你有什麼話？

雷耿　我和大姊賦得有相同的品性，

我自忖和她同樣地堪當受賜[12]。

我撫心自問，但覺她正道出了

我欲言未道的衷忱；只是她尚有

未盡：我自承我仇視官能銳敏到

登峰造極時感到的那一切的歡愉[13]，

---

10 Johnson詮釋原文「so much」二字說：我對你的愛沒有邊限；我不能說定有「這麼多」，因為不論我說了有多少，實際上我愛你的分量永遠比我說定了的還要多。

11 「豐盛的江河」，因為江河流域出產豐富。

12 譯者用Furness, Craig等審定的初版對開本原文，「worth」後作句號。原文意思是「I hold myself equally worthy」（我以為自己和姊姊同樣當得起，或不枉你的鍾愛）：這當得起或對得住原是指寬泛的父恩而言，但雷耿既然為了分地而說的這些甜言蜜語，把她描畫成汲汲取得土地的神氣（「受賜」），似乎無甚不妥。

> 我認定唯有你爲父的慈情真能
>
> 使我幸福。

考黛蓮　　〔旁白〕然後是貧乏的[14] 考黛蓮！

可是並不然；我確信我的愛，沈重[15]

要賽過嘴上的誇張[16]。

13　原文「the most precious square of sense」（望文生義的譯法是「最珍貴的感覺底四方形」，但講不通）在Furness新集註本（第十一版）上共有十六家詮釋或校改。譯者認爲Holt解作「the utmost perfection of sense」（感覺底最精到處）很有可取。「square」（四方形）爲希臘哲人畢薩高拉斯（Pythagoras，紀元前582-507之後）視爲最完美的圖形，而莎氏劇中提到這位哲人的地方，除了把這回可疑的典故關開不算，共有三處之多，雖然那三處都未提及方形。除Holt這個講法之外，僅就原文下解釋的尚有以下數說，至於校改原文爲「precious sphere」，「spacious sphere」，「spacious square」及「precious treasure」者且略去不述。Warburton以爲「square of sense」乃是指四個比較高尚些的感官，即見、聞、味及嗅；但Johnson以爲也許只是指感覺底範疇或接受力而言。若依前說則本意應爲「我自承我仇視眼耳鼻舌那四個高等的感官所能感受到的那一切的歡愉」，從後說則應爲「我自承我仇視最珍貴的感覺力所能接受到的那些歡愉」。Hudson認爲原意是「我自承我仇視最精緻的感受性或快樂底最大限度所能收受的那一切的歡愉」。Wright底解釋與Hudson底極近似，不復贅。Moberly解爲「我自承我仇視平常人衷心所認爲最精選的那些歡愉」；此說經Schmidt極力擁護，他說「那些歡愉」便是目力、空間、自由、生命、優雅、健康、美貌和榮譽。Koppel訓「precious」爲「sensitive」（感覺銳敏）；那麼，Hudson底主張除Wright外又得了一個贊助者了。

14　「poor」譯爲「貧乏的」似比「可憐的」較切；考黛蓮自忖在誇大方面確要比她兩位姊姊窮些，雖然在實質上她的孝心並不缺少。

15　對開本之「ponderous」（笨重）驟看來似有未妥，White疑係印訛，Wright則疑爲無知的演員所誤改的。但Schmidt辯解曰，「light」（輕）一字往往用以指淫蕩、輕率，與朝秦暮楚的愛；它的反面即是「Heavy」（重），不過此字常有憂鬱或悲哀底聯想；「Weighty」（有重量的）也不很好；所以莎氏選「ponderous」這個字。譯文或可作「深沉」，但失去了「莊重」、「鄭重」底意義。

李爾	我們把三分國境中這整整的一份 付與你和你世代的子孫後世； 這地土底大小，價值，和給人的歡愉， 比我給剛瑙烈那一份並不差池。—— 現在輪到了我們的寶貝，雖然 最年輕也最嬌小[17]，爲要得到她 垂青，葡萄遍地的法蘭西和盛產 牛乳的浡庚岱在互相爭競；我問你， 你有什麼話說我聽，好取得一份 比你姊姊們底更富饒的國境？你說。
考黛蓮	我沒有什麼話說，父親。
李爾	沒有話說？
考黛蓮	沒有話說。
李爾	沒有話說就沒有東西。再說過。
考黛蓮	不幸得很，可是我的心我不能

16　此處「tongue」不譯為「舌」而譯為「嘴上的誇張」，行文方面似乎要順溜些。

17　「最嬌小」從White評定初版對開之「our last and least」。歷來註家如Malone，Steevens，Dyce，Staunton，Hudson等都以為初版原文是「our last, not least」這句成語底印誤；但White徵引了兩處原文，證明考黛蓮身材短小，恰和這裡的「Least」交相印正。那兩點是：一，本幕本景一九八、一九九兩行，「If aught within that *little* seeming substance, Or all of it, *with our displeasure pieced*」（那短小的身肢裡，不論她有什麼，或是那短小的身肢｜全部，加上了我們的不歡）；二，第五幕第三景二五八行前「Re-enter Lear, with Cordelia dead in his arms」（李爾抱考黛蓮之屍身重上）這句舞臺導演辭。這樣一個嬌小可愛，恂良率眞的幼女，和那樣兩個身材軒昂，奸詐驕橫的長女，彼此對映襯托，當能使悲劇空氣更加濃厚。

把它放在嘴上。我愛父親
按著做女兒的本份；不多也不少[18]。

李爾　　怎麼的，怎麼的，考黛蓮？改正你的話；
不然，你會弄壞你自己的運道。

考黛蓮　你對我有生身，鞠育，和慈愛的親恩，

18　W. W. Lloyd論曰：考黛蓮底美德用慍惇厭惡的調子表示出來，對於李爾那刻求諂媚所表現的非禮，恰好是一個極自然的反響——她那美德使她不致掉入李爾所要誘她下去的那陷坑裡去。還有這故事底進展也需要她的回答能惹起她父親底憤惱，而同時要能不失我們對於她的尊敬……我以為莎士比亞是要使考黛蓮底語句與腔調給我們知道，她素性不苟言笑，即使說起話來也聲低而語簡，所以一方面要她堅守真誠，不貶抑自己去逢迎取巧，他方面又要她用比較溫和的方法去安慰老父，就她的本性而論實在是件不可能的事。她的不傳國土對於她父親比對於她自己更為不幸，所以若替他設想，為防患未然計，也還值得使人誤會她的真誠，這是實情，她在景末想已相當的領悟到；她將老父付託給兩位姊姊時所說的話裡當然含得有這層意思，——要隨順他的弱點而又要不失自己的身分，她確是沒有那樣的本領，可是那兩位姊姊底本性她卻洞澈無餘，即使他沒有那可資藉口的弱點，她也能預想到她們將來會怎麼樣對他。這一點人與人間的不諧協就是這本戲底悲情底基礎；等到李爾在最後一景裡手抱考黛蓮底屍身發著狂上場來時，我們只見到他們父女倆各自所種下的命運都到了瓜熟蒂落的地步；我們只見這方面底鍾愛太被無理的狂怒所左右，那方面底敬愛太受了倔強的外表所牽累，結果便肇成了那麼一個共同的災禍。Rapp則云：兩個姊姊底稟性都很流俗而自私；考黛蓮不流俗，雖然她也傲慢固執得異乎尋常。她自恃比兩個流俗的姊姊真誠有道，因而便驕氣凌人。不知她那位老弱的父親理應從愛女口裡聽到幾句恭維撫慰的話，為的是他需要那麼一點點溫存。她卻不然，把真話，他愛不了的真話，說給他聽。一個本性富於愛的女子而竟道貌岸然地堅持著真理，那纔是個雙重貽誤的人兒。真理和愛是完全對立的；對於一個人的愛除了是把無常的當作永恆的而加以崇拜之外，還有些什麼？所以愛底主要成分是一個謊，不是一條真理，而考黛蓮底缺點乃是她愛己太深，愛親太淺。她不能為他撒一個謊，她就沒有愛他到她應愛他的程度。詩人把這一點闡明得非常清楚，而全劇底根據也就全在這一點上面。

好父親；我自有當然的[19] 責任相報答：
我對你該隨順，愛敬，十二分尊重。
兩位姊姊都說她們只愛你，
爲什麼她們都有丈夫？也許
有一天我嫁了夫君，那夫君受了我
白首相終的信誓，也得取去我
一半的愛心，一半的關懷和本份。
我千萬不能和她們一般，結了婚
還全然只愛[20] 著父親。

李爾　你可是真心說話？

考黛蓮　　　　　　哎，好父親。

李爾　這麼樣年輕，難道這麼樣不溫柔？

考黛蓮　這麼樣年輕，父親，又這麼樣真心。

李爾　就是那麼樣；你就把真心作嫁奩。
我把太陽底聖光，赫蓋脫底魔法，
黑夜[21]，和主宰人死生的星辰間的氣運[22]，

19　Furness註，原文「as」作連繫代詞which解。

20　原著上文與這裡的「love」都譯成「愛」，也許有人以為太直，應譯為「孝」。
但譯者也有苦衷。我怕這本氣吞河漢的大悲劇譯成了中文，被有些人誤解成一
本《勸善書》或《果報錄》，以為是專用來警惕世人，宣揚外國亦有之的儒教
的；那麼，它的價值可說是十中失去了八九。又我國傳統倫理上孝與愛是截然
不相衝突的兩件東西，至少在理論上可以並行不悖；西方卻只有一個愛，不同
的只是方向與對象（所謂「filial love」還只是「love」底一種罷了）；所以若
譯成「孝」，這裡便不可通了。

21　Johnson責莎士比亞太把李爾弄成了個神話學家，但Malone以為不然，他說李爾
這誓言很符合英國稗史傳說中他那個時代底信仰，不管當時實際上通行的是什

　　　　　　起一個誓言：我從此對你打銷

　　　　　　我一切爲父的關懷，父女間的親摯，

　　　　　　和血統底相連與合一[23]，我從此

　　　　　　永遠將你當作一個陌路人看待。

　　　　　　雪席安蠻邦底野番[24]，那些個殺子

　　　　　　佐餚專爲果自己口腹的狠心人，

　　　　　　他們在我這心頭會和你，我這個

　　　　　　從前的女兒，同樣地親切，得到

　　　　　　相同的憐愛和溫存。

鏗德　　　　　　　　　　　我的好主人，——

李爾　　靜著，鏗德！

　　　　　　別來到怒龍面前攔住去路[25]。

　　　　　　我愛她最深，本想把所餘的孤注

　　慶宗教。Moberly註，據凱撒大帝（Julius Cæsar，公曆紀元前100-44，著有《征
　　法記》）說，督伊德教底信徒們（Druids）都崇拜這四位羅馬神道：太陽神亞
　　波羅（Apollo），戰神馬司（Mars），天皇巨璧德（Jupiter, Jove）與司才藝女
　　神米納瓦（Minerva）。下文李爾對著亞波羅和巨璧德宣誓都有歷史的根據，
　　這裡指著Hecate（司巫術女神）和黑夜起誓也並不算牽強，參看本景註40。

22　西方古代，尤其是中世紀，也講星相術、氣運與命理等。參閱本幕第二景。

23　從Wright註。

24　古雪席安（Scythia）在今歐亞二部的俄羅斯境內；關於這個「殺子佐餚」的傳
　　說，Wright註內說有潘查士（Samuel Purchas, 1575?-1626）底《長行記》（*Purchas,
　　his Pilgrimage*, 1613）可稽，此外那書裡還說各部落裡有它自己的別的野蠻風
　　習。

25　Capell釋原文「wrath」（憤怒）爲「他的憤怒底目標」。原文全行可譯爲「別
　　到龍和牠憤怒底目標中間來」，但似嫌拘泥。

一擲[26]地全給她作為撫養的恩金。——

〔對考〕走開，別在我面前[27]！——〔自語〕如今

我對她取消了做父親的慈愛，但願我能在

死後安心無悔！——去叫法蘭西

君王。誰去？[28]去叫浡庚岱公爵。——

康華和亞爾白尼，你們到手了

我兩個女兒底粧奩，如今再把那

第三份去平分。讓傲慢，她自己卻叫做

26　「set my rest」Wright謂意義雙關：一、作「孤注一擲」解釋；二、在一種名pimero的牌戲裡，這是句術語，意即靠手上的幾張牌下注。為簡明起見，我只譯前一個意義。

27　關於這句話是李爾向他自己的小女說的還是向鏗德說的，自從Heath提出了問題後，歷來曾經不少的聚訟。Jennens底分析非常透闢，他認為這絕不是向鏗德發的惡聲。考黛蓮剛惹得她父親大怒，所以這句斥責是對她發的；至於鏗德反對他那措施的程度他還不很知道，所以只發了「別來到怒龍面前攔住去路」這一句警告。鏗德第二次諫阻時，李爾又警告他，叫他快避開那引滿待發的箭。鏗德膽更大，說話粗鹵了起來；李爾當即盛氣嚴命他說，「我把你的性命打賭，不准再說」。鏗德還要堅持，李爾纔第一次要他「去你的」。鏗德再懇求，李爾便發誓；鏗德還一誓，於是李爾方下驅逐出境之命。李爾對鏗德的憤怒是很自然地由淺入深的，正好和他對考黛蓮的勃然大怒交相反映；至於大怒底原因是他愛她太深而她卻傷他的心太甚：這一點Jennens讚為莎氏全部作品中最傳神的用筆之一。譯者覺得若不是Jonnens以後的註家故意翻案曲解，Heath所提出的早已不成問題。最先加導演辭「對考黛蓮」的為Rowe，從他的除Jennens外有Steevens，Eccles，Boswell，White等諸家校刊本。

28　原文「Who stirs?」，Delius解作國王禁阻旁人求情的一聲威嚇：「誰敢動？」Moberly則云，朝臣們彷彿都不願服從這樣莽撞的命令，無人去傳命，所以李爾在發怒。Furness以為朝臣們驟見父女間起了這樣天大的變故，大家嚇得目怔口呆，竟忘了去傳命，所以李爾特別提醒他們；譯者覺得此說最近情理。

平淡無華，為她找一位夫君[29]。
我叫你們合享我原有的威權，
我原先那權位底出眾超群，和跟著
君王的一切外表的光榮。我自己，
還留著百名須你們負擔的武士，
一月一遷遊，更替著和你們同住。
可是我們依然要保存著國王
這名號，和君主所有的表面的尊榮；
至於職掌大權，司國家底賦稅，
和其餘一切的[30] 發號施政，愛婿們，
都聽憑你們去措置；為取信我這話，
你們把這頂小王冠[31] 取去分用。

鏗德　聖主李爾，我素常將你當作
君王相尊崇，父親一般地敬愛，
主子似的相從，祈禱時又當作
大恩人去想念，——

李爾　　　　　　　　弓已經引滿，
弦絲已經繃緊；快躲開這支箭。

29　從Delius註。

30　從Johnson所析義，「其餘一切事情底施行。」

31　Delius以為原文「coronet」與「crown」有別；他說李爾還留著王冠自己用，他只給他們一頂較小些的公爵戴的冠冕；他又引了兩個例子，證明莎氏用這兩個字時界限分得很清。但Wright認為這裡的「coronet」就指李爾自己底王冠。Schmidt則與Delius同意。

鏗德　　　寧願讓它離弦，即使那箭鋒

　　　　　會刺透這心口！李爾發了瘋，鏗德

　　　　　就該當無禮。你要做什麼[32]，老人？

　　　　　你以爲威權在諂媚面前低了頭，

　　　　　責任便跟著駭怕得噤口無聲嗎？

　　　　　你丟了堂堂君主底尊嚴，甘心

　　　　　墮入愚頑，我自顧忠誠便不能

　　　　　不直言不諱[33]。留下你大好的君權[34]，

---

32 Capell釋，鏗德見李爾伸手按劍，所以纔這樣問。

33 這兩行半可直譯爲「（君主底）尊嚴變成了愚蠢時，節操（或義理）便應當直言不諱」；但緊接著前兩行再這麼譯法，似嫌太抽象而生硬。

34 初版四開本作「Reverse thy doome」（收回你的成命）；譯文從Furness審定和詮註的初版對開本原文「Reserve thy state」，前者替考黛蓮求情，後者爲李爾自身設想。「大好的」乃譯者所加。Furness云，我們知道鏗德是一個心地高貴的人，又因爲聽了考黛蓮底旁白，知道她的眞摯與誠實，於是便把這兩件事混在一起，只以爲這是他在替她求情。但我怕我們把結論下得太快了，鏗德不是在替考黛蓮求情，而是在替李爾自己著想；實際上到這裡爲止，鏗德還沒有一個字說起過或暗指過她。當李爾宣稱不認她爲女兒時，鏗德眼見著李爾在斷送他自己將來的快樂唯一機會，當即開始說「我的好主人」；但李爾馬上打斷他，誤以爲他要來居間說項：我們受了這個暗示，就墮入同樣的錯誤，所以鏗德再說話時我們仍然保持著這個幻覺，不知他只在奉忠報主，並未對旁人有什麼關切。君主底尊嚴所墮入的愚頑不是逐出一個女兒，——國王這樣做並不比百姓這樣做更傻，——眞正愚頑的舉動乃在委棄賦稅，禪讓大權，和卸除王冠——這纔眞是鹵莽得可怕，眞是威權在諂媚面前低頭。因此鏗德求李爾「留下你的君權」。爲證明鏗德所關切的乃是李爾而不是考黛蓮，但看他下一段話裡說，他冒死的動機是王上的安全，便可以明白。還有，第三幕第四景裡李爾被逐於門外時，葛洛斯忒說道：「啊，那個好鏗德！他說過會這樣的」，那句話恐怕除了呼應鏗德現在這段勸諫以外，再不能指別的。況且如果鏗德眞是爲了考黛蓮纔受的放逐之禍，爲什麼他不跟著她往法蘭西去，卻喬裝著一名老僕，

去從長計較後，控制這駭人的鹵莽。
讓我冒死主張[35] 我這番判斷，
你那個小女愛你得並不最輕微；
有些人，他們那不善逢迎的低聲裡
雖不露[36] 內在的空虛，卻並非真正
寡情無義。

李爾　　　　　　鏗德，憑你的性命，
不准再說！

鏗德　　　　　　我只把自己的性命
當作和你的仇人們打賭[37] 的注子[38] ，
為你的安全，我不怕將它輸掉。

李爾　　去你的！

鏗德　　　　　　看得清楚些，李爾，讓我
常為你作一方鑑戒的明鏡[39] 。

冒了絕大的險，來隨侍李爾？分明「Reserve thy state」意思是「保持你王上底
尊嚴與權力。」

35 「Answer my life my judgement」（讓我把自己的生命抵當我這番判斷）譯為「讓
我冒死主張……」似較簡明而適合中文底語氣。

36 原文「Reverbs」，Steevens說大概是莎氏自造的字，意思是「reverberates」（反
射出，反響）。但此意不便直譯，姑作「露」。

37 從Dyce之《莎氏字彙》。

38 從Steevens所訓義。

39 Johnson釋原文「blank」為靶子正中心那一小片射箭的正鵠，它的功用無非是
幫助打靶人射擊準確，作一個有所遵循的目標。直譯原意應為「讓我永遠作你
打靶的正鵠」；但恐不易懂，因改作今譯。

李爾　　　咄，我對太陽神亞波羅⁴⁰起個誓——

鏗德　　　咄，我也對太陽神亞波羅起誓，

　　　　　國王，你空對你的天神們賭咒。

李爾　　　噁，你這奴才！無恥的賤人！〔欲拔劍出鞘。〕

亞爾白尼 ⎫
康華　　 ⎭　親愛的父親，不要這樣。

鏗德　　　宰掉我這個良醫，去酬謝⁴¹那惡病。

　　　　　快收回你那些恩賜；要是不然，

　　　　　只要我喉舌間還能發一聲叫喊，

　　　　　我總會告訴你你鑄成大錯，貽下

　　　　　無窮的禍患。

李爾　　　　　　　　聽我說，下流的東西！

　　　　　我把君臣間的道義心責你靜聽！

　　　　　你想叫我們毀壞我們從不敢

　　　　　毀壞的誓約，你想憑你那匹夫

　　　　　誕妄的驕橫攔阻我們的權能，

40　亞波羅為古希臘羅馬之太陽神。Malone 註曰：據 Geoffrey of Monmouth
　　（1100?-1154，為黑衣派 Benedictine 僧人，曾任主教，著有《不列顛諸王本紀》
　　〔*Historia Regum Britanniae,*〕1508，一卷）說，李爾底父親 Bladud 使魔法企圖
　　飛行，試驗失敗，掉在亞波羅廟上摔死。這情形和古代不列顛人底崇拜古羅馬
　　神道，莎氏想必在和林茲赫（Raphael Holinshed, 1580? 年卒）底《史紀》
　　（*Chronicles*, 1577）及薩克維爾（Thomas Sackville, 1536-1608）等合作之《官
　　吏鏡》（*Myrrovre for Magistrates*, 1559-1563）兩部書裡讀到過。

41　原文「and thy fee bestow Upon thy foul disease」可直譯為「把診金付給那惡病」，
　　但似欠自然。

　　　　　不叫施行生效，──這樣的情勢，
　　　　　不論是我們的性情或地位都不堪
　　　　　忍受[42]，──既然你冒瀆了君威，如今
　　　　　便得去接受那多事生非的酬報，
　　　　　好叫我們也恢復威儀底舊觀[43]。
　　　　　我們給你五天期限，免了你
　　　　　遭受瑣屑的糾紛與窘迫[44]，第六天
　　　　　你就得離開我們這厭棄你的國境。
　　　　　如果在十天之後，你那個放逐到
　　　　　國外去的正身依舊在境內找得，
　　　　　頓時就將你處死。滾出去！我對
　　　　　天皇巨璧德[45] 起個誓言，這事情
　　　　　決不收回成命。

鏗德　　　　　　　　拜辭了，王上：
　　　　　既然你如此，定要我遠離你左右；

42　Wright註，這句話是李爾性格焦躁暴烈的總關鍵。

43　解釋原文「Our potency made good」的，前有Johnson後有Wright等人之註，可以無復疑義。Moberly以為這是莎氏底妙筆，故意使李爾忘記就在那一天上他讓掉了王位，但竟又下了十天以後方能生效的命令，驅逐鏗德出境。

44　各版對開本都作「disasters of the world」，譯文係從Malone修正之「diseases of the world」。Malone謂，對開本所以異於四開本而誤作「disasters」，是因為手民不懂原字底意義。「disease」在古文字裡解作不甚嚴重的「人世間的不方便，麻煩和窘迫」。給鏗德五天期限也許可以免掉他許多「瑣屑的糾紛與窘迫」，但絕對不能防止「disasters」（大患難）底來臨。

45　巨璧德（Jupiter）為古羅馬眾神之皇。參看本景註21及40。

我在此遭放逐，去國外便有了自由[46]。——

〔對考黛蓮〕小公主，你心地誠實，言語也大方，

我指望天神們護佑你安全無恙！——

〔對剛瑙烈及雷耿〕願你們用行為去徵信你們的浮誇，

使親愛的言辭能有優良的顯化。——

我鏗德，公侯們，向你們說一聲再見；

他將在新去的國中度他的老年[47]。　　〔下〕

　　號聲大作。葛洛斯忒重入，同來者法蘭西王，浡庚岱公

　　爵，與眾隨從。

葛洛斯忒　　大王，法蘭西和浡庚岱君主們來了。

李爾　　　浡庚岱大公爵，

你同這位國王已爭求了許多時

我們的小女，如今我們先對你

開談：至少你要多少現給作

陪嫁的粧奩，再少了你便會停止

你的追求？

浡庚岱　　　　　　最尊貴的大王陛下，

我企望的不會超過你自願給的弘恩，

你也不會少給。

李爾　　　　　　　浡庚岱貴爵，

46　從初版對開本之「Freedom lives hence」。四開本作「Friendship lives hence」；
　　Jennens覺得「Friendship」（友情，友誼）要好些，因為和「banishment」（流
　　放，驅逐）正成針對。但集註本和通行的繕本大都作「Freedom」，譯者從之。

47　從Furness註。又鏗德這段話在原文亦為五步雙行駢韻體。

當先我們寶愛她那時節確然是
如此，但現今她已經貶低了價值。
你瞧，她站在那邊。那短小的身肢裡[48]
不論她有什麼，或是那短小的身肢
全部，加上了我們的不歡，（此外
卻並無什麼粧奩作陪嫁，）如果
這麼樣便能叫你稱心如意，
那麼，她就在那邊，就歸你所有。

淳庚岱　　我不知怎麼樣[49]回答。

李爾　　　　　　　　　她有了那種種
缺陷，孤零得親友全無，新遭
我們的痛恨，把我們的咒罵作粧奩，
我們又賭誓將她當作陌路人
相待，這麼樣你還要她不要？

淳庚岱　　請恕我，大王；我不能在這樣的情形下
定我的取捨[50]。

48　原文「little-seeming」，Johnson解作「美麗的」，Steevens作「虛有外表的」，Wright釋為「身材短小的」，而Schmidt則另有詮註。譯者採Wright底解釋，以其與White考證的原文本景八十二行呼應。參閱本景註17。

49　原文「I know no answer」，直譯可作「我不知什麼回答」，逐字譯便會是「我知道沒有回答」。但後者不能算翻譯，只是用中國字寫的英文。譯文與原意稍有不符，但為顧及語氣自然起見，這一點參差也就聽它了。這是翻譯不能十分縝密的一個最淺顯的例子，此外就多得註不勝註了。不過這裡或可譯為「我不作回答」。

50　原文「Election makes not up」，譯者從Wright註，解作「Election makes not its choice, comes to no decision, resolves not」（選擇力不能決定去取）。對開本原

李爾	那麼，讓她去罷；
	因爲我敢對賦予我生命的造化神
	起誓，我已告訴你她全部的資財。——
	〔對法蘭西〕對於你，大王，我不願那麼樣辜負
	你殷勤的厚意，將自己痛恨的來和你
	相配；因此，請你把愛慕心掉離這
	便是親情也羞於承認的小賤人
	身上，轉移到更值你青眼的地方。
法蘭西	這事情太過離奇，只不久以前
	她是你眼中的珍寶[51]，稱讚底主題，
	你老年底慰藉，最好也最親愛，
	難道這麼一瞬間竟許會闖下
	駭人的大禍，褪掉你一層層的愛寵。
	她那個過錯定必是荒唐得真叫人
	詫駭，要不然那先前你自承的鍾愛
	也不能完全不受謗毀[52]；可是

文「in such conditions」四開本作「on such conditions」；我從大多數註家所採用的四開本原文，因爲它比對開本自然些。Schmidt及Furness等從對開本，將「conditions」解釋成「qualities」（諸點）；殊不知浡庚岱底困難是在決定要不要考黛蓮，而不在決定取捨「孤零得親友全無」、「新遭我們的痛恨」、「把咒罵作粧奩」等諸點。

51　原文「object」Schmidt釋爲「the delight of his eye」（他眼中的歡快）。

52　Jennens所極力維持的四開本原文分明有印誤，譯文係從Furness所校勘過的對開本。譯者與Furness一樣，覺得Malone底箋註方能道出作者底本意；那就是說，「Fall'n」前有「must be」二字被省略。

　　　　　若要我信她闖下了那樣的大禍，
　　　　　只憑我理智底力量，沒有奇蹟
　　　　　降臨，那是萬萬地不能。

考黛蓮　　　　　　　　　　　　　我求
　　　　　父王陛下（假如為了[53] 我沒有
　　　　　那油滑的本領，滿口花言巧語，
　　　　　內裡卻絕無一絲半縷的存心；
　　　　　因為我有了善良的用意，總要在
　　　　　宣說之前做到，）我求你申明，
　　　　　我並無惡劣的污點，或其他的邪惡[54]，

53　「假如為了……」這一段，據Jennens及Ecclos二氏底猜度，是作者故意寫得斷
　　續不連的，藉以表現考黛蓮嬌羞的恐懼與忸怩的懦怯；尤其在她這樣可憐的情
　　況之下，那恐懼與懦怯，不消說，更要比尋常女孩子怕嫁不到夫婿的厲害些。

54　對開本作「murther, or foulness」，四開本作「murder, or foulness」，意思是「兇
　　殺，或邪惡。」Collier云，「murther」或「murder」似乎完全不適當；她不能
　　料想誰會疑心到她父親所以不喜歡她是因為她犯了兇殺；這分明是抄手或手民
　　把「nor other」抄錯或看錯了的。譯文即本此說。但White不主張改動，他說Collier
　　底訂正似是而實非，無足輕重；因為「vicious blot」（惡劣的汙點）二字意義
　　太廣泛，跟幾乎同樣廣泛甚至涵義相同的「foulness」（邪惡）放在一起，簡直
　　毫無取捨可從。可是White後來又自動放棄了這個主張，說把「no other」誤成
　　「murther」是極容易而無法否認的，並且「兇殺」在考黛蓮所列舉的缺點裡，
　　確是放不進去的。Hudson疑心考黛蓮故意說得太重，好顯出李爾罵她「便是親
　　情也羞於承認的這小賤人」之無稽。Furness論曰，校刊莎氏作品假若需要修正，
　　這纔是時候。如果要猜想考黛蓮會有殺人底嫌疑，倒不如採用了Walker那牽強
　　的「umber」（赭紅色的，暗褐色的），或Keightley那散文風味的「misdeed」
　　（惡行，犯罪）。可是Collier底訂正是千真萬確的，既改對了韻文方面的音律，
　　又合乎文字上的脈絡，而且對於考黛蓮底性格也不相衝突。至於White反對的
　　理由，說「汙點」與「邪惡」無從抉擇，我們盡可以解釋開去，認為她在極悲

　　　　　　並未有不貞的舉動，失足傷名[55]，

　　　　　　致使你把對我的恩寵和鍾愛

　　　　　　剝奪得不留分毫的餘剩。我求你

　　　　　　申明[56] 我所以失寵乃因[57] 缺少了

　　　　　　（這缺少[58] 反使我感覺到自己的富有）

　　　　　　一雙[59] 時時切盼著恩賜的眼睛，

　　　　　　一個沒有它我反自欣幸的巧舌，

　　　　　　雖然沒有它害我失掉了你的愛[60]。

李爾　　與其你不能得我的歡心，不如我

　　　　　　不曾生你好些。

法蘭西　　　　　　　　就只那麼樣嗎？

　　　　　　只是生性稍慢些，不曾把心中

　　痛極困窘的時候，不免措辭鬆散，Moberly説得好：「從汙點到兇殺，又從兇殺到邪惡，這意底程序不妙」。在莎氏當時殺人罪也許沒有像現在這樣嚴重，但毫無疑問不能比「邪惡」較輕。

55　Moberly云，這一行指傷風敗俗的行為，上一行指自然或本性上的缺陷。

56　原文本是連下來的一句長句。為避免不接氣或晦澀起見，不得不另起一句，將上文「我求你申明」重複一遍。

57　Hanmer以為「But even for want of that」底「for」為「the」之誤；依他的見解，那句子底結構應是「But even the want of that……（that hath deprived me of your grace and favour）」。可是Wright認為並非排誤，那句子應作「But（I am deprived）even for want of that……」。二者底差異不過是句法上的不同，意義上沒有分別。

58　譯文從Wright註，「for which」作「for wanting which」解。

59　原意為「一隻」，譯作「一雙」；這是兩國文字不能強同之處。

60　原文「Hath lost me in your liking」Wright解作「Hath caused me lose in respect of your love.」（使我在你愛我的那一點上受到了損失）。

想做的事情[61] 預先向你[62] 申訴？——
浮庚岱公爵，你對小公主怎麼說？
愛情要是混和了與主題[63] 不生
關係的利害底權衡[64]，便不是愛情。
你要娶她嗎？她本身便是份粧奩。

浮庚岱　　聖君李爾，你只須給她你自己
　　　　　倡言要給的那粧奩，我自會接受
　　　　　考黛蓮作我們浮庚岱底公爵夫人。

李爾　　　沒有。我發了誓言；決不能翻改。

浮庚岱　　真可惜，你把父親底愛心毀傷得
　　　　　那麼樣不堪，甚至連丈夫也因而
　　　　　喪失[65]。

考黛蓮　　　　　　　浮康岱，不用說話！既然
　　　　　他的愛專在計較財富底有無，
　　　　　我不能做他的妻子。

法蘭西　　最秀麗的考黛蓮，貧窮但也最富有，

61　Schmidt謂，「history」一字往往用以指人底內在生命底變動。

62　「向你」二字，原文所無。原文是寬泛的說法，譯文卻特指此事而言；雖然譯走了一點原意，但無傷大旨。原文本句「which……」專為形容上面的「tardiness」而設，並非箴言或諺語可比。

63　「entire point」Moberly訓為「main point」（主題，要點）。

64　從Knight註，「regards」解作「considerations」。

65　我真替你可惜，你把你父親底心傷得那樣厲害，氣得他連一點陪嫁的粧奩也不給你，因此你非但失掉了一個父親，便連丈夫也為了沒有嫁奩的緣故跟著失掉了。譯者所見原意如此。

　　　　孤獨無依，但最是無雙地美妙，

　　　　被人所賤視，可是最受我珍愛，

　　　　如果取人家遺棄的可稱合法，

　　　　我如今便取得你和你的那種種美德。

　　　　天神們，天神們！奇怪的是他們那麼樣

　　　　冷淡，我的愛卻燃燒成融融的敬仰。——

　　　　國王，你這位沒有粧奩的小女兒，

　　　　——我如今有幸——正好做我們自己，

　　　　臣民們和錦繡山河的法蘭西底王后。

　　　　任它水浸的浡庚岱[66] 有多少位公侯，

　　　　也休想有我這珍奇無價的[67] 閨女

　　　　作夫人。——考黛蓮，向他們說聲再會去，

　　　　雖然你失掉這恩斷義絕的無情界，

　　　　但也找得了一處更美滿的好所在[68]。

李爾　　法蘭西，你就有了她。就讓她歸了你；

　　　　我們不認有這樣的女兒，從此

　　　　也不想再見她的臉。——你就這樣走；

　　　　我們的恩寵，慈愛，和祝福你全沒有。——

　　　　來，尊貴的浡庚岱。

　　　號聲大作。人眾盡退，只留法蘭西，剛瑙烈，雷耿與考

66　原文「waterish」含鄙薄之意。Burgundy為法蘭西境內水流最多的區域。

67　從Wright註，原文「unprized」作「priceless」解。

68　Johnson註，「here」與「where」二字在這裡作名詞用：你失掉了這裡，但另外找到了一個較好的去處。

<table>
<tr><td></td><td>黛蓮四人在場。</td></tr>
<tr><td>法蘭西</td><td>向你兩位姊姊作別。</td></tr>
<tr><td>考黛蓮</td><td>你們這[69] 兩顆父親心目中的珍寶，</td></tr>
<tr><td></td><td>考黛蓮潮潤著眼睛和你們分手，</td></tr>
<tr><td></td><td>你們的本性如何我全都明白；</td></tr>
<tr><td></td><td>只是為妹的不願敞口言明</td></tr>
<tr><td></td><td>你們的過錯。好好地愛著父親。</td></tr>
<tr><td></td><td>我將他付託給你們所自承的敬愛[70]；</td></tr>
<tr><td></td><td>但是啊，如果我不曾失掉那恩寵，</td></tr>
<tr><td></td><td>我願將他付託給較好的所在。</td></tr>
<tr><td></td><td>跟你們再會了。</td></tr>
<tr><td>雷耿</td><td>我們的本分不用你來吩咐。</td></tr>
<tr><td>剛瑙烈</td><td>你快去學習些撫慰夫君的婦道，</td></tr>
<tr><td></td><td>他肯收受你也算是命運捨慈悲。</td></tr>
<tr><td></td><td>對父親的順從你用得太過刻嗇，</td></tr>
<tr><td></td><td>那麼你不肯給人正合該人家</td></tr>
<tr><td></td><td>給你也照樣地不肯[71]。</td></tr>
</table>

---

69 四開對開各本都作「The jewels」，但自經Rowe開始改為「Ye jewels」之後，通常的繕本都從他，原因自然是改訂的比初印本好些。Steevens說得有理，他說古時原稿上這「ye」「the」兩字不分，都寫作「ye」；那就是說稿本上的「Ye」大概為「Ye」之本字，「The」之簡寫，而初版印本上的「The」多半因手民未窺詩人本意，誤以「Ye」為「The」之簡寫，遂致印誤。好得在我國文字裡這兩層意思可以並不費力地同時譯出。

70 Delius云，考黛蓮將她父親付給她們所自承的敬愛心，卻沒有將他付託給她們心坎裡的那寡情薄義。

考黛蓮　　　憑百褶千層的[72] 奸詐隱藏得多麼巧，

　　　　　　時間自會顯露她本來的真面貌；

　　　　　　遮掩著罪惡的人們最後總難免

　　　　　　羞辱到來把他們嘲笑的那一天[73]。

　　　　　　祝你們亨通如意！

法蘭西　　　來罷，我的明豔的考黛蓮。

　　　　　　　　　〔法蘭西與考黛蓮同下。〕

剛瑙烈　　　妹子，關於可說是跟我們兩人都有份的事情我還[74]

71　原文「And well are worth the want that you have wanted」這一行經過許多校刊者底修改和詮註，我以為Theobald底解釋比較適當：隨後丈夫若不對你表示恩愛，也只活該你消受罷了，不能怨誰，因為你自己也並不對父親表示敬愛。這裡好像是剛瑙烈故意說的半明半晦，叫考黛蓮難於捉摸；譯者在此想保持一些原來的神情，故也譯得半吞半吐。

72　原文「plighted」古時與「plaited」通用，意即褶疊。比《李爾王》早十多年的史本守（Edmund Spenser, 1552?-1599）底敘事長詩《仙后》（*Faerie Queene*, 1589-1596）裡用過這字，比《李爾王》晚二十多年的彌爾敦（John Milton, 1608-1674）底假面劇《科末斯》（*Comus*, 1634）裡也用過這字，都是這個意思。

73　原文「Who covers faults, at last with shame derides」頗難索解；經Jennes改「covers」為「cover」，又經Collier改「with shame」為「shame them」後，便覺明暢。譯文從以上二家之訂正，及Dyce之「Who」字註，此說有Furness加以佐贊。Henley以為考黛蓮在暗指《聖經舊約》〈箴言篇〉（Proverbs）28章13節底「遮掩自己罪過的必不亨通」一語。Schmidt等三數家主張維持原文；Schmidt謂「Who」字指「時間」，依他的解釋可以這樣譯法：「時間能把罪惡遮掩住一時，但終竟會用羞辱來加以笑罵」。

74　原文不表「還」字意，但我覺得有這點意思在裡頭：「……it is not little I have（yet）to say of what most nearly appertains to us both」，這句話正和對開本原文下文底「the observation we have made of it hath been little」互相呼應。參看註76。

有不少話說呢。我想今晚上父親就要離開這兒了[75]。

雷耿　　　那當然是，且是跟你們走；下個月就輪到我們。

剛瑠烈　　你瞧，他歲數大了，多麼變化不定；我們過去的觀察只怕還不很到家[76]呢；他向來最愛妹妹，如今下的多麼壞的判斷丟掉了她，是不用說得也誰都知道的。

雷耿　　　那是因爲他年紀大了，人就懵懂了起來；可是他是素來做事，總是連自己也莫明其妙的。

---

[75] Eccles云，全劇從沒有暗示過某一場佈景某一個固定的地點，只除了快劇終時我們纔被引到多浮城（Dover）附近；作者也不曾告訴過我們，李爾分國後可是那一對兒婿住在他自己的宮裡。我們只知道不論他們在那裡設朝，他總是一月一回的去輪流寄寓。關於這一層，Bradley說，這劇景地點底模糊，和劇中人踪跡底迷離撲朔；加上那雰圍底冰冷漆黑得可訝（這雰圍包裹籠罩著劇中人，像冬天底濃霧一般，放大了他們的隱約的輪廓）；再加上大自然底震動與人情底變亂——那震動那變亂底勁厲與浩大；又加上崇高的想像，徹骨的悲思，和刺心的諧謔——這三者底互相滲和浸透；還有造化底無邊力量在個人底命運與情欲間似有所形成及主使；還有人生強烈經驗底收容之富與種類之繁——總之，這本戲範圍底博大精深和氣勢底沉雄鬱勃，就是它所以爲莎士比亞最偉大的作品底原因。

[76] 譯文從對開本原文「hath been little」，四開本作「hath not been little」，二者剛正相反。我覺得Schmidt底見解極好，應該從對開本；那就是說，長次二女在劇本開幕前已議論到她們的父親，而且把他批評得很厲害，如今她們見了鏗德被逐，考黛蓮未得尺寸土地而去，雖在各自慶幸分得了一筆意外的大臟，但剛瑠烈對她父親的評價反而更加低落，所以她覺得以前她私下誹謗他的話並不過分，反嫌不夠。這樣子解釋於剛瑠烈底性格很有關係，更顯得她的陰險奸詐。通常的繕本大都從四開本之「hath not been」，我不懂有何好處。

剛瑙烈　　　他最好最健全的年頭[77] 上也只是鹵莽罷了；那麼，歲數一大，我們指望著要生受他的不光是習慣成了自然的[78] 短處，還得吃他老來糊塗和剛愎任性的虧呢，那纔不容易辦。

雷耿　　　　就說趕掉鏗德那一類的任性亂來，我們大概也得受領些罷。

剛瑙烈　　　法蘭西還在跟他行作別的禮。我勸你讓我們合在一起；要是父親還攬著權任著他的老性子幹下去，他剛纔把君權交出來只會鬧得跟我們過不去。

雷耿　　　　我們再想一下。

剛瑙烈　　　我們一定得有個辦法[79]，而且得趕快[80]。〔同下〕

77　據Wright註。

78　據Malone註。

79　直譯原意應為「做點事出來」。

80　Steevens釋原文「i' th' heat」曰：趁鐵紅熱時我們就得搥。這是一句諺語。

第二景[1]

葛洛斯忒伯爵堡邸中，

藹特孟上場，手執信一封。

藹特孟　　你啊，天性[2]，你是我敬奉的女神；

1　Eccles認本景（葛洛斯忒底野子藹特孟在此開始陷害他嫡出的哥哥藹特加）距第二幕第一景（那裡葛洛斯忒聲言要散發圖像到各口岸去緝捕藹特加）有好幾個月，相隔得那麼長久而藹特加竟會不去設法解除他父親底誤會，未免太不合常識。以增進劇情底速率作理由，Eccles就把這一景移作第二幕第一景，把那原來的第二幕第一景順序移作第二景，依此類推。這樣一來，據他說，藹特孟底造謠害人和他怎樣勸哥哥逃走，怎樣假裝自己受傷等等，便可以緊湊在一起，在一天甚或至幾點鐘裡發生。Furness對Eccles此說深致不滿，他說：細按原文，我們可以知道作者分明有意把本景作第一幕第二景，但看下文葛洛斯忒進場時獨自喃喃地說道：

鏗德便這麼被他流放到國外？

法蘭西又是含怒而別？再加上

國王自己今晚上要離開此地？

讓掉了大權，只靠一點兒支應？

這都是心血來潮時的妄動輕舉！

而且，譯者也覺得，即就全劇佈局而論，這葛洛斯忒故事雖不及李爾王故事那麼重要，卻也處於副要的地位：那麼，全劇開場第一景介紹主要的情節，接著第二景介紹副要的，可說是最適當不過的用筆了。通行本大都不從Eccles所改次序。

2　我們不能同意於Warburton所下的解釋，說莎士比亞將這私生子寫成一個無神論者，不崇拜上帝而崇拜自然；這位虔誠的十八世紀批評家又說作者所以這樣寫

我對你的大道盡忠乃事理所當然。
只因我比那長兄晚生了十二回，
十四回月色底盈虧，為什麼我便該
生受那瘟人的[3] 習俗摧殘，讓苛細
刻薄的[4] 世人剝削我應有的權益？[5]
為什麼是野種？憑什麼叫做低微？
我這副身肢和人家一般地構造，
內心底高貴和外表底端方比得上
任何淑婦貞妻[6] 底後代。為什麼
他們總苦苦地將人污辱，說是

法，乃因當時英國朝廷上自義大利習染來的無神論（由一班到義大利去的年輕留學生帶回英國）作怪得太過厲害之故──這分明將作者當作一個宗教及道學臭味極重的村鎮小教區底牧師了。Steevens說，藹特孟所謂「天性」或「自然」乃是與「習俗」相對立，而是女神，並不與上帝對立。又說：藹特孟以為他出生世上既然和「習俗」或法律無緣，便只須輸誠誓忠於「天性」與「天性」底大道，而「天性」底大道是不分什麼嫡出野生或長兄幼弟的，都一視同仁。

3　Warburton覺得原文「plague」不通，把它改為「plage」，「plage of custom」則解作「習俗底境界（或範圍）」；他這樣一改把藹特孟對社會的怨毒抹殺了不少，殊令人不解。譯者從Capell, Halliwell等註：藹特孟認「習俗」底可惡與瘟疫一般無二，所以「Stand in the plague of custom」（站在習俗底瘟疫裡）就是說受它的種種麻煩與磨難，如藐視私生子，重長輕幼等歧視及不公待遇。

4　Theobald主張原文「curiosity」應改為「curtesie」。Heath駁得有理：藹特孟總不會自認吃了社會底虧，如今正要揭發這不公平，還稱呼社會剝奪他的權利是「禮讓（或客氣，或恩典）」。譯者從Heath, Mason, White等以及通行的縮本，主維持「curiosity」（苛細，刻薄，或挑剔）。

5　Steevens曰，原文「deprive」在作者當時與我們的「disinherit」（剝奪承繼權）同義。

6　原文「honest」作「貞潔」解。「madam's」Delius以為在這裡含有諷刺的意味。

低微？微賤？野種？低微，低微？

我們纔真是天性底驕子[7]，偷趁

父母間[7]元神蓬勃的須臾，取得了

渾厚的成分和銳不可當的質素；

我們比較他們，——在遲鈍不靈，

平凡陳腐，和困頓厭倦的床褥間，

半醒和半睡中，產生的那一群蠢才[8]，——

他們怎能和我們相比？好罷，

合法的藹特加，我定要得你的地土。

我們的父親愛他的野種藹特孟

和愛他的嫡子一樣。好字眼，「嫡子！」

不錯，嫡子，如果這封信成了功，

這計畫進行得順遂，低微的藹特孟

準會佔據那嫡子底上風[9]。我發揚

長大，順利亨通；如今，天神們，

7　這一段不易直譯；為行文通暢起見，「驕子」與「父母間」為譯者所補加。

7　同前註。

8　據Schmidt說，原文「fops」一字在作者當時和現在流行的意義稍異；現在通常作「fools」（傻瓜）或「dandies」（花花公子，艷冶郎）解，當時卻和「dupes」（活該受人愚弄的傻瓜）同義。

9　初二版對開本原文作「to' th'」，四開本作「tooth'」。Hanmer以為應作「toe the」，據說藹特孟用意是要和藹特加並趾而行，意即不相上下。Warburton大不謂然，將Hanmer大大取笑了一頓。Malone說，Sir Joshua Reynolds告訴他，在特文郡（Devonshire）方言裡，「toe」可作「連根拔起」解；若果如此，原文就講得通了。但通常的本子都採Edwards及Capell所訂正的「top the」；這讀法可譯為「凌駕而上」、「佔據上風」、或「爬在他頭上」。

我求你們護佑我們野種！

葛洛斯忒上場。

葛洛斯忒	鏗德便這麼被他流放到國外？
	法蘭西又是含怒而別？再加上
	國王自己今晚上要離開此地？
	讓掉了[10] 大權，只靠一點兒支應？
	這都是心血來潮時的[11] 妄動輕舉！——
	藹特孟，怎麼了！有什麼消息沒有？
藹特孟	稟告父親，沒有消息。
葛洛斯忒	為什麼趕忙把那封信藏起來？
藹特孟	我不曉得什麼消息，父親。
葛洛斯忒	你在看那張什麼紙頭？
藹特孟	沒有什麼，父親。
葛洛斯忒	沒有，那麼，用得到那樣慌慌張張[12] 塞在口袋裡做什麼？要沒有什麼便用不到這樣藏起來。給我看；來，要真的沒有什麼，我便不用戴眼鏡了。
藹特孟	求您寬容，父親；這封信是哥哥寫給我的，我還沒有把它看完；可是我所看到的，我覺得給您看不合

---

10 從Johnson，Malone等註，根據四開本之「subscribed」，解作「移交權力」或「讓掉」。對開本作「prescrib'd」。

11 各家解釋不同，我覺得Johnson底最妥：「upon the gad」是被異想或幻念所刺激的意思，彷彿牲畜被牛蛇（gadfly）所刺而亂跑亂闖一樣。

12 「terrible」一字在目下通用的英文俗語裡作語疣用，用以增加說話底著重性，自身卻並無意義；在這裡White謂作「慌張失措」解。

式。

葛洛斯忒　　把信給我，你這傢伙。

藹特孟　　　不論我留著或是交出來都得開罪您老人家。可是怪不了我[13]，只怪這裡邊我所知道的那一部份的內容。

葛洛斯忒　　等我們看罷，等我們看罷。

藹特孟　　　為哥哥剖白罪名起見，我希望他寫這封信只為要試探[14] 我的德性怎麼樣。

葛洛斯忒　　〔讀信〕「我們做人一世，正當在大好年華的時節，這個敬惜老年的政策[15] 便來把世界變成了個苦澀無味的東西；我們好好的財富都給留難了起來，直等到我們也老了，不再能享樂，纔算完事。我開始感覺到一個又柔弱又愚昧的[16] 老人底專制勢力在那裡束縛我，壓迫我；但那個勢力所以能那樣當權，並非為了他本身有什麼力量，卻只因我們儘他去橫

13　此語為譯者所添。

14　據Steevens說，原文「essay or taste」為君王進食前有人嘗試御膳，以證明沒有奸人進毒的那個儀制。但Johnson以為此二字似應作「assay or test」，都是冶金學裡的術語，意思是測試。我以為兩個解釋雖連想絕不相同，但這裡被借用的卻都是「試驗」這層意義；不過要講究得精細一點，Johnson所釋似乎更切當些，因為藹特孟說他的哥哥也許要試探他德性底好壞，就比如一個冶金師要測試一塊金屬品底金質純駁一樣。

15　從Schmidt，把原文「policy and reverence」作「policy of holding in reverence」解。

16　譯文用Johnson註。

行。你來看我一下，我再和你細談。要是父親在我
弄醒他之前一直睡著，你可以永遠享得他收入底一
半，而且永遠是你哥哥底愛弟。藹特加。」哼！是
陰謀？——「在我弄醒他之前一直睡著，你可以享
得收入底一半！」——我的兒子藹特加！他居然有
寫得出這話的手？想得出這話的心腸[17]？——這是
什麼時候到你手裡來的？是誰帶給你的？

藹特孟　　不是帶給我的，父親；刁就刁在這裡；是扔在我房
　　　　　裡窗櫺前面給我撿到的。

葛洛斯忒　你知道這是你哥哥底筆跡嗎？

藹特孟　　寫的要是好話，父親，我敢發誓那是他的筆跡；可
　　　　　是如今這樣子，我但願不是他的。

葛洛斯忒　是他的。

藹特孟　　是他的筆跡，父親；不過我希望這話裡沒有他的真
　　　　　心。

葛洛斯忒　關於這件事，他可從來不曾探問過你嗎？

藹特孟　　不曾有過，父親；但我常聽他主張，兒子在成年以
　　　　　後，父親已衰老了，那時候，最合式的辦法是父親
　　　　　讓兒子去保護他，兒子經管著父親底收入。

葛洛斯忒　啊，壞蛋，壞蛋！他信裡就是這個主張！駭人聽聞
　　　　　的壞蛋！這逆倫的該死的壞蛋，和禽獸沒有分別！

17　原意為「心與腦」，我覺得毋須直譯。

比禽獸還壞！——去，小子[18]，找他去；我要把他逮起來；這可惡透頂的壞蛋！他在那兒？

蔼特孟　我不很知道，父親。要是父親按捺一下子，等到從他身上得了可靠些的憑證，知道他真意怎樣，然後纔對他發怒，那樣纔是一條實在的正路；可是您若先就對他暴躁了起來，誤會了他的用意，便會把您自己的尊嚴弄得掃地[19]，而且把他的順從心也打破了。我敢將自己的生命作抵，他寫這封信只為試探我對大人的愛敬如何，此外卻沒有危害的用意[20]。

葛洛斯忒　你以為這樣嗎？

蔼特孟　要是大人覺得合式，在聽得見我們談論這事的地方我把您藏了起來，那時候您親自耳聞了證據，便可以完全知道；這事不用躭擱時間，就在今晚上可以做到。

葛洛斯忒　他不會是這樣一個怪物似的——

蔼特孟　當然不會。

葛洛斯忒　對待他的父親；我愛他得那麼溫存；那麼全心全力地愛他。我對天地賭咒[21]！蔼特孟，找他出來；我

18　有些英漢字書把「sirrah」譯為「賤人」；在這裡我認為譯作「小子」更切當些。

19　原文作「make a great gap」（弄成一個大缺口）。

20　從Johnson註，「pretence」解作「design, purpose」（設計，用意）。

21　這段在初二版對開本裡都沒有，是從許是盜印的四開本裡補來的。Schmidt極力主張從對開本，他的理由如後。如果葛洛斯忒對蔼特加「愛他得那麼溫存，那麼全心全力地愛他」，為什麼做父親的於真相尚未大白之前，便在兒子背後那麼嚴厲地定他的罪，使他在家裡軌不住，得東奔西竄的去逃命？這樣子在真的

要你去替我弄清楚他的底細[22]；你自己去見機行事
好了。爲解決這個疑難，我寧願把地位財產全都不
要[23]。

藹特孟 我就去尋他，父親，隨機行變地去辦事，再來讓您
知道。

葛洛斯忒 近來這些日蝕月蝕[24] 不是好兆；雖然格致學上可以

人事裡或好的劇情中，都說不過去。在本景和第二幕第一景裡，葛洛斯忒底性
格特點顯露得極清楚：他對於兩個兒子都沒有什麼舐犢的深情。在開場第一景
裡他和鏗德的交談中，我們可以知道，結婚和做父親的責任於他都是無所謂的
一回事。他兩個兒子分明都不在他心上，要說「知子莫若父」當然更談不到。
只在他認爲藹特加如同死了的一般之後，而李爾底命運又使他自己的前途也有
了陰影（第三幕第四景），他纔想起兒子被緝捕的苦況，表示了一點點憐恤。
次子藹特孟在外九年已見第一幕第一景，出門已九年的兒子一旦長成了回來，
父親是無從了解他的品性的；同時長子藹特加我們知道「並不比他更在我心
上」，那就是說同樣是個陌生人，不在他意中。既然他有了兒子，便得承認；
他對於生兒的責任只如此而已。莎士比亞要我們認識葛洛斯忒是這樣一個人，
所以他決不會寫這句話：「我愛他得那麼溫存，那麼全心全力地愛他。」這話
與劇中的前情後事根本矛盾，必然是一個自作聰明的演員加了進去，然後經人
抄下來，誤入四開本的。以上Schmidt底考證，譯者以爲雖很有理由，但葛洛斯
忒儻許會實際上對大兒子並無慈愛，等中了藹特孟底奸計，誤信大兒子眞要謀
害他時，他嘴裡忽然來一句空洞的口惠，「我愛他得那麼溫存，那麼全心全力
地愛他」。

22 原文「wind me into him」底結構經Johnson最先指出，如同「do me this」。

23 從Heath，Tyrwhitt二人註。

24 西方中世紀也和我們古時一樣，信日月蝕和彗星出現等天象上的變化兆主凶
否。雖然近世科學是文藝復興時發的芽，但中世紀遺留下來的風俗習慣思想信
仰並不能在短期間內徹底消滅。這個視自然界現象徵兆吉凶的迷信便是舊時的
遺風之一，好比我們在今天還有設壇祈雨，見月蝕滿街放鞭炮等事一樣。除了
觀察天象推算星命的占星術（astrology）之外，當時還有相手術（palmistry），
點金術（alchemy），和專講人身體液（humours）的醫術等假科學，仍然深中

　　　　　　如此這般地解釋，可是到頭來我們大家還是遭了它
　　　　　們的殃；愛情冷了，友誼中斷了，兄弟間失了和穆：
　　　　　城裡有兵變；鄉下有擾亂；宮中有叛逆；而父子間
　　　　　的關係破裂掉。我的這個壞蛋就中了這兆頭；這是
　　　　　兒子跟父親過不去：國王違反了他本性底慈愛；那
　　　　　是父親對孩子不好。最好的日子我們見過了；如今
　　　　　是陰謀，虛偽，叛逆，和一切有破壞性的騷擾，很
　　　　　不安靜地送我們去世[25]。把這個壞蛋找出來，藹特
　　　　　孟；那不會叫你吃虧的；跟我小心著去幹吧。還有
　　　　　那性情高貴心地真實的鏗德給流放了出去！他的罪
　　　　　過只是誠實！真奇怪。

　　　　　　　　　　　　　　　　　　　　　　〔下。〕

藹特孟　　　這世界真叫做活該上當[26]，我們要是遇到了運氣不

著人心。據Wright説，「近來這些日蝕月蝕」是指1605年10月間的大日蝕，和
不滿一個月前的那次月蝕；「格致學」指哈惠（John Harvey, 1563?-1592）底
《關預言之妄》（*A Discursive Problem Concerning Prophesies*, 1588）。「wisdom
of nature」一辭Schmidt訓為「natural philosophy」（格致學，物理學），Furness
亦解作「關於自然之智慧，對於自然底法則之知識」，又下文「nature」一字，
《莎氏用字全典》本字項下第三條解作「人身體上與道德上的機構」，譯文不
宜太詳，姑含糊些作「我們大家」。

25 據Wright説，此語或指1605年11月5日發現的「火藥大陰謀」（the Gunpowder
　Plot）。這是英國歷史上一件天大的案子。天主教徒為報仇雪恨起見，密派了
　一個名叫福克斯（Guy Fawkes, 1570-1606）的埋藏大量的火藥在上議院議場地
　下，想趁英王詹姆士一世（James I, 1566-1603-1625）去開議會的時候，將他連
　同上下議員全體炸得一個不留；不料事機不密，罪犯於發火前被捕，招出了好
　多蓄謀指使的人。

26 見本景註8。

好，——那往往是我們自己的行為不檢點[27]，——
我們便會把晦氣往太陽，月亮，和星子身上一推；
彷彿我們是命裡注定了的壞蛋，天意叫我們做傻
瓜，交了做惡人，偷兒，和反賊的星宿，星命氣數
間逃不掉要成醉鬼，要撒謊，要姦淫；所有一切只
要我們有不好的地方，都怪天命。人那個王八羔子
真會推掉責任，不說自己性子淫，倒去責備一顆星！
我母親同父親在龍星尾巴下結了我的胎，我的生日
又歸算在大熊星底下；因此我便得又粗鹵，又淫蕩。
呸，即使天上最貞潔不過的星子照在我給他們私生
的時辰上，我還是跟我現在一個樣。藹特加——

　　　　藹特加上場。

他來得正好，活像舊式喜劇裡快要收場時那緊張的
情節[28] 一樣，我出場扮戲的模樣[29] 是愁眉苦眼[30]，

---

27 Collier疑四開本原文「surfeit」為「forfeit」之誤，因當時的鉛字 s 與 f 兩字母
　　極易蒙混；若依他的推測，這一句可譯為「往往是我們自己行為不好底責罰」。
　　但通常的繕本大都不從Collier擬改的拼法，也不從對開本底「surfets」，而從四
　　開本之「surfeit」（過分，無節制，不檢點）。

28 Heath註，意思就是說，正像決定舊時劇本裡那重要關頭的劇情來得恰是時候
　　一樣，因為那裡全劇底進展已達到最高點，觀眾正等得有些不耐煩起來了。這
　　是藹特孟在取笑他哥哥，下一句他又將自己比作一個戲子。

29 原文「cue」，Bolton Corney引勃忒勒（Charles Butler，1647卒）底《英文法》
　　（English Grammar, 1634）云，「Q」一字母為演劇底本上一個指示伶人上場
　　的符號，因為它是拉丁文「quando」一字底第一個字母，「quando」底意思是
　　「當」，就是說當這時候演員就得上場說話。Wedgwood則援引十六七世紀辭
　　書編纂人明叔（John Minsheu，生卒於1617年前後）云，此字與「qu」同，為

還得像瘋叫化湯姆[31] 似的長吁短歎著。唉，這些日
蝕月蝕便是這些東崩西裂底預兆！fa，sol，la，mi[32]。

藹特加　怎麼了，藹特孟兄弟！你這麼一本正經在冥想些什
麼？

藹特孟　我正想起了前兒念到的一個預言，說是這些日蝕月
蝕就主有什麼事情要跟著來。

藹特加　你可是在這件事上用功夫嗎？

藹特孟　讓我告你，他預言的那些結局不幸都應驗了；譬如
說[33]，親子[34] 間反常的變故；死亡，饑荒，舊交底

伶人們所習用的字眼，意思是一個戲子演唱完了，第二個接上去說話應當怎麼
一個模樣。Wright以為這字來源是法文底「queue」（尾巴），意思是一個演員
說白底尾語，用以提醒下一個演員者，好讓他預備出場。以上的訓話雖相差無
幾，但譯者認為Wedgwood所援引的古解似最貼切。

30　原文「villanous melancholy」本意為「惡劣不堪的愁慘或憂鬱」，譯作「愁眉
苦眼」似較合於對白。

31　「Tom o' Bedlam」譯文作「瘋叫化湯姆」，也許有人覺得太略，「Tom」是王
三李二之意；「Bedlam」乃倫敦一個瘋人院，是「Bethlehem」一字叫別了的。
那院舍1247年初建時本名「The Hospital of St. Mary of Bethlehem」（伯利恆聖
母院修養下院），為一修道院，專作招待自基督教聖地St. Mary of Bethlehem（伯
利恆聖母院）來英的僧人而設；1547年上諭正式改為專收瘋人的病院。當時有
一幫裝瘋的劣丐，常自稱為「可憐的湯姆」，因被名為「伯特欄裡的湯姆」（Tom
o' Bedlam）。參閱第二幕第三景註5。

32　藹特孟哼這幾個音階毫無涵義在內，用意是要混亂藹特加底聽聞，同時又可以
顯得自己不見他來。有幾位註家硬要裝些意義在裡頭，似可不必。

33　自「譬如說」起至「得了，得了」，止的原文，對開本中沒有，僅見於四開本。
據Schmidt說，這一段文字裡有六個字，除了在這裡，從未在莎氏任何作品中用
過：這更足以證明這段文字非出於作者之手，乃旁人妄加的。那六字是
「unnaturalness」、「menace」（作名詞用）、「malediction」、「dissipation」、

中斷；國家底分裂，對國王貴族們的威嚇和毀謗；用不到的猜疑，親人[35] 被流放，軍隊[36] 給解散，婚姻被破壞，和諸如此類的事變。

葛特加　你變成一個占星的術士有多久了？

葛特孟　得了，得了[37]，你最近看見父親是什麼時候？

葛特加　昨天晚上。

葛特孟　跟他說了話沒有？

葛特加　說的，連說了有兩點鐘。

葛特孟　是好好分手的嗎？他說話裡頭和臉上不見有什麼不高興嗎？

葛特加　一點也沒有。

葛特孟　你想一下有什麼事許是得罪了他；我勸你暫且別到他跟前去，過些時候等他的氣漸漸平了下去再說，眼前他真是一團火，就是害了你的性命也不能叫他息怒[38]。

「cohort」和「astronomical」。雖然這段文字可疑的成分很多，但通常的版本大都把它收入。翻譯時我感覺有個困難無法擺佈，那便是含有s與d兩個子音的雙聲（alliterative）字特別多。

34 四開本原文作「child」，譯文為簡括起見作「子」。我國文學裡一向把這字在男女身上通用；我以為我們不應取消這字底富有彈性的意義。

35 「friends」（親人，所親信的，親近他的）暗指鏗德之被逐於李爾。

36 幾位註家對四開本原文「cohorts」都有疑問。Schmidt直認無法解釋。

37 四開本原文「come, come」我這樣譯，雖稍嫌俚俗，但尚能傳達原文底語氣。

38 原文「with the mischief of your person it would scarcely allay」底「with」一字，Hanmer，Capell，Johnson等認為不可解；前二者主改作「without」，後者主改作「but with」，都以為這是說葛洛斯忒憤怒得要傷害了葛特加底身體纔肯罷休。

藹特加	有壞蛋促狹了我。
藹特孟	我也怕是這樣。我勸你耐著點性子,等他把惱怒放平靜些再理會,並且依我說,你還是到我那裡躲一下好,機會巧我可以到那邊領你去聽到父親親自說的話。我勸你就去;鑰匙在這兒。你要是出去,還得帶著武器。
藹特加	帶著武器,兄弟?
藹特孟	哥哥,我勸你都是為你好;你得帶著武器;要是他對你有什麼好意,我就不是老實人。我把見到聽到的告訴了你;可是只約略告了你一點,實在的形景可怕到怎樣還沒有說呢;我勸你就走。
藹特加	我能馬上聽你的信息嗎?
藹特孟	這個我會替你辦。—— 〔藹特加下。〕 一個輕易聽信人言的父親, 加上了一個心地高貴的哥哥。 他天性絕不傷人,因此他對人 也毫無疑忌;他那麼愚蠢的誠實 正好讓我使權謀[39] 去從容擺佈。

但譯者覺得藹特孟底意思還不僅止此,原文應作「(even)with ……」解,方能神情畢肖,而且「even」(即使、就是)之意和跟著來的「scarcely」前後呼應,似很明顯。「mischief of your person」是「危害你的身體」之意,譯文稍重了幾分。

39 原文「practices」這一字Furness引Dyce底《莎氏字彙》解曰:「contrivance, artifice, stratagem, treachery, conspiracy」(籌劃、詭計、策略、叛圖、陰謀)。

我知道怎樣辦了。我生來既沒有
地土，就讓我施展些智謀，用些計；
只要調度得合式，什麼都可以[40]。　　〔下。〕

---

[40] 本景用散文極多。據莎氏學者研究底結果，莎劇中有四種散文：一、信札及正
式文件裡的散文；二、喜劇場面及低下生活底文字，如鄉下老或粗人對話，小
丑打諢等；三、閒談瑣細；四、反常心性之散文，如瘋狂、神經錯亂，想像極
度飛越等。本景散文可歸入第四種。

第三景

亞爾白尼公爵府邸中。

剛瑙烈與管家奧士伐上場。

剛瑙烈　　　我父親動武打我的家臣，可是爲說了一下他的傻子
　　　　　　嗎？

奧士伐[1]　　正是的，夫人。

剛瑙烈　　　不論在白天，在夜晚[2]，他總欺侮我；
　　　　　　每一點鐘裡不是闖下這樣，
　　　　　　便得闖下那樣一場大禍，
　　　　　　真把我們攪擾得顛倒了乾坤[3]。
　　　　　　這樣我可不能再忍受。他那班
　　　　　　侍從的武士荒淫暴亂[4]，他自己

1　Coleridge註：這管家正該和鏗德相反，他是莎士比亞作品中最卑鄙得不可救藥
　　的角色。即就這一點而論，詩人底判斷力和發明力也是灼然可觀的——因爲除
　　了是這樣的一個賤東西以外，甘心替剛瑙烈做爪牙的還能有什麼別的性格可
　　言？別的罪惡都配不上他，只有這無恥的卑鄙纔和他的身份相稱。

2　從Whalley, Steevens等釋義。

3　原文「sets us all at odds」意即「把我們弄得亂七八糟」，說重些便是「鬧得我
　　們天翻地覆」。

4　原文「riotous」在Schmidt《莎氏用字全典》本字項下第一條內解作「tumultuous,
　　seditious」（混亂的、騷動的），但下一景裡剛瑙烈在同一種態度與情緒下又

為一點小事便破口將我們叱責。

他打獵回來時我不願同他說話；

只說我病了，假若你不如以前

那麼樣恭敬從命，倒是很好；

那不恭底過錯自有我來擔負。

奧士伐　　他在來了，夫人；我聽得見他。　〔幕後角聲起〕

剛瑙烈　　你同你的夥伴們儘自去裝出

厭倦的要理不理的神情[5] 對他；

我故意要把這件事跟他較量[6]。

要是那麼樣不合他那副脾胃[7]，

讓他去到妹子那邊，她和我，

我知道，對於那一層卻同心合意，

不能[8] 讓他作主[9]。癡愚的老人，

他還想掌握他已然給掉的權威！

　　說到「riotous inn」（放蕩下流的客店），故譯文兼收此二意。

5　原文「negligence」（懈怠、疎慢）。

6　為明晰起見，「跟他」二字為譯者所增。「question」，據Schmidt，解作「discussion，disquistion，consideration」（商討，議論，較量）。

7　原文「distaste」作「不合口味」解，但「脾胃」似比「口味」堅定些，雖然在通行口語裡後者比前者普遍些。

8　原文自「不能讓他動搖」起至「便當用責罵去對付」止，不見於對開本，係補自四開本者；但在四開本裡這一段卻印成了散文，是Theobald最先把它分列成行的。Schmidt說，這幾行在初二版四開本裡印成散文，而能很容易的重排成韻文，這就是可靠無訛底一個證明。

9　原文「over-ruled」，Schmidt《全典》上解作「controlled，swayed」（控制，支配）。

　　　　　　我將性命來打賭，年老的傻瓜

　　　　　　乃是童稚底再始，遇到了他們

　　　　　　不受抬舉時，便當用責罵去對付[10]。

　　　　　　你得記住我的話。

奧士伐　　　　　　　　　　正是，夫人。

剛瑙烈　　給他的武士們更多看些你們的冷淡；

　　　　　　結果怎麼樣，不要緊；去知照管事們。

　　　　　　我願在[11] 這裡邊孵化出一些個機會，

　　　　　　我要那麼做，然後我纔好說話。

　　　　　　我馬上寫信給妹子，叫她和我走

　　　　　　同一條道路。去預備開飯去罷。　　〔同下。〕

10　「with checks as flatteries, when they are seen abused」這一行費了許多註家底筆
　　墨去修改詮釋，他們弄不明白的是那「as」；有人以為是「as well as」底意思，
　　有人以為是「not」底排誤。譯文從Craig之Arden本，把這字作「instead of」講，
　　意思是「阿諛被他糟蹋時，就用責罵來替代阿諛。」

11　自「我願在」起至「纔好說話」止的一行半原文亦補四開本。Schmidt亦認為可
　　靠。

第四景

　　亞爾白尼公爵府內的大廳。

　　鏗德喬裝上場。

鏗德　　　　只要我換上一副異樣的口齒，

　　　　　掩住了[1] 本來的言辭，我這片摯忱

　　　　　便能功圓事竟地完成那個

　　　　　我這般喬裝所要成就的事功。

　　　　　被放逐的鏗德，如今你在論罪後

　　　　　既然還能這麼樣為他效忠，

　　　　　此後你那位愛戴的主上有的是

　　　　　要你為他披肝瀝膽時[2]。

　　　　　　幕後號角聲起。李爾[3] 與衛士及隨從同上。

1　對開四開各本都作「defuse」；Rowe, Pope, Johnson等都誤認為印誤，改作
　　「disuse」；Theobald本作「diffuse」，從他的註裡可以知道他也不曾懂得這字
　　底意義；Hanmer雖也照樣校刊，卻最先下了個準確的解釋，「假扮」。目下通
　　行本仍有作「diffuse」的，最著者如Craig底牛津本，解作「弄亂、弄迷糊」，
　　那是從Steevens，Dyce他們的註。

2　原文「thy master, ……shall find thee full of labours」，依Capell註作這樣解釋：
　　鏗德底主人往後自會見到他很能辛勤報主，而且不論效忠多少都成。即所謂鞠
　　躬盡瘁，死而後已。

3　Coleridge評云：在李爾身上，老年這事態本身便是個性格──老年所自然有的
　　缺點不用說，另外還加上那積了一輩子的命出惟從的習慣。旁人若表示一點個

李爾	別讓我等一忽兒的飯：去，就去端整著來。——〔侍從一人退。〕喂！你是什麼？
鏗德	我是一個人，大人。
李爾	你是幹什麼[4]的？找我們有什麼事？
鏗德	我敢說[4]我實質上不差似外表；能忠心伺候一個要我擔干紀的人；愛誠實的君子；好跟聰明和少說話的人來往；怕世界末日底大審判[5]；到了非打架不成時也能動武；並且不吃魚[6]。
李爾	你是什麼人？
鏗德	一個心地誠實透了的人，和國王一般可憐。

性出來，於他便是件毋須而可痛的事情；人家對他這麼盡忠，他對人家可那麼無情無義，這就夠形容他的為人了。這樣的性格當然變成了喜怒哀樂底大劇場了。

4　李爾問話中的「profess」指行業、職業；鏗德回答中的「profess」指他的主張，他的為人。原文用意雙關。

4　同前註。

5　從Eccles與Moberly註。

6　原文「to eat no fish」按字面直譯只是「不吃魚」，Warburton解作「不信天主教」。英國當意利沙白女王（Queen Elizabeth, 1533-1558-1603）時，天主教徒往往被認為國家公敵；所以有句諺語說，「他是個老實人，不吃魚」，意即他是個基督教徒，與政府同道。按舊教徒吃魚僅禮拜五有此成例，非每天如此；新教徒不吃魚只禮拜五不必吃魚，卻無禁止吃魚的規定。Capell以為莎氏不存此意，只說鏗德是個吃肉朋友，魚餵不飽他。譯者認為前一說比較近情，因莎氏草此劇時距蘇格蘭女王瑪利（Mary Queen of Scots, 1542-1567-1587）底被戮與西班牙大艦隊（the Spanish Armada）底覆滅（1588）於英法海峽都只十多年，而虐殺天主教奸細的事件又常有聞見；莎氏作劇原為供當時公眾底娛樂，沒有存心印刷成書，更未曾想到要流傳後世，所以並未顧到時代不符（anachronism）等問題。

李爾	假使你在小百姓裡頭跟李爾在國王裡頭一樣地可憐，也就夠可憐的了，你要做什麼？
鏗德	要侍候人。
李爾	你要侍候誰？
鏗德	您。
李爾	你認識我嗎，人兒？
鏗德	不，大人；但是您臉上那神色，我見了不由得不叫您主子。
李爾	那是什麼神色？
鏗德	威儀。
李爾	你能做什麼事？
鏗德	我能守得住正經的秘密，騎得馬，跑得路，把一個文雅細緻的[7]故事能一說就壞，送一個明白的口信送得乾脆：普通人能做的事情我都來得，我的好處是勤謹。
李爾	你有多大年紀？
鏗德	不瞞您說，大人，若說年輕，還不會為一個婆娘會唱歌兒，便看中她；若說年紀大吧，還說不上老來糊塗，不管女人三七二十一，見了就著迷；我這背上馱得有春秋四十八。
李爾	你跟著我，侍候我就是：等我吃了飯還覺得你不錯

7　原文「curious」，Schmidt釋為「文雅、細緻」，Wright訓「細心經營的」。至於為什麼「把一個文雅細緻的故事能一說就壞」是長處，則不很清楚。

的話，就算留定了你。——開飯，喂，開飯！那小子上那兒去了？我那傻子呢？——你去，去叫他來。——　　　　　　　〔一侍從下。〕

　　　　　奧士伐上。

呸，呸，奴才，我女兒在那兒？

奧士伐　　對不起，——　　　　　　　　　　〔下。〕

李爾　　那東西說什麼？把那蠢才叫回來。——〔一衛士下。〕我那傻子呢，喂？大概這世界全都睡了覺。——〔衛士返。〕怎麼樣！那狗子生的野雜種上那兒去了？

衛士　　他說，稟王上，他說公主身體不舒服。

李爾　　那奴才我叫了他怎麼不回來？

衛士　　稟王上，他回話說得很乾脆，他說他不回來。

李爾　　他不回來！

衛士　　大人，不知是怎麼回事；但是小的覺得他們款待王上近來比不上往常那麼敬愛有禮了；公爵和公主連同他們那班下人都顯得怠慢多了。

李爾　　哼！你這麼說嗎？

衛士　　要是小的說錯了，求王上寬恩恕罪；小的責任在身，覺得王上受了委屈，不能不說。

李爾　　你只提醒了我自己的猜疑。我近來覺得受了一點點[8]疏忽；我總怪自己太多疑，太細心，不以為他們有

8　從Wright，Furness等註，「most faint」作「很輕淡」解。Schmidt訓為「極冷淡的、漠然的」。

意怠慢我。我得看一下究竟怎麼樣。可是我那傻子
呢？我這兩天就沒有瞧見他。

衛士　　王上自從小公主上法國去後，傻子傷心得怎麼似的
　　　　9。

李爾　　不准再提了，我很知道。——你去告訴我女兒，我
　　　　要跟她說話。——〔一侍從下。〕你去叫我的傻子
　　　　來。——〔又一侍從下。〕

　　　　　　奧士伐重上。

　　　　嘎，你來了，你，跑過來，大爺。你說吧，我是誰？

奧士伐　公爵夫人底父親。

李爾　　「公爵夫人底父親！」好一個主子底奴才。你這婊
　　　　子養的狗！你這賤奴才，狗畜生！

奧士伐　對不起，大人，我不是這些。

李爾　　壞蛋，你敢對我瞪眼？　　　　　　〔打他。〕

奧士伐　大人，我不能讓人隨便打。

鏗德　　踢腳球[10]的賤貨，你也不要絆倒吧。

9　Coleridge評曰：這傻子可不是一個滑稽的丑角，給站在正廳裡的看客作笑料的
　　——在他身上莎士比亞並未委屈他自己的天才，去俯就那班觀眾底趣味。說他
　　傷心的這話是詩人預備他登臺的介紹辭，使他和悽惻的劇情發生關係；莎氏其
　　他劇中普通的丑角和弄臣沒有這樣的介紹。他和莎氏晚年喜劇《大風暴》(The
　　Tempest, 1611-1612)裡的妖怪罐力般（Caliban）同樣是個可驚奇的創造——他
　　的狂囈，他那通靈的癡愚，在在可以表白出、計量出劇景底驚心動魄。

10　踢腳球在當時是個低下階級底娛樂，只倫敦城Cheapside市場一帶的店鋪學徒在
　　街上鬧著玩，為上流人所不齒。我們的《水滸傳》裡說到高述以踢氣毬而致仕，
　　亦有鄙夷之意。

〔將奧士伐絆倒地下。〕

李爾　　多謝你，人兒；你侍候我，我自會喜歡你。

鏗德　　得了罷，起來，滾出去！讓我教你學學什麼叫做尊
　　　　卑上下；滾出去，滾開！你再要摔個觔斗就躺著；
　　　　滾蛋！滾你的；你有靈性沒有[11]？得。

〔將奧士伐推出〕

李爾　　好僕人，謝你：先給你一點侍候我的定金。

〔給錢與鏗德〕

傻子[12]上場。

11　Schmidt認為這是句命令語，不是問話；那便該譯為「放些靈性出來」。

12　Furness新集註本上引了Brown，Cowden Clarke等人關於他的評論，小字大紙密
　　印了兩頁多；這裡為篇幅所限，只能節錄一點大略。Brown云：那件花花綠綠
　　的短衫下面，藏得有一副何等高貴，何等溫柔悌惘的心腸！也許你們所見和我
　　所見不同，但我心目中只見他身材清瘦，眉宇間表現出他的感覺是極度的銳
　　敏，目光明慧，一隻美而圓潤的嘴，頰上還帶一點病態的紅暈。我願我是個畫
　　家！我願我能描寫自己童年時對他的感覺，那時候這傻子真叫我喜歡得流淚，
　　李爾卻只使我害怕！傻子上場來把雞冠帽向鏗德擲去，跟著就隱隱地責備李爾
　　那慘極了的鹵莽；我們應當從那時候起便了解他的性格，一直到最後。在這一
　　景裡，他能不顧屢次的恐嚇，不顧剛瑞烈底爪牙對他的話作何解釋，連續不息
　　地傾吐他的妙語；可是他說話雖多，用意卻集中在一點上，那便是勸李爾收回
　　他的君權。但時間已經太晚，大勢已無法挽回！隨後在剛瑞烈趕走他的那一
　　頃，他還敢含怒唱出這隻「劣歌」，而對於自己也許會身受剛瑞烈底危害竟沒
　　有絲毫的畏懼：

　　　　　　這帽兒能換到絞索子——
　　　　　　那我若逮到了狐狸
　　　　　　和這樣的一個女孩兒，
　　　　　　我準把她們全絞死。
　　　　　　傻子便這樣的跟主子。

傻子	讓我也僱了他。——我給你這頂雞冠帽[13]。

〔授帽與鏗德。〕

李爾	怎麼樣，我的好小子！你好不好？
傻子	小子，你最好接了我這頂雞冠帽。
鏗德[14]	為什麼，傻子？

這樣一個性格竟會被伶人、印書人，與評註家誤會曲解到那步田地！注意他說的每一個字；他的意思該是無法被誤解的；最後他明知暗寓責備的隱語已經無用，便把他的語氣轉變成簡單的嬉笑，想藉此減少他主人底悲痛。李爾在暴風雨裡掙扎，那時候有誰同他在一起？沒有一個人——就是鏗德也不在——除了這傻子；只有他還在極力跟那老國王底揪心的巨痛搏擊。李爾心神上的慘痛，若沒有這可憐的忠僕侍候在他旁邊，便會對於觀客、對於讀者，都顯得太厲害，太沒有優美的動情力了。這傻子點動了我們的憐憫心；李爾卻把我們的想像力承注得太滿，承注得發痛。Cowden Clarke 以為李爾底這個傻子是個少年，不獨李爾一刻少他不得，便是鏗德也很顧憐他；他身體單薄，感覺銳敏，所以自從經歷了第三幕第二景裡的那陣大風暴後，便一直沒有恢復過來，等他幫著將李爾抬上往多浮去的牀車（第三幕第六景景末）之後，便一蹶不振，憊極而病，病重而歿了，Lloyd 也說他是個童子，不是個成年人。他們的依據是李爾常稱呼他「my lad」，「my boy」，「my pretty knave」。但 Furness 以為不然，他說：這傻子不是個孩子，是個成年人——莎氏劇中最機敏但也最溫柔的成年人之一，長久的生命使他精通事理，身受種種苦難又使他變得溫柔。他的明智是孩童所不能有的，那只能在一個成年人身上找到，而那成年人至多只差國王自己的年齡二十歲；他從李爾壯年底早期起便一直做了李爾底伴侶。參看本景註24 White 底評註。

13 自中古時期起至十七世紀止，英法各地底王公貴族多半養得有一兩名「傻子」或弄臣，專供主人作取笑消遣使用。這些「傻子」並不真傻，只是特准他們裝傻，實際上都是些能言善謔的小丑。他們穿著五彩駁雜的衣服，顯得古怪滑稽；頭戴的小帽有時插些雞毛作裝飾，有時做個假雞頭在上面，再綴上幾顆小鈴。李爾底這個傻子更是與眾不同，非但不傻，還且有洞澈人事與世態之慧心。中文「傻」字亦有雙關的含義，可謂巧合。

14 初二版對開本都印成李爾說的這話，經各家考據證明有誤。

傻子	爲什麼？爲的是你跑到倒楣的這一邊來。哼，若是你不會順風轉舵，包管不久就得遭殃[15]。拿去，接下我這頂雞冠帽；哎，這老人趕走了[16] 兩個大女兒，又倒反心不由己的祝福了一個小女兒；你若要跟他，非得戴上我這頂雞冠帽不成。——你怎麼樣，老伯伯[17]？我但願有兩頂雞冠帽和兩個女兒。
李爾	爲什麼，小子？
傻子	假使我把財產都給了她們，自己還得留著帽子戴。現在我的給了你罷；你再向你兩個女兒要一頂。
李爾	混小子，胡說八道，小心鞭子。
傻子	真話是條公狗，牠得躱在狗窩裡；我們得使鞭子把它趕出屋外去，但不妨容假話那條母狗[18] 在裡邊，讓牠在火爐前面烤烤火，發點兒臭味。
李爾	這話苦得懊惱死人！
傻子	〔對鏗德〕小子，我教你一篇話來。

---

15 直譯原文應為「若是你不會順著風兒笑，保管你不久就得傷風」。雖然這意思似乎連貫些。但我們有現成的俗語何不採用？何況「笑」字與這裡的情景未見得天衣無縫。

16 李爾把國土政權完全交給了剛瑞烈與雷耿，結果賠了王位不算，還失掉了兩個女兒；他對考黛蓮狠狠咒罵了一頓，但反使他成了法蘭西王后。

17 據Nares說，「nuncle」一字為「mine uncle」之縮形，通常傻子叫他的主人都用這稱呼，又傻子間彼此稱呼用「cousin」一名。英文「uncle」這一字涵義很寬泛，可譯為「伯父、叔父、舅父、姑丈或姨丈」；譯文姑作「伯父」。

18 對開本作「the Lady Brach」；「brach」是母獵狗底通稱。Archibald Smith註云，前面的「Truth」（眞理、眞話）和這裡的「lady」對立有些不倫不類，「lady」想係「lye」（撒謊、假話）之誤。

李爾　　　你說罷。

傻子　　　聽著，伯伯：

　　　　　　　有得多咧[19] 顯得少，

　　　　　　　懂得多咧說得少，

　　　　　　　多多有著出借少，

　　　　　　　多多騎馬走路少，

　　　　　　　學得多咧信得少[20]。

　　　　　　　贏得多咧下得少，

　　　　　　　不喝酒咧也不嫖，

　　　　　　　關上大門多睡覺[21]；

　　　　　　　老是這樣我敢保，

　　　　　　　沒有錯兒呱呱叫[22]。

鏗德[23]　　你這一車的話沒有說出什麼來，傻子。

19　這一隻含有處世秘訣的「劣歌」（doggerel），驟聽起來鄙陋可哂，但唱者言
　　下熱淚涔涔，於無情的嬉笑中極盡譏嘲世態，針砭人事之妙。譯筆用蘇州小熱
　　昏口吻，欲仿原文寓苦痛之赤誠於浮挑輕率中之意。

20　從Warburton，「trowest」作「to believe」解。Capell訓為「知道」。

21　「多睡覺」為譯者所添，為的是湊韻。

22　原意為：如果那麼辦，你在二十裡可以找到不至兩個十。那就是說，你莫以為
　　這是老生常談，平淡不足道，這樣子過活好處可多著呢。

23　四開本把這個印成李爾說的話，經細考證明有誤。White說：李爾對這個可憐
　　的忠僕，從不當面稱呼他傻子。在背後說起他，也許叫他這個官銜；但對他說
　　話時，總是稱呼他得很親密，往往是「my boy」，（譯者按，「my boy」、「my
　　lad」、「my knave」，我一律譯為「小子」），雖然這可憐傢伙已在這世上有
　　了許多年悲傷的經驗。有位大演劇家麥克利代（William Charles Macready,
　　1793-1873）因不懂這稱謂，竟將他裝成了個有年紀的孩子，真是個惡劣不堪的

傻子	那麼，便好比一個義務律師替你辯護一樣，因為你沒有給我什麼。——伯伯，「沒有什麼」可沒有什麼用處嗎？
李爾	不錯，小子；「沒有什麼」裡弄不出什麼花樣來。
傻子	〔對鏗德〕勞你駕告訴他，他偌大一塊國土底錢糧就這麼樣了；你跟他說罷[24]，他不會聽信一個傻子說的話。
李爾	好一個苦憤的傻子！
傻子	你知道嗎，小子，苦傻子和甜傻子底分別在那兒？
李爾	不知道，小子，告訴我。
傻子	有個人啊[25] 勸過你

　　　　送掉那一片好江山，

　　　那個人啊你代他

　　　　在我這身邊站一站：

　　　就此甜傻子和苦傻子

　　　　頃刻之間很分明；

　　　這個穿著花花衣，

　　　　那個在那邊不做聲[26]。

誤解。

24 此語為譯者所增。

25 自「有個人啊」起至「你搶我奪地分些去」止，對開本原文沒有，僅見於四開本。

26 傻子唱前一行時指著他自己（宮廷及貴家所傭弄臣都穿雜色斑駁的衣褲），唱後一行時手指著國王。後一行內「不做聲」為譯者所增，為湊韻。

李爾　　　小子，你叫我傻子嗎？

傻子　　　你把一切別的稱呼全給掉了；傻子那名稱你生來就有，可給不掉。

鏗德　　　大人，這傻子並不完全傻。

傻子　　　不，說老實話，那班大人老爺們不讓我獨享盛名；若是我去要得了專利權出來[27]，他們便都要分我一杯羹；還有那班貴婦夫人們，她們也不讓我獨當傻子，總你搶我奪地分些去。老伯伯，你給我一個雞子兒，我給還你兩頂冠冕。

李爾　　　是怎樣的兩頂冠冕？

傻子　　　哎，我把雞子兒打中間切開，把裡邊吃了個精光，便還你兩頂蛋殼的冠冕。你把你的王冠分作兩半都送給了人，便好比騎驢怕污泥弄髒了驢蹄，把驢子馱在背上走；你把黃金的頭蓋送人的時候，你那禿頂的頭蓋裡準是連一點兒靈性都沒有了。要是我這樣實說便該挨鞭子的話，那個覺得我說話有理的人便該先來挨一頓[28]。

　　　　　　這年頭傻子最不受歡迎[29]，

　　　　　　　　因為乖人都成了大傻瓜；

27　據Warburton及Steevens說，這是對當時濫發濫用專賣權的一個諷刺；朝臣們有很多納賄營私的，往往疏通斡旋，等事成之後與請求專利者同坐其利。

28　從Eccles註；他以為「speak like myself」是「說傻話」，不過這分明是句反話，因此譯文直接作「說實話」。

29　這首劣歌底譯文從Johnson底詮釋。

　　　　　　他們的行徑有些像猢猻，

　　　　　　　　空有了聰明不知怎樣耍。

李爾　　　混小子，你從什麼時候唱起的這接二連三的歌？

傻子　　　老伯伯，你叫公主們做了王太后我纔這樣的；你把
　　　　　棍子交給了她們，自己褪下了褲子預備捱打，那時
　　　　　節啊，

　　　　　　她們快樂得眼淚雙流，

　　　　　　　我可傷心得把歌兒唱起，

　　　　　　　這樣的國王太過兒戲[30]，

　　　　　　　擠到傻子堆裡作班頭[31]。

　　　　　伯伯，我央你請一位老師教你的傻子撒謊。我喜歡
　　　　　學一學撒謊。

李爾　　　你若撒謊，混小子，給你吃鞭子。

傻子　　　我真詫異你和兩位公主是怎麼樣的一家子；我待說
　　　　　了真話她們要鞭打，待說了假話你又要鞭打，有時
　　　　　不說話也得捱一頓鞭子。我想當什麼東西都要比當
　　　　　傻子強些；雖說那樣，伯伯，我可不願做你老人家；
　　　　　你把你的機靈底兩頭全削掉了，不曾留得有一點中
　　　　　間的餘剩。你瞧，你削掉的兩頭裡邊有一頭來了。

　　　　　　剛瑙烈上場。

30　原文「play bo-peep」為忽而掩面忽而露面，逗引小孩的一種遊戲，譯為「捉迷
　　藏」也不很妥，這裡姑簡譯為兒戲。

31　原意只是「走到傻子中間來」。

李爾　　　怎麼的，女兒？做什麼像是纏了條束額巾子似的，
　　　　　眉頭蹙得那麼緊？我覺得你近來皺眉蹙額的時候太
　　　　　多了。

傻子　　　原先你不用顧慮到她皺眉不皺眉，那時候好不自
　　　　　在；可是如今你是個主字少了個王[32]；現在連我都
　　　　　比你強些；我是個傻子，你是個沒有什麼。——〔對
　　　　　剛瑙烈。〕是，真是的，我不說話了；雖然您沒有
　　　　　說什麼，您的臉色可叫我別做聲。嗯，嗯；

　　　　　　　今兒[33] 不留些麵包底屑和皮，

　　　　　　　全討厭，趕明兒準要鬧肚飢。

　　　　　那是一莢空豆莢。　　　　　　　　　〔指李爾。〕

剛瑙烈　　父親，非但你這個言動不羈
　　　　　有特許的傻子，即便是其他你那班
　　　　　傲慢的侍從們，也總在時時叫罵，
　　　　　刻刻地吹毛求疵，鬧出些叫人
　　　　　容忍不住的喧囂擾攘。我本想，
　　　　　父親，全告你知道了能得一個
　　　　　必然的矯正；但近來你自身的言談
　　　　　舉止，倒使我生怕你庇護著那些
　　　　　行徑，這准許和縱容，更加緊他們

32　原文「thou art an o without a figure」意即：如今你只是個零字，並無一個數字
　　加在前面。

33　Collier與Dyce認為這兩行和下文的兩行（「蘿雀兒把布穀……」）是一首諷刺
　　歌謠底斷片。

那不存懼憚的騷擾；若真是這樣，
那過錯便難逃責難，矯正也就
不再會延遲，這匡救雖然通常時
對你是冒犯，對我也難免貽羞，
但爲了顧念國家底福利和安全[34]，
如今便不愧叫作賢明的舉措，

傻子　　　因爲你知道，老伯伯。

　　　籬雀兒把布穀餵養得那麼久，

　　　小布穀大了便得咬掉牠的頭。

蠟燭熄掉了，我們在黑暗裡邊。

李爾　　　你是我們的女兒不是？

剛瑙烈　　別那樣，父親，
我願你運用你富有的那賢明的智慧，
願你放棄近日來那使你改換
本來面目的行爲。

傻子　　　一輛馬車拉著一匹馬時，一個笨蛋他知不知道[35]？
啊呀，姣，我愛你[36]！

34　從Wright註。

35　意即誰都知道這是父親對女兒說的話，不是女兒可以對父親說的。

36　Steevens註，這是個舊歌裡的一句疊句。Halliwell註，「Jug」爲「Joan」一名底別稱，也作普通對女人親愛的稱呼用——我譯爲「姣」即本此解，因我國歌謠裡往往有稱呼親愛的女人作「姣」的。德人Jordan譯本劇，註這字有三個意義，我以爲都想入非非，不可以爲法則。這裡傻子也許只是引一句不相干的歌辭惑亂剛瑙烈底聽聞，但也說不定是故意對她說的一句反話，意思是：你這潑婦，我恨你！

李爾　　　這兒有人認識我沒有？這不是
　　　　　李爾。李爾是這樣走路的嗎？
　　　　　這樣說話的嗎？他眼睛在那裡？
　　　　　若不是他的心已經衰頹，他智能
　　　　　已變成魯鈍——哈，醒著嗎？不能！
　　　　　誰能告訴我我是誰？[37]

傻子　　　李爾底影兒。

李爾　　　我要知道[38] 我是誰；因為假如我要憑我的君權，知
　　　　　識，和理智底標記作徵信，我便會誤認我自己不是
　　　　　本人。我曾經有過女兒來的。

傻子　　　她們要把那影兒[39] 變成個孝順的父親。

李爾　　　你芳名叫什麼，貴夫人？

剛瑙烈　　你這番驚愕，父親，正和你其他

---

37 Roderick主張這是李爾譏諷剛瑙烈的一段話；他改動了幾個字，使原文適合他
　的解釋。但Heath以為處在李爾這樣的地位，正是詫駭到不得了的時節，還不
　夠明瞭他自己的不幸底程度，決不會有冷靜的腦筋去對剛瑙烈下譏諷。Heath
　解最後三行云：若不是他的理解力已經朽壞，他的辨識力被昏迷的沈睡所克
　制，必然是——至此他正想說出另一個可能，——那就是：他神志依然明朗，
　知覺依然清醒，忽然他憶及適才的經過都歷歷如在眼前，一陣狂怒襲來，不能
　自止，當即脫口問道：「哈！什麼！我現在會不會是清醒著的？那不會，那不
　會！／你們有誰能告訴我我是誰」？

38 原文從這裡起到「變成個孝順的父親」止不見於對開本，乃補自四開本者。這
　一段也許有印誤，也許有闕文，也許根本靠不住，歷來的註家曾打過不少筆墨
　官司，在此不必詳記。譯文從Tyrwhitt底標點與解釋。

39 原文是連繫代詞「which」，我從Douce，Knight，Singer，Hudson他們的解釋，
　認為係指傻子前面所說的「影兒」。

新開的玩笑一樣。我請你要了解
我意向底所在；如今既然你已是
年高而可敬，你也就該當明達。
這裡你帶著一百名武士與隨從；
那樣紊亂，放蕩，與莽撞的手下人，
我們這宮廷沾染了他們的習氣，
便化成下流的客店一般、口腹
和淫慾放縱得不像一個尊嚴
優雅的[40] 宮廷，卻渾如酒肆或娼寮。
這恥辱本身要我們立時去改善。
因此請允從我削減從人的願望，
莫待到後來由我去動手裁減；
至於那編餘的人數，依舊作隨從[41]，
也還得適合你如許的年齡，知道你
也知道他們自己。

李爾　　　　　　　　　黑暗和魔鬼！——
快套馬！召集我的隨從侍衛！——
下流的野種！我不再在這裡打擾。
我還有一個女兒在。

剛瑙烈　你自己打我的僕從，你那群漫無

40　原文「graced」Schmidt訓為「full of garce, dignified, honourable」（優雅、尊嚴、
　　有榮譽的）。

41　從Warburton與Wright註。

紀律的暴徒役使著他們的上級。

　　　　亞爾白尼上場。

李爾　　可痛我後悔太遲了。——啊，你來了？
　　　　這可是你的主意？你說，你說。——
　　　　快備好鞍馬：——忘恩負義，你這個
　　　　頑石[42] 作心腸的魅鬼，在子女身上
　　　　顯現，要比顯現在海怪[43] 身上
　　　　更可怕！

亞爾白尼　　　　父親，請你耐一點心兒。

李爾　　〔對剛瑠烈。〕該殺的惡霸[44]！你撒謊欺人！
　　　　我的從人們儘是些上士和奇才，
　　　　詳知自身的職務，又都萬分
　　　　謹慎地護持著他們的令譽。——啊，
　　　　一點點輕微的小疵[45]，但你[46] 在考黛蓮

---

42 原文作「marble-hearted」，直譯為「大理石心腸的」。在英文這是句成語，形容人冷酷無情；中文成語該是「頑石心腸」。

43 Upton信這裡的「sea-monster」指河馬。但河馬並不是海怪，卻是「河怪」。據說河馬是個弒父淫母的惡物，象徵兇殺、無恥、強暴，與不公平等惡德。Wright不明白為什麼莎氏所說的這海怪是河馬；他以為也許是指鯨魚。

44 「detested kite」似應直譯為「可鄙的臭鳶」，但恐我們沒有這樣的罵法，所以只得改走了一點原意。

45 指考黛蓮不肯給他口惠，宣稱怎樣那般地愛他。

46 指「一點點輕微的小疵」而言；西方修辭學有這樣一格，尤其在詩裡，專向沒有生命的東西或不在眼前的人物致辭，彷彿那東西或人物有生命在眼前似的，專名叫做apostrophe，始自希臘。前面李爾稱「忘恩負義」為魅鬼，說它有頑石作心腸，也就是這一種修辭格。

一片完美中便顯得何等醜惡！

你 [46] 好比一具刑訊架[47]，把我的親情

扭脫了它原來的關節；打從我心裡

全盤把慈愛提出來，同苦膽攙和。

啊李爾，李爾，李爾！你得要

痛打讓愚頑進入，讓可貴的判斷

出來的這重門！──去來，去來，我的人。

亞爾白尼　　父王，我沒有過錯，我不知什麼事

　　　　　　使你這樣惱怒。

李爾　　　　　　　　　也許是，公爵。──

　　　　　　聽啊，造化[48]，親愛的女神，請你聽！

46　同前註。

47　原文「engine」經各註家自喬塞（Geoffrey Chaucer, 1340?-1400）底詩與波蒙（Francis Beaumont, 1584-1616）及菲蘭邱（John Fletcher, 1579-1625）二人合作的戲劇裡交互參證，斷為「rack」（刑訊架）。

48　關於這一段有名的咒誓，有人看了三位名伶表演後所作的記錄很值得選譯。Davies底《戲劇雜錄》（Dramatic Miscellanies, 1784）裡說：蓋力克（David Garrick, 1717-1779）表演這段咒誓時動人得可怕，使觀眾對他似乎起了畏縮，像聞見了驚雷驟電似的。他演唱的預備動作就非常動人；先把拐杖扔掉，一膝跪在地上，兩手握緊，眼望著天。Boaden在他的《墾布爾傳》裡極力稱讚這位名伶（John Philip Kemble, 1757-1823）扮演的《李爾王》：1788年正月墾布爾表演李爾（飾考黛蓮的是他姊姊西桐士夫人），那晚上他那篇咒誓使人的靈魂為之創傷；他先把全身精力收斂了攏來，兩手抽縮著，緊握著，顯得無限的苦痛與忿怒，愈說愈熱烈也更為急促，最後那一節竟致連呼吸也窒息了起來，一切都表現出他的最高的絕技和獨創的發明力。他面容也飾得極好，那莊嚴偉大近於米凱朗琪羅（Michelangelo Buonarroti, 1475-1564，義大利文藝復興期三大師之一，精雕刻、繪畫、建築，又能詩）所手創的最可驚的人物。可是Scott評《墾布爾傳》的一文裡說起西桐士夫人（Mrs. Sarah Siddons, 1755-1831）還很不滿意她弟弟

要是你原想叫這東西有子息，

請撥轉念頭，使她永不能生產；

毀壞她孕育的器官，別讓這逆天

背理的[49] 賤身生一個嬰孩增光彩！

如果她務必要蕃滋，就賜她個孩兒

要怨毒作心腸，等日後對她成一個

暴戾乖張，不近情的[50] 心頭奇痛。

那孩兒須在她年輕的額上刻滿

愁紋；兩頰上使淚流鑿出深槽；

將她為母的劬勞與訓誨[51] 盡化成

人家底嬉笑與輕蔑；然後她方始

能感到，有個無恩義的孩子，怎樣

比蛇牙還鋒利，還惡毒！——都走，都走！

亞爾白尼　　呀，天神在上[52]，是為了什麼？

剛瑙烈　　　切莫去自找煩惱，想明白原由；

表演的李爾，覺得他姿勢過於圓潤；她自己當即做個榜樣，說是那麼演纔夠描摹盡致——她站起來立成一個古埃及雕像的姿勢，膝蓋雙雙靠緊，腳尖微向裡邊斜著，臂肘貼住了兩旁，兩隻手合十向上，這麼樣裝了個最侷促最不優美的姿態之後，她開始背誦李爾那篇咒誓，真令人毛髮聳然，心驚肉跳。

49　從Warburton與Heath註，此外有七八家不同的解法，不備載。

50　原文作「disnatured」；從Steevens註，解作「缺乏親子間自然之愛的」。

51　根據Malone底詮釋。也許有人覺得用這一「劬」字太文雅，但請他細心一想：我們這二十年來的語體詩只靠一個貧乏簡陋的字彙夠不夠用？白話文修辭已否到了寶藏豐富，幽深微妙的境界，也剛強，也柔媚，也豪放，也韌鍊，可以毋須吸收白話以外的成分，杜門謝客，專講它自身的沖和純淨？

52　這裡原文作「gods that we adore」（我們崇拜的天神們啊）！

　　　　　由他人老懵懂，去任情怪誕罷。

　　　　　　　李爾重上。

李爾　　　什麼，一下子就是五十名隨從？
　　　　　還不到十四天[53]？

亞爾白尼　　　　　　　怎麼一回事，父王？

李爾　　　回頭我告你。——〔對剛瑙烈。〕憑我的生和死！
　　　　　我慚愧，你能使我這七尺的昂藏
　　　　　震撼得這麼不堪；我慚愧我自己，
　　　　　值得爲了你亂下這滂滂的熱淚。
　　　　　天雷打死你，天火燒成灰！[54] 被親爹
　　　　　咒成的那無法醫療的創傷，穿透你
　　　　　每一個官能！昏愚的老眼，你再要
　　　　　爲這事滴淚，我準會將你挖出來，
　　　　　連同你淌掉的淚水扔入塵埃[55]。
　　　　　呃！竟會到這樣地步[56]？好罷。
　　　　　我還有一個女兒在，我信她爲人
　　　　　溫良體貼。她聽了你這樣對我，
　　　　　便會用指爪撕去你這張狼臉。

53　Eccles推測只是輪到亞爾白尼與剛瑙烈值月的那開頭十四天，這以前李爾也許
　　輪流在兩個女兒那邊各住過多少次。但據Daniel推算，這時候只離第一幕第一
　　景十四天。

54　原意爲「讓烈風與重霧降臨你」！當時人以爲重霧能傳佈疫癘。

55　「to temper clay」直譯爲「去弄潮塵土」。

56　此語不見於對開本。

你以為我已經永遠卸去，但你會，

保你會[57] 見我恢復，舊時的形象。

〔李爾，鏗德，及從人齊下。〕

剛瑙烈　　你看見嗎，夫君？[58]

亞爾白尼　我不能為了我們的恩情很深厚，

剛瑙烈，便偏祖——

剛瑙烈　　請你放心，——在那兒，奧士伐，喂！——

〔對傻子。〕你這大爺[59]，不像個傻子，卻真是

學成和主子一絲不差的賤奴才。

傻子　　　李爾伯伯，李爾伯伯，等一下；帶了你的傻子走。

這帽兒能換到絞索子，——

那我若逮到了狐狸，

和這樣的一個女孩兒，

我準把她們全絞死。

傻子便這樣的跟主子。　　　　　〔下。〕

剛瑙烈　　這人計算多好！一百名武士！

給他留一百名劍利刀明[60] 侍衛，

---

57 同前註。

58 Coleridge云：亞爾白尼不很信剛瑙烈底話，但他為人懦弱，怕作主張。這樣的
性格總是俯首貼耳地聽從那些不怕多事，肯管理他或替他管理事情的人底話
的。但這裡也許因為他那公主夫人來勢大，帶了許多國土過來，所以他不得已
只好示弱。

59 「sir」字極難譯：以說話人底地位、態度、聲調，與說話的時會不同，它含有
尊敬、客氣、譏諷、憤怒、鄙夷等大相懸殊的意義。

60 Schmidt之《全典》解原文「at point」為：對不論什麼緊急的事情有充分的預備。

好一個足智多謀的策略！不錯，
只要有一個夢幻，一點點流長
和飛短，一陣子空想，一回的訴苦
或嫌厭，他便會指使他們那暴力
護衛他自身的昏懂，甚至威脅
我們生命底安全。——奧士伐，在那兒！

亞爾白尼　　不過你也許過慮得太遠了罷。

剛瑙烈　　　總要比過分的信任妥當。讓我
永遠把叫我擔驚的禍事去掉，
別使我常怕受那些禍事底災害[61]。
他的心我知道。他說的我已寫信
給妹子知道；我也已表示維持他
和他那一百名武衛的不妥，她如果
還是要，——

　　　　　　奧士伐重上。

　　　　　　　怎麼，奧士伐！你寫了給我
妹子的那封信沒有？

奧士伐　　　哎，夫人。

剛瑙烈　　　你帶上幾個同伴，上馬就去；
多多告訴她我私下的[62] 懼怕，再添些
你能想得的理由，好叫我的話

61　本Capell所釋義。

62　本Schmidt所釋義。

　　　　分外圓到。去罷，趕早回來。——　　〔奧士伐下〕
　　　　不行，不行，夫君，我雖然不責你
　　　　你那行徑底懦弱無能[63]，可是，
　　　　恕我說，只怪[64] 你沒有智謀深算，
　　　　卻不得稱讚你那遺害種禍的溫柔。
亞爾白尼　你眼光射得多麼遠我可不知道；
　　　　但一心想改善，我們把好事常弄糟。
剛瑙烈　　不，那麼——
亞爾白尼　算了；算了；且看後事罷[65]。　　　〔二人同下。〕

---

63 同前註。

64 原文「at task」經各註家下了許多不同的詮釋。譯文從Johnson底「reprehension and correction」（譴責與懲戒），但「懲戒」似嫌太重。

65 從Hudson註：亞爾白尼要避免和他妻子發生口角，所以對她說，「很好，我們不用爭，且看你的辦法行出來如何」。

第五景

> 亞爾白尼公爵府前之庭院。
>
> 李爾，鏗德，與傻子上場。

李爾　　你先帶著這封信往葛洛斯忒[1]去。她看過信有話問
　　　　你你纔回答，不要把你知道的事情多告訴她。若是
　　　　你差事趕辦得不快，我會比你先到那邊。

鏗德　　主上，我把信送到了纔睡覺。　　　　　〔下。〕

傻子　　一個人腦子生在腳跟裡，他有沒有生凍瘡的危險[2]？

李爾　　有的，小子。

傻子　　那麼，我勸你，快樂些罷；你的腦子[3]準不會踢著

1　是地名，不是人名，雷耿與康華暫時的寓處；第二幕第四景說起他們去看葛洛
　　斯忒伯爵，伯爵堡邸便在這地方鄰近。古時英國伯爵都有封地，他自己往往住
　　在那裡，他的爵位也以此得名。

2　Moberly註，傻子笑鏗德答應趕路勤快的諾言，所以先說道，「腦子生到腳跟
　　裡去時」（就是說，一個人除了跑快腿以外別無聰明可言）「那人也許會生腦
　　凍瘡」；接著他又對李爾說，「你沒有腦子，所以你沒有生腦凍瘡的危險」；
　　按傻子笑鏗德乃笑他枉費奔波，去得無用；笑他仗著一點點愚忠只知跑腿，竟
　　不用腦筋先想一下去得有用無用。傻子又笑李爾簡直沒有腦筋，他不該把國土
　　分給這樣的兩個女兒，卻將小女兒欺侮到那步田地，如今悔已無及，又去找雷
　　耿自討沒趣。

3　原文作「thy wit」（你的聰明）；為與上文措辭銜接起見，不曾照字面譯。

鞋跟走路[4] 的。

李爾　　哈，哈，哈！

傻子　　瞧著吧，你那個女兒跟這個一樣，會待你得很親愛的[5]；因為雖然她跟這一個相像得好比山楂子像蘋果[6]，可是我能說給你聽我能說的話。

李爾　　你能說什麼，小子？

傻子　　她跟這個是一樣的味兒，好比一隻山楂像另一隻山查似的。人底鼻子生在臉盤正中，你可說得出是為什麼？

李爾　　說不上來。

傻子　　哎，為的是要把兩只眼睛分在鼻子兩邊；那麼，一個人遇到了一件事，鼻子聞不出來就可以用眼睛去瞅。

李爾　　我冤屈了她了[7]。——

傻子　　你可說得出牡蠣怎麼樣造它的殼的？

李爾　　說不上來。

傻子　　我也說不上來；可是我能說為什麼蝸牛有房子。

4　為要使這句很晦澀的話稍微明白起見，「走路的」為譯者所增入，並非譯原文「thy wit shall not go slip-shod」底「go」字。「slip-shod」是個狀詞，不是個副詞；「go」已寓在「著」字裡。

5　原文「will use thee kindly」據Mason註，意義雙關：一是「待你很親愛」，二是「和她的同類一般地待遇你」。以第一義解，這是句反話；第二義的所謂同類當然指和她是一邱之貉的剛瑙烈。

6　山查形狀與蘋果一樣，只略小略酸。

7　李爾開始懷念他的小女考黛蓮。

李爾	爲什麼？
傻子	哎，爲的是好把它的頭縮在裡邊；不是爲拿去送給它的女兒們的，結果倒反弄得自己的角沒有一個殼兒裝。
李爾	我不能太講恩情了。這樣慈愛的父親！[8]——我的馬套好了沒有？
傻子	你的那班笨驢[9]去套去了。爲什麼那七星[10]只是七顆，不多出來，那道理真是妙。
李爾	是因爲它們不是八顆嗎？
傻子	一點不錯；你倒可以當一個很好的傻子。
李爾	用武力都拿回來[11]！妖怪似的忘恩負義[12]！
傻子	要是你當了我的傻子，老伯伯，你沒有到時候先老，我就打你。
李爾	那是怎麼的？
傻子	你不曾變得聰明就不該老。
李爾	啊，讓我別發瘋，別發瘋，仁藹的天！叫我耐著性子；我不要發瘋呀！——〔近侍上〕怎麼樣了！馬備好了沒有？

8　想起剛瑠烈。

9　或譯爲「笨蛋」。

10　Delius與Wright都以爲「seven stars」係指Pleiades星座中之七星，但Furness説也許指北斗七星。

11　從Johnson註，Delius，Wright等也同意：李爾正在想念恢復他的君權。

12　想到剛瑠烈對他那麼樣沒有心肝，除非是怪物纔能那樣。

近侍	備好了，主上。
李爾	來，小子。
傻子	若有個閨女取笑我空自去奔跑， 她不久就破身，除非事情會變好。[13]　〔同下〕。

---

13 這景末兩行雙行駢韻體意思就是說：現在這看戲的人群裡若有個處女取笑我不
　　該跟著李爾去奔走，那處女不久就得失身，除非我們這事變會有解決。據Eccles
　　解釋，傻子說那處女不久就得給他回來弄壞，因為他知道這一去雷耿決不會禮
　　遇李爾。Singer註稍異：那一個處女以為我們這一去有什麼好結果，她準是個
　　蠢貨，不久就會給人騙掉她的貞操。許多註家都以為這玩笑開得太粗俗，這兩
　　行非出於詩人之手，定是有一個自作聰明的演員妄自加入劇文，以取悅正廳裡
　　站著的觀眾（groundlings）的，隨後以誤傳誤，抄進了後臺用的戲本裡去，又
　　印刷成書。

第二幕

第 二 幕

第一景

葛洛斯忒伯爵堡邸中。
藹特孟與居任同上。

藹特孟　　上帝保佑你，居任。

居任　　　也保佑您閣下。我纔見過了令尊，告訴他康華公爵
　　　　　和爵夫人雷耿今晚上要到他這兒來。

藹特孟　　做什麼？

居任　　　那我可不知道。您聽到外邊的風聲嗎，我是說那些
　　　　　私下裡的傳聞，因為那還只是些咬耳朵偷說的謠言[1]
　　　　　呢？

藹特孟　　我沒有聽到。請問是什麼風聲？

1　對開本原文「ear-kissing arguments」，直譯可作「親著耳朵（說）的題旨」。

居任　　　您沒有聽說康華和亞爾白尼兩位公爵許就要打仗
　　　　　嗎？

藹特孟　　一點都沒有。

居任　　　那麼請聽罷，這正是時候了。再會，閣下。〔下。〕

藹特孟　　今晚上公爵要來？那更好！最妙了！
　　　　　這一來準會[2]和我的事攀上了籐蔓[3]。
　　　　　父親已然安排好要逮住哥哥；
　　　　　我還有件妙事，應付得要小心著意[4]，
　　　　　我一定得做：要做得爽利，做得快，
　　　　　另外也得靠命運幫我的忙[5]！——
　　　　　哥哥，說句話；下來！哥哥，我說啊！

　　　　　　　藹特加上場。

　　　　　父親警戒著，要逮你！快逃開這裡！
　　　　　你躲在這裡給人向他告了密！
　　　　　你現在有黑夜替你庇護著安全。
　　　　　你說了康華公爵底壞話沒有？
　　　　　他趕著這夜晚，說話就到，忙著來，
　　　　　雷耿和他同來；你在他這邊

2　Schmidt《莎氏用字全典》釋「perforce」為「at any rate」（無論如何）。

3　原文「weaves itself……into my business」，直譯「織入……我的事」太牽強。

4　初版對開本作「queazie」，四開本作「quesie」，現通行的繕本大都作「queasy」。
　　Steevens釋為「難於措置、不安定、須應付得巧妙」；Knight解作「迨人（發癢）」。

5　對開本原文本句作「Briefness and fortune, work!」，修辭學裡所謂「頓呼」
　　（apostrophe）者，直譯「『快做』和『命運』啊，你們幫我的忙罷！」嫌僵硬。

　　　　　沒說過亞爾白尼公爵底壞話嗎[6]？
　　　　　你自己想一下。

藹特加　　　　　　　我真的沒有說過。

藹特孟　我聽見父親在來了！請你原諒；
　　　　　我一定得假裝向著你拔劍相鬥。
　　　　　快拔出劍來；裝著自衛的模樣；
　　　　　好好地和我對劍。趕快認了輸！
　　　　　到父親跟前來[7]！──拿火來，喂，這兒來！──
　　　　　快逃，哥哥！──火把，火把！〔藹特加下〕──再會。
　　　　　身上刺出一點血，會叫人信我　　〔自刺臂上〕
　　　　　追他得分外急切。我見過醉漢
　　　　　刺著玩[8] 比這樣還要兇。──父親，父親！──

6　原文「have you nothing said Upon his party 'gainst the Duke of Albany?」Hanmer
　　以為和上句問話意義相同，應這樣解釋：你沒有說過和亞爾白尼公爵作對的他
　　這一邊底壞話嗎？Johnson認此句根本不可解，原文有印誤；最先詮明這前後兩
　　句的要推Delius：為要使藹特加心慌意亂，好勸他趕快逃亡到遠處去，藹特孟
　　特地騙他，叫他相信這裡到處有危機潛伏，實在不能再說；所以在前一句裡，
　　藹特孟問他說過康華公爵壞話不曾，在這一句裡把意思反過來，又問他在康華
　　公爵這邊說過亞爾白尼公爵壞話沒有。Moberly進一步詮釋後一句說：那仗還
　　只是「也許就要」打，並未真正開始，所以亞爾白尼可以要求康華責罰說他壞
　　話的人，作為講和的條件；同時在康華這邊，如其戰備尚未修齊，打勝仗尚無
　　十分把握的時候，也未必肯容納對方的要求，正像當時遠謀深算的意利沙白
　　女王（Queen Elizabeth, 1533-1558-1603）在相同的情形下肯那麼辦一樣。

7　Delius註，藹特孟說這兩句話時故意很響，好叫外面聽見。

8　Steevens引與莎氏同時的劇作家馬斯敦（John Marston, 1575-1634）底《荷蘭妓
　　女》（The Dutch Courtezan, 1605）第四幕第一景道：「哎，你瞧；在我這邊，
　　總算把整個心很虔誠地發誓給你了。──為祝福你健康喝得我糊塗爛醉，在著

　　　　　　住手，住手！——沒有人來救嗎？

　　　　　　　　葛洛斯忒上場，僕從持火把隨上。

葛洛斯忒　藹特孟，那壞蛋在那兒？

藹特孟　　他站在這暗中，握一柄利劍，咕嚕著
　　　　　　邪魔的咒語[9]，在那裡召遣月亮
　　　　　　做他的護衛女神。

葛洛斯忒　　　　　　　　　可是他在那兒？

藹特孟　　您看，父親，我流血！

葛洛斯忒　　　　　　　　　　那壞蛋呢，藹特孟？

藹特孟　　往這邊逃走的[10]，父親，他見他不能——

葛洛斯忒　追他去，喂！趕著他。〔數僕從下〕「不能」怎麼樣？

藹特孟　　勸誘我將您謀害；可是我告他
　　　　　　罰罪的天神們對殺害尊親的大惡
　　　　　　不惜用他們所有的雷火來懲處，
　　　　　　我又向他說孩兒對父親有多少
　　　　　　地厚天高的[11] 情義；總之，父親，
　　　　　　他見我怎樣跟他那不近情的意嚮

　　火的酒裡搶葡萄乾來直吞，吃玻璃，喝尿，刺傷自己的臂膀，另外還為你獻了
　　一切別的殷勤」。刺臂作為獻殷勤的例子在莎氏同時的劇作家裡很多，想在當
　　時的年輕人中一定很通行。

9　Warburton註，葛洛斯忒在上一幕第二景裡顯得很迷信這一類事情，所以把他犯
　　忌的咒語聳動他一定很有效。

10　Capell註，應當指錯一個方向。他們父子不得謀面，無從解釋真情，藹特孟便
　　好利用他們的誤會，從中施展他的詭計。

11　原意為「怎麼多，怎麼強的恩義」。

　　　　　　　狠狠地敵對，他便使用他那柄

　　　　　　　有備的佩劍，忍著心向我一擊，

　　　　　　　擊中我無備的身軀，刺傷這臂膀；

　　　　　　　但或許[12] 他眼見我已激發得性起，

　　　　　　　並不甘多讓，賈著勇要跟他周旋，

　　　　　　　或許是我大聲的叫嚷使他驚心，

　　　　　　　他就驀然逃去。

葛洛斯忒　　　　　　　盡他去遠走

　　　　　　　高飛，在這境地裡可不會逮不住；

　　　　　　　逮住了——就得死！公爵，我那位主上，

　　　　　　　我的尊貴的首領與恩公，今晚來；

　　　　　　　我要請准他，用他的權能宣示：

　　　　　　　誰若找到了這謀殺尊親的懦夫[13]，

　　　　　　　引他上焚身的刑柱，便該受我們

　　　　　　　酬謝；誰要是將他窩藏著，就得死。

藹特孟　　　我勸他放棄他那番不軌的圖謀，

　　　　　　　他厲聲疾色[14]，回報我他用心底堅決[14]；

12　對開本原文作「And when」，四開本作「But when」，Staunton主張改為「But whe'r（i. e. whether）」，Furness認此為這是毫無疑問的改法；譯者也覺得這樣一改在語氣轉折上很緊鍊，故譯文從之。

13　原意僅為「謀殺的懦夫」。

14　Johnson解「cursed」為「severe, harsh, vehemently angry」（嚴厲，粗暴，勃然大怒）；又訓「pight」為「fixed, settled」（果決，堅定）。

14　同前註。

我便恐嚇他要宣佈案情[15]，他答道：
「你這傳不到遺產的野種！你想，
我要是跟你作對[16]，既無[17]人信你
有什麼優良的德性和高貴的身份，
還有誰信你吐露的乃是真情？
不；我所否認的，——這我得否認；
哎，即使你取出我親手的筆蹟[18]，——
我會推說那都是你一人底蠱惑[19]，
狡謀，和罪大惡極的毒計所釀成；
若要人不信[20]，你所以要傷我的生命
都因我死後的好處對你蘊蓄著
太多有力量的激刺，你便非得將

15　其實早已向葛洛斯忒「宣布」過了，用不到再「恐嚇」他；葛洛斯忒想必是個
　　健忘的人。細按下文，「discover」應為「宣布案情，或奸謀」，而不是「宣布
　　他的所在」。

16　原文這兩行意思是：要是我說的話跟你說的衝突，可有人會信任你的德行和身
　　價，因而也信任你的話嗎？這是修辭學裡的所謂「反話正問法」(Interrogation)，
　　為行文明白起見，譯為「……既無人……」。

17　原文「the reposal of any trust, virtue, or worth, in thee」據Wright註，解為：「the
　　reposure of any trust, or the belief in any virtue or worth, in thee」(信任你的德行和
　　價值)。

18　見第一幕第二景五十九行。

19　Nares訓「suggestion」為「temptation, seduction」(引誘，迷惑)。Hunter謂
　　「suggestion」(蠱惑)為神學上的用語，是三個罪孽底牽線者之一，其他兩個
　　為歡快及同意。

20　這四行譯文從Furness之詮釋，惟句法略有顛倒。

世人都變成了獸子，萬無指望。」

葛洛斯忒　啊，這壞透了的惡棍真駭人聽聞[21]！

他能不承認那信嗎？那壞種決不是

我親生的兒子[22]。　　　〔幕後號聲作進行曲。〕

那是公爵底號聲，

你聽！我不知爲什麼他要這裡來。

我要把所有的口岸[23] 完全封鎖住；

那壞蛋逃不掉；公爵得准我這件事。

另外我還要把他的圖像不拘

遠近地分送，使全國都對他注目；

至於我那些地土，私生的愛兒，[24]

您忠誠出於天性 [24]，我自會設法

叫你有承襲的權能。[25]

康華，雷耿，與從人們上場。

康華　你好，尊貴的朋友！我雖是纔來，

21　初版對開本作「strange」，四開本作「strong」，譯文本前者，從Schmidt底註
　　釋「enormous」，採「strange」的有Rowe, Kinght, Schmidt, Furness等評註家。

22　原文「I never got him」對開本所無，係補自四開本者；可譯爲「我決沒有生過
　　他這樣的兒子」。「got」爲「begot」之簡形。

23　譯文從Schmidt之《莎氏用字全典》；但有些註家釋「port」爲「城門」，非「口
　　岸」或「港口」。

24　原文只是「natural」一個字，「私生的」與「出於天性」乃譯它雙關的意義。

24　同前註。

25　原文「capable」（有權能）這樣用法是句法庭上的特用語；據 Lord Campbell
　　說只有律師纔會這樣說，普通人不會。

	但已聞見了一個驚人的消息。
雷耿	如果是實事，把嚴刑酷罰全用盡 也不夠懲治[26] 這罪犯。你好，伯爵？
葛洛斯忒	唉，夫人，這衰老的心兒碎了，—— 碎了！
雷耿	什麼，我父親底教子[27] 謀害你？ 他還是我父親提的名？你的藹特加？
葛洛斯忒	唉，夫人，夫人，我沒有臉說話！[28]
雷耿	他可是就同侍候我父親的那班 荒淫暴亂的武士們作伴的嗎？
葛洛斯忒	那我不知道，夫人。——太壞了，太壞了。
藹特孟	正是的，夫人，他交的是那些夥伴[29]。
雷耿	那麼，無怪他存心變得那樣壞[30]； 那都因他們鼓動他謀害了這老人， 好合夥朋分[31]，化掉他身後 [31] 的進款。

---

26 Schmidt《全典》把原文「pursue」歸入該字第三項下，作尋常「追趕」解；我覺得似應歸在第四項下作「虐待、傷害、懲罰」解。

27 小孩受洗禮有一位（或兩位）教父與教母，他們的責任是為小孩命名，並保證擔任他的宗教上的訓養，——這小孩便是他們的教子。雷耿在極力牽扯些罪名到李爾身上去。

28 原意為「羞恥心但願把這事掩藏起來」。

29 原文「consort」普通註家都解作「儔侶、同伴」；但Furness以為含有「鄙夷」之意，那麼可譯為「徒黨」。這一行描畫一個官僚稱得上傳神透骨。

30 原文「though he were ill affected」不含懷疑或將來的意義，解見Abbott之《莎氏文法》301條。

就在今晚上我從我大姊那邊
得知了他們的詳細，她又警告我
他們若是去到我家中留駐，
我莫要收留。

康華　　　　　　　我也不收留，雷耿。
藹特孟，我聽說你對你父親卻很盡
爲兒的愛敬。

藹特孟　　　　　　是我的本份，爵爺。

葛洛斯忒　他把那敗種底陰謀揭破，要逮他，
因此便受了你見的這一處創傷。

康華　有人追他嗎？

葛洛斯忒　　　　　　有的，善良的主上。

康華　逮到了他時，他便休想再叫人
怕他作惡，定下你自己的算計，
你能儘我們的權威，任意去處置。——
至於你，藹特孟，你那順從的德行[32]
如今[33] 顯得你這樣優良中正[34]，

31　此二語係譯者所增。

31　同前註。

32　Capell註，「virtue and obedience」即「virtuous obedience」（有德的順從）；但
　　直譯語氣不順，不如改爲相差無幾的「順從的德行」。

33　對開本原文作「doth this instant」；Warburton, Johnson主張改爲「in this instance」；
　　Heath, Jennens主張改爲「doth, in this instance」；譯者從原文。

34　原文「commend itself」（有德的順從舉薦它自己）不宜直譯，所以改爲「顯得
　　你這樣優良中正」，雖微有變動，但大致不錯。

　　　　　　　　我們要將你重用[35]。我們正需人

　　　　　　　　有這般可靠的稟性，就最先得到你。

藹特孟　　　不論怎樣的事，我都願替公爵

　　　　　　　　奔走。

葛洛斯忒　　　　　我爲他感謝爵爺底恩典。

康華　　　　你可不知道爲什麼我們來這裡嗎？

雷耿[36]　　　　這樣不合時，引線似的穿過黑夜

　　　　　　　　這難穿的針眼[37]；尊貴的葛洛斯忒，

　　　　　　　　我們有要[38] 事要向你徵詢主意[39]。

　　　　　　　　我們的父親和姊姊都寫信來申訴

　　　　　　　　他們父女間[40] 的爭執，我忖度情形

　　　　　　　　最好還是離了家到外邊[41] 來回答；

　　　　　　　　故此兩方底信使從家裡跟了來

35　原文「you shall be ours」（你將是我們的）即「我們將引用你」底意思。

36　Hudson註，雷耿從她丈夫口裡搶話來說正合她的悍婦本性。這兩位意志剛強的
　　貴夫人總以爲世界上沒有人做事賽得過她們自己。

37　Theobald認原文「threading dark-eyed night」要不得，主張改爲「treading ......」。
　　但我們知道把夜行比作穿針引線（之難）是有它的社會背景的：英國在意利沙
　　白女王時代路燈不亮，街道極壞，僻靜處常有路劫發生，所以在晚上出門，別
　　說到郊外，就是在倫敦城僻靜些的街上走路，也是件不容易不安全的事情。

38　初版對開本原文作「prize」，四開本原文作「poise」，意義略同，都爲「重要」。

39　據Keightley註，這一行（在文法上不成整句）後面準是遺漏了一行，不妨這樣
　　補進去：「Have been the cause of this our sudden visit」（這是我們忽然來看你
　　的原因）。

40　原意所無，譯者所增。

41　本Johnson註。

　　　　　正等著我們差他們回去報信。

　　　　　我們的老友，你且放平了心緒，

　　　　　爲我們這事情貢獻一點我們

　　　　　正迫切待用的意見。

葛洛斯忒　　　　　　　　　遵命，夫人。——

　　　　　極歡迎你們兩位大人來恩幸。

　　　　　　　　　　　　　　〔號聲作。人眾同下〕

第二景

葛洛斯忒堡邸前

鏗德與奧士伐先後上場。

奧士伐	快天亮了，朋友，你好[1]，你可是這家裡的人嗎？
鏗德	哎。
奧士伐	我們把馬匹歇在那兒？
鏗德	歇到泥窪裡去。
奧士伐	勞你駕，要是你樂意我的話[2]，告我一聲。
鏗德	我不樂意你。
奧士伐	那麼我也不理會你。
鏗德	若是我在列士白萊豢牲園[3]裡碰見了你，準叫你理

1　對開本原文作「Good dawning to thee」（祝君曉安），四開本作「Good even to thee」（祝君晚安）。Warburton改對開本之「dawning」為「downing」，意即「祝君安息」，據他說這是當時通行的晚間的招呼。但Capell, Mason, Malone等都證明「dawning」沒有錯。Malone註，分明天正在快黎明的時候，雖然月亮還沒有下去；鏗德在開場後不久確說過那時候還在夜間，但在本景景末他分明對葛洛斯忒道了聲早安，跟著又叫太陽快些放出光來，他好看一封信。

2　Delius註，「if thou lovest me」（要是你喜歡我）一語在問話或請求語前乃是句陳辭俗套，並不能照字面直解。鏗德有意要尋奧士伐底不是，照字面回答他。

3　Capell註，我們不知道那列士白萊（Lipsbury）是在什麼地方，可是我們知道（？）它是個以拳鬥閩名的村莊，那兒有拳術師在一個圈圈裡擊拳賽藝，這圈子就叫作「Lipsbury pinfold」（列士白萊拳鬥場）。Steevens猜測那是個監獄：他說，

會我。

奧士伐　爲什麼你這樣子對我？我並不認識你。

鏗德　我可認識你這傢伙。

奧士伐　你認識我是什麼人？

鏗德　我認識你是個壞蛋；是個混混兒；吃殘羹冷飯的東西[4]；一副賤骨頭，神氣十足，獸頭獸腦的[5]，叫化底胚；給了你常年三套衣服穿，就買得你叫不完的老爺太太[6]；只有一百鎊錢的紳士[7]；卑鄙下賤，穿

「Lipsbury pinfold」大概即為「Lob's Pound」底另一個叫法，原因是「Lipsbury」與「Lob」二字用同一個字母開頭，而「pinfold」又和「Pound」同義：「Lob's Pound」乃是個有名的牢獄。Nares說這也許是個故意杜撰的名字，意思是「牙齒」，因為嘴唇（lips）裡的圈欄（pinfold）是個極顯的謎語。Halliwell, Wright二人覺得Nares這個猜解最近似，但並無實證可憑。Dyce對於各家說法都不滿意，雖然「pinfold」他認為沒有疑義作「pound」（獸欄）解。Schmidt與Onions在他們的字典裡也都自認不知解釋，「pinfold」則皆訓為收容走失的牛馬的「獸欄」。譯文姑作「列士白萊羴牲圈」。

4　原文「an eater of broken meats」（一個吃肉屑雜碎的人）意即一個下賤的，靠主人吃下來的剩菜殘羹去果腹的奴僕。

5　原文「shallow」，Schmidt之《莎氏用字全典》訓為「stupid, silly」（愚昧、蠢、傻、獸），並不解作「浮淺」。

6　原文為「three-suited」（穿三套衣服的）。對此的詮解各家很不同，譯文從Wright註，因與下文呼應得很密切。Farmer以為應作「third-suited」，意即「穿第三次舊貨衣服的」。Steevens註，這也許是挖苦他窮，只有三套衣服更替著穿；或者恥笑他在法院裡有三件負債被控的訴案（「suit」不作「衣服」，作「訟案」解）。Delius主張不是笑罵他窮，乃是鄙薄他喜歡修飾，一天總要換三回衣服，或同時把三套衣服都穿在身上。Wright解曰：假如我們知道了莎士比亞當時主子與僕人間通行的規約，這句話也許就不難明白了；一年三套衣服大概是當時的家主給與傭工的津貼底一部分：——在莊孫（Ben Jonson, 1572-1637）底喜劇《靜默的女人》（*The Silent Woman*, 1609）裡，有個教誡夫人（Mrs. Otter）

不起絲襪子的[8]　壞蛋；芝麻大的膽[9]，捱了打罵不敢
自己動手，卻只會遞狀子仰仗官府來出頭的[10]　東
西；婊子養的，儘自對著鏡子發獃[11]，手忙腳亂地
瞎討好[12]，打扮得整整齊齊的痞棍；整份兒家私只
一隻箱子的[13]　奴才；為侍候人願意去當娼妓；我看
你只是壞蛋，要飯的，耗子膽，王八羔子，雜種的
狗這幾件東西底混帳；我給了你這些個外號。你若

將她的丈夫當作僕人看待，她這樣罵他：「請問是誰給你的養命錢？是誰津貼
你的人食和馬料，一年三套衣服，還有四雙襪子，一雙絲三雙毛的？」

7　Steevens引著密多敦（Thomas Middleton, 1570?-1627）底喜劇《鳳凰》（The
　　Phoenix, 1607）第四幕第三景一句劇辭來證明原文「hundred-pound」是罵人窮
　　的意思：「怎麼的？是不是將我當作個只有一百鎊錢的紳士看待」？但Delius
　　以為或可作身材瘦小，體重只有一百磅解，Craig則認為係對詹姆士一世濫賜封
　　爵的譏諷語。

8　原文為「worsted-stocking」（穿毛襪子的）。Steevens註，英國在意利沙白女王
　　柄政時（1558-1603）長絲襪奇貴，唯上等人都穿長絲襪，穿羊毛襪的只有傭僕
　　和極窮的人。

9　直譯原文「lily-livered」可作「肝裡毫無血色，白得像百合花似的」。我國語文
　　裡形容懦怯只說「膽小」，或更盡致些說「芝麻大的膽」；若說「白肝」或「百
　　合花色的肝」就怕除譯者自己外無人能懂得。

10　Mason註釋原文「action-taking」云：若有個人你把他打了，他不敢大丈夫似的
　　用劍鋒來跟你解決曲直，只跑進法院裡去告你行兇毆打他，那人就是「action-
　　taking」（遞訴狀的）。

11　「glass-gazing」（對鏡發獃的），Eccles註，為一個把時間消磨在對著鏡子，
　　顧影自憐上的人。這正合我國理想男性美的小白臉底起居注。

12　原文為「superserviceable」，從Johnson註，作「濫獻殷勤」解。

13　Steevens與Schmidt解「one-trunk-inheriting」大致相同：一個人他所有的財產都
　　在一隻箱子裡裝得下去的。

道半個「不」字，準打得你拉長了嗓子直叫[14]。

奧士伐　啊，你這傢伙真是個怪物，你不認識人家人家也不認識你，卻這麼亂罵人！

鏗德　你不認識我，好一個銅打鐵鑄的厚臉皮，你這臭蛋！我在國王面前摔了你的觔斗，又打你，可不是只兩天前的事嗎？拔出劍來打，你這痞棍！這時候雖是在晚上，月亮卻照得很亮；我定把你戳成一團荳蔻香油煎滿月[15]，你這婊子養的蠢才[16]，跟人剃頭刮臉的下作貨[17]，拔出劍來打。

〔拔劍欲擊。〕

奧士伐　去你的！我不來理會你。

鏗德　拔出劍來，你這壞蛋！你帶著於國王不利的信來，甘心做那玩意兒底幫凶[18]，跟她的父親王上作對。

───────────────

14　原意僅「大聲哀號」。

15　據Nares註，「a sop o' th' moonshine」大概是一碟菜底特別名稱；那是一種做雞蛋的方法，名叫「eggs in moonshine」。製法是把雞蛋放在油裡或乳酪裡煎，上面蓋一層蔥頭絲，另加些酸味的果汁，荳蔻，與鹽。

16　原文為「cullionly」，係從四開本。Wright引莎士比亞同時人蕭洛留（John Florio, 1553/-1625），為近代小品文始祖法人蒙登（Montaigne, 1533-1592）之英譯者底解釋：「Coglione, a noddie, a foole, a patch, a dolt, a meacock）──以上除最後一解為「怕老婆及缺乏男性的人」外，其餘都可謂作「蠢才或傻瓜」。

17　原文「barber-monger」Mason釋為喜歡修飾的人，好與理髮匠交往來，每天打扮得頭光面滑。Moberly以為是理髮匠一義之引伸說法，含有言外的鄙薄。譯文從後一解，以其用意較深，著眼處乃在笑罵奧士伐厚顏獻媚，行徑卑鄙。

18　原文「take vanity the puppet's part」謹嚴些譯應作「幫同（這本勸善劇裡的）那扮演『虛幻』的木偶」（從Johnson註）。這句譯文單看不好懂，需要一點概括

拔出劍來，你這痞棍，不然我就橫剁你的腳脛！拔

的戲劇史來作背景。自從舊羅馬底戲劇墮入粗俗，淫靡，衰頹，被中世紀新興的教會逐漸禁演之後，西歐各國戲劇曾中斷了有一千年左右。直到第十世紀末葉，新劇底萌芽方始在各處耶穌教會底宗教禮節裡透露出來。最初只是彌撒禮前列隊的僧侶們唱和些聖詩，做一點動作姿勢。隨後《聖經新約》裡耶穌底生平事蹟，由片段而整段而全部，漸被簡略地演唱出來；那所以要演的起因，當然是要讓不懂拉丁韻文的普通人知道僧侶們唱的是什麼事。只要逢到教會底聖節，如復活（Easter），聖誕（Christmas），主顯（Epiphany）等諸節期，各處的禮拜儀式裡都有演唱這一項——這演唱我們叫它做「祈禱詩式的神蹟劇」（liturgical mysteries）。後來《舊約》裡有些故事也被採用了進去；總之，從〈創世紀〉一直到「世界末日」，只要跟耶穌牽得上瓜葛的故事，用韻文編成了唱和的辭句，都可以歸入「神蹟劇」這一類。至於演唱聖母利亞與聖徒們生平事蹟的，另外有個名稱叫「奇蹟劇」（miracles）。到了十三世紀，這些「神蹟劇」與「奇蹟劇」在西、南、北歐各處大都拋棄了拉丁文，而用當地白話作為演唱的媒介，風行浩蕩；在英國則當以十四五世紀為全盛時期。採用白話的結果，對此發生興趣的觀眾便大量地增加；教寺裡容納不下許多人，於是演唱的儀式便得在附近空地上舉行。然後材料也跟著擴充了，往往不限於宗教故事；喜劇與粗鄙底成分也因觀眾需求，而有加無已。僧侶們覺得這演唱愈變愈不合他們的身份，終於這件事漸由教會掌握中轉移到各城鎮同業公會（guilds）手裡去了。這種真正戲劇底雛形都很簡單膚淺，無甚文學上的價值；不過它們有兩個特點，內中至少後一個是相當重要的，那兩點是對於宗教的誠信與改竄原故事處那滑稽的成分。那些滑稽的瑣屑演化著，膨脹著，另外加上了中世紀民眾對於寓喻的癖好，便形成一種戲劇方式，可名為「勸善劇」（moralities）：那劇中的故事並不要依賴《聖經》，卻須新創；體裁為寓喻的，說人在世上怎樣受種種的誘惑；劇中人物以抽象的居多，如各種美德，各種劣性，魔鬼和他的扈從；演員為各業廛店傭工匠之流，經費則由各同業公會分擔。鏗德所說的「虛幻」或「浮華」（vanity）便是上述「勸善劇」裡常見的劣性之一，在這裡則隱指剛瑙烈不可一世的氣概並不能持久，又暗暗地表示在李爾演的這本人生劇裡，賞善罰惡跟舊時的「勸善劇」裡同樣地天理昭彰，非人力所能避免；至於「木偶」一語也分明是罵剛瑙烈的話（從Singer註），說她是個女子，是個男子底玩偶。我覺得我用的譯文「甘心做那玩意兒底幫兇」比這註裡的譯法要醒目些，雖然顯得不很忠實。

　　　　　　出劍來，你這壞蛋；來呀。

奧士伐　　　救命，啊！殺人！救命！

鏗德　　　　使你的劍，奴才！站住，混混兒，站住；你這真正的奴才[19]，使你的劍來！

奧士伐　　　救命，啊！殺人！殺人！

　　　　　　　　藹特孟執劍上場。

藹特孟　　　怎麼的！爲什麼事？　　　　〔分開他們。〕[20]

鏗德　　　　跟您來，好角色[21]，要是您高興的話來，我教你開劍[22]，來罷，小主人。

　　　　　　　　康華，雷耿，葛洛斯忒，與僕從上場。

葛洛斯忒　　使刀弄劍的這是怎麼回事？

康華　　　　快停住，我把你們的生命打賭！

19　文「neat」，Steevens釋爲「finical」（修飾得乾乾淨淨的）；Walker釋爲「pure, unmixed」（純粹的，真正的）；Staunton與Rushton則以爲是一句反話，隱指奧士伐底品性像牧牛奴底身體一般乾淨，那就是說一般齷齪。

20　對開本原文作「Part」，似爲藹特孟所說的一個字；四開本缺。譯文從Dyce擬改的「Parting them」，作爲舞台導演辭。

21　原文「goodman boy」，Schmidt《莎氏用字全典》訓爲「gaffer」（老頭兒、老公公），Onions《莎氏字典》解作開玩笑或譏諷的稱呼。我覺得譯成「小老頭兒」也可以；譯文作「好角色」除取它的一些玩笑一些譏諷的意義外，還含有多少驚讚的意味——驚讚藹特孟那麼一個小後生，不曾學過劍術，居然敢拿著劍出來阻止他們兩人動武。

22　原文「flesh」是個打獵的術語，意思是初次給獵狗嘗到生肉味；又初次試劍插入對方肉內也叫「flesh」。譯文作「開劍」，因爲我們語言文字裡類似的例子很多，如用濫了的「開幕」，店鋪「開張」，菩薩「開光」，吃素人「開葷」，初次學作文章的「開筆頭」等。鏗德以爲藹特孟是個沒有經歷的少年，要教他劍術底初步。

	誰再動了劍就得死！怎麼一回事？
雷耿	可是大姊和國王差來的使者們？
康華	你們爭吵些什麼？說呀。
奧士伐	我回不過氣來，大人。
鏗德	怪不得，原來你已使足了你的膽。你這卑懦的壞蛋，沒有人性的東西[23]；是一個裁衣匠把你縫出來的[24]。
康華	你這人好怪；裁衣匠怎麼縫得出人來？
鏗德	不錯，是裁衣匠縫的，爵爺；石刻師或畫師做他出來不能這樣壞，即使他們只學了兩點鐘的[25] 手藝。
康華	可是說出來，你們怎樣吵起的架？
奧士伐	爵爺，這老流氓我看他的灰白鬍子，饒了他的命，——
鏗德	你這婊子養的，只當你是個屁[26]！——爵爺，要是

23　原意為「人性不承認有你」，直譯嫌僵硬。

24　Schmidt註：因為你一身最好的部分是你的衣服。莎氏晚年著的悲劇《沁白林》（*Cymbeline*, 1609-1610）第四幕第二景裡有這樣一句話：

　　　　不，壞蛋，你那個裁縫，
　　他是你祖父，他可也並不認識你；
　　他做了你這衣服，這衣服又做的你。

我們也有「衣冠禽獸」的說法。

25　從四開本原文；對開本作「two years」（兩年的）。Schmidt主張從後者，他說學畫和學雕刻的只當兩年學徒還滿不了師，——四開本把對開本底「兩年」改為「兩天」，有形容過分之弊。

26　直譯原文當作「……zed！你這用不到的字母！」。按「zed」即二十六個英文字母的最後一個Z。班來脫（John Baret, 1580?卒）在他的英文，拉丁文與法文

你准許的話，我把這不成材的壞蛋踹成了灰泥[27]，
把他塗在毛廁底牆上。——饒我的灰白鬍子[28]，你
這搖尾巴的鳥[29]？

康華　　不許說話，賤貨！
你這畜生似的壞東西，懂不懂規矩？

鏗德　　是，爵爺；但是一個人在盛怒之下自有一點特別的
權利，他來不及顧到禮貌了[30]。

康華　　你爲什麼盛怒？

鏗德　　爲的是這樣的奴才也居然佩著劍，
內裡卻不曾佩得有分毫的高貴。
這一類諂笑的痞棍跟耗子一般，

的三聯字典《蜂窠》（*An Alvearie, or Triple Dictionarie in English, Latin, and French*, 1574）裡不列這個字母底項目。Farmer與Wright都徵引莎氏當時的文法學家，說Z這個字母只有得聽到，但很少看見。譯文在「看不見」這層意思上著筆，雖然結果在字面上相差甚遠。

27　原文為「tread this unbolted ......into mortar」。Tollet註：「unbolted mortar」是用不曾篩細的石灰做成的灰泥；要弄碎泥裡的硬灰塊一定得工人穿上了木履踹踏；所以「unbolted」是「粗陋」的意思。

28　Staunton註，這是描繪得入情入理處：鏗德在盛怒之下忘記了那傢伙詭稱饒他的是他的性命，不是他的灰白鬍子。

29　「wagtail」我們叫做鶺鴒，或脊令，是一種棲息水濱的鳥，行動時上下擺動長尾。譯文不作「鶺鴒」為的是想保持原文顯而易見的意義。本字通常的註家都釋為這一種鳥；但另外還有個轉借的意義，那便是罵人為娼妓。——列萊（John Lyly, 1554?-1606）底喜劇《馬達士王》（*Midas*, 1592）第一幕第一景裡的「wagtail」便這樣用法。

30　此語為譯者所增，可以刪去，但恐因此使上句涵義欠顯。

常把緊得放不鬆的神聖的繩緄[31]

咬作了兩截；他們主子底天性裡

只要起了點反常逆變的波瀾，

他們便無有不從旁掀風作浪[32]；

火上添油，冷些的心情上灑雪；

說是道非，轉動釣魚郎[33] 似的鳥喙，

全跟著主人風色底變幻而定向；

狗一般什麼也不懂，只曉得追隨。

瘟死你這羊癲瘋上身的嘴臉！

你可是笑我說話好比個傻子嗎？

笨鵝，我若在舍剌謨平原上碰見你，

準把你呷呷呷的趕回你老家開米洛[34]。

31　Warburton註，這裡的「holy cords」乃指親子間天然的羈繫；這暗喻取自禮拜堂置聖壇的內院裡的那些繩子，攪起家庭變故的人便比如褻瀆聖物的耗子。

32　原文為「smooth」，Furness釋為「奉承」，Onions也訓「奉承、慫恿」。

33　一種鳥，又名翠鳥、魚狗、鴰，棲止水濱，善於水面捕食小魚。有個民間的迷信，說把打死的釣魚郎掛起來，不論風從那一方吹來，鳥喙會指定那個方向。

34　原文這兩行極晦澀，評註者意見紛歧，至今尚無確切的詮釋可憑。關於舍剌謨平原（Sarum plain）即今英國南部尉爾特郡（Wiltshire）內之索爾茲布立平原（Salisbury plain），固然是並無疑義。可是傳說中的開米洛（Camelot），雖在英國是個家喻戶曉的地名，誰都知道那是雅叟王（King Arthur，生卒於400-600年中）會聚他的「圓桌武士」（the Knights of Round Table）的所在地，但究竟在什麼地方卻有四個不同的臆測。第一說，開米洛在英國西南部之索美塞得郡（Somersetshire）內，即今困斯開末城（Queen's Camel）；第二說，在正南部之漢堡郡（Hampshire）內，即今之溫徹斯特城（Winchester）；第三說，在威爾斯南部之蒙莫斯郡（Monmouthshire）內，即卡利恩城（Caerleon）；第四說，即今英國西南角康華郡（Cornwall）內之開末爾福城（Camelford）。開米

康華	什麼，你發了瘋嗎，老頭兒？
葛洛斯忒	你們怎樣吵起架來的？你說罷。
鏗德	天下再無兩件相反的東西，
	比較我和他這麼個惡棍之間，
	含得有更多不相容的敵愾。
康華	為什麼你叫他惡棍？他惡在那裡[35]？
鏗德	他這嘴臉我不喜歡。
康華	你也許不喜歡我的臉，或他的，她的。
鏗德	公爵，我說話一輩子只知道坦白。
	自來我卻見過了比在我眼前
	架在這些肩上的任是那一副
	都好些的嘴臉。
康華	這是個那樣的傢伙，

洛這地名考證不出尚無大礙，問題是莎士比亞寫這兩行時作什麼聯想：想起鵝呢，還是想起戰敗的武士？據Hanmer註，索美塞得郡內開米洛一帶的原野上以養鵝著名；所以鏗德這句辱罵，意思是要把奧士伐這隻蠢鵝趕回它的老家去。但據Staunton解釋，這兩行與鵝並無深切的關係，（「Goose ……cackling」二字只是作用作罵人為笨貨的暗喻）而卻與馬洛立（Thomas Malory，生卒於1470前後）之《雅叟之死》（La Morte d'Arthur, 1485）四十九章所敘雅叟王娶傑納維公主（Guinevere）的事為類推的比擬，因當時國王手下有三位武士出去尋求白鹿（the Quest of the White Hart），沿途被他們戰敗的武士們都送回來由國王發落；這就是說鏗德在威嚇奧士伐，若有機會把他痛打一頓之後，準送給李爾去處置，莫以為這是好笑的勾當。Dyce以為這兩層意思並不可衝突，字句間卻同時暗射著它們。譯者筆拙，無法把這兩層意思兼收並蓋，姑從直截簡明的Hanmer註。

35　原意為「什麼是他的錯處？」為音律亦為語氣連貫起見，改如今譯，想無大出入。

給人讚了他率直無華，便故意

裝出那莽撞的粗暴，把外表做作得

和本性截然相反[36]；他不能奉承，——

只有他那副誠實坦白的心腸，——

他定得說實話！他們若聽他，就罷；

假如不然，他是在那裡坦白。

這一類壞貨，我知道在這些坦白裡，

包藏的奸刁和惡意，要多過二十個

折背傴腰，禮數周全的隨侍們[37]。

鏗德　　公爵，我來說真話，我來說實話，

請准您偉大的[38] 光座[39]，您放出的運數

便好比煒伯氏[40] 閃耀的額前那輪

---

36 從Johnson註，「garb」作「外表」解。Wright說這「外表」特別在指言語。

37 Schmidt《莎氏用字全典》詮釋原文「observants」為「obsequious attendants」（卑躬折節的隨侍們）。Coleridge評註康華這話全段云：莎士比亞把這樣深沈的真理放在康華、藹特孟、伊耶哥（Iago，為莎氏四大悲劇之一《奧賽羅》〔Othello, 1604-1605〕中之惡人）等人口裡，一方面在表達作者自己的意思，另一方面乃在顯示這些深知卓見應用得怎樣不得當。Hudson註：次等劇作家往往不讓他們的惡人有這樣的深知卓見，只叫他們說些真正駭人聽聞的謬見，可是實際上有一點才智的惡人決不那樣做。

38 從對開本之「great」（偉大的）。四開本作「graund」與「grand」（巍巍的）；自Pope, Capell, Jennens等一直下來到Craig之牛津本等都從之。Knight註，自四開本改成對開本不是沒有理由的，因為鏗德本意雖在誇張，但「grand」一字未免過火，諷刺得太露骨了。

39 據Delius註，這裡的「aspect」與後面的「influence」都是占星術裡的術語，姑分別譯為「光座」與「運數」。

40 「Phoebus」即希臘神話裡太陽神亞波羅（Apollo）底別名，意即「放光者」，

輝煌的火環，——

康華	這是什麼意思？
鏗德	這是不說我自己的話，因為我的話您那麼不贊成。

公爵，我知道我不是拍馬的能手；誰假裝著說話坦白[41] 來哄騙您，誰就是個十足的 [41] 壞蛋；把我自己來說吧，即使您央我當那麼個東西，我不肯當會使您生氣[42]，我還是不願意當的。

康華	你是怎麼樣衝撞他的？
奧士伐	我從沒有衝撞過他。

最近國王，他那位主子，只因

他自己一時的誤解，動手打了我；

他便在旁幫同他，曲意去逢迎

他那陣惱怒，將我在背後絆倒；

茲譯為「煒伯氏」。我們神話裡的義和他最相像不過，但義和只駕車而不司藝術。

41 此二語原文都是「plain」，為同字異義的雙關（pun）用法：前一個「plain」意即「frank」（坦白），後一個意即「pure」（純粹）。為保存本來的面目，這整句或許這樣譯更好些：「誰假裝著說話乾脆來哄騙你，誰就乾脆是個壞蛋」。

41 同前註。

42 原文「though I should win your displeasure to entreat me to 't」簡略得有些欠明瞭。Johnson下這樣一個詮解：即使我能使你回心轉意，從你現在這樣不高興我的心情裡轉變到喜歡我得甚至於央我當一個壞蛋。Delius底解釋大致與此相同。Schmidt以為「your displeasure」是通常稱呼在上者「your grace」一語底反話，含有諷刺或笑罵的意味。我覺得這些註解都不很合式，不如這樣子闡釋原意較切：「though I should win your displeasure by declining your entreaty to me to be such」，譯文即本此意。

　　　　　我倒了，他就使足了男兒底氣燄，
　　　　　咒罵，凌辱，顯得他是位好漢[43]；
　　　　　那樣能對自行克制的人逞強，
　　　　　他便博到了國王稱讚他勇武；
　　　　　他見這荒謬的行徑初試得成功，
　　　　　所以又復在這裡拔劍挑釁。

鏗德　　　若跟這些壞蛋懦夫們對比，
　　　　　誇口的藹傑士只能當他們的傻子[44]。

康華　　　拿出腳枷來！——你這倔強的老壞蛋，
　　　　　誇口的老賊，我們得教你——

鏗德　　　　　　　　　　　　公爵，

43　從Schmidt之《全典》。

44　原文「But Ajax is their fool」，依字面譯可作「藹傑士只是他們的傻子」。根據Heath，應這樣解釋：像藹傑士那麼個坦白，率直，而又勇敢的人，往往會被這一班壞蛋當作施展他們伎倆的把柄。依這說法，鏗德乃在指他自己；但「坦白」、「率直」、「勇敢」等語都是Heath底訓辭，原文所無，所以本句也未嘗不能解作對康華發的，說他有威權而乏知人之明，容易被奧士伐那樣的鼠輩所愚弄。譯文依據Capell所註，Furness亦贊同：以誇口聞名的藹傑士和這班東西比起來簡直是小巫見大巫，顯得愚弱可笑。按希臘文學裡藹傑士有大小之別，都是戰士，都有矜誇之名；但據Schmidt之《莎氏用字全典》及Onions之《莎氏字典》，這裡所指的乃是大藹傑士（Ajax the Greater）。大藹傑士為舍剌米斯（Salamis）國王，忒拉蒙（Telamon）之子，脫羅埃大戰（Trojan War）時征脫羅埃軍中有名的英雄，神勇僅次於阿凱利司（Achilles），魁梧軒昂，猛武多力，而有出言好誇大的聲名。傳說脫羅埃島國王泊拉安默（Priam）之子海克托（Hector）（大戰中以寬弘博大而兼神武聞名的勇士，為理想的男子）被阿凱利司殺後，海克托禦身的盔甲不派給他而派給奧笛修士（Odysseus），他因此氣得發瘋，自刺而死。

叫我學，我年紀太老了；別對我用腳枷。

我侍候國王，是他差我來這裡的；

您枷了他派來的信使，對他太不敬，

對我主人底尊嚴顯得太毒辣。

康華　　拿出腳枷來！我還有生命和榮譽在，

他便得在那裡枷坐到午上。

雷耿　　　　　　　　　　「到午上！」

到晚上，我的夫君，還得整晚上[45]！

鏗德　　啊呀，夫人，我若是您父親的狗，

〔腳枷自幕後抬出〕[46]

你也不該這麼樣待我。

雷耿　　　　　　　　大爺，

你是他的奴才，我就要這麼辦。

康華　　這就跟我們大姊說起的那人

一般模樣。——來，把腳枷擡過來！

葛洛斯忒　讓我懇求爵爺不要這樣做；

他過錯很大[47]，好王上他主子自會

45　Cowden Clarke註：這話穿插得極妙，不但藉此可以描畫出雷耿底性情好仇易
怒，喜加懲創，而且也足賴以調劑劇中的時間，使第四景李爾到堡邸前面見忠
僕坐枷受辱時為夜去晨來，但已非清早，所以該景經過相當的延續，到了景末
時正值一天度盡，幕颭怒號的當兒，這一切時間底進展都交代得近情而合理。
莎士比亞在同一景同一場對話裡使一整天在我們眼前逝去，但一切都是這樣的
自然緊湊，如無縫之天衣。

46　這句舞臺導演辭底位置係根據各版對開本之原文。Dyce把它放在「來把腳枷擡
過來！」後面，近代版本大都從Dyce。

　　　　　將他去責罵。您想用的這低微的懲處，

　　　　　只是對那班卑鄙下流的犯小偷

　　　　　和通常小罪的賤人們施行的刑罰；

　　　　　君王見了他這麼樣坐罪受禁，

　　　　　您把他遣來的信使輕看到如此，

　　　　　準會因而失歡。

康華　　　　　　　　　我自有應付。

雷耿　　　大姊知道了她家臣為奉行使命[48]，

　　　　　無端[49] 受侮辱與兇毆，更要失歡。——

　　　　　把他腿子裝進去[48]。　　　〔鏗德枷上腳枷〕[50]

康華　　　來，伯爵，進去罷。

　　　　　　　〔除葛洛斯忒與鏗德外，人眾盡下〕

葛洛斯忒　朋友，我替你很傷心，可是公爵

　　　　　要這樣，他的性情，滿天下都知道，

　　　　　不容人反對或阻擋。我替你去求情。

鏗德　　　請不用大人。我趕路沒有睡，累得很；

　　　　　待我睡掉一些時候，其餘的

　　　　　用吹嘯來消磨。一個好人底命運

　　　　　也會在上枷的腳上長得很好[51]；

47　譯文從這裡起以下四行，在原文為四行半，初版對開本闕如，此係補自四開本者。

48　這兩段在原文成連續的一行，亦為初版對開本所無，補自四開本者。

49　譯者所增。

48　同前註48。

50　原文沒有這句導演辭，這是從Pope所增。

　　　　　　祝福你早安！

葛洛斯忒　　〔旁白〕這要怪公爵；國王準會生氣。　　〔下。〕

鏗德　　　　好君王，你定得經驗到這句老話，

　　　　　　捨棄了天賜的宏恩來曬暖太陽[52]。

51　原文「A good man's fortune may grow out at heels」，各註只有猜度，而無肯定
　　的詮釋。Eccles註：也許他想說，一個好人處在逆境裡說不定也會遇到好運；
　　「at heels」也許是指他戴上腳枷的那件醜事。Hudson也不敢斷定究竟什麼意
　　思：上腳枷叫做「處腳刑」，鏗德大概在指這一件事；但不明白的是這兩點，
　　還是一個好人在這樣的情形下也能交好運呢，還是即令一個好人底命也會在它
　　鞋跟上破出窟窿來——「out at heels」同時又是句成語，鞋破襪穿，腳跟外露，
　　交壞運的意思。Furness以為說不定鏗德在對自己開玩笑：「腳跟露出來」那句
　　成語是個暗喻，因為倒楣的人不須真正那麼樣，但如今他受著腳刑，暗喻便變
　　成了實事，應用那句成語豈不含有雙關的意義？這一說我覺得可疑：鏗德在大
　　怒之下，繼遭巨辱，恐沒有閒情說笑。Hudson第二個猜測我認為也不很切合劇
　　情：鏗德被李爾驅逐，甚至須塗面喬裝纔能回來伺候他的愛主，那命運已是夠
　　惡的了；這回上了腳枷，雖是個奇恥，但已是第二次受厄於命運，若說出「好
　　人也會交惡命運」那樣的話來，便有語氣與劇情脫節之弊，似欠經營。Eccles
　　註與Hudson之第一點我以為可無復疑義，故已在譯文中表達出，因為除了以上
　　所陳的反證外，還有一點正面的證據可尋。鏗德意思是說，小人不會永遠得志，
　　君子也有交好運的時候；莫以為我枷著腳便會長久倒楣下去，我的好日子也許
　　就要來了。他這樣樂觀的原因是懷中藏得有一封新接到的考黛蓮底信。我們知
　　道他對她有絕大的好感，信仰，與希望，——信仰她真心愛父親，希望她和她
　　夫婿來救李爾；所以他這樣樂觀並不可怪。

52　這一句流行的諺語（Common saw）在和林茲赫（Holinshed）所著底《史紀》
　　（Chronicles, 1577）裡已引用，經Capell在註裡指出。Malone引豪厄爾（James
　　Howell, 1594?-1666）之《英國諺語彙纂》（Collection of English Proverbs, 1660）
　　道：「他離開了上帝底祝福到暖太陽裡去，那就是說，捨掉好的去就壞的」。
　　這諺語底根源不明，據Johnson猜想也許該是指醫院或慈善機關裡遣發出來的人
　　說的，而Hanmer則以為是指逐出房舍與家庭的人，他們除了喝風飲露曬曬太陽
　　而外，別無生活上的安適可言。

到來啊，你這指迷下界的燈塔，

憑你那慰人的光線我好拆看

一封信！若非身處著悲慘，簡直

可說決無人能見到奇蹟底來臨[53]。

我知道這是考黛蓮底信，多虧她　　〔拆信。〕[54]

得報了我低賤的生涯[55]。〔讀信。〕——「將在這混亂

非常的局勢裡尋找到時機——設法

53　原文作「Nothing almost sees miracles But misery」，譯者覺得Capell註還切實。Delius闡發得很透徹，他說考黛蓮會想到他，她的信會送到他手裡，在他看起來真是個奇蹟，但只有身處在悲慘裡的人纔能經驗到這樣的奇蹟。Bradley認為「身處悲慘」不是鏗德在夫子自道，而是在說李爾；我以為太勉強。

54　原文「informed of my obscured course」，從初版對開本作句號；通常本子到此都不斷句，用大讀號使句子連續下去。所謂低賤的生涯乃是指塗面變裝，當個普通僕從的那件事。

55　對這段文字各註家議論如麻；Dyce因認原文根本太晦，或有印誤，對各家底解釋及修改都不滿意。但我以為Jennens在不作「拆信」及「讀信」的原文上加了這兩句導演辭，又改了些標點，已很明暢；他還有Steevens, Collier, White等人底贊同。Collier箋註得好：我們須記得鏗德手上有一封考黛蓮寫給他的信，他想在這不夠亮的光線裡辨明信內所敘何事；可是他看不清楚，許是因此所以這段文字特別晦。他只能辨認出不多幾個字來，雖然不能使觀眾確定，但已足夠使他知道，信裡所說的一個大概。譯文即本Jennens之改正本；譯者還有點意見可以附在Collier註後。鏗德終夜奔波，又累又倦，加上生了那麼大的氣，又況年事已高，而這時候天還沒有亮清，月亮說不定已經下去，以他那樣的愚忠，不掙扎著看到信裡的一點大概，是不肯放心睡覺的；因此模糊念一兩句，上下文不很接氣，這段文字便顯得晦了。其餘的註家都以為鏗德並未讀信，只自語了一陣就睡熟，不知他們對那番貧困不移生死不顧的責任心如何發落。Tieck及Cowden Clarke甚至以為這個老人太倦了，所以說得斷斷續續，意義不明；這麼，鏗德簡直是個老糊塗了！須知鏗德睡覺累與倦固然是重大的原因，但看了信放心睡下也是個必要的條件；他目前沒有被釋的希望，借睡覺可以消磨些時間，但一方面又是故意的，他不願看到「這張可恥的枑」，他的腳枷。

把損失彌補回來。」——[56] 又累又倦，

我一雙睡眼啊，借此正好不見

這張可恥的牀[57]。

再會了，命運；再笑笑[58]；轉動著輪子[59]！

〔睡去。〕

56　同註56。

57　原文「lodging」，Onions訓「住處」，Schmidt訓「牀」，都指腳枷。這一行根據Pope只有兩音步半，用意很妙，近代版本都從他的排列法，譯文也極力追步著前塵；因此讀時演時都應將字音拉長著重，以補足五音步常數之時間，表示厭惡與恥恨。

58　對開本原文作「smile once more, turn thy wheel!」，Johnson改小讀號為大讀號。四開本原文作「smile, once more turn thy wheel!」，Collier之二版本也如法修改。如從Collier，可譯為「笑罷；再轉動著輪子！」。

59　Dowden註：鏗德沒有幻想，無所憧憬，他並不信冥冥中有一位至高無上的神靈護佑著人間的良善，這是他和藹特加底不同處。他對於正誼的忠誠全恃他那一點拚命的本性，那本性是不顧這世上一切的現狀的。莎士比亞要我們知道，對於真理，公平，與慈悲最熱烈最確切的效忠不是別的，乃是純粹出諸本性的效忠精神，並不依賴神學上的理論給與任何刺激或靠傍。鏗德是身親經歷過滄海的，除了命運而外他不知有何更高的權威主宰著世間的一切變故。因此，他把他那份熱烈的行正道的信念和堅毅的癖性，格外摟得緊些；因為有了那樣卓絕的癖性之後，一旦遇到奇凶慘禍，一個人就逆受得下去了。鏗德身處在苦難裡見到的「奇蹟」是法蘭西就要來救他的愛主，考黛蓮對她父親的忠誠果如他所料。……

第三景[1]

佈景同前。

藹特加上場。

藹特加　　我聽到緝捕我自己的告示[2]；
　　　　　幸喜[3] 有一棵空樹施援[3]，纔逃掉
　　　　　這追拿。沒有一個安全的口岸，
　　　　　沒有一處所在沒有守衛
　　　　　和異常的警備要把我擒拿。能逃時
　　　　　總得保全著自己；我已經決心
　　　　　裝一副貧困糟蹋人，把他逼近了
　　　　　畜道的那絕頂卑微和可憐的外觀；
　　　　　我要用泥污塗面，用氈毯裹腰，
　　　　　使頭髮盤纏扭結，用自願的[4] 裸露

1　初版對開本原文第二、第三、第四景不分景，都歸入第二景內。現在這分法始
　　自Pope，近代通行版本大都從他。

2　當時告示人民有文告與口告兩種辦法；這裡是口告，有小吏在街上高聲佈告他
　　的年貌，籍貫，罪名，與賞格等。

3　原文「happy」有「making happy, propitious, favourable」（使快樂，有神助，吉
　　利）之意，空樹對人是使快樂，人對空樹是感激它施恩。

3　同前註。

4　Schmidt《莎氏用字全典》釋原文「presented」為「offered」，意即「（自己）

去凌冒風威和天降的種種虐待。

這境內瘋叫化湯姆[5] 底實證和先例

我見過不少，他們號叫著，把一些

鐵針，木刺，釘子，迷迭香底小枝，

刺進他們那麻木無知的裸臂；

他們裝扮著這般可怕的模樣，

向隘陋的田莊，貧賤的村落，羊欄

和磨坊裡，有時狂咒，有時祈求，

強化他們的布施。可憐的抖累告[6]！

苦湯姆！如今還有他；我藹特加沒有了[7]。〔下〕

供給的」。

5　Steevens引戴構（Thomas Dekker, 1570?-1641）所著《倫敦之瘋丐》（*The Belman of London*, 1608）云：「他賭咒他是伯特蘭裡出來的，說話故意亂七八糟；你但見他赤裸的皮膚上各處都刺得有針特別是臂上，那樣的痛苦他很願意吃（其實於他並不難受，他那皮膚不是害了髒病已經死透，便已被風雨吹打結實，太陽炙硬），為的是要你信他是個失心的瘋子。他自稱為『可憐的湯姆』，走近人前時就大喊『可憐的湯姆冷啊』。這一類瘋叫化有的非常快樂，整天唱些自己編造出來的歌；有的跳舞，有的號咷痛哭，有的哈哈大笑；還有的很執拗，哭喪著臉，見人家屋子裡人不多，就大膽撞進去，逼迫恐嚇僕傭們給些他們所要的東西」。參閱第一幕第二景註31及第三幕第六景註34。

6　Warburton主改原文「Turlygod」為「Turlupin」（抖魯賓）；那是十四世紀一幫流丐，在歐洲各地赤身求乞。Hanmer以為應作「Turlurù」（抖魯魯）。Douce謂前二說都不很對，舊時義大利語叫瘋人為抖魯賓或抖魯魯，但到了英文裡就被念別為「Turlygood」（抖累古），所以應從念別的字拼音。好些近代版本都從Douce底拼法。

7　Ritson註：變裝了這個性格，我可以保存自己；我藹特加這人卻從此完了。

第四景

　　　　　佈景同前。

　　　　　李爾，傻子，及近侍上場。

李爾　　　奇怪，他們竟會這樣出了門，

　　　　　不叫我差去的信使回來。

近侍　　　　　　　　　　　　　據我

　　　　　聽說，他們昨晚上還沒有決意

　　　　　要離家出外。

鏗德　　　　　　　　您來了，尊貴的主上！

李爾　　　嚇？

　　　　　你把這羞辱當好玩嗎？

鏗德　　　　　　　　　不，大人。

傻子　　　哈哈！他綁著一副無情的[1] 吊襪帶[2]。繫馬繫住頭，

1　原文「cruel」釋「殘忍的、無情的」，與解作「雙線毛織的」之「crewel」發
　　音近似。Collier與Halliwell先後註云，舊時的劇作家常用這音同字不同的雙關
　　作為取笑的資料。吊襪帶通常用羊毛織物製成，但這裡鏗德所綁的分明不是毛
　　織的，卻成了無情的了。Furness在新集註本裡說，不如將原文「cruel」改為
　　「crewel」，因前者為顯而易見的事實，後者纔是道地的雙關。

2　原文「garters」（吊襪帶）隱喻鏗德戴的腳枷，但同時另含有一番善意的侮弄。
　　按英國最尊貴的勳位名曰「吊襪帶勳位」（The Most Noble Order of the Garter），
　　相傳於1344年間為英王藹德華三世（Edward III, 1312-1327-1377）所創設。傳

	綁狗綁熊[3] 綁著頸子，猴兒 [3] 要綑著腰，人得紮住了兩條腿；一個人跑腿跑得太忙了，就得穿上一副木頭做的長襪子[4]。
李爾	什麼人把你這樣地錯認了高低，枷鎖在這裡？
鏗德	他們倆：您女兒和女婿。
李爾	不是。
鏗德	是的。
李爾	我說不是。
鏗德	我說是的。
李爾	不是，不是，他們不會。
鏗德	是的，是他們幹的[5]。
李爾	我對天皇巨璧德[6] 發誓，那不是！

說某次宮廷跳舞會上有艷名的索爾茲布立公爵夫人（Countess of Salisbury）脫落了一條藍色吊襪帶，被國王拾得；為避免眾人注意那位夫人起見，他就把那吊襪帶綁在自己腿上，一面說道「Honi soit qui mal y pense」（誰對這個起了什麼壞意，誰就得遭殃），又說，「我要使國內最尊貴的貴族認為戴這條帶子是件榮譽的事」。他本想創一個「圓桌武士勳位」，這偶然的變故使他改計，設立了一個「吊襪帶勳位」。這貴勳底授與，限於國王自己，太子威爾斯親王（Prince of Wales），與其他的親貴，共二十五位爵士，都不出王室底範圍；到1912年格雷爵士（Sir Edward Grey）授了這勳位，纔初次打破慣例。

3　莎士比亞時代底英倫，把獸類作娛樂，除了紳士階級底騎馬，養狗，打獵，放鷹而外，還有一般平民喜歡的鬥雞，耍猴子，縱狗咬熊等戲。

3　同前註。

4　原文「nether-stocks」，Steevens謂為「長襪」之舊名。

5　此二行對開本闕，補自四開本。

鏗德　　　我對天后巨諾[7] 發誓，那是的！

李爾　　　他們不敢這樣做；他們不能，

　　　　　不會這樣做；這簡直比殺人還兇，

　　　　　故意[8] 施這樣的狂暴；你要快些說，

　　　　　可又得從容[9] 讓我知道個周詳，

　　　　　我派你出來，你是怎麼樣纔該受，

　　　　　他們纔該罰你受，這樣的遭際。

鏗德　　　大人，我正在他們府裡邊晉呈

　　　　　給他們您大人底書信，循禮在下跪，

　　　　　還不曾起身，突然來到了一名

　　　　　在急忙裡煎熬[10] 得汗氣[11] 蒸騰的信使，

　　　　　差些兒回不過氣來，喘出他主婦

　　　　　剛瑙烈對他們的問候；他不顧我在先，

　　　　　他在後[12]，把信遞上，他們頓時

6　見第一幕第一景註45。

7　羅馬神話中之天后，為巨壁德之妻。巨諾（Juno）相當於希臘神話裡的天后海
　拉（Hera），如巨壁德（Jupiter）之於宙斯（Zeus）；她是結婚與婦女底保護
　者，又為女戰神。

8　Edwards, Heath, Johnson等皆釋原文「upon respect」為「對（君使底）尊嚴」，
　有誤。Singer最先解如譯文，Wright舉一旁證微實此說。

9　Schmidt云，「with all modest haste」為不緩不急，要把全情和盤托出來，能說
　得快就多麼快。

10　原文「stewed」本為「煨燉」，但「煎熬」與「蒸騰」似較近我們的語氣。

11　此二字為譯者所增。

12　Capell釋原文「spite of intermission」為「雖然他見我那時候正在呈遞一封早到
　了的信」。Cowden Clarke「不願那應有的停頓」，好讓他自己稍停一下喘息，

就看；這一看就匆匆召集了隨從，

馬上上馬；他們吩咐我跟著，

等有空再給回音；還給我看白眼。

在這裡我又碰見了那名信使，

都爲歡迎他，我纔遭他們的冷淡——

就是近來常在您大人跟前

膽大妄爲的那東西———一時惱怒

上來，我就奮不顧利害底重輕[13]，

拔劍向他挑釁；那知他一疊連

懦怯的叫喊，鬧動了這邸中上下。

您女兒女婿就派我這番過誤

該當受這般羞辱。

傻子　　要是野鵝往那邊飛，冬天還沒有過咧。

衣衫破爛的父親們

把兒女變成了瞎子。

背負錢袋的父親們。

享盡兒女們底孝思[14]。

命運是個濫賤的娼家，

讓我能站起來接受我的回答。Schmidt：「雖然我的事情被他這麼打斷了，我應得的回話被他稽遲了」。Furness補充說，那便是俗語所謂「不顧『先來先侍候（或打發、調度、應付）』」的意思。

13　直譯原文「Having more man than wit about me」可作「我的男兒氣慨（或血氣）多過於機智」。

14　這裡「孝」字就不易避免。參閱第一幕第一景註20。本行也許可直譯為「兒女對他們很客氣」，但韻腳嫌太勉強。

　　　　　　　　　從不跟窮酸眼笑眉花[15]。——

　　　　　可是，因此上你爲女兒們所受的熬煎要同你數上一
　　　　　年的洋錢那麼多呢[16]。

李爾　　　啊，一陣子昏惘[17]湧上心來！
　　　　　「歇司替厲亞，」[17] 往下退；上升的悲痛啊，
　　　　　下邊是你的境界！——這女兒在那裡？

鏗德　　　跟伯爵在一起，大人，就在這裡邊。

李爾　　　別跟我來躭在這兒。

近侍　　　除了你說的，你沒有幹過錯事嗎？

鏗德　　　沒有。——
　　　　　怎麼國王底隨從帶來得這樣少？

傻子　　　要是你戴上腳枷因爲問了那句話，那倒是活該你受

15　原意「從不對窮人轉鑰匙（開鎖、啓門）」。

16　直譯原文僅爲「可是，因此上你爲女兒們所受的煎熬要數上一年那麼多呢」。
　　原文「dolours」（悲傷、痛苦）與原文所沒有的但字句間影射著的「dollars」
　　（洋錢）發音近似，用意雙關。「因此上」乃係指李爾當初將國土政權分給她
　　們。「dollar」據Graig云，爲莎氏當時西班牙錢幣peso之英名，英文又名之曰
　　「piece of eight」。

17　「mother」即「hysterica passio」，爲神經受劇烈刺激而失常的一種病症，通常
　　限於女人，今名叫作「hysteria」（歇司替厲亞）。驚怖或悲傷過度的女人發起
　　病來往往會喜怒失常，語無倫次，甚至大聲號哭，或四肢痙攣而口中作狂囈與
　　瘋癲差不多。中文裡邊我不知有什麼相當的譯名：「氣厥」似不夠強烈；「急
　　驚風」則限於小孩，且與李爾這僅僅的鬱怒不合。據Percy說，莎士比亞用這病
　　名係取自哈斯乃大主教（Samuel Harsnett, 1561-1631）所著的小冊子名叫《對
　　天主教徒過份欺人行騙的揭發狀》（*A Declaration of egregious Popish impostures*,
　　1603），因莎氏當代以爲這種神經變態不限於女人。

17　同前註。

的罪。

鏗德　爲什麼。傻子？

傻子　我們要叫你去拜一隻螞蟻作老師，讓它教你大冷天
別去工作。我們跟著鼻子走路的人[18]，除非是瞎子，
都會用眼睛；可是就在二十個瞎子中間，也沒有一
個底鼻子聞不出他那陣臭味兒來。一個大輪子滾下
山來時你得撒手；不然，你若跟著它下來的，準把
你的腦袋瓜兒打爛[19]。可是一個大輪子滾上山去
時，你儘管讓它拉著你走。有聰明人給你出得更聰
明的主意時，把咱們這主意還給咱們；這是個傻子
出的主意，除了壞蛋，咱們不勸旁人去聽信。

　　眼巴巴[20] 只為好處的先生，

　　　他當差不過是裝模作樣，

　　老天一下雨他就得飛奔[21]，

　　　留你在風雨中間去乘涼[22]。

18　對原文這一句，Johnson，Malone及Halliwell底箋訓大同小異。Malone：人類可
以分成亮眼和瞎子兩類。一切人，除掉了瞎子，雖然都是跟著鼻子走路，卻都
靠眼睛領導著他們行事；這些人，眼見得國王已經倒運，都已離他而去了。至
於那班瞎子呢，雖然只有鼻子作他們的嚮導，可也都捨棄了這樣一個窮君，各
自投奔他們的前程去了；因為在二十個瞎子中間，他們每一個底鼻子都嗅得出
李爾「在命運底壞心情裡沾上了一身泥，他身上她的那不高興味兒極濃」。

19　原文「break ……neck」（打斷頸子）至今仍是句極通行的成語，起自絞刑底
施行（hanging並非真正縊斃，卻是運用罪犯底身重，使大繩結局向他後頸上一
擊，打斷他的頸髓），隨後一切危險喪生的事都借用此語。這裡毋須直譯。

20　此語為譯者所增。

21　或譯為「一下雨他就跟蹌逃去」。

　　　　　讓聰明人拔出腿子[23] 跑罷，

　　　　　　　但我要耽著，傻子可不走；

　　　　　傻瓜一走掉便是個壞蛋；

　　　　　　　傻子可不是壞蛋[24]，我賭咒[25]。

鏗德　　　這是你從那兒學來的，傻子？

傻子　　　不是戴著腳枷學來的，傻瓜[26]！

　　　　　　　李爾重上，葛洛斯忒同來。

李爾　　　不跟我說話？他們不舒服？累了？

　　　　　昨晚上趕了整夜的路？只是些推託，

　　　　　一片抗上叛亂的形景。給我去

22　此語為譯者所增。

23　同前。

24　第七行從Johnson註，顛倒「knave」與「fool」二字底先後。依據Johnson說，
　　第八行亦須顛倒這二字底次序，意思方能明白，但譯者認為不必要；若依他則
　　應當譯為「壞蛋可不是傻瓜」，意思就是說壞蛋是聰明人，決不會在風雨裡陪
　　著主子，「我傻子纔肯這樣做，所以我傻子是個傻瓜」（讀者請注意：王公貴
　　人僱用的滑稽者或弄臣Fool我一律譯為「傻子」；到處皆有，天生愚蠢的，或
　　罵人蠢貨的fool我譯為「傻瓜」。又這首劣歌前散文裡的「傻子」（Fool）與
　　歌辭第六、第八兩行裡的，悉依此區別從Furness本譯）。Johnson外其他的解法
　　我以為和上文底冷嘲態度不符。Bradley把「turns」解作「follows the advice of」
　　（聽從了……底勸告），我覺得難於令人置信；若依他的解法，前一行該譯為
　　「那走掉的壞蛋是聽從了傻子」。

25　原文「perdy」為法文「par Dieu」（憑上帝）底誤讀。

26　據Schmidt說，這「fool」（傻瓜）不是個惡意的稱呼，乃是按前面歌裡的道德
　　觀點出發的一個尊稱，是好人底別名，傻子自己也用這個稱呼。若依Schmidt
　　之說，意思似乎太密，這裡我想傻子分明在打趣鏗德太笨。也許這又是個雙關
　　用法。

要個好些的回音來。

葛洛斯忒　　　　　　　　　親愛的王上，

你知道公爵底性情何等暴躁，

他定下了主見，怎樣也不能搖動。

李爾　　　災殃[27]！疫癘！死！摧殘倒壞！

「暴躁」？你說是什麼「性情」？喂，

葛洛斯忒，葛洛斯忒，我要跟

康華公爵和他的妻子說話。

葛洛斯忒　　是，王上，我已經通報過他們了。

李爾　　　「通報過」他們？你懂得我沒有，你？

葛洛斯忒　　哎，不錯的，我的好王上。

李爾　　　國王要跟公爵康華說話。

親愛的父親要跟他女兒說話，

著她來侍候。把這個「通報過」他們嗎？

我這條老命[28]！「暴躁」？「暴躁的公爵」？

你去告訴那冒火的公爵，說是——

不，還不要；也許他當真[29] 不很好；

病痛常使我們忽略健康時

一應的名份；有時軀殼上的安寧[30]，

27　原文為「Vengeance」，譯文從Schmidt之《莎氏用字全典》所釋。

28　直譯原文，「我的氣息和血」！

29　原文無「當真」字樣，這意義在重讀的「is」上表達出來。Coleridge註，李爾
　　正在極力替他女兒找藉口，真慘。

30　譯者所增。

　　　　　　受到了病痛底 [30] 壓迫，使精神也陪同

　　　　　　形骸受苦，就不由我們去自主。

　　　　　　我要耐著心；如今自己太使性[31]，

　　　　　　便把抱病人當作無病人去準繩。——

　　　　　　〔望著鏗德。〕[32] 不如死！為什麼他要枷坐在此？

　　　　　　這件事使我信他們故意不露臉[33]

　　　　　　只是個奸計。放下我的僕人來！

　　　　　　去告訴公爵和他的妻子，說我要

　　　　　　跟他們說話，就在此刻，馬上；

　　　　　　叫他們出來聽話，不然我要在

　　　　　　他們臥室門前一聲聲地[34] 槌鼓，

　　　　　　槌破他們的夢魂[35]。

葛洛斯忒　我但願你們大家和氣。　　　　　　　　　　〔下〕。

李爾　　　天啊，我的心，向上升的心[36]！下去！

傻子　　　喝牠下去，老伯伯，好比廚娘[37] 把活跳的鰻魚放進

30　同前註。

31　從Craig之Arden本註。

32　這導演辭為Johnson所添。

33　Malone釋「remotion」為「離家出外來」。譯文從Schmidt註。

34　譯者所增。

35　「Till it cry sleep to death」，Steevens以為是槌鼓聲把他們從睡夢中叫進死亡裡
　　去。這意思很好，但Knight, Staunton, Wright, Furness等都採用了Tieck底解法，
　　說槌鼓聲把他們的睡眠叫死，鬧得他們睡不著。

36　見前註17。

37　「cockney」在這裡毫無疑問作「廚娘」解，雖然原來許是個賤稱，指女性的男

熱麵糊[38]裡去時一樣；她手裡拿著棍兒，向牠們獸
腦袋上幾下一敲，喝道「下去，賤東西，下去」！
那廚娘底兄弟卻對他的馬非凡愛惜，草料上都塗上
奶油[39]。

葛洛斯忒重上，康華，雷耿及僕從同來。

李爾　　　　願你們兩個早安。

康華　　　　　　　　　　祝福您老人家！〔鏗德被釋。〕

雷耿　　　　看見父王，我很高興。

李爾　　　　雷耿，我想你不致不高興見我；
　　　　　　我知道什麼緣由我得這麼想；
　　　　　　若是你不高興，我要跟你那位
　　　　　　地下的母親離婚，讓她在墓中
　　　　　　還擔個通姦的罪名。——啊，放了你嗎？
　　　　　　　　　　　　　　　〔對鏗德。〕[40]
　　　　　　那件事以後再說。——心愛的雷耿，
　　　　　　你大姐真是個壞貨。喔，雷耿，
　　　　　　她把她尖牙的狠毒，像一隻兀鷹，　〔指心。〕[41]
　　　　　　釘住在這兒！我幾乎不能向你說；
　　　　　　你不能相信她用多卑劣的行徑——

　　子或被溺愛壞了的孩子。

38　Nares謂這廚娘在做烙餅，用鰻魚做餅餡子。

39　Craig註：此為愚舉，因草料上塗了油馬就不吃。

40　這導演辭為Rowe所增。

41　Pope所增。

喔，雷耿。

雷耿　　　　　　　父王，我勸你要鎮靜。

我怕並非她疏忽了爲兒的本份，

卻是你不能賞識她品性底優良[42]。

李爾　　哦，怎麼說[43]？

雷耿　　　　　　　我不信在本份上大姐

會有一點兒差池，可是，父王，

假如她約束了你那班隨從底暴亂，

那無非是爲了種種的原因，爲了

歸根結局底安全，在她卻並無

絲毫的不是。

李爾　　我咒她！

雷耿　　　　　啊，父王，你已經老了；

你所有的生機命脈已到了盡頭

邊上[44]，你得讓慎重明達的旁人

42　原文這一段句法有弊病，意義正如Wright所謂，極清楚。

43　Coleridge註：一件殘忍的事變正在被「苦主」訴說到熱血奔騰的關頭，突然來
了一聲意料不到的冰冷的辯護：再沒有比這個更碎人的心肺或更表現出辯者底
鐵石心腸的了。讀者只須想像雷耿說「啊，父王，你已經老了」時有多麼可怕
——然後從他的年老那一點上，那是滿天下都認為應受尊敬與寬縱的，她卻從
那上面下那樣駭人的結論，說「說一聲你委屈了她」。李爾以往一切的錯處到
這裡都增加了我們對於他的憐恤。那些過失我們只認為是使他遭受災禍的羅
網，或者是幫著兩個女兒加重她們虐待他的助力。

44　第一幕第一景景末雷耿說，「那是因為他年紀大了，人就懵懂了起來；可是他
素來做事，總是連自己也莫明其妙的」。「Nature」一字從Schmidt之《莎氏用
字全典》解作「human life, vitality」（人之生命，活力）譯，恰與以上所引切

約束指引你，旁人看你要比

你自己清楚得多多。因此我勸你

還是回到大姐那邊去；說一聲

你委曲了她，父王。

李爾　　　　　　　　　　向她請罪？

你看這樣於尊卑底倫次[45] 如何：

「親愛的女兒，我承認我已經年老；〔下跪。〕[46]

老年乃是個累贅。我特為[47] 跪下，

求你恩賞給我衣食和居處[48]。」

雷耿　　父王，別再那樣了；多難看的把戲。

回大姐那兒去罷。

李爾　　　　　　　　　雷耿，我決不。　　　〔起立。〕

她裁了我半數的侍衛；用白眼[49] 對我；

毒蛇般用她的長舌戳痛我這心。

上天千年萬年來鬱積的天譴

合無間。此句按字詳譯，當作「你內在的生機已站在限制她的那範圍底邊上」，
但似欠顯豁；雷耿底意思無非是勸他「你已到了風燭殘年，不可輕舉妄動」。

45　從Warburton解，「the house」為「家中長幼底次序」。Capell則主張解作「家長」。

46　Davies云：蓋力克（見第一幕第四景註48）飾李爾演到這裡就雙膝跪下，兩手合十，低聲下氣地背這段動人而嘲弄的陳請辭。

47　譯者所增。

48　原文「bed」作廣義的「居處」，不作「牀」解。見Schmidt之《全典》。

49　原文「look'd black」與譯文字面上恰成「黑」與「白」之對，但二者底涵義都是「以惡意相顧視」。

一齊傾瀉在她那顆忘恩的頭上！

凶邪的大氣[50]，使她腹中的胎兒[51]

四肢殘廢[52]。

康華　　　　　　　　算了，父王，別瞎說！

李爾　急電底亂刀[53]，把你們疾閃的鋒鋩

插進她那雙睥睨不認人的眼睛！

窪濕間蟄伏的濃霧，被太陽底光威

吸引出來的毒霧啊，快去損壞

她年輕的美貌[54]，摧毀[55] 她倔強的驕傲！

雷耿　啊，神聖的天神們！你暴性一發，

也會同樣地咒我。

李爾　不會，雷耿，你決不會被我詛咒；

你溫柔的本性不會變成悍暴。

她眼中放射著兇燄，但你的目光

50　Furness釋原文「taking」為「malignant, bewitching」（凶邪）。又原文「airs」（大氣、空氣）Jourdain以為應當作「fair'es」（小神仙、小妖），下面原文「young bones」他解作「初生的嬰孩」，不解作「胎兒」，因為他說據歷來童話或傳說，那些小妖有禍福初生嬰兒的能力。

51　據John Addis; jun所釋。

52　從Schmidt《莎氏用字全典》。

53　這一段譯得比較要自由些，直譯無法捉摸原詩底神情於萬一；可是原文底緊練與精銳仍未能逼近。

54　Nichols註，英倫天氣多霧，極易生丹毒（erysipelas），患了這種病臉上的皮膚滿起著水泡，紅腫奇醜，「損壞美貌」。

55　從Malone註，「to fall」為他動詞，作「摧倒」解。雖然Wright與Furness不以為然，我卻覺得依Malone底解釋文氣更足一點。

和煦溫人而不加灼痛。你不會
對我的所好嫉忌，裁我的隨從，
向我申申地詬罵，削我的支應[56]，
總之，閉關下閂地擯我在門外；
你多懂些親子間的義理，兒女底本責，
和藹的言行，和領受了深恩的銘感；
我給你的那半份江山你不曾忘掉。

雷耿　　父王，有事快說。

李爾　　誰枷我這信使的？

〔幕後號聲作進行曲。〕

康華　　那是什麼號報？

雷耿　　我知道[57]，——大姐底。
這正合她來信說就到。——〔奧士伐上。〕你主婦來了？

李爾　　這氣燄好來得容易的[58] 奴才，全仗他
那恩寵無常的主婦替他撐腰。——
滾開，臭蛋，不要到我眼前來！

---

56 「sizes」，Johnson最先釋為「allowance」，我覺得譯為「支應」或「供奉」都可以。

57 Steevens註：大人物到來時往往有他們自己的號手吹送一個特別的調子：康華不知此調，但雷耿已聽熟了她姊姊底進行曲，所以一聽便知。Delius以為此說未必盡然，雷耿知道剛瑙烈來乃因信裡提起。

58 「easy-borrowed pride」（借來得容易的驕傲），Eccles註與Moberly底略有不同。Eccles謂：那驕傲並無它本身的重要原因，它的來源也並不怎樣重要，而且奧士伐所恃的勢頭又只是一點之險詐無常變幻不測的恩寵。Moberly則云：未建任何功績，能使借來的驕傲變為合理。

康華　　　父王你什麼意思？

李爾　　　　　　　　　誰把我僕人
　　　　　上的枷？雷耿，我但願你不曾知道。──
　　　　　誰來了？

　　　　　　　剛瑙烈上場。

　　　　　　　　　啊天神們，如果你們
　　　　　還愛惜老年人，如果你們那統治
　　　　　寰宇的仁善還容許敬順耆耇者，
　　　　　如果你們自己也已經老了，
　　　　　就得替我來主持；快派遣神使
　　　　　下來幫我[59]！──〔對剛瑙烈。〕[60]你對著這鬍鬚不羞嗎？
　　　　　喔，雷耿，你會牽著她的手？

剛瑙烈　　為什麼不牽手？我怎樣做錯了事？
　　　　　被莽撞亂認作過錯，老來的懵懂
　　　　　強派的，並非真正是過錯。

李爾　　　　　　　　　　　　啊，
　　　　　肚子[61]，你太韌，太結實了；你還受得住？──
　　　　　我僕人怎麼上了枷？

康華　　　　　　　　　　是我叫上的；
　　　　　可是他自己的胡作非為該受

─────────────

59　從Schmidt之《全典》釋「to take part」項。

60　Johnson所增。

61　Schmidt之全典釋原文「sides」為「胸」；可是我們中國人底肚子很多能，除掉
　　吃飯思想以外，受氣也得它兼差，故在譯文內用「肚子」似乎較為自然。

　　　　更重的懲創。

李爾　　　　　　　　你！原來是你？

雷耿　　　我勸你，父親，衰老了，就莫再逞強[62]。

　　　　你且回去，裁掉你侍從底半數，

　　　　寄寓在大姐那邊，等一月滿期，

　　　　然後再來找我；我現在離了家，

　　　　又沒有那相當的存聚作你的供應。

李爾　　　回到她那裡？裁掉了五十名侍從？

　　　　不，我寧願棄絕了屋橡底掩蔽，

　　　　在野外跟敵意的風寒激戰[63]，我寧願

　　　　作豺狼底伴侶，為飢寒所痛挘而悲嗥[64]！

62　原意「就顯得衰老（或軟弱）罷」。

63　原意僅為「向空氣底敵意宣戰」。

64　原版四開對開各本及大多數的版本都作「To be a comrade with the wolf and owl, Necessity's sharp pinch!」（跟豺狼和鴟梟作伴侶，事勢底銳挘！）。Schmidt 本在「owl」後作句號，以後三字獨立，成一修辭學上的所謂「錯格（anacoluthon，前後文語氣不調，以示文體之驟變）。譯文係從Furness之集註本所校正者：「To be a comrade with the wolf, and howl Necessity's sharp pinch!」（作豺狼底伴侶，去嗥呼飢寒底銳挘）。Furness對此有一段精深透闢的箋註，特迻譯一部分如後。「這個變動，自四開及對開各本之『owl』改為『howl』乃是從Collier手註的二版對開本；我以為這個更改是無可置疑的。老本子上把『Necessity's sharp pinch』當成一句插語，那就是說，李爾在一陣狂呼怒號之末，忽爾訓靜了下來；那訓靜我認為極不合莎氏底氣質或品性的。在現在這讀法裡有個深悲重怒得可怕的極峰；李爾寧願棄絕了屋橡，凌冒著大風雨，在狼群裡悲嗥著飢寒。豺狼和鴟梟，除了牠們都是夜遊動物之外，還有什麼作伴的事實可說？可是那老本子底刺耳處倒不甚在狼與鴟梟之相與為侶，卻在不存莎氏氣質的那萎靡無力處，在把『Necessity's sharp pinch』一語弄成了棄絕屋橡與豺狼為伍那件事底一個解釋。彷彿李爾在狂怒之中忽然停下來解釋說：人們通常是不會愛這樣無家的窮

跟她回去？嚇，那熱情的法蘭西，

他未得粧奩，娶了我們的幼女，

苦與這樣可怕的儔侶的，只因被事勢所迫，纔會走上這條絕路。在那老本子上，李爾底怒濤缺少了一個浪頂；那巨浪洶湧而來，高大得駭人，但它正該『撞岸作雷鳴』的時候，忽然縮成了一抹辯解的微波，悄悄退去。……假使有人覺得號呼飢寒底銳捩是個勉強的隱喻，我回他說比拿著武器跟大海作戰（哈姆雷特語）並不見得更勉強」。……前面這段評註反覆申論著那舊版本之如何柔弱無力而不合莎氏底氣質，似乎很值得我們的注意。「外國文學即洋八股，……文學不死，大禍不止……」近年來濫發這種粗淺議論的人，我們的所謂知識階級裡很多。執著這種村學究式的蠻橫態度所提倡出來的科學，我信是不會科學到那裡去的；影響所及，恐怕只能產生一種八股味極重的假科學。因為多方面的精神活動若遭統一，文化底眾流盡歸一致的時候，眞科學也唯有窒息而死。科學在西方，原是文藝復興底幾個寵兒之一，絕非唯我獨尊，異者誅而同者侯的天之驕子。那班學術文化界裡的尊王攘夷之流，我認為最應當從西方文學裡得一點他們所夢想不到的益處。仔細觀察著《哈姆雷特》裡的Polonius，譬方說，及本劇底奧士伐兩個性格後，他們對於我國朝野上下許多幫閒的政蠅黨蟻，若不能用機關鎗去掃射，至少也可以當作攻擊或排除底對象；而那攻擊或排除若稍有成效，我們的政治、社會和教育，便許會比現在清明一些。這老朽的民族目下最急需的莫如宗教精神，道德上的勇敢，及個性底熱烈，而前二者恐怕都得靠後者作它們的基礎。兩千年來，孔子哲學裡的君子，經過一道門弟子又無數道儒家底雞姦之後，事實上早已變成了懦夫，鄉愿，或所謂圓渾大方的好好先生。較強烈一點的情緒在我們中間是絕對容不得的；我們做人得模稜兩可，作事要八面玲瓏，寫詩須溫柔敦厚。但在異國的文學或文學批評裡，我們可以見到，像現在這樣以強烈的情緒入劇詩，非但不為不當，還會被讚為天下底奇文。我記得有一位譯莎劇的「批評家」曾對我說過，莎氏底bombastic（誇誕、虛張聲勢）處他不能譯，——他意思是說他不屑譯，他覺得李爾在荒原與哈姆雷特責母的那兩景並無好處。我眞詫異這樣不辨眞假黑白的人為什麼那樣不自量力；熱情底鹿既可被指為虛張底馬，那麼，在他那方面譯莎劇的嚴重工作儘可以說不值得他去做，至於在莎劇方面呢，卻眞是不配他去做了。因為試問莎士比亞除了用光芒逼人的熱情去洞照出他的劇中人物底肝膽而外，還有什麼前無古人後無來者的才力？

　　　　　　我不如跪在他座前，像侍僕一般，

　　　　　　求賜些年金，養活這低微的老命。

　　　　　　跟她回去？不如勸我當這個

　　　　　　可鄙的奴才底第二重奴僕。

剛瑙烈　　　　　　　　　　　　　　隨你便。

李爾　　　女兒，我求你不要逼我發狂。

　　　　　　我不再給你麻煩，孩子；別了。

　　　　　　我們從此後決不會再相見面。

　　　　　　可是你還是我親生的女兒骨肉；

　　　　　　不如說你是我肉裡的一堆病毒，

　　　　　　我怎樣也得要自認；你是我毒血

　　　　　　凝成的一個疔瘡，一個痛瘍，

　　　　　　一個隆腫的膿癰。我不再罵你了；

　　　　　　要有羞辱來時讓它自己來，

　　　　　　我並不呼它來作你的責罰[65]；我不向

　　　　　　居高行審的雅荷[66] 說你的壞話，

　　　　　　不求司霹靂的帝神[66] 施放巨雷[65]。

　　　　　　你能改就改；聽憑你慢慢去從善。

　　　　　　我能靜待著；我能帶領了武士

　　　　　　百名，和雷耿同住。

65　此係譯者所增益。

66　雅荷（Jove）即巨璧德，手持霹靂，見第一幕第二景註21。

66　同前註。

65　同前註65。

雷耿	不準是那樣吧;
	我還不期待你來,也不曾預備得
	任何供應,能對你作相宜的歡迎。
	你得聽大姐的話;理解你這番
	暴怒[67] 的人們不能不[68] 以爲你老了,
	因此——可是她自有她作事的分寸。
李爾	你說實話嗎?
雷耿	我敢擔保沒有錯。
	什麼,五十名侍從?還嫌不夠?
	爲什麼你還多要?噯,爲什麼
	你要那麼多,既然危險和虛靡
	都不容這麼多的人數?一家有二主,
	那麼許多人怎麼能無事?
	那太難;簡直不能。
剛瑙烈	爲什麼你不能
	讓二妹或是我手下的僕從們侍奉?
雷耿	爲什麼不那樣,父親?那時候他們
	若對你有疏慢,我們便能控制。
	要是你來我這裡,我如今發現了
	一個危險,我請你只帶廿五名;

67　原文「mingle reason with your passion」;查Schmidt之《莎氏用字全典》釋「mingle」
　　作「join」解,故應作此譯。

68　「must be content」即「cannot help, cannot but」之意,見Schmidt之《全典》;
　　中文譯爲「不得不」。

多來了不承認[69]，也不給他們住處。

李爾　　我一切都給了你們——

雷耿　　　　　　　　你給得正及時[70]。

李爾　　——叫你們作我國土底護持人[71]，信託人；
　　　　但是還保留著那麼多名的隨侍。
　　　　什麼，只能有廿五名來你這裡？
　　　　雷耿，你可是這樣說？

雷耿　　　　　　　　　　我再說一遍；
　　　　我不容你多帶。

李爾　　　　　　　　這些惡蟲顯得
　　　　姿容還端好，卻還有更惡的東西在；
　　　　不惡到盡頭還有些微的可取，——
　　　　〔對剛瑠烈。〕我跟你回去。五十比廿五加倍，
　　　　你比她有兩倍的愛。

剛瑠烈　　　　　　　聽我說，父親：
　　　　為什麼你要廿五，十名，乃至
　　　　五名，我們有的是兩倍多的隨從，
　　　　奉了命供你去差遣？

雷耿　　　　　　　　就是一名

69　原文為「give……notice」，從Wright所解。

70　Hudson註，這三兩個冷字裡顯出了多麼結實的一顆狼心！雷耿與剛瑠烈底分別
　　就在前者善於放這般刻毒的諷刺；否則她們便似乎顯得太彼此重復，太不近情
　　理了，因為人性和自然一樣，決不重復她自己。

71　從Moberly，「guardians」作委任護持或保管國土者解。

也有何需要？

李爾　　　　　　　　　　唉，不要講需要[72]；
　　　　　最賤的東西，對於最窮的乞丐，
　　　　　也多少帶幾分富裕[73]。若不容生命
　　　　　越過它最低的需要，人命只抵得
　　　　　蟻命一般地賤。你是個貴婦人；
　　　　　假如穿暖了衣裳已算是華貴，
　　　　　你的命就不需這樣華貴的衣裳，
　　　　　因爲這不能給你多少暖意。
　　　　　至於那真正的需要[74]，——啊，天哪，
　　　　　給我那鎮定，鎮定是我的需要！
　　　　　你們見我在這裡，諸位天神們，
　　　　　一個可憐的老人，悲痛和風霜
　　　　　歲月一般深，都是莫奈何地[75]　慘怛。
　　　　　倘使是你們鼓動了這兩個女兒
　　　　　跟她們父親作對，別把我愚弄得
　　　　　吞聲[76]　忍受；用威嚴的盛怒點燃我，

72　Coleridge註，注意這初次打怔後的平靜竟能讓李爾去論究是非。

73　Moberly云，乞丐在赤貧裡也有些最賤不過的東西，那些東西也能說是多餘的。Schmidt之《全典》釋「superfluous」為「生活於富裕中」。

74　Moberly謂，要想像得出莎士比亞許會怎樣完成他這一句，除非那個人也是個莎士比亞。這位可憐的國王沒有說出他的定義來，半途而止；一點不錯，他真正的需要是鎮定。

75　譯者所增。

76　原意為「安訓不抵抗」。

別讓女人底武器，那一雙眼淚，

沾濕這大丈夫底臉！——不，不會，

你們這兩個絕滅人情的母夜叉[77]，

我要向你們那麼樣報讎，會叫

全世界都要——我準得做那樣的事，——

什麼事還沒有知道；可是全世界

都要駭怕得發抖[78]。你們想我要哭了；

不，我不哭。　　　　　　　　〔疾風暴雨至〕

我很該哭了；可是要等這顆心——

裂成了十萬粒星星[79]，我方始會哭。——

啊，傻子，我要發瘋了！

〔李爾，葛洛斯忒，鏗德與傻子同下〕

康華　　讓我們退去罷；大風暴來了。

雷耿　　這屋子太小；容不下那個老人

和他的人馬來宿歇。

剛瑙烈　　只怪他自己；他自己不要安頓，

就得去喫他自己荒唐底虧。

雷耿　　光是他本人我倒很願意接待，

但不能有一個隨從。

剛瑙烈　　　　　　　　我也這樣想。——

77　或譯為「女怪」。

78　此行與原意稍有出入；直譯當作「可是它們（指上文他準要那樣做的事）將會
是這世上的恐怖」。

79　原文「flaws」，Singer引Bailey說，特別指寶石上碎下來的薄片或屑粒。

　　　　　　　葛洛斯忒伯爵到那裡去了？

康華　　　　跟著那老人出去的；他回來了。

　　　　　　　　葛洛斯忒重上。

葛洛斯忒　　國王在那裡大怒。

康華　　　　　　　　　　他往那裡去？

葛洛斯忒　　他叫著要上馬；那裡去我可不知道。

康華　　　　還是讓他去他的；他自己作主。

剛璃烈　　　伯爵，你可別把他在這裡留下。

葛洛斯忒　　哎呀！夜晚上來了，暴風刮得緊；
　　　　　　附近好多哩路程沒有一絲兒
　　　　　　半點的樹影。

雷耿　　　　　　　　　喔，伯爵，那些
　　　　　　剛愎自用的人自招來的苦楚，
　　　　　　正該作他們的教訓[80]。把門關上。
　　　　　　他帶著一群強梁無賴的隨從[81]；
　　　　　　他們慣會哄騙他[82]，如今不知要
　　　　　　聳動他幹什麼，你還得擔心提防[83]。

80　原意為「教師」。

81　Clarke註，這時候事實上還跟著李爾的只剩鏟德和傻子兩個了，可是她硬說還
　　有大隊的隨從跟著他，——這樣扳著鐵臉皮的假證正合雷耿那厚顏無恥的性
　　格。但是Eccles以為從第三幕裡的某一段推斷，國王底隨從武士們還沒有到來。

82　原文為「have his ear abused」（使他的耳朵受欺騙）。

83　直譯本意為「智慧叫（你）駭怕」。

康華　　　　關上門，伯爵；這夜晚來得險惡；
　　　　　　我們的雷耿說得對。躲開這風暴。　　〔同下。〕

第三幕

第 三 幕

第一景

一片荒原。

風狂雨驟，雷電交作。鏗德與一近侍各自上場。

鏗德	除了這壞天氣，還有那個是誰。
近侍	一個心裡跟天氣一般不安靜的人。
鏗德	我認識你的。國王在那裡？
近侍	在跟惱怒的暴雨疾風們廝吵；
	他在叫大風把陸地吹進海洋，
	或把鬖峰的海浪漲到岸[1] 上來，

1　通常「main」本解作「海」，但此處原文Capell, Wright, Schmidt等都訓為「陸地」。Delius仍解作「海」。Jennens則主張改為「moon」（月亮）：他說海水漲上陸地是常有的事，不能算作天大的混亂，與上行「叫大風把陸地吹進海洋」不相稱，可是海水漲上月亮卻眞是異常的大變，與李爾底瘋狂極恰當。我以為

　　　　好叫世間的一切都變過或完結；
　　　　他撕著白髮[2]，那盲怒的狂飆便順勢
　　　　一把把地揪住，視同無物一般[3]；
　　　　他在他渺小的生命世界[4]裡掙扎，
　　　　想賽過往來鏖戰的風雨們底淫威。
　　　　這夜晚，便是乾了奶的母熊[5]也伏著
　　　　不敢去尋食[6]，獅子和腹痛的餓狼
　　　　都保著毛乾，他卻光著頭呼號
　　　　奔走地要叫一切都同歸於盡。

鏗德　　可是有誰跟著他？

近侍　　　　　　　　只有那傻子，
　　　　從旁極力地開著頑笑，想關開

　　Jennens竄改此字的理由不夠充分，因為陸沈（海水大舉地漲上陸地而不退）並不是什麼安靜的尋常變故。至於他主張改的「月亮」我覺得有幻想（fanciful）之嫌。

2　原文自這裡起到「一切都同歸於盡」不見於對開本，是從四開本裡補入的。

3　Delius解「make nothing of」為「遇之以不敬」，Schmidt謂為成語「make much of」之反面，譯為「視若無物」差不多。Heath訓為暴風把他的頭髮扯下來，「吹得不見」，不妥。

4　Furness說，這裡的「little world of man」也許特指舊時占星術裡的一句術語，說「人」是「小世界」（microcosm, or 「the little world」），這「小世界」含蓄著「大世界」（macrocosm）裡的「天」和「地」底一切成分，所以也就是「大世界」底雛形或縮型。

5　從Warburton詮釋，「cub-drawn bear」為被幼熊吸乾了奶的母熊，就是肚饑與飼養幼雛也不能使母熊在這樣的晚上到窟外去覓食。

6　此語為譯者為增。

他痛心的患難。

鏗德　　　　　　　　　　閣下，我的確認識你；

敢憑我的觀察[7] 寄託你一件要事。

亞爾白尼和康華之間，雙方

雖在表面上互相用奸巧遮掩，

我知道已起了分裂；他們有些個[8]——

權星高照的，那一個沒有？——屬僚們，

外形像僚屬[9]，暗中卻爲法蘭西

當間諜和探報，私傳著我邦底內情。

看得見的[10]，譬如二位公爵間的忿恨[11]

和彼此的暗算[12]，或者兩人都對

年高恩重的國王嚴酷無情，

再不然就有更深的隱事，以上

那種種許只是遮蓋[13] 這隱事的虛飾[13]；

7　從對開本之「my note」，Johnson釋爲「我的觀察」，意即「憑我平時的觀察所得，知道你是個可靠的人」。四開本作「my art」，Capell解作「看相的藝術」，但Hudson說得好，鏗德已認識這位近侍，知道他的爲人，看相術未免運用得多費了。

8　自這裡起到「掩蓋這隱事的虛飾」止，四開本原文缺佚。

9　從Delius解，Capell以爲「who seem no less」是說權位和他們差不多高低的他們的下屬。

10　對開本原文自此起至「遮蓋這隱事的虛飾」不成整句，Schmidt斷爲「……虛飾」與「可是……」之間必有缺文，這缺文是對開四開兩種本子都遺漏了的。

11　Wright釋「snuffs」爲「爭吵」，譯文根據Nares。

12　從Steevens。

13　各註家訓「furnishings」大致相同，如譯文。

　　　　　　　可是法蘭西[14] 確已有一軍人馬

　　　　　　　混進了這分崩的王國；他們覷準了

　　　　　　　我們的漫不經心，已在幾處

　　　　　　　我們最優良的港口偷偷登了岸，

　　　　　　　準備露出他們的旗纛。現在跟你說；

　　　　　　　你若敢信賴我，就趕快去多浮[15]，那邊

　　　　　　　自會有人謝你，你只須據真情[16]

　　　　　　　去報告，何等沒情理與逼瘋人的悲痛

　　　　　　　是國王怨憤底原由。

　　　　　　　我是個出身貴胄名門的上流人，

　　　　　　　爲的是知道得清楚可靠，纔把

　　　　　　　這重任交與你閣下。

近侍　　　我還得跟你談談[17]。

鏗德　　　　　　　　　　不，不要[18]。

　　　　　　　你想證實我絕對不僅是這片

13　同前註。

14　原文自這裡起到本段末僅見於四開本。

15　Dover城為英國極東南的港埠，正對著法蘭西底卡雷城（Calais）；二城相距僅
　　多浮海峽之一水，寬二十英里餘。

16　Schmidt《莎氏用字全典》釋原文這裡的「just」為「真實，根據事實」。

17　Delius註，這句話有客氣的拖延時間或拒絕請求之意，所以鏗德説「不，不要。」
　　説得那麼急切。

18　自這裡起到景末，鏗德底語氣愈來愈急促，在寥寥的九整行與三短截裡，若除
　　去後者不算，竟有過半數是「氾行」或「跨行」（overfolw or run-on lines）的；
　　當然，他是急於要找李爾王去，這内心的迫切便在詩式上顯化了出來。

外表，只把這錢袋解開，拿著
這裡邊的東西。你若面見到考黛蓮，——
放心你準會，——給她看這一隻戒指，
她就會告你，你現在不認識的同伴[19]
是誰。這風暴真可惡！我要尋國王去。

近侍　　我們來握手再會；你還有話說嗎？

鏗德　　只一句，可是，論輕重[20]，比什麼都重要；
若是我們找到了國王，——尋他去你往
那邊走，我向這邊[21]，——誰先見到他
就招呼那一個。　　　　　　〔各自下〕

---

19 Schmidt說對開本原文這裡的「that fellow」當作「那同伴」解，不是「那人兒」。
　四開本作「you fellow」（你的同伴）。

20 Abbott之《莎氏文法》第186節釋這裡的「to effect」為「with a view to effect」，
　意即「權衡結果底輕重」。

21 依Wright註。

第二景

　　　　荒原底另一部分。風雨猖狂如故。
　　　　李爾與傻子上場。

李爾　　　刮啊[1]，大風，刮出你們的狂怒來！
　　　　把你們的頭顱面目[2] 刮成個稀爛！
　　　　奔湍的大瀑和疾掃的飛蛟[3]，倒出
　　　　你們那狂暴，打透一處處的塔尖，
　　　　淹盡那所有屋脊上的報風信號！
　　　　硫黃觸鼻[4]，閃眼殺死人的[5] 天火，

1　原詩風格底嵯峨雄渾，毫無疑問說得上古今獨步。在文藝創作裡，從正面抒寫
　　這種自然湧現的人類熱情的，以崇高（sublimity）而論，從沒有能與李爾底這
　　番狂怒相頡頏的。這段奇文譯起來極費經營，而且不能直譯：它用意及措辭底
　　得當與一股翻江倒海的氣勢，凡是對英文，英文詩，有一點感覺的讀者，誰都
　　欣賞得到；可是把它譯成我國語文，事實上最難的是在傳達出誦讀原詩時的那
　　風聲雨聲與霹靂聲——那層言外之意，聲中之旨。對於這一點，譯者自承筆拙，
　　不能完全做到，但譯文裡有幾組同聲與近音字，譯者希望它們多少還能幫助些
　　用意及措辭上的力量。
2　原意僅為「臉」。
3　原意為「龍卷」或「水柱」，起自海上。「cataracts ……hurricanoes」這兩個神
　　妙無比的多音字，若直譯為「大瀑布……龍卷」，便會把它們的繪聲效用完全
　　消滅掉。
4　莎氏常用「sulphurous」（硫黃的）形容電閃，想因觸電的東西有極濃的硫黃氣
　　息。

替劈樹的弘雷報警飛金的急電，

快來快來，來燒焦這一頭白髮！

還有你，你這個震駭萬物的雷霆，

鎚你的，鎚扁這冥頑的渾圓的世界[6]！

搗破造化底模型，把傳續這寡義

負恩的人類底種子頓時搗散！

傻子　唉，老伯伯，在屋子裡說好話[7]要比在外邊淋雨好

得多呢。好伯伯，裡邊去；對你的女兒們要求一聲

情；這樣的夜晚是不可憐聰明人也不可憐傻瓜的。

李爾　吼暢你滿腹的淫威！大雨同閃電，

倒你們的怒濤，燒你們的天火出來！

你們風雨雷電不是我的女兒，

我不怪你們怎樣地給我白眼；

我從未給過你們疆土，叫你們

作孩兒，你們不該我順從和愛敬[8]；

儘管傾倒出你們那駭人的興采；

我站在這裡，你們的奴隸，一個

5　原文「thought-executing」Johnson釋為「執行死刑快得和思想一般的」，Moberly
則解作「執行降你們（天火）下來的天帝（巨擘德）底思想的」。我覺得前說
較為切當，但因直譯成中文太累贅，太弛緩，故改作現在這譯法。

6　原意為「這世界底冥頑（或臃腫）的渾圓」。Delius註，這「渾圓」不但指地
球底形狀，還影射下兩行裡的婦人妊娠。我以為儘可不必，影射了反有重複之
弊。

7　原文「court holy-water」Steevens及Malone等都解如譯文。

8　從Schmidt。

又可憐，又衰頹，又殘弱，給人糟蹋

透了的老人。可是我說，你們啊，

你們是一群下賤卑鄙的鷹狗，

勾連了兩個狠毒的女兒，憑高

來痛打一個這般老這般白的頭。

唉唉！惡毒啊！

傻子　　　誰頭上有屋子遮著頭的就有個好遮頭[9]。

腦袋還不曾有屋子時，

「遮陽」[10] 若先有了地方住，

它們倆便都會生虱子，

化子們就這麼娶媳婦[11]。

誰要是亂糟蹋腳趾頭，

好比他亂糟蹋他的心[12]，

那痛雞眼就夠他去受，

9　或譯為「頭盔」。

10　原文「cod-piece」本是莎氏當時戴在男子褲襠前面的一塊蔽護甲，用意怕是在遮蔽或掩護裡邊的器官，但結果反引起人家注意。這裡是暗喻陽具本身，我從字面直譯，作「遮陽」，並不是傘，乃簡名遮陽具的東西。

11　從Mason，意即「許多叫化子都是這樣討的老婆」。

12　Capell, White, Furness三家對於這兩行的箋註大同而小異。Furness註，一個人若對他身體底卑賤部分大加愛惜，而對於貴重部分反毫不愛惜，他便準會身受到久常的痛苦，——李爾愛惜剛瑙烈與雷耿而鄙賤考黛蓮，如今他是在吃他自己的虧。我覺得這樣解法（把原文「make」解作「愛惜」）與原文下一行裡的雞眼痛意衝突：事實上若一個人愛惜腳趾甚於愛惜心，他就不會有雞眼，更不會有雞眼痛。但若把原文「make」解作「糟蹋」，這四行劣歌便成了極苦心極深刻的反嘲了；參看下條註。

好睡裡要嗚嗚地哭醒[13]。

因爲從來的美婦人總是要對著鏡子做鬼臉的[14]。

李爾　　不，我要做絕對鎮靜底典型，

　　　　不說一句話。

　　　　　　鏗德上場

鏗德　　誰在那裡？

傻子　　媽媽的[15]，王上和一塊「遮陽」[16] 在此；咱們倆一
　　　　個是聰明人，一個是傻瓜[17]，

鏗德　　啊呀，大人，你在這裡嗎？夜晚
　　　　到了這樣，就是愛夜晚的生物
　　　　也不再愛它；就是那些素常
　　　　夜遊的走獸，也被這暴怒的天空

13　這八行劣歌辭箋解如下。一個人窮得連自己的屋子都還沒有時，如果他想享受
　　性慾上的快樂，準會生滿了虱子：許多乞丐便是這樣娶妻的。一個人若把應當
　　對待他的心的手段（就是說，很惡劣的手段，像李爾對待他的心似的）對待他
　　的腳趾，就準會痛得整夜睡不著覺。換句話說，好好對待你的腳趾（你身體底
　　不重要部分），可是對待你的心（你身體底重要部分）盡不妨壞些——一句極
　　苦痛的反話。第二幕第四景傻子對李爾說起廚娘的那段話，跟這裡的反嘲用意
　　相彷。

14　Eccles想入非非，他的註釋此處不必轉錄。Furness解得比較合理，他說這是傻
　　子底慣技，他說了一陣太尖利的話以後，往往來一兩句不相干的笑話，專為擾
　　亂人家底注意力，或按一按他自己的辭鋒。

15　「Marry」即聖母瑪麗亞「Mary」，作發誓用。譯文姑用我們的「國誓」。

16　Douce註，莎氏戲把這個名字加在傻子身上，原來傻子底服裝上這塊不雅觀的
　　東西特別觸目，目的是要引人嬉笑。

17　稱李爾為聰明人，當然是一句反話；傻子自稱為傻瓜，當然是譏笑他自己的不
　　識時宜。

　　　　　　　嚇住，一起在巢穴之中藏身；
　　　　　　　記得我成年以來，就不曾有過
　　　　　　　這樣大片的電火，這樣爆炸得
　　　　　　　怕人的響雷，這樣咆哮的風號
　　　　　　　和雨嘯[18]。人底天性受不了這許多
　　　　　　　苦難或驚慌，

李爾　　　　　　　　　讓上面那片翻江
　　　　　　　倒海的老天找出他要找的仇讎[19]。
　　　　　　　罪惡不曾露，刑罰未臨頭的罪犯，
　　　　　　　快快去打顫。殺人的兇手，藏起來；
　　　　　　　還有破誓的罪人，亂倫的偽善者。
　　　　　　　外表堂皇冠冕，私下卻謀害過
　　　　　　　人命的奸徒，快去抖成千百片。
　　　　　　　深藏晦隱的罪戾，趕快去劃破
　　　　　　　你們的包皮，對這些可怕的傳令使
　　　　　　　求天恩底赦免。我是個作孽無幾
　　　　　　　遭孽太深的受屈者[20]。

鏗德　　　　　　　　　　　唉，光著頭？

18　「groans of roaring wind and rain」按意義譯應作「……底呻吟」；但原文有四
　　個 r 底雙聲（alliterative）音，茲就可能範圍內譯成四個疊韻字（內中「哮」與
　　「嘯」亦為雙聲字），故只得略改原意。

19　與原文略異；直譯原文應作「讓我們頭上演出這可怕的混亂的天神們找出他們
　　的仇讎」。

20　原文「I am more sinned against than sinning」乃一名句，常被引用。

　　　　　大人，去這裡不遠有一間棚屋；
　　　　　那也許能給你一點友情底庇護，
　　　　　把這陣風潮避過；你且去息一下；
　　　　　待我回這家比石頭還硬的人家去，——
　　　　　他們適纔問起你，可不許我進門，——
　　　　　強他們施鐵石的[21] 恩情。

李爾　　　　　　　　　　　我漸漸覺得
　　　　　神志紊亂起來了。——小子，跟著來；
　　　　　怎麼樣，小子？冷不冷？我自己也冷呢。——
　　　　　這草堆在那裡，朋友？——人逢到急迫時
　　　　　好不奇怪，濫賤的東西竟會得
　　　　　變成珍貴。——到你的棚屋裡去來，
　　　　　來罷——可憐你這個傻子小使，
　　　　　我心裡倒還有些在替你悲傷呢。

傻子　　　　誰要是還有一點神志清，
　　　　　　哈呀咧啊唷，雨打又風吹，
　　　　　就是每天都風吹又雨打，
　　　　　　也得滿足他媽媽的運命。

李爾　　　不錯，小子。——來罷，領我們到這棚屋裡去。

　　　　　　　　　　　　　〔李爾與鏗德同下〕

傻子　　　好一個[22] 夜晚！——可以弄冷一個婊子底心。我在

21　原文「scanted」意為「不輕給與的」或「吝嗇的」。

22　「brave」並不能解作「勇敢」，當與現代英文之「splendid, excellent」同義，
　　譯成中文則為「妙極」。這裡是句反話。

未去之前要說一陣預言哩：

傳教師[23]　空談多過了實話時；

釀酒的把水攪進了麥芽時[24]；

貴人們做了裁匠底老師[25]；

生大瘡的傢伙都逛過了孃子[26]；

公堂上的案子若件件審明白；

窮武士跟他的馬弁都不欠債；

若是誹謗不在舌尖上生；

剪綹的小偷不走進人群；

守財奴肯說了他地下的窟藏；

孃姐兒同婊子造起了禮拜堂；

那時節咱們這英倫底世界

23　這一段「預言」有些評註家認為非出自莎氏之手，乃當時扮演傻子的一個丑角妄自續的貂；這赤心愛主的傻子，他們說，絕不會讓他的主子在這大風暴裡半瘋半癲地走開去，他自己卻停下來說這一大堆毫無意義而絕不需要的粗話；他們又說，1608年底四開本上沒有這段文字更足以證明它的不可靠。Capell說莎氏為這傻子寫了兩起「預言」：第一起包括前四行，說起當時社會上的實在情形，第二起包括第五行至景末，那是決不會發生的事情；想是作者先寫第一起，後來把它廢而不用，代以第二起；隨後作者去世，演員不知底細，以誤傳誤，把兩起都印進了對開本。

24　即酒麴。

25　有人解作不付賬，叫裁衣匠學一點乖，似非是。Warburton與Schmidt都解作貴人們比裁縫多懂些裁衣術，或教他們時裝底新式樣。

26　大瘡即楊梅瘡，原文「burn'd」意義雙關：如與「heretics」（邪教徒）聯在一起講，當為中世紀時對邪教徒施行的火刑；如與後面的「but wenches' suitors」互相呼應，則當從Johnson所註，解作「楊梅瘡」，莎氏當時名為「（慾）火毒」。譯文亦可作「不燒邪教徒，嫖客纏燒死」，但依然有些不知所云。

準會得亂亂紛紛地倒壞。

那時節一來，誰若是還活著，

要走路就儘管邁開了大腳。

懋琳就得說這一陣預言；因爲我比他早生[27]。〔下〕

27　這是故意說一句「時代不符」（anachronism）的話開頑笑。據傳說李爾王與《聖
經舊約》裡的猶太國王（King of Judah）覺許（Joash）同時，遠在耶穌降生之
前；懋琳（Merlin）則相傳爲雅叟王（King Arthur）之宮廷巫師，雅叟王據說
生於紀元後五世紀之末葉：估計起來，這傻子當比懋琳早生一千三百年光景。

第三景

葛洛斯忒堡邸中之一室。

葛洛斯忒與藹特孟同上。

葛洛斯忒　唉，唉，藹特孟，我不喜歡這不近人情的幹法。我
求他們准我去可憐他，他們就不准我使用自己的屋
子；還命令我不准提起他，替他求情，或是不拘怎
樣去照顧他，不然就要罰我永遠失掉他們的恩寵。

藹特孟　真兇蠻無理[1]，真不近人情。

葛洛斯忒　算了；你可別說。兩位公爵中間已起了分裂，此外
還有件事比這個更糟：今晚上我接到一封信；說出
來很危險；我把信已鎖在壁櫥裡去了；國王如今身
受的這些虐待是會好好地報復的；有一部份軍隊已
經上了岸[2]；我們得幫著國王這邊。我要去找他，私
下救他一救；你去跟公爵說著話，好讓我這番善心
不給他知道；他若叫我，只說我不舒服，睡了。就
是我為這事會喪了命，還得要救他；他們確是這麼

1　此係譯者所增。

2　初版對開本原文作「footed」，四開本作「landed」。Schmidt謂「footed」意即
「landed」（上了岸），Onions之《莎氏字典》亦如是說。

恐嚇我的，但國王是我的老主人。有重大的[3] 事變

快發生了，藹特孟；告訴你，你得小心些。　〔下。〕

藹特孟　這一番被禁止的[4] 殷勤，連同那封信，

我得馬上讓爵爺知道。這是將

高功去買賞，父親要失掉的準會

全歸我掌握；那便是他所有的封地。

年老的倒了，年輕的就乘時[5] 興起。　〔下。〕

3　原文這裡的「strange」不應作「奇怪」解，應釋為「重大」，見Schmidt之《全典》本字項下第六條。

4　原文為「forbid thee」，Wright謂訓作「forbidden thee」。

5　原文本無此意，譯者所增。

第四景[1]

　　　　荒原上。在一棚屋前。

　　　　李爾，鏗德，及傻子上場。

鏗德　　　　就是這地方，大人；好主公，進去罷；

　　　　　　血肉的人生[2] 禁不起在夜晚荒野裡

　　　　　　受這樣的淫威。　　　　　〔風雨猖狂如故。〕

李爾　　　　　　　　　　　讓我一個人在這裡。

鏗德　　　　好主公，裡邊去。

李爾　　　　　　　　　可要我心碎不成[3]？

1　Coleridge註曰：啊，諸般萬種的慘怛都薈萃在此！外界底自然在風狂雨驟中，
　　內在的人性打著痙攣，——李爾底真瘋，藹特加底裝瘋，傻子底譫語，鏗德底
　　絕了望的忠誠，——此情此景確是前未有古人，後尚無來者，設想過！只把它
　　當作一幅眼所能見的圖畫看，也比任何米凱朗琪羅（Michael Angelo Buonarroti,
　　1475-1564），受了任何但丁（Dante Alighieri, 1265-1321）底啓示，所能設想得
　　到的更要驚心動魄些，而這樣的畫也只有米凱朗琪羅纔能運筆。若把這一個劇
　　景讓盲人聽到，那就不啻是大自然底呼號由人事作喉舌，從人心深處在傾瀉出
　　來。這一景以透露出李爾確實瘋狂底微象而結束，更顯出第五景穿插得特別適
　　當——那間斷恰好讓李爾在第六景上場時完全瘋狂。

2　原文「nature」應屬Schmidt之《莎氏用字全典》本字項下第三條內，作「the
　　physical（and moral）constitution of man」，如譯文。

3　原文作「Wilt break my heart?」。Steevens信李爾這問話不是向鏗德發的，乃在
　　問他自己的心；因此標點就得改動一下，作「Wilt break, my heart?」（你要碎

鏗德　　　我寧願自己心碎。好主公，進去啊。

李爾　　　你以爲這猖狂的風暴侵上了肌膚
　　　　　乃是件大事；對你也許是如此；
　　　　　可是大患所在處小患就幾於
　　　　　不能覺到。你要躲避一隻熊，
　　　　　但若是須向怒號的海上去逃生，
　　　　　你就寧願接觸那熊底嘴。心寬時
　　　　　身體纔柔弱；如今我心中的風雨
　　　　　把我感官上一切的知能[4] 全去掉，
　　　　　只除了這心中的鎚打。兒女負恩！
　　　　　是不是好比這張嘴要撕破這隻手，
　　　　　只因牠舉著食物餵了牠？我準得
　　　　　盡情地責罰。不，我不再哭泣。
　　　　　這樣的夜晚關我在門外？倒下來；
　　　　　我能忍受。這樣的一個夜晚？
　　　　　啊，雷耿，剛瑙烈！你們的老父，
　　　　　真慈愛，他慷慨把一切交給了你們，——

了嗎，我的心？）。Steevens又說，鏗德秉性忠仁，所以雖然明知他主人並不
向他發問，還是要回答一聲。較Steevens早些的Warton卻有個很巧妙的詮釋：
李爾彷彿說，「這個僕人底忠愛與感恩心，比我自己兩個孩子底強得多。雖然
我把王國給了她們，她們還是很卑鄙地遺棄我，讓我這樣一個白髮滿頭的老人
由這樣可怕的大風暴去侵凌，而這個與我無親無故的人倒肯憐恤我，要保護我
使不受風雨底淫威。一個純粹的陌生對我這樣好我受不了；他使我心碎」。

4　「feeling」平常譯作「感覺」，但此處則嫌行文重復，故譯為「知能」，因感
　　官上的知能就是感覺。

　　　　　　啊，那麼想就得瘋；讓我別想；
　　　　　　別再想那個！

鏗德　　　　　　　　　　好主公，進這裡邊去。

李爾　　　　你自己進去；去尋求你自己的安適；
　　　　　　這風暴正好不讓我有餘閒去顧念
　　　　　　更使我痛心的那些事。我還是進去。──
　　　　　　進去，小子；你先走[5]，──無處住的窮人[6]，──
　　　　　　別躭著，你進去。我禱告完了就來睡。──

　　　　　　　　　　　　　　　　〔傻子入內。〕

　　　　　　可憐你們那班袒裸的窮人，
　　　　　　不拘你們在那裡，都得去身受
　　　　　　這無情風雨底摧殘；你們那沒有
　　　　　　房簷的頭頂，不曾餵飽的肚腹，
　　　　　　還有全身的百孔千穿的襤褸，
　　　　　　怎麼能掩護你們度這樣的天時？
　　　　　　啊，我太過疎忽了這件事！如今，
　　　　　　蓋世的榮華啊，你正好服這劑良藥[7]；
　　　　　　暴露你自己，去嘗嘗赤貧底滋味，
　　　　　　你纔會把多餘的享受散播給他們，
　　　　　　　也顯得上天公平些。

5　Johnson：這一聲吩咐表示內心經過打擊後的謙卑，仁藹，和不拘禮節。

6　原文「poverty」（貧窮）以抽象代表具體，跟下二行語氣相接。

7　原文極簡鍊，僅為「服藥罷，榮華」。

藹特加[8]	〔在內〕一噚牛，一噚牛[9]！可憐的湯姆啊！
	〔傻子自棚屋內奔出。〕
傻子	別進來，伯伯，這兒有個鬼。救命啊，救命！
鏗德	牽著我的手。——誰在那裡？
傻子	一個鬼，一個鬼，他說他叫可憐的湯姆。
鏗德	你是什麼人，在那草堆裡哼哼地叫苦？走出來。
	藹特加飾一瘋人上場。
藹特加	走開，有惡鬼跟著我！「風來吹過多刺的山樝枝」[10]！嘸上床去暖暖罷。
李爾	你把全份家私都給了你女兒們嗎，所以弄成這樣？
藹特加	誰把什麼東西給苦湯姆？惡鬼領著我穿過了火苗和火燄，通過了淺水和旋水，跨過了泥沼和泥窪；他把尖刀放在我枕頭下[11]，絞索子放在教堂裡我的座

8　Goleridge評曰：藹特加底裝瘋正好減去一點李爾底真瘋所給人的大震盪，大刺激，同時在這並比之下又可以顯得這兩種瘋狂絕對不同。在全部戲劇文學裡表現瘋狂的方法總是言詞舉止間的輕率無常，尤其在奧推（Thomas Otway, 1652-1685）底作品裡——李爾底瘋狂是唯一的例外。在藹特加底瘋藝裡莎士比亞讓你看見一個固定的用意，一個以實際利益為前提的目的；——在李爾底瘋狂裡卻只有他那唯一的沈痛，念念不忘，像漩渦，永無寧息而永不進展。

9　Capell說這是在量他自己掩藏在乾草裡的深度，Steevens則以為他在數測海者所估計的海水底深度。

10　從對開本之「風」：四開本作「冷風」。各註家都以為這是一首失傳的歌謠裡的一行。

11　Theobald最初發現藹特加自始至終的假瘋話大都係取材於哈斯乃大主教（Samuel Harsnet, 1561-1631）底《對天主教徒過分欺人行騙的揭發狀》（*A Declaration of egregious Popish impostures*, 1603）一小冊子內；這裡的尖刀和絞

上[12]；把耗子藥放在我湯盞邊；弄得我心驕氣傲，
騎上了一匹栗色的快馬顛過四吋寬的橋，將我自己
的影子當作個逆賊去追。天保佑你的五巧[13]！湯姆
好冷吓。O, do, de, do, de, do, de[14]。天保佑你不受大
風災，不交晦氣星，不中邪氣[15]！對苦湯姆發發慈
悲罷，可憐他給惡鬼鬧苦了。這下子我可就逮得住
他了，這下子，還有這下子，這下子。

〔風雨猖狂如故。〕

李爾　　什麼，他女兒把他弄到了這樣嗎？——
　　　　你難道一點都不能留？要全給她們？

傻子　　不，他留下一張毯子，不然我們的臉全給丟光了。

李爾　　讓浮在我們上空的，那些一窺見
　　　　人類底過錯便馬上降罰的瘟疹，
　　　　落在你女兒們底頭上！

鏗德　　大人，他沒有女兒。

李爾　　該死，逆賊！除了他狠心的女兒們

人索乃出於該書附錄《威廉斯審問錄》(*Examination of Friswood Williams*) 中。

12 Delius認為這是表示即使最聖潔的地方也不免有引人自殺的誘惑。

13 據Johnson說，五巧 (five wits) 係指接收五種感覺的五個智能，那五種感覺即
由五官傳入腦部。Malone引用史蒂芬霍司 (Stephen Hawes, 卒於1523?) 底一
首詩《大愛》(*Graunde Amoure*, 1554) 說五巧乃指「普通智力、想像、幻覺、
估量與記憶」。這五巧往往被人與五官相混，但Malone舉出莎氏商籟詩第一四
一首，證明他們完全不是一回事。

14 Eccles註，這是在裝出冷得發抖的人底聲音。

15 「taking」即第二幕第四景註50所釋「taking airs」之意，譯為「邪氣」。

再沒有東西能磨他到這樣不像人。

被遺棄的父親對自己的身體這般

不存憐恤[16]，可是已成了風氣嗎？

這懲罰好不賢明！就是這身體

生出那班鵜鶘[17]似的女兒們。

藹特加　「小雞雞坐在小雞雞山上」[18]，

Alow: alow, loo, loo![19]

傻子　這冰冷的夜晚要把我們都弄成傻瓜和瘋子了。

藹特加　小心惡鬼；順從你的爹媽；說話要守信用[20]；不要

---

16 Delius說，這是指湯姆赤裸的手臂上插得有針刺，但Clarke認為這是指湯姆袒裸著身體立在風雨裡。美國大伶人蒲士（Edwin Thomas Booth, 1833-1893）底《舞臺提示錄》（*Prompt Book*, 1878）裡有這樣一句導演辭：「自藹特加臂上拔下一根棘刺或長木釘，準備插在他自己臂上」；到李爾說完了話時又有「藹特加拉住李爾手臂，搶掉那根棘刺」。不知蒲士見過Delius底註釋本否。

17 西方舊時的寓言故事裡常說起小鵜鶘（pelicans）要飲飲了大鳥底血液纔能生長的事。Wright徵引*Batman vppon Bartholome*（1582）云：「鵜鶘鳥太愛它們的幼鳥了。小鵜鶘長得大膽起來，羽毛轉變成灰白時，便要打老鳥底耳刮子；母鳥還打了一下，便把小的們打死。到了第三天上母鳥便撲擊她自己的兩脅，流出熱血來灑在小鳥身上。死雛得了這熱血就還蘇復活了」。

18 Collier引列忒孫（Joseph Ritson, 1752-1808）底《歌登媽媽兒歌集》（*Gammer Gurton's Garland*, 1783）如後：

　　小雞雞，小雞雞，坐在小山上；

　　他若沒有去就還在原地方。

按原文「Pillicock」為嬉愛小男孩的稱呼。

19 依Furness，從對開本裡的「Alow: alow ……」；通行本都作「Halloo, halloo ……」（嚕，嚕，……）。Furness云，說不定這一行是模擬雞啼的；不知為什麼我們遇見了這樣無甚意義但也很妙的狀聲字定要改變原本裡的拼法，易「alow」為「Halloo」。

賭咒；莫去跟有老公的婆娘犯姦；別把你的寶貝心兒用在衣裳顯耀上面。湯姆好冷吓。

李爾　你以前是做什麼事的？

藹特加　做過心高氣傲的[21] 當差[22]；把頭髮捲得鬆鬆的[23]，帽子上佩一副手套[24]；伺候過東家太太心裡的慾火，跟她幹了虧心的勾當[25]。我賭的咒跟說的話一般多，清天白日下又把它們一筆兒勾銷。睡著時打算怎樣淫亂，一醒來就幹。酒我愛得如同寶貝，骰子和性命一般；愛女人要比土耳其人[26] 還厲害。心腸假，耳朵軟[27]，手段辣；懶惰得像豬，陰險得像

20　從Pope之校正文，大多數通行繕本都沿用這個校訂。

21　譯得拘謹一點該是「心裡意裡都驕傲的」。

22　譯文本Schmidt所解，作普通男僕。Knight釋「serving-man」為獻殷勤的騎士或情夫（cavaliere servente），似欠妥。「serving-man」與「servant」意義不盡同，不能完全通用；現代英文裡也有這個區別。

23　Malone引哈斯乃大主教書中的一段，證明此語亦出自該書；按那個《揭發狀》裡說起天主教驅邪師某某詐稱喜捲鬆髮者乃是中了「虛驕魔」底蠱惑，這魔鬼驅出了人身便變成一隻孔雀。Furness以為這鬆髮也許指莎氏當時的情郎們所佩的「愛情髮絡」（Love-lock）。

24　Theobald註，通行的習俗男子帽上佩手套有三種不同的動機：第一，他有個情婦或意中人愛著他，給了他那隻手套；第二，表示對他某個好朋友的敬意；第三，與一仇人決鬥前帽上佩戴手套，作為挑戰的標記。這風氣肇自武士風盛行的中世紀。

25　或譯為「黑勾當」。

26　土耳其人以多妻聞。

27　Johnson註，「聽信壞話」。

狐，貪得像狼，瘋得像狗，猛得像獅子[28]。別讓鞋子吱吱叫，綢衣唆唆響，逗得你為了女人把靈魂兒顛倒。別讓你的腳跨進婊子，你的手摸進女人底褲子[29]，你的名字落進放債人底簿子，另外你還得跟惡鬼對抗。「冷風總是吹過那山楂枝。」說「suum, mum, nonny[30]。多爾芬我的孩子，孩子嚕，停住！讓他騎過去罷」[31]。

〔風雨猖狂如故。〕

李爾　　你裸著身子在這樣的狂風暴雨裡頭，還不如死了好

28　Wright註，據Skeat告他，Richard Pooro（卒於1237）於十三世紀初所制的《女修士規律》（*Anceren Riwle*）裡說，人世「七大惡孽」（the seven deadly sins）各有一隻獸畜代表：獅子代表驕傲，蛇代表嫉妒，麒麟代表憤怒，熊代表遲鈍，狐狸代表貪婪，豬代表好吃，蠍子代表淫慾。

29　原文「plackets」各家註解很繁，現擇要摘譯一二。Dyce之《莎氏字彙》說，此字究竟原來有沒有不雅的意義，他不能確定，解釋也很多，如裙，如女人下身的褻衣，女人襯褲上的袋，女人襯褲底褲襠，及婦女底胸衣。White註，分明「placket」一字在莎氏當時和後來是女人常用的一件衣服，因為用途太秘密所以不容描摹敘述，又因為太普遍所以不必細說，於是那東西在漸漸不用之後，連名稱也便變成了個名稱底影子了。

30　此三字並無意義。Steevens認為也許是本劇底演員隨意加上去的，因為他們和排字人一樣，常會把他們自己所不懂的弄糟，或在他們認為是胡鬧亂說話上再添些他們自己的打趣。

31　原文此句，若不是毫無意義的胡謅，一定是莫明其妙的引語。Johnson註，要解釋它並無多大的希望，或何等需要。可是任何解釋都不妨一試。這瘋見假裝著心驕氣傲的樣子，又裝出自己正騎著馬在路上遇到有人不許他通過，但那個人眼見敵不過他，便改變了主意讓他過去，又叫住孩子多爾芬（Dolphin即Rodolph之簡稱）莫跟他交手，儘他通行。Steevens有一個很有趣的故事解釋此句，但恐全屬臆造，姑不迻譯。

呢。人就不過是這個樣兒嗎？仔細端端詳詳他。你
不用蠶兒什麼絲，不借畜牲什麼皮，不少羊兒什麼
毛，不欠貓兒什麼香[32]。吓？咱們這一夥兒三個都
是裝孫子的[33]。你纔是真東西；原來不穿衣服的[34]
人不過是你這樣可憐的一個光溜溜的兩腳動物。
去，去，你們這些裝場面的廢物！來，扣子解掉[35]。

〔撕去衣服。〕

傻子　　請安靜些罷，伯伯；這夜晚要泅水可太尷尬了[36]。
大[37] 空地上一點小火好比是個老色鬼底心，只一小
粒火星，他身上旁處都是冷的，瞧，這兒來了桿會
走路的火。[38]

32　指麝香貓。

33　「sophisticated」可譯為「不純粹，矯揉造作，或裝腔作勢，」但似不及北平土
　　語裡的「裝孫子」有色彩，有力量。

34　據Wright註，原文「unaccommodated」汎指沒有必需的設備，此處特別指沒有
　　衣服穿。

35　Furness說，倫敦有位卓越的小說家兼劇作家向他提起過，這是句舞臺導演辭。

36　更準確些譯為「要去泅水這是一個太壞的夜晚」。

37　對開本原文作「wilde」（荒野的），Jennens校正為「wide」（廣大的），譯文
　　從後者。Jennens底理由是，校改之後這裡的「大」和下文底「小」成了對照，
　　似乎較稱；Walkor佐證此說云，「野」是近代詩底風格，不合於意利沙白時代
　　的詩底格調，他又舉了些莎氏同時作家底例子，證明「wide」常被誤印為「wild」。

38　Furness註，雖然這句話分明指葛洛斯忒和他的火把，但劍橋本從了各版四開本
　　讓葛洛斯忒就在這裡上場來，那似乎嫌太早了些。在列次四開本裡（假如它們
　　是從舞臺演唱本裡印下來的），與其說那些導演辭是指導演員們上場的，不如
　　說是指導他們作上場的預備的。在面積很有限的莎氏時代底舞臺上，很難想像
　　葛洛斯忒此刻已上了場，而李爾竟在十行之後方見到他。按四開本把這句導

葛洛斯忒手執火炬上場[39]。

藹特加　　這就是忽烈剖鐵及白脫[40]　那惡鬼；一打了息火鐘[41]

演辭放在這裡，對開本則把它放在傻子這段話底前面；Furness不用這兩種讀法底任何一種，卻根據著他上面的理由，從Pope本把這導演辭移在下面鏗德底「大人，您覺得怎麼樣」之後。譯者覺得Furness底理由似欠充分。上場的預備那一層太說不過去；為什麼旁的演員，或飾葛洛斯忒的演員在別處，都不用預備，而此處獨異？其次，莎氏當時的舞臺動作並不是呆板的，寫實的：舞臺雖小，儘可以有兩個臺中人物在舞臺底前後或左右而各裝不知，等走近來纔互相見到；而且葛洛斯忒出了場又可以走一步用火把照一照，同時又得防火把被風雨弄滅，因此藹特加說完了一長段話後他纔走到他們幾個人身邊。在臺上的幾個人裡邊以傻子最機敏，所以葛洛斯忒執著火把一走上舞臺上的荒原，他就遠遠地見到有人來。傻子那樣一說，藹特加也望見了；他因為掩飾自己起見，便用足了勁說瘋話，假裝沒有瞥見有人來，傻子那樣一說，藹特加也望見了；他因為掩飾自己起見，便用足了勁說瘋話，假裝沒有瞥見有人來，——這是他的虛心，怕被父親認出了原身，忠誠的鏗德一心只注在他主人身上，什麼都不聞不見，所以葛洛斯忒走近來時他還在問李爾覺得怎樣，直等李爾問了「他是什麼？」纔覺得有人，問「誰在那兒？」李爾已有一點瘋，臉色難看（鏗德問他「大人您覺得怎麼樣？」就是因為他臉色不好），他心裡只想著他自己，而官覺底注意力則集中在一個新發現的瘋子身上，所以鏗德打斷了他的注意力後他纔見到有人走近來。至於葛洛斯忒呢，在這樣的暗夜裡執著一個火把，還得保護它使不被吹滅，當然見不到暗處是什麼人了。

39　不從Furness而從四開本，理由見上註。

40　對開本原文「Flibbertigibbet」，魔鬼名。Perey引哈斯乃書中說：「Frateretto, Fleberdigibet, Hoberdidance, Tocobatto是四個合跳著滑稽舞的魔鬼，被蠱利女僕沙拉威廉斯（Sarah Williams）中魔發足時就唱著悠揚有致的歌兒，讓他們四個跳著舞。」考脫辦來瑚（Randal Cotgrave，卒於1634?）所編的法英《字典》（1611）釋法文「Coquette」一字道：「一個呶呶不休或驕傲的多嘴姑；一個東串西闖或舉止輕佻的浪蕩婦，一個饒舌婆，或胡說八道的家主母；一個壞人名聲的散謠娘，一個好管人閒事的唧唧咕咕孃（flebergebit）。在現代英語裡「flibbertigibbet」一字亦為稱呼饒舌者之專名，特別指多話的女人。

41　打熄火鐘的制度乃是諾門人（the Normans）征服英倫後所帶來的，當威廉一世

他就開始，直要到第一聲雞啼[42] 纔走開[43]；他叫人眼珠上長白翳[44]，好眼變成斜眼，好嘴唇變成兔兒唇；他叫白麥底穗子[45] 長上霉，又傷害地上的小動物[46]。

聖維安[47] 在原野上巡行了三趟；

（William the Conqueror, 1027-1087）與威廉二世（William the Rufus，崩於1100）兩朝時執行得很嚴，夏天在日落後，冬天在晚上八點，一切燈火爐火都要熄滅；中世紀時大小城鎮裡的住房多半用木製，這辦法於防火倒很有益處，雖被目為諾門人虐政之一。禁火令不久就停止執行，但打熄火鐘的習慣卻流傳得很久，據說至今仍有些偏僻的鄉鎮上還留著這個舊習。

42 傳說妖魔鬼怪等不祥東西聽見了第一聲雞啼就都會銷聲匿跡。《哈姆雷特》第一幕第一景自一五○行起有後邊一段說起此事：

我聽說

雄雞為早晨吹送開路的喇叭，

一陣陣啼起那高亢峻峭的鳴聲，

把白日底神靈喚醒；一經他警告，

不論海裡或火裡，土內或空中，

一切游魂野鬼便都會慌忙

去藏躲；……

43 原文「walks」，從Schmidt，解作「goes away」（走開）。

44 原文為「the web and the pin」，Malone及Wright都引著苪洛留（John Florio, 1553?-1625）底意英《字典》（初版1598），證明就是「Cateratta」或「Cataract」，即眼珠上的白翳。

45 「穗子」二字為譯者所增，根據《哈姆雷特》第三幕第四景第六四行裡的例子。

46 原文作「the poor creature of earth」，Hanmer改為「……creatures……」按此處「creature」一字似用作集合名詞（collective noun）：雖然校改並不絕對需要，但改後意義要明顯得多──否則亦可解作「人」。

47 這首劣歌詞，除了「九小魁」和「雌妖魔」兩處外，完全依據Warburton底詮釋。據說原文「Swithold」即「Saint Withold」（聖維安），為安眠底保護神，他使

> 他碰見夢魘煞和她的九小魁[48]；
>
> 叫了她下去，
>
> 要她發個誓，
>
> 去你的雌妖魔[49]，趕快[50] 走開去！

鏗德　　　　大人，你覺得怎麼樣？

李爾　　　　他是什麼？

鏗德　　　　誰在那兒？你找什麼東西？

葛洛斯忒　　你們是什麼人？你們叫什麼名字？

藹特加　　　我叫苦湯姆，我吃水青蛙，癩蛤蟆，蛤蟆豆[51]，壁
　　　　　　虎和水蜥[52]；惡鬼一發火我心裡煩躁起來就得吞吃
　　　　　　牛矢當拌生菜；我也吞吃老耗子和溝裡的死狗[53]；
　　　　　　又喝死水池上浮著的綠苔；我在鄉下從這一區給鞭
　　　　　　打到那一區[54]，上腳枷，吃刑罰，坐監牢；我背上
　　　　　　有三套衣服，身上有七件襯衫；

人不被夢魘煞所侵擾。「叫了她下去」即叫她跨下人身；「要她發個誓」即要
她賭咒不再騎上去。這全首劣歌詞是個驅魔的靈訣，最後一行為念訣人對夢魘
所發的急咒或敕令。

48　原文「nine-fold」，從Capell註，釋如譯文。

49　原文「witch」平常解作「巫婆」或「施行妖術者」，但此處似不應直譯。

50　「right」（即downright，馬上或趕快）原本沒有，是Warburton所增補的；增
　　補的理由是為押腳韻（在英文裡此字加在行尾），因腳韻在這樣的靈訣或咒語
　　裡是很重要的。譯文「去」與「去」本不能押韻，但因是一首劣歌也就無妨。

51　北平語稱蝌蚪為蛤蟆豆。多謝徐霞村先生告訴我這個。

52　原文「water」後「newt」一字省略。形似壁虎，但在水中，專名為蠑螈。

53　據Delius註。

54　意利沙白朝底法律規定犯浮浪罪的施鞭刑，又遍送附近各鄉區示眾。

跨下有馬兒騎，身上有劍兒佩[55]；

湯姆這七個年頭來的飯和菜

是大小耗子和同樣的小野味[56]。

小心我這跟班的。——別鬧，死歿爾禁[57]！別鬧，

你這魔鬼！

葛洛斯忒 什麼，您大人沒有好些的人作伴嗎？

藹特加 黑暗親王是一位紳士[58]；他名叫模塗，又叫馬虎。

葛洛斯忒 大人，我們[59] 親生的骨肉[60] 變成了

這麼壞，竟會對生他的人心存仇恨。

藹特加 苦湯姆好冷吓。

葛洛斯忒 同我屋裡去；我不能爲服從公主們

殘酷的命令，便棄去我對您的本責[61]；

---

55 原意僅為「武器」。

56 Capell註，此二行乃襲自一個舊的「韻文傳奇」（metrical romance）名 *Life of Sir Bevis* 裡邊的。「Dere」一字 Malone 說是指一般的獸類；Schmidt 說不很確，乃特指野味而言。

57 死歿爾禁（Smulkin）和下文的模塗（Modo）及馬虎（Mahu）都採自哈斯乃書中。死歿爾禁為一小鬼；模塗為五大鬼總司令之一，統率七大惡魔（the seven deadly sins）；馬虎亦為五大鬼總司令之一，他的權力很大，兼充地獄裡一切魔鬼底「狄克推多」，但為禮讓起見，他自承須受模塗底節制。

58 Steevens：藹特加此語乃嗔怪葛洛斯忒底問話發的。

59 Cowden Clarke 評註這兩行說，這是莎氏生花妙筆之一。瘋湯姆有些語音或聲調葛洛斯忒聽了就聯想到他大兒子底「逆行」，那事情他就用來和李爾兩個女兒底逆行相提而論，藹特加感到了危險，便把他的瘋叫分外裝得響些，一來為掩蓋他的真聲音，二來也為使人深信他確是瘋湯姆而不疑。

60 原文為「血肉」，即中文「骨肉」之意。

> 　她們的禁令雖要我關門下閂，
>
> 　儘這暴戾的夜分扼住您大人，
>
> 　但我依然要冒險出門來，尋您
>
> 　去到爐火和食品都備就的所在。

李爾　　讓我先跟這位哲學家說話──

　　　　打雷底原因是什麼？

鏗德　　好主公，接受他這番供奉罷；屋裡去。

李爾　　我要跟這位博學的底皮斯人[62] 說句話──

　　　　你是研究什麼的？

藹特加　我研究怎樣躲魔鬼和怎樣殺虱子。

李爾　　讓我私下問你一句話。

鏗德　　請你再催他一聲就走罷，大人；

　　　　他神志開始在亂了[63]。

61　從Wright所解。

62　古希臘東部皮屋希阿（Boeotia）共和邦之主要城市名底皮斯（Thebes）。據Craig 在Arden本上云，「博學的底皮斯人」一語在莎氏當時大概可以懂得，但現在 意思已經失傳。譯者不敢強作解人，只得讓讀者諸君也不懂。

63　Steevens引渥爾樸爾（Horace Walpole, 1717-1797）所著悲劇《神秘的母親》（The Mysterious Mother, 1768）底跋語如後：「一個完全瘋狂的人物不配在舞臺上表 現出來，至少是只能在短時間內偶一出場；劇院底任務是在展露情感不在模倣 癲狂。描摹慘遭不幸以致神經錯亂的人物，最好的例子當推李爾王。他的心緒 總是縈繞在兩個女兒底負恩上的，他每一句話總使人興迴想而生憐恤。如果他 完全為瘋顛所支配，我們的同情就會減退；那時候我們會斷定他已不復感覺到 痛苦了」。

葛洛斯忒	你能怪他嗎？

〔風雨猖狂如故。〕

公主們巴他死。啊，那個好鏗德！
他說過會這樣的，可憐他遭了流放！
你說王上發瘋了；我告你，朋友，
我自己也差點發了瘋。我有個兒子，
如今已給我逐出；他謀害我的命，
還是最近，很近呢；我愛他，朋友，
再沒有父親更比我愛他的兒子了；
實在告訴你，那陣傷心弄得我
神志全亂了。真是好一個晚上！——
我實在⁶⁴ 求王上，⁶⁵——

李爾　　　　　　　　　　　　　　喔，對不起，閣下。——
尊貴的哲學家，咱們在一起。

藹特加　　湯姆好冷吓。

64　原文「I do beseech your grace」底「do」字讀重音，故譯「實在……」。

65　Cowden Clarke註：這裡葛洛斯忒想把李爾領到毘連他堡邸的佃舍裡去過夜，避風雨；但李爾不肯離開他的「哲學家」。葛洛斯忒當即叫那個瘋叫化進棚屋裡去，免得礙在李爾面前礙事；但李爾要跟他一同進去，說「咱們在一起」。鏗德本想扶開李爾，但見他「要跟我的哲學家在一起」，便央求葛洛斯忒隨順他，「讓他帶著這人兒」同走。葛洛斯忒當即首肯，要鏗德帶著那個人向他們要去的方向走；鏗德隨即遵行。本景底棚屋和第六景裡的佃舍有截然的分別，第六景裡說起的「墊子」和「摺椅」顯得那邊的設備比這邊棚屋裡的要好些；也許那邊是葛洛斯忒治下的一個佃戶底農舍。

葛洛斯忒　　進去，傢伙，這裡，棚屋裡去暖暖罷。

李爾　　　　來罷，咱們都進去。

鏗德　　　　　　　　　　　　這邊走，主上。

李爾　　　　跟他去；我要跟我的哲學家在一起。

鏗德　　　　大人，順了他罷；讓他帶著這人兒。

葛洛斯忒　　你帶著他來。

鏗德　　　　得了，來罷；跟我們去。

李爾　　　　來，好典雅[66]人。

葛洛斯忒　　別說話，別說話！莫做聲。

藹特加　　　「洛蘭特騎士[67]來到暗塔前。

　　　　　　他老說著『fie, foh, fum,

66　雅典（Athens）為希臘之首府。

67　原文「Child Rowland」即「Child Roland」之俗呼，義大利文稱為奧蘭鐸（Orlando）者是也。他是中世紀查理曼大帝（Charlemgne, 742 -768-814）宗教武俠傳說系統裡的最著名的武士，是大帝底外甥，據說身長八呎，驍勇善戰。這三行意義不連貫而又不很押韻，與劇情可說全無關係，只能當作「苦湯姆」底瘋話看。Capell在他的註裡於第一第二兩行之間加了一行，想把劇情解釋進去，遭了集註本編者Furness底一頓嘲笑。Ritson猜想第一行譯自某一法蘭西或西班牙的歌謠，後兩行引自另一來源。但Dyce認為這三行都出於同一歌謠，不過也許跟本來的面目略有一點差異；他又說英格蘭語的那原歌謠在傑米蓀（Robert Jamieson, 1708?-1844）底《北地古風輯遺》（*Illustrations of Northern Antiquities*, 1814）裡還有一斷片保存著。那斷片底歌謠是：「口喝著fi, fo, fum！我聞到一個基督教徒底血（肉香）！不管他死或生，我要用劍兒把他腦瓜敲出（白）腦漿」。Halliwell以為第一行採自詠洛蘭特騎士的一隻民歌裡，後二行則自題名《雅克和巨人們》（*Jack and the Giants*）的一隻歌謠裡借來，至於「fie, foh, fum」這通行的呼喝則不知其詳。

　　　我嗅到一個不列顛人[68] 底血腥。』」

〔同下〕

68　Wright註云，不說「英吉利人」而說「不列顛人」，顯得莎氏作此劇時已在英
　　王詹姆士一世（James I, 1566-1603-1625）治下；詹姆士本為蘇格蘭王詹姆士六
　　世（1567-1625），即英國王位時英蘇二邦合併，統稱為大不列顛。

第五景

葛洛斯忒堡邸中。
康華與藹特孟上場。

康華　　我離開以前一定得報復。

藹特孟　主上，我這般不顧父子底恩情，卻一心報主，人家
　　　　不知要怎樣說法[1]，想起了真有點[2] 害怕。

康華　　我如今纔知道，並非全是為了你哥哥本性兇惡所以
　　　　要謀害他，只因他罪有應得，他自己那些可議的壞
　　　　處激發得你哥哥那麼樣幹的[3]。

藹特孟　我的命運好不惡毒，現在我這麼公正了回頭又得後
　　　　悔！這就是他說起的那封信，證明他是替法蘭西當

---

[1] 原文「censured」與現代英語裡的同一字意義略有出入，不僅作「譴責」或「非
　議」解，而是沒有色彩的「評判」或「議論」，可以褒貶兩用。

[2] 「something」即「somewhat」。

[3] 譯文本Cowden Clarke及Nichols之箋註。多數註家說原文「merit」不作葛洛斯
　忒底「罪有應得」解而是藹特加底「德行」，那是不通的；他們沒有把「......not
　altogether ......your brother's ......but（also） ......（your father's） ......」全句底文
　勢看清楚。須知康華這時候用意並不在讚揚或洗刷藹特加，他說話底重心乃在
　責葛洛斯忒；他所以原諒藹特加也只在表彰葛洛斯忒底罪大惡極，說即使親兒
　子想謀害這樣壞的父親也並不足深責。換句話說，原諒藹特加「並非......」的
　上半句乃是陪襯語，深責葛洛斯忒「只因......」的下半句方始是正文。

奸細的。天啊！但願他沒有這個逆謀，或者發現的
人不是我！

康華　　　跟我去見爵夫人。

藹特孟　　要是這信上的話是真的，您手頭有的是大事情要辦
　　　　　呢。

康華　　　不管真假[4]，這件事已叫你當上了葛洛斯忒伯爵了。
　　　　　去尋找你父親，我們好逮住他。

藹特孟　　我若找見了他在救助國王，便能加重他的嫌疑[5]。我
　　　　　還要繼續盡忠，雖然忠忱和父子間的恩情[6] 衝突得
　　　　　使我很痛苦。

康華　　　我信託你，你也自會覺得我的愛寵比你父親更可愛[7]。

〔同下〕

4　怎麼能不管真假？如果是假的，豈不成了一封誣陷他的信？康華所以對葛洛斯
　　忒這樣地痛恨，至少有一半是因為葛洛斯忒違反了他的命令，去伺候他的岳父
　　與大恩人，那禪了位的老李爾，──而光是這一半的原因，在康華看來，便已
　　足夠使葛洛斯忒喪失一切而不為過了。

5　原文「his suspicion」指葛洛斯忒底嫌疑，不指康華底猜疑，見Schmidt《全典》
　　「suspicion」項下的「but also objective」子目。Theobald認為這一句是藹特孟
　　底旁白，因加入一導演辭，普通現代版本大都從他；譯文根據各版四開對開本
　　（不用「旁白」）及Schmidt所解。

6　Wright說原文「my blood」是指藹特孟底本性（natural temperament）；他舉《哈
　　姆雷特》第三幕第二景第六九行他認為相同的一個例子，意思要證明這「本性」
　　是情感底衝動，那「忠誠」是判斷或理智底控制，二者正相對峙。我覺得那樣
　　多費周折儘可不必，照譯文講似較近生活與談吐而不像教授演講；這一目了然
　　且撇開不提，同時我又覺得依譯文解正好和下面康華底第二截話有呼應之勢。

7　直譯當作「自會發現我的愛寵是個（比你自己的父親）更親愛的父親」。

第六景

　　毘連堡邸之佃舍內一室。

　　鏗德與葛洛斯忒上場。

葛洛斯忒　這裡比露天要好些；安心耽著罷[1]。我去設法添幾件
　　　　　東西來，好讓這裡舒服些；我不久就回來。

鏗德　　　他所有的聰明才智完全讓位給了狂怒。願天神們報
　　　　　答你的好心！　　　　　　　　　　〔葛洛斯忒下〕

　　　　　李爾，藹特加與傻子上場。

藹特加　　弗拉忒蘭多[2]在叫我，他告訴我說尼羅在陰湖裡釣
　　　　　水蛙[3]。——要禱告天真兒[4]，又得要留神那惡鬼。

1　直譯原意為「用感謝的心情接受了它罷」。

2　「Frateretto」，小魔名，見本幕第四景註40。

3　Upton註，據臘皮萊（François Rabelais, 1494?-1553）說，尼羅（Nero, 37-68）
　是地獄裡一個彈四絃琴的，屈拉強（Trajan, 53-117）纏在那裡釣蛙；但世人不
　願屈拉強那樣一位英主幹那樣卑微的營生，因將尼羅去替他。譯者按尼羅為公
　曆紀元後54至68年間的羅馬皇，像我國歷史上的桀紂一樣以驕奢苛暴聞名，相
　傳他下令縱火焚羅馬城，火起時他奏著四絃琴取樂；屈拉強為羅馬帝國之
　皇，柄政於紀元後98至117年間，乃一武功遠大之英主。Ritson註，臘皮萊所著
　《巨人伽甘交怪史》（*La Vie très horrificque du Grand Gargantua*, 1534）於1575
　年前即有英譯本；據譯者所知相當早的歐卡（Sir Thomas Urquhart, 1611-1660）
　底英譯本於1653年纔出版，Ritson所說的，想必是另一譯本，不知出於何人之
　手。

傻子	伯伯，請告訴我，一個瘋子是一位紳士還是個平民百姓。
李爾	是個國王，是個國王！
傻子	不，他自己是個平民，他兒子卻是位紳士；爲的是他看見一位紳士兒子在他眼前，他就成了個瘋子平民[5]。
李爾	要有一千個把烙得通紅的鐵叉[6]。 嘶嘶地刺進她們，——
藹特加[7]	惡鬼在咬我的背[8]。
傻子	誰相信一隻狼沒有野性，一隻馬沒有毛病[9]，一個孩

4　Steevens說藹特加這是在稱呼傻子，因舊時稱「傻子」爲「天眞兒」（innocents）。

5　Collier說，這在當時似乎已是句通行的成語。但Hudson與Schmidt都認爲這是暗指詩人自己爲他父親請得家徽（coat-of-arms）的那回事，不過用戲謔的語氣提及，因在作《李爾王》之前不久莎氏曾以他父親底名義向紋章院（the Herald's College）請得了家徽，於是他父親由平民一躍而爲世家紳士，他自己便也可以延用這個稱號。按英國社會習俗世家貴冑都有他們各自的家徽，在紋章院裡有登記，平民百姓則沒有，——至於當時爲人所鄙夷的優伶職業者簡直連請求登記的權利都沒有，所以莎氏不得不取巧，用他父親底名義去請求登記，雖然那樣辦也未必見得合乎當時的風習與當時紋章院頒發家徽的規則。

6　原文「spits」爲炙肉的鐵叉。

7　自這裡起至註21止，初版對開本闕，乃補自四開本者。

8　此處似應照字面譯，不應作「在背後說我的壞話」。

9　原文「health」（健康），Warburton, Singer, Keightley等人底校本都改作「heels」，依他們則應譯爲「一隻馬底（後）蹄（不會踢）」。Johnson主張維持原文，說作者此語並不在說險詐的東西，乃在指無定而不持久的東西：一隻馬比其他的動物更容易得病些。Ritson以爲「馬蹄」毫無疑義是對的，因爲「不要信一隻馬底蹄子，也不要信一隻狗底牙齒」是一句很早就通行的成語。

子底愛情，或一個嬌姐賭的咒，誰就是個瘋子。

李爾　準得這麼辦，我馬上來傳訊她們。——

來，你請坐，學識精通的大法官。——

還有你，聖明的官長，這邊請坐。——

來罷，你們這兩隻母狐狸！

藹特加　瞧，他站在那兒睜著眼！娘娘，給當堂在審罪還要

有人瞅著你嗎[10]？

過這小河來跟我，白西。[11]

傻子　　　她那船兒在漏水，

她又不能向你說

為什麼不敢過水來跟你。

---

10 Steevens認為第二句是對剛瑠烈說的，問她是否在堂上問罪時還要招引人家瞅
著她，羨慕她的姿色。Cowden Clarke疏解這兩句說：「瞧，那魔鬼站在那兒睜
著眼！娘娘，給當堂在審罪還要有人瞅著你羨慕你的姿色嗎？那些魔鬼正合你
的意呢，你可以叫他們來瞅你」。Johnson信藹特加只是偶然與李爾他們相遇，
他對於李爾所經的變故全然不知，所以說話時不會跟國王底意嚮合拍；因此
Johnson信這第二句的話該是國王口說的，這裡不過有個脫落了李爾這名字的印
誤。Eccles提議把「他」改作「她」，然後這兩句話都應讓李爾去說。

11 「小河」四開本誤作「broome」；Capell改為「boorne」，即今之「bourne」，
大多數校刻本都從他。Collier註，這一行和傻子唱的三行都來自一古俗歌，Wm.
Birch套了它的調子作一俗歌名《女王陛下和英倫對話歌》（A songe between the
Queenes Majestie and Englande, 1559），歌詞裡英倫對意利沙白女王開唱道：

過這小河來，白西，過這小河來，白西，

可愛的白西，過來跟我在一起。

譯者按白西（Bessy）為意利沙白（Elizabeth）一名之親暱稱呼。但Malone指出
白西與湯姆兩個名稱在當時往往是用來區分瘋丐們男女性別的：男的瘋叫化
自稱苦湯姆，女的自稱苦白西。

藹特加	惡鬼裝著夜鶯鳥[12] 底歌聲在煩擾苦湯姆。好拍當勢[13] 在湯姆肚裡嚷著要吃兩條鮮青魚[14]。不要閣閣閣地儘叫[15]，魔鬼；我沒有東西給你吃。
鏗德	你覺得怎麼樣，大人？別呆呆地站著。可要躺下來靠在坐墊上安息嗎？
李爾	我先要看她們的審判，——傳進證人來——你這位長袍大服的法官請升座，——還有你，你是他執法的同伴，也請傍著他就位。——你也是陪審的人員，也請坐下。
藹特加	讓我們公平裁判，

你醒著[16] 還是在睡覺，牧羊兒？

羊群都在麥隴上；

只要你有樣的小嘴吹一聲，

羊群就平安無恙。

拍爾[17]！這貓是灰色的。 |

12　Wright註，這話是傻子底歌唱引起來的。

13　原文「Hoppedance」，小魔名；哈斯乃書中作「Hoberdidance」，拼法略異，見本幕第四景註40。

14　原文作「white herring」，Steevens解作「醃青魚」，隱名氏As You Like It解作「鮮青魚」，未知孰是。

15　據Steevens與Malone註，把魔鬼底聲音比作閣閣的蛙聲，係取自哈斯乃書中。

16　Johnson與Dyce都說這四行是什麼牧歌（pastoral song）裡的一節歌辭。但確實來源尚無人考出。

17　Malone註，這也許只是在模倣一隻貓「拍爾拍爾」地念佛，但「Purre」（拍爾）

李爾	先把她提上來；這是剛瑙烈。我當著庭上諸位宣誓，她腳踢可憐的國王，她的父親。
傻子	走過來，女犯[18]。你叫剛瑙烈嗎？
李爾	她賴不掉，
傻子	對不起，我以為你是隻摺椅[19]。
李爾	這裡還有個，她這副猙獰的面目 顯得她的心用什麼東西[20] 做。——攔住她！ 武器，武器，快拿劍來，點上火！ 貪贓舞弊！壞法官，你怎麼放她逃[21]？
藹特加	天保佑你的五巧[22]！
鏗德	啊可憐！——大人，你從前常誇說 保持得有的那鎮靜，如今在那裡？
藹特加	〔旁白〕[23]我開始對他起了那樣深的同情， 這眼淚就要妨礙我這番假裝。

亦為哈斯乃書中說起的諸小魔之一。

18 原文「mistress」僅用作不敬的稱呼，可譯為「女人」；「女犯」在字面上似太重一點，但按第一幕第四景景末傻子臨走時對剛瑙烈的態度而言，似並無不合。

19 Steevens謂這句成語在列棐（John Lyly, 1554?-1606）底《蓮皮媽》（Mother Bombie, 1594）劇中，第四幕第二景裡引用過。Halliwell說這是句老成語，命意無適當的解釋。

20 原文作「store」，不可解。Theobald主張改之為「stone」（石頭），Collier及Keightley從他。Jennens與Jervis則主作「stuff」（東西），贊同的有Schmidt。

21 原文自註7至此對開本闕。

22 見本幕第四景註13。

23 這舞臺導演辭是Rowe所加的。

李爾　　　小狗們和旁的狗，屈蕾，小白，小寶貝[24]，
　　　　　瞧，牠們都在對我咬[25]。

藹特加　　讓湯姆把帽子來扔牠們[26]，——滾開去，狗子們！
　　　　　　不管你是黑嘴巴，白嘴巴，
　　　　　　咬人用的是不是毒的牙；
　　　　　　大獒，靈猩，雜種的猛獝兒，
　　　　　　獵狗或哈叭，警犬[27]，花雌兒[28]，
　　　　　　捲尾的狗子[29] 或截尾的猺[30]，
　　　　　　湯姆準叫牠哭了又去號；
　　　　　　只要把我的帽子這樣丟[31]，

24　三隻小狗底名字，「Tray, Blanch, and Sweet-heart」。

25　Moberly註，倒不是因為是牠們的主人叫牠們咬我的，卻因為牠們很自然地被
　　主人底硬心腸所感染，所以纔這樣的。

26　原文「Tom will throw his head at them」或譯為「湯姆會把他的帽子對牠們扔」。
　　「head」該是「head-piece」（戰盔，帽子）底簡稱；參看註31。

27　原文「lym」。Steevens引莊孫（Ben Jonson, 1572-1637）底喜劇《拔叔羅苗節
　　底市集》（Bartholomew Fair, 1614）第一幕第一景內句云：「城裡邊所有的警
　　犬（lime hounds）該嗅著你的氣味追蹤而至了」。Capell考求本字底源流，說
　　來自法文「limier」；他引用考脫辮來瑚（Randal Cotgrave，卒於1634？）底《法
　　英字典》（1611），說「limier」訓作「a Bloud hound, or Lime-hound」（警犬）。

28　原文「brach」為母獵狗之通稱，Cotgrave說通常是有點子或斑駁的。

29　Nares註，「tike」為英國北部稱一種普通狗的名詞，在郎卡郡（Lancashire）與
　　約克郡（Yorkshire）二地現今仍通用作鄙薄人的稱呼。Furness說新英倫（New
　　England，英國清教徒最初移居美洲時之殖民地，即今美國東北部之六州）居民
　　至今也還這樣用法。譯者按原文「trundle-tail」後省略「tike」，此字依Nares
　　所解譯為「狗子」似尚切合。

30　《康熙字典》引《集韻》訓「猺」云，音「貂」，犬之短尾者。

　　　　　牠們便跳過了短門都逃走。

　　　　　Do, de, de, de。停住[32]！來，去趕開教堂的守夜會[33]，鄉村底市集，和城鎮底市場。苦湯姆，你的牛角[34] 空了。

李爾　　　那麼讓他們把雷耿開膛破肚；看她心上生著什麼東西。天生這些硬心腸可有什麼緣故沒有？——你，先生，也是我的一百個武士裡的一個；不過我不喜歡你這衣裳底式樣。你會說這是波斯裝[35]；可是把

---

31 美國大伶人蒲士（Edwin Thomas Booth, 1833-1893）在他的《舞臺提示錄》（*Prompt Book*, 1878）裡有這樣一句導演辭，「向臺左擲一草編之冠」。

32 原文「Sessa」恐是毫無用意之字，姑照本幕第四景註31處原文底前例譯為「停住」。Steevens說「Sessa」或就是「Sessy」，而後者說不定是女人名字「Cecilia」叫別了的；他又說或應作「Sissy」，「姊姊」或「妹妹」底親暱稱呼，跟後面一句連在一起也許正是一首古俗歌裡的兩行歌辭。

33 舊時禮拜堂行落成典禮之前夕每舉行一宴會，與會人士守夜達旦，名「wake」。

34 Malone註曰，「伯特欄裡的湯姆（Tom o' Bedlam）」總是隨身帶一隻「角」，作為裝剩菜殘羹之用；所以這裡他說「他的角乾了」或「空了」，意思就是在向人叫化些佈施。Douce引何爾姆（Randle Holme, 1627-1699）所著的《紋章院紀事》（*The Academy of Armoury*, 1688）說，湯姆有「一根叫化棒，身旁掛一隻牛角；衣服穿得光怪陸離，令人發噱；因為既然他叫明是個瘋子，便全身上下染些紅色，插些雞鴨毛，掛些破布條，顯得他確是個瘋子，其實他是個假裝的流氓」。Dyce底《莎氏字彙》間接引奧勃萊（John Aubrey, 1626-1697）底《尉爾特郡風土誌》（*Natural History of Wiltshire*，未出版，僅存稿本）說，「直到『內戰』以前，伯特欄裡的湯姆常是到處來往的。他們本是些可憐的瘋漢，關在伯特欄瘋人院裡，等病勢稍好一點就給放出來討東西。他們左手臂上戴著一隻錫鐲，有四吋長，這是脫不掉的；頭上用線或帶子掛一隻大牛角，到人家門前乞食時就把這牛角吹起來；討到了湯水食物便倒在牛角裡，用塞子塞住」。參閱第一幕第二景註31及第二幕第三景註5。

35 Moberly註，當詹姆士一世朝上（James I, 1603-1625）波斯有一位大使派遣到英

牠換了罷。

鏗德　好主公，躺在這裡息一會罷。

李爾　別做聲，別做聲；拉攏了簾幕；對了，對了[36]。我
　　　們要在早上吃晚飯呢。

傻子　我要在午上睡覺[37]。

國來；在主教門街（Bishopsgate Street）聖鮑篤而夫教寺（Saint Botolph"s）底
墓圍裡至今仍留得有一塊墓碑，紀念這大使館底秘書，上面刻著：「若有波斯
國人來到這裡，讓他念了這個墓銘替他的靈魂祈禱。主接納他的靈魂；因為穆
漢默特效思惠（Maghmote Shaughsware）長眠在此，他是波斯國瑙洛邑（Noroy）
城人氏」。對這外國底奇裝開這樣一個玩笑也許是因為當時倫敦城裡有這些波
斯人在。

36 Bucknill評註云，藹特加陪著他一同發瘋的過程中，李爾底言語行動始終還算
安靜。只在傻子不見後，藹特加又去當了他瞎眼的父親底嚮導時，國王纔完全
舉措狂亂，言不成語。可異的但又無疑的事實是，除了使瘋狂的人作瘋狂的人
底伴侶以外，很少東西能使他們安靜下來。這事實不容易解釋，但也許因於天
才底敏悟，也許基於經驗所得，莎士比亞對這一層卻顯得是很知道的。

37 Capell註，傻子來這句打諢，用意是叫我們預備失掉他；因為他說了這句話就
跟我們分手，正在這本戲底「晌午」（就是說，劇本底中心）時分。White註，
快到這劇本底中心時傻子忽然不見了。他對李爾「我們要在早上吃晚飯」這句
話回答得妙，說「我要在午上睡覺」。他為什麼不回來？分明是為了這個理由：
李爾發瘋時他總是跟在左右，用他簡單的智能與粗陋的聰明，對李爾底狂囈發
一些評註式的唱和；但過此以往，李爾已自暴怒的顯狂轉進了麻痺的癡駿，傻
子若繼續說趣話下去就會教我們聽了感覺到不愉快。這情境淒楚得太慘酷太壯
烈了，不能容許一個弄臣再那麼調侃嬉謔，如無其事。即令以莎士比亞之神奇，
也無法對這人生基本的悲感開什麼頑笑了。於是這可憐的傻子找出了他自己的
一角，面對著牆，在他生命底中午去睡他最後的一覺──他已經盡了他的職
責。Cowden Clarke也說傻子所說的「午上」是暗指他自己生命底中午。譯者認
為這兩種對於「午上」的詮釋全都有商量底餘地。為什麼傻子說的話每句都得
寓有隱意？湊巧這裡是他的最後一句話，但也並無向觀眾告別的絕對必要。我
們須隨時記得作者是在寫，並非在註釋，他自己的作品。葛洛斯忒在本幕第四

　　　　　　　　葛洛斯忒重上場。

葛洛斯忒　　過來，朋友；國王我主在那裡？

鏗德　　　　在這裡，大人；且莫驚動他；他神志
　　　　　　　完全迷亂了。

葛洛斯忒　　　　　　　好朋友，請你抱著他；
　　　　　　　我私下聽到了一個要害他的奸謀，
　　　　　　　我備得有一架牀車；放他在車上，
　　　　　　　趕往多浮城[38]，朋友，那邊你自會
　　　　　　　遇到歡迎和保護。擡你的主公，
　　　　　　　你若再作半點鐘的遲延，他和你，
　　　　　　　連同回護他的任何人，準都沒有命。
　　　　　　　擡起來，擡起來，跟我走，我馬上領你
　　　　　　　去到那備就的牀車[39]。

景裡說：
　　　　但我依然要冒險出門來，尋您
　　　　去到爐火和食品都備就的所在。

李爾以垂暮之年，在疾雷暴雨之下，奇悲駭怒之中，掙扎了這許多時候，如今所需要的只是睡眠，即令有華宴在前也萬萬不能下嚥，所以他說「我們要在早上吃晚飯」。傻子回他「我要在午上睡覺」，意思無非說「你明早上可以吃今天的晚飯，現在可以睡了，我現在卻睡不著覺，說不定明天午上勉強可以，至於吃晚飯就根本談不到了」。這是有意義的，絕不是Capell所說的胡調，但也並不玄祕得怎樣不可思議。至於White所說的「他為什麼不回來」底理由當然很對（但與「生命底中午」不生必然的關係），無可置疑；換句話說，劇情至此緊張已極，嗣後無一筆之鬆懈，不能任傻子插入一二無關局勢發展的閒話。

38　見本幕第一景註15。

39　原本「provision」為「供應」或「設備」，想係指牀車而言，譯者誌此存疑。

鏗德[40] 　　　　　　　　　　　　　歷盡了千重

磨難的身心[41] 如今已沈沈入睡[42]。

這安休也許能撫蘇你破碎的神經[43]，

但若果事勢不佳良，那就難治了。——

過來，來幫忙抬你的主公；你不能

退縮在後邊。

葛洛斯忒[44] 　　　　　　　快來，快來，外面去。

〔鏗德，葛洛斯忒，及傻子，舁李爾同下〕。

藹特加[45] 　眼見到年高位重的[46] 和我們同病，

我們便不甚為自身底疾苦傷心。

最可悲莫過於孤身獨自去忍受，

將有福者[47] 與開懷的樂事遺留在背後。

40　自此以後迄註44處係補自四開本者。

41　據Schmidt之《全典》「nature」本字項下第三條析義。

42　原文「Oppress'd nature sleeps」，Schmidt主張應作「Oppress'd nature sleep!」（歷
　　盡了千重磨難的身心，睡罷！）。原文僅寥寥三字，不易譯；直譯當為「遭劫
　　的身心睡了」，但殊嫌突兀。

43　Theobald改原文「sinews」為「senses」，Malone及Hudson附從他，說李爾底筋
　　絡肌肉並不破碎，破碎的乃是他的心神知覺。但Delius指出莎氏在別處常把
　　「sinews」作「nerves」（神經）解。

44　原文自註40起至此止，係補自四開本者。

45　自此至景末對開本付闕如。原文以下十餘行，除最後一行多之外，俱採雙行駢
　　韻之格律，行文風格亦與上下文頗有不同。Theobald評註云，此段獨白非常精
　　警，裡邊的情緒，與人性與劇情兩都切合無間。Johnson及Delius等亦先後極力
　　維護此段文字，斷定是莎氏底手筆。劍橋本之Clark與Wright持異議，判為他人
　　手癢之假託。譯者與劍橋本校刊者頗有同感。

46　原文「our betters」僅為「高位者」。

但若果憂愁有儔侶，受苦[48]有同伴，

心中可就淡忘了許多的磨難。

那使我彎腰的痛楚使國王弓身，

我的便顯得何等輕，何等好容忍：

我們父親和兒子異曲同工[49]！

去罷，湯姆！注意那高處底來風[50]，

只等誣衊的訛傳證明你恂良，

榮譽恢復後，你便能重現本相，

今晚上儘風雲去變幻[51]，願國王逃掉。

躲著，躲著。　　　　　　　　　　　　　　〔下〕

47　Heath註，原文「free things」為「無疾苦者」。

48　譯文從Delius註。

49　原文「He childed as I father'd」極難直譯，意即「他的有孩兒正如我的有父親，我們吃虧的情形很相同」。

50　原文「high noises」Capell說指顯要者間之紛擾，Steevens釋為開戰前的大聲混亂。譯文略採前者，因戰前的混亂亦為顯要者間紛擾之一種；但大意相似，措辭之間惜與原文略異。下面兩行譯文乃根據Johnson底箋訓。

51　Abbott《莎氏文法》第254條釋原文「What will hap」為「Happen what will」（儘什麼去發生）。

第七景

　　葛洛斯忒之堡邸。

　　康華，雷耿，剛瑠烈，藹特孟，及僕從上場。

康華　　〔對剛瑠烈〕，快去見令夫君公爵去；給他看這封
　　　　信[1]；法蘭西軍隊已經上了岸。——把葛洛斯忒那逆
　　　　賊找出來。

　　　　　　　　　　　　　　　　　　　　〔僕從數人下。〕

雷耿　　馬上絞死他。

剛瑠烈　挖掉他的眼睛。

康華　　留給我來處治。——藹特孟，你陪著我們姐姐走。
　　　　我們對你那謀叛的父親的報復不配給你看見。你到
　　　　公爵那邊，向他上議作速準備；我們也照樣在準備
　　　　[2]。兩方的驛馬得加快傳遞信息。——再會了，親愛
　　　　的姐姐。——再會，葛洛斯忒伯爵[3]。——〔奧士伐
　　　　上。〕怎麼了，國王在那裡？

奧士伐　葛洛斯忒伯爵引他離了境。

1　Delius謂這是本幕第五景藹特孟授給康華的那封信。

2　Delius及Wright都說原文此處的「bound」不能解作「理該」，應訓為「準備好」。

3　Johnson註，此係稱新得他父親祿位的藹特孟，後面奧士伐所說的是指老伯爵。

有三十五六名他的武士正在

火急地尋他，恰跟他在城門前碰到；

他們挾著他和伯爵底另一班從人[4]

向多浮進發，誇說有武裝的朋友

在那邊保護。

康華　　　　　　　替你主母去備馬。

剛瑙烈　再會親愛的公爵和妹妹。

康華　藹特孟，再會。——

〔剛瑙烈，藹特孟，與奧士伐同下〕

把那個逆賊找出來。

把他小偷似的反縛著膀子帶來。

〔另有數僕從下。〕

雖然我們不能開秉公的審問

判處[5] 他死刑，但我們的權威自會

順從[6] 我們的憤恨，世人只有去

4　四開對開各本都作「Lords dependants」，有七八種有名的校刊本都從原本，意思是「隨從國王的貴人們」。Pope改原文為「lord's dependants」，意義如譯文Furness說我們不曾聽到過國王有什麼隨從的貴卿；我們知道國王有一些武士，而他們中間有三十五、六個特地來尋他，於是他們由幾個葛洛斯忒底從人領路，護衛著國王向多浮城疾馳而去。假使是李爾自己底武士與貴卿們帶著他逃走，康華和雷耿後邊問起葛洛斯忒他將瘋國王送進誰手裡，送到那裡，是什麼意思？我不能不認為這些問話準是指葛洛斯忒居間有所作為，差他自己的隨從們拱護著國王一同逃亡。Schmidt主保持初版本原狀，說這是指康華底隨從，只因效忠於李爾而去投奔法蘭西軍隊。

5　原文「pass upon」Johnson釋為「宣判」，後人無異議。Furness云，此語至今仍為法律用辭。

　　　　　非難，卻無從來阻止。──那是誰？那逆賊？

　　　　　　二三人挾葛洛斯忒上場。

雷耿　　　不知恩義的狐狸[7]！是他。

康華　　　把他那乾癟的[8]臂膀縛緊了。

葛洛斯忒　您兩位是什麼意思？好朋友，要顧念

　　　　　你們是我的客人；別害我，朋友們。

康華　　　綁住他，我說。

雷耿　　　　　　　　　綁得緊，綁得緊。──臭賊！

葛洛斯忒　你這位忍心的爵夫人，我不是那個。

康華　　　綁上這椅子。──壞蛋，你自會明白──

葛洛斯忒　我對仁藹的天神們[9]賭咒，你這麼

　　　　　扯掉我的鬚實在太下流。

雷耿　　　這樣白，卻是這樣一個逆賊！

葛洛斯忒　惡毒的夫人，你拉掉我頰下的這些鬚，

　　　　　它們會活起來在神前[10]將你控告。

　　　　　我是東道主，你不該強盜般糟蹋我

　　　　　殷勤款待你的容顏[11]。你預備怎麼樣？

6　註家對「do a courtesy to」意見大致相同，Johnson釋為「滿足」，Schmidt訓為「服
　　從」，Wright解作「順從」，唯Steevens信其中寓有一隱喻，為「弓身行敬」。

7　罵他狡譎不奉命。

8　Johnson註，「corky」為「乾枯多皮」。

9　Warburton與Capell俱釋「kind gods」為「款客之神」（dii hospitales），Furness認
　　為這樣解釋未免過分精密。

10　此三字為譯者所增，是否有當尚待斟酌。

11　原文為「hospitable favours」；譯文根據Steevens底註解。

康華	來，法蘭西最近給了你什麼信？
雷耿	爽利些回答，因為我們已知道。
康華	你跟最近偷進王國來的叛徒們 又有什麼勾結？
雷耿	你將發瘋的國王送進了誰手裡？ 你說。
葛洛斯忒	我有一封猜測情形的信函， 寫信的乃是中立的，並不是對方。
康華	真刁。
雷耿	又假。
康華	你送國王上那裡？
葛洛斯忒	上多浮。
雷耿	為什麼上多浮？不是說不准你——
康華	為什麼上多浮？——讓他回答那句話。
葛洛斯忒	我已給繫上了樁子，得對付這一場[12]。
雷耿	為什麼上多浮？
葛洛斯忒	為的是我不願眼見你殘酷的指爪 抓出他可憐的老眼，我不願眼見你 那兇狠的姐姐把她野豬似的長牙

12　此係隱借當時盛行的耍熊戲（bear-baiting）裡的熊以自比。莎氏悲劇《馬克白》
　　（*Macbeth*, 1605-1606）第五幕第七景有這樣兩行：
　　　　他們已將我繫上了樁子；我不能
　　　　逃跑，只得熊似的拚完這一場。
又參看本劇第二幕第四景註3。

刺進他香膏抹淨了的聖潔的肌膚[13]。

就是那海水，受了他光頭赤頂

在地獄一般的黑夜裡忍受的風暴，

也會湧上去[14] 潑息上邊的星火；

可憐的老人啊，他卻要上天下大些。

那樣猖狂的[15] 風雨夜若果有豺狼

在你大門前悲嗥，你也該說道：

「好門子，開開門，可憐一切野獸罷，

任憑牠們平時是怎樣地殘酷。」[16]

---

13 國王加冕前以香膏抹體，表示襲有神恩與神賦。

14 對開本作「buoy'd up」，Heath訓為「把它自己舉起來」。Warburton本及Collier
所註二版對開本等改作「boil'd up」（沸憤著去……）。

15 對開本作「stern」（猖狂、兇暴）；四開本作「dern」（寂寞，悽愴）。

16 對開本原文作「All cruels else subscribe」，四開本作「……subscrib'd」。這四個
字Furness認為是全劇底最疑難莫決的辭語。各家箋訓多得車載斗量，但大都根
據四開本原文下註，這裡也就不必細錄了；下面僅選Schmidt及Furness二人底
詮釋。Schmidt說，「All cruels」不能解別的，只能解作「一切兇殘的野獸們」。
把形容詞當名詞用，在舊時文字裡本來很自由，但從沒有比莎氏在此處所用的
更自由的了。「cruel」一字用作單數在莎氏《商籟詩》一四九首裡曾見過：

「Canst thou, O cruel, say I love thee not?」

（你可能，啊，忍心的，說我不愛你？）

……「the cruel」作名詞用只能解作「殘忍的人或物」，不能解作「殘忍的事情，
行為」（譯者按Heath, Cowden Clarke, Wright及Abbott底《莎氏文法》433節第一
解法都這樣說）；正如「the old」（老的）不能解作「老年紀」，只能解作「老年
人」，或「the young」（年輕的）不能解作「年輕時」，只能解作「年輕人」。所
以一切用這個抽象意義的詮釋都要不得。但那班箋刊家，即使把「cruels」這字
講對了，也仍是都從四開本底「subscrib'd」，認為那是個不定時式（imperfect
tense）的動詞。可是若從了對開本這樣解釋便好得多：「一切東西，在別的時

但我會眼見到天罰飛來，降落在

這般的孩兒們頭上。

康華　　　　　　　　　　你可決不會

見到！——你們跟我按住這椅子[17]！——

候是殘忍的，到了這時候也慈悲起來了；（惟獨你不然）。」至於「subscribe」
一字，莎氏常用作「被克服」或「順從」底意思，在這裡是「被憐恤心所克服」，
或「順從自己的惻隱心」。Furness說沒有一個前人底笺訓他覺得滿意；他也認
「subscribe」當然不錯，因為這是遵從初版對開本底可崇敬的權威，使「turn」
（開）與「subscribe」（可憐）二字並行，作命令法的（imperative）動詞用；
不過他和Schmidt底差異很大，他以「cruels」為「subscribe」之賓詞，Schmidt
則以之為主詞。他說，這段話底命意所在，是把雷耿底父親所已受到的待遇與
豺狼等兇獸所會受到的待遇互相比較。「你應當說：好門子，開開門，可憐牠
們一切的野獸罷，不管牠們平時是怎樣的兇狠殘酷」；或是這樣，「……捐棄你
平時對這些兇獸們的成見，忘了牠們是殘酷的，只顧念牠們在這樣的時會應使
你惻然心動」。譯文從Furness底第一個解法。

17　這裡，莎氏使葛洛斯忒在臺上當眾毀明，很受後世批評家所指摘。原來本劇情
　　節中私生子藹特孟陷害他父親的事，脫胎於薛特尼（Sir Philip Sidney, 1554-
　　1586）所著《雅鎧地》（Arcadia, 1590）一書卷二裡的「拍夫拉高尼亞國王之故
　　事」（The pitifull state, and storie of the Paphlagonian vnkinde King, and his kind
　　sonne, first related by the son, then by the blind father）；不過據薛氏所述，國王底
　　私生子是獨自策劃他的奸謀的；他離間陷害了他的父兄，又弄瞎了父王底眼
　　睛，驅逐他出去，那一切卻並不假手於康華這樣的第三者。但Capell信雖然藹
　　特孟對葛洛斯忒所施的暴行係得自《雅鎧地》，可是這弄瞎眼睛的一舉所更借
　　重的藍本似是格林（Robert Greene, 1560?-1592）底《土耳其皇賽利末斯》
　　（Selimus, Emperor of the Turks, 1594）劇中的相同的情節，因彼此行兇時的情
　　景與說話的語氣都有些彷彿。Steevens亦引此劇同段，以明莎氏並不比當時其
　　他的劇作家更喜歡在臺上表現慘酷的行動；Malone則舉馬斯敦（John Marston,
　　1575?-1634）之悲劇《安陶紐底復讎》（Antonio's Revenge, 1602）在臺上拔舌一
　　事以闡明此點。Davies說莎氏終究可以設法不使這駭人的動作在臺上搬演出
　　來，雖然書上是這般說的……葛洛斯忒這時候可以被迫到隔壁房裡去；觀眾
　　聽得到他的狂號，那倒的確很可怕，過後他被領回舞臺上來時反而不怎麼樣

了。他回臺上時眼上貼著兩片用以止血的牛腸膜（gold-beaters' skin）；那麼，觀眾看起來就可以減掉不少的恐怖或醜惡了。Coleridge素來以推崇莎氏底悲劇聞名，至此也責莎氏超過了悲劇底限度。莎劇底名譯者德人Tieck說：綁著葛洛斯忒的椅子是放在舞臺中央一小平臺上的，當初康爾就坐在那上面問他三個女兒誰最愛他。這舞臺中央的小平臺不用把幕遮著，用時幕才拉開。莎士比亞跟當時其他的劇作家一樣，常有兩景戲在臺上同時表現……所以就有這一層好處，在隔開正式舞臺與臺中央小舞臺底柱子內外，不但可以表現雙重的動作，還能使柱子裡邊的動作給遮住一部分；可是雖被遮住，觀眾依舊能意會得到。也許葛洛斯忒就坐在這小臺上不給觀眾看到，康華站在他近邊則可以在臺下望見，雷耿站在前臺，比康華低些，但跟他很近，至於那班侍從卻是都在大臺上站著的。康華，當然很可怕，挖出了葛洛斯忒底眼珠，但這舉動是並不看得分明的；有幾個按住椅子的僕人擋著視線，而且小臺上兩張半幕中之一是下著的。康華說「讓我用腳來踹掉你這雙眼睛」，不應由字面直解；作者當然並不如此用意。康華說話時有一個僕人衝上小平臺去刺傷了他；大臺上的雷耿馬上抽了另一僕從所佩的劍，將第一個僕人從背後刺去。臺上的人物都在移動中，因而觀眾底注意正在散亂時，葛洛斯忒便失去了他那一隻眼睛。他的狂號聽得到，他的人可看不見；他隨即從小臺門裡進了幕後去。康華和雷耿便走到臺前來，由邊門出去。我心目中的這一景是這樣的，也許這麼便能減去一點它的恐怖性。詩人相信他的朋友們都是心志堅強的，他們會被大體上的恐怖所動，但不會去注意那些血肉淋漓的小關節。Ulrici論此云：將康華弄瞎葛洛斯忒的這番情節搬上舞臺來，只能引起人家底厭惡，厭惡可和美，和偉大，力量，或崇高，絕不相同，結果它只能損害悲劇底功效。不管莎氏當時的觀眾比現在人有否較堅韌的神經纖維，──藝術底職務並不在顧問神經底堅韌與否，乃是在增強，刷新，與提高人底心志和情緒，而這樣的劇情即使在最堅韌的神經上也不會發生上面所說的好影響。Heraud評云：這悲劇底兩個主要原素，憐憫和恐懼，可說已發揮得登峰造極了。但莎氏謹防著不讓它們超過相當的限度。他也許可以推說，他只在描摹傳說裡的一個野蠻的古代，那時候的人是習見習聞這一類駭事的，所以劇中人物不覺得它可怖。可是沒有這麼回事。在許多人中間放進了一個能見到這層恐怖又同情於被難者的僕從，莎氏便把鄙惡（disgust）化成了憐憫。其他的僕從們也都可憐起這個瞎了眼的老人來了，領他出去，幫他治傷，又將他放在安全的所在。這全盤的情緒，藉同情作推動力，是向憐憫方面進展的。於是這可怖事情底恐怖性（horror）便減低到恐懼（terror）底程度，這恐懼又有葛洛斯忒底期待「天罰飛來，降落在這般的孩兒們頭上」

　　　　　讓我用腳來踹掉你這雙眼睛。

葛洛斯忒　誰想活到老年的快來救我！——

　　　　　嗄，真狠毒！嗄，天神們！

雷耿　　　那邊的要笑話這邊的，那隻也踹掉。

康華　　　你若見到了天罰——

僕甲　　　　　　　　　　　住手，主公！

　　　　　我自小侍候你到如今，可沒有再比

　　　　　我現在這要你住手更外盡忠了。

雷耿　　　怎麼的，你這狗子？

以增厚它的力量，而所謂「天罰」也者可巧又在這行兇的瞬刻間就已經到來了一部分。同時這盼望「天罰」的情緒又都在相當於此景底歌舞隊（chorus）的僕從中間表示出來。譯者按以上Heraud所論，是以亞里士多德（Aristotle, 384-322 B.C.）論希臘劇詩的批評典籍《詩學》（Poetics）裡所結集的悲劇原則作出發點。除此而外，還有W. W. Lloyd為莎氏強辯的評論一大段，因理由似欠充足，闕而不譯。至此譯者也有幾句話要說——而且是不很短的幾句。我覺得Davies和Tieck用意都很好，但這裡利用後臺或用大小兩個舞臺似乎都不很需要。莎氏當時的舞臺佈景及道具雖很簡陋，但不見得簡陋到如Tieck所說的那樣，後臺祇備得有一隻椅子，或李爾宮中及葛洛斯忒邸內用完全一樣的佈景。Tieck說，「康華說『讓我用腳來踹掉你這雙眼睛』不應由字面直解，作者當然並不如此用意」，我意見正好相反，而下面僕甲說的「住手」我以為纔不應望文生義。若要不當眾演出踹眼的駭劇我認為並非難事，只須康華說「你可決不會見到」時將面對觀眾的葛洛斯忒連椅子往後推倒，然後有幾名僕從上去按住了椅子前腳，同時也遮住了觀眾底視線；等僕甲跟康華劍鬥及雷耿刺僕甲背後的時候，按椅腳的僕們便能把Davies所說的牛腸膜替葛洛斯忒貼在眼上，另外或許再塗點紅色。過一會葛洛斯忒被僕從們扶起來，觀眾見他眼上貼得有東西，也許並不會怎樣地詫異，因當時的舞臺動作有許多地方是象徵的，需要意會；觀眾並不指望寫實的動作，所以不會為了看不見葛洛斯忒果真被踹瞎眼睛而吵著要戲院退票的。

僕甲	你若是個男子， 爲了這件事我也會向你挑戰[18]。── 你是什麼意思[19]？
康華	我的佃奴？[20]〔主僕拔劍相嚮。〕
僕甲	得了，來打，冒冒義憤底險罷。〔康華受傷。〕[21]
雷耿	你的劍給我[22]，──賤人敢這樣犯上？ 〔抽劍從背後刺他。〕[23]
僕甲	嗄，我給刺死了！──你還剩一隻眼， 大人，能親自見到他吃點虧，──嗄！〔死去。〕
康華	別讓它再見到什麼──爛掉，賤肉凍[24]！ 現在你眼光在那裡？

18　直譯原文，「如果你頷下長得有鬍鬚，為了這番爭論我也會挦它的」。Delius以僕甲所說的「爭論」為對雷耿稱他「狗子」而發，未免拘泥。

19　Furness疑心這是康華說的，也許是。但譯者以為當作僕甲底話也還講得通。他對雷耿說上句話時，康華拔劍向他走來；他見情勢不妙，便問他主人「你是什麼意思？（不聽忠告，真要逼我自衛嗎？）」他當即拔劍預備架住康華，等康華問「我的佃奴？」時主僕二人纔開始交鋒。這前後相去只幾秒鐘。Craig在他的Arden本上認為這也許是雷耿說的；此說亦有可能。

20　Moberly註：一個佃奴（villain）非經他主子特許不能享有財產，對他主公無法律上的權利，也許還沒有資格作自由人被判罪狀的證人，所以他若對他主子舉劍簡直是聞所未聞的放肆，對這樣的行為甚麼責罰都可以允許。

21　從Craig之牛津本；原文無此導演辭。

22　Johnson與Jennens說這是雷耿對另一僕從說的，Collier說也許對受傷的康華說的：鄙意前說為是。

23　從四開本；對開本作「刺他」。

24　可譯為「瞎掉，賤凍！」或「熄掉，賤膠！」，但都不很滿意。按原文「Out」指眼光而言，並非說把眼珠挖出來，故不能譯為「出來」。

葛洛斯忒　　一片漆黑，難道沒有人來搭救[25]？

　　　　　　我兒子藹特孟在那裡？——藹特孟，燃起你

　　　　　　骨肉的至情[26]，來報復這駭人的罪惡[27]！

雷耿　　　　滾開，謀反的壞蛋！你叫他，他卻恨你；

　　　　　　對我們透露你那個奸謀的就是他；

　　　　　　他是好人，不會來可憐你。

葛洛斯忒　　啊，我笨到這樣！藹特加可冤了。

　　　　　　天神們，饒我罷，祝福他康寧無恙！

雷耿　　　　去把他推出大門外，讓他嗅著路

　　　　　　到多浮。——〔一僕引葛下。〕

　　　　　　　　　　怎麼樣，夫君？你怎麼這樣[28]？

康華　　　　我受到一處劍傷；跟著我，夫人——

　　　　　　把那個沒有眼睛的壞蛋趕出去；

　　　　　　扔他在糞堆上。——雷耿，我淌血淌得快；

　　　　　　這傷來得不巧[29]。挽著我的臂。〔雷耿扶康華下。〕

僕乙　　　　要是[30] 這人有什麼好結果，不拘

25　原文「comfortless」，Schmidt之《莎氏用字全典》釋「不給安慰」與「不給救
　　助」兩用。問號從對開本。

26　原文作「sparks」（火星），意即如譯文。

27　原意為「舉動」。

28　雷耿不知康華受傷，見他臉色慘白，所以問他「how look you?」。

29　因為他正要引軍抵禦已經入國的法蘭西軍隊。

30　自此以迄景末，對開本闕。Theobald謂此段短對話極富於人情：不論那一家家
　　裡的僕人見了這樣的酷虐施在他們主人身上，沒有不起憐恤心的。Johnson云：
　　毋須假定他們是葛洛斯忒底僕人，因為反抗康華的是他自己的一個僕人。

怎樣的壞事我都做。

僕丙　　　　　　　　　　　　要是她活得長，

到頭來還能得一個好好的老死，

所有的女人全都會變成妖怪。

僕乙　　　讓我們跟著老伯爵一同出去，

去把那瘋叫化[31] 找來，他想上那兒

就領他上那兒；那浮浪人什麼都肯做。

僕丙　　　你去。我去拿一點亞麻子和雞蛋青[32]

敷在他出血的臉上。但願天救救他。　〔各自下。〕

31　Eccles以為這瘋叫化不一定指藹特加，雖然指他也是可能的。但無論如何這僕
　　人底好意並沒有成功，因為隨後葛洛斯忒和他的兒子是偶然相遇的。

32　這個剪髮匠底醫方在當時很通行，因當時的剪髮匠大都兼施外科手術。

第四幕

第 四 幕

第一景

荒原上。

藹特加上場。

藹特加　　　但遭到鄙夷，而自己也明知如此[1]，

　　　　　總勝如逆受著包藏[2] 鄙夷的逢迎，

1　譯文從Johnson及Schmidt所釋義。但Johnson又說原文「……thus, and known」
　　或可改為「……thus unknown」，那麼就該譯為「但只因人家認不出纔遭到鄙
　　夷」，意思是——一個人掩飾了他自己的眞身後所受的鄙夷不足以爲苦，因爲
　　他那番喬裝本是出於自願的，隨時可以取消了露出眞面目來，鄙夷當亦隨之而
　　止。Collier與Singer都贊同這個刪改，不過Johnson自己覺得這更動並無必要。

2　原文「鄙夷」與「逢迎」並行，字面上沒有「包藏」之意，這是譯者底解釋。
　　我認為這兩行裡的「鄙夷」與「逢迎」都指「命運」對人的態度而言；若從Johnson
　　底更改，解作一般人對藹特加丐裝後的態度，意義便膚淺了。非但膚淺，還有
　　文不接氣之病，因自第三行起至第九行止，都在申說命運對人的態度底兩極，
　　和那兩極底窮與變。因此我以為若求醒目，這兩行不妨這樣譯：

最卑微，最被命運所摧殘[3] 的不幸者，

常在希望中存身，並無所怕懼。

可悲的變動乃是從高處往下掉；

壞到了盡頭卻只能重回笑境，

歡迎你，進我臂抱來的空虛的大氣！

你刮起了狂風吹到絕處的可憐蟲，

並不少欠你分毫的恩債。[4]──誰來了？

　　一老人引葛洛斯忒上場。

我父親，叫化似的給領著？──世界啊，世界！

若不是你古怪的變幻使我們恨你，

人生許不會老去[5]。

　　但遭了命運底鄙夷，自己也明知道，

　　總勝如逆受它包藏著鄙夷的逢迎。

3　原文「dejected」僅為「降抑」，但藹特加處境這般橫逆，語調稍強些如譯文，
　　似並無不可。

4　據Hudson所釋。

5　Theobald改上行原文「hate」（恨）為「wait」（等），解道，假若人生底風雲變
　　幻不使我們等待著，希望運道轉好些，我們決計受不住，絕不能守候到老：若
　　依此說，這一行半可譯為「若不是你古怪的變幻使我們期待著，人生就癡守
　　不到老」。Capell從Theobald之校改，訓解亦大同小異。Malone不主改動，只解釋
　　原文說，如果命運底變幻（譬如說，我如今所親見親歷的由豐盛而淪為窮蹙的
　　兩樁事就是好例子）不顯示出人生如何不足留戀，那我們對於年歲這重擔便不
　　能安心去忍受，不能眼見衰老與死亡漸漸迫近而仍然無動於中。若依Malone此
　　說，這半行便應譯為「人生便不願（或不肯）老去」。Moberly與Malone註略
　　同，不過Malone說「不安心忍受」，Moberly語氣重一點，說「不樂於老死」罷
　　了。我覺得這兩種解法都不很滿意。藹特加所以說起老年，我信都因為他見了
　　那八九十歲的老佃戶的緣故；他意思是說人生底風雲變幻將我們折磨得很屬

老人　　　　　　　　　　　我的好主公，

我當著您和您父親治下的佃戶，

已經有八十年。

葛洛斯忒　走開，走你的去罷！好朋友，去呀；

你給我的安慰對我全沒有好處；

他們還許會傷害你。

老人　　　　　　　　　　您瞧不見路啊。

葛洛斯忒　我沒有路走，所以就不用眼睛；

眼明時我卻摔了交。我們常見到

人有了長處會變成疏懈放浪[6]，

僅僅的缺陷倒反是福利底根源。——

啊，親愛的藹特加，我的兒，你無端

枉[7] 遭了你這被誑的父親底狂怒，

只要我能在生前親手接觸到你，

我便好比[8] 恢復了眼睛的一樣！

害，使我們含恨飲痛而莫奈何，遂致衰老。

6　初二版對開本及各版四開本原文都作「our means secure us」。自Theobald以降各
註家以其難於索解，前後供獻不同的校讀法不下八、九種。但細審就原文解詁
的諸家所之詮釋後，可知闡明方為合理，校改僅是多事；況對開四開各本讀
法相同，更可證明原文無訛。最先釋「means」為「優長」、「才能」或「能力」
的當推Knight，嗣後不改原文的註家大都從他。不久Rankin在一本論莎氏哲學
的書裡即解釋原意如譯文，惟未供旁證。隨後F. W. J.及White二氏都訓「secure」
為「to render careless」（使不小心），又都引莎氏悲劇《雅典人鐵蒙》（*Timon of
Athens*, 1607-1608）第二幕第二景一八四行之「secure」為例證。Schmidt則除此
而外，又加一證。

7　此乃譯者增益之意。

老人	怎麼！誰在那邊？
藹特加	〔旁白〕啊，天神們，

誰能說「我已經到了厄運底盡頭？」

我如今比往常更要糟。

老人	這是瘋湯姆
藹特加	〔旁白〕我也許比現在還要糟；我們能說

「這是最糟不過」時還不算最糟呢[9]。

老人	人兒，上那兒？
葛洛斯忒	那是個叫化的不是？
老人	又是瘋子，又是叫化。
葛洛斯忒	他並不完全瘋，不然就不能去叫化。

昨夜在風暴裡我見過這麼一個人，

他使我，想起了一個人只是一條蟲。

那時候我就記念到藹特加我的兒，

但當時我對他還並不怎樣愛惜[10]。

隨後我又聽到了一些個消息。

天神們[11] 對我們好比頑童對蒼蠅，

8　此行直譯當作「我會說我重復有了眼睛」。

9　Moberly註：果真我們能說一聲「這是最糟不過的了」，我們受苦的能耐就有了個限度；但事實並不如此，因為受苦那事情總是最深的底裡還有更深處。

10　原文「scarce friends」直譯「不怎樣能算朋友」；有人解作「at enmity」（仇恨著），把「scarce」當作狀詞。

11　Wordsworth云，他不信莎士比亞會讓他的劇中人物，除了一個異教徒外，表示這樣一個的情緒的。譯者按，我們曾見人譯「gods」為「上帝」，這是不明白希伯來（Hebraic）系一尊宗教與希臘羅馬（Greek and Roman）系多神及泛神

　　　　　　把弄死我們當作玩。

藹特加　　　　　　〔旁白〕怎麼會這樣的[12]？

　　　　最空勞無益莫過於假扮癡騃，

　　　　在傷心人前面去調侃解悶[13]，惹得

　　　　自己和家人都不快[14]。——保佑你，老爺！

葛洛斯忒　他就是那赤裸的人嗎？

老人　　　　　　　　　是的，主公。

葛洛斯忒　那麼，請你就去罷。若爲了多年

　　　　難捨的舊情你對我還有所顧念，

　　　　請在去多浮的路上趕我們一二程[15]；

　　　　帶幾件衣衫給這個赤身人掩體，

　　　　我要叫他領著路。

老人　　　　　　　　哎呀，主公，

　　宗教底分別。在Wordsworth這註上，我們很容易辨出這似是輕微實爲嚴重的錯
　　誤。

12　Furness毫無疑義是對的；這是藹特加見了他父親一雙瞎眼後所發的驚問。

13　Moberly解原文道：像弄臣似的以事物底現情狀作根據，從悲哀裡提鍊出箴言
　　來，那是要不得的行業。就是說，藹特加在批評他父親底「天神們對我們……」
　　那句話。這解法未免口氣脫節，Furness認爲不當，有理。

14　Heath註：他一方面使自己不歡，他方面又惹惱了他想去歡娛的那對手。這一
　　整句含義甚晦，若直譯該是這樣：

　　　　　壞職業乃是在悲哀跟前當傻子，
　　　　　把自己和旁人都激怒。

　　原文「sorrow」（悲傷）解作「傷心人」我覺得較易懂得，而且在莎氏作品裡類
　　似的例子頗多。

15　原意爲「英哩」。

　　　　　　　他是瘋的啊。

葛洛斯忒　　　　　　瘋人領著瞎子走

　　　　乃是這年頭底災殃。聽從我的話，

　　　　或隨你去自便；但千萬離了我去你的。

老人　　　我會挐給他我所有的最好的衣裳，

　　　　不管結果怎麼樣。　　　　　　〔下〕

葛洛斯忒　　　　　　喂，光身的。

藹特加　　苦湯姆好冷吓——〔旁白〕我不能再假裝下去了。

葛洛斯忒　這裡來，人兒。

藹特加　　　　〔旁白〕可是我不能不假裝。——

　　　　保佑你的可憐的眼睛，它們淌著血。

葛洛斯忒　你認識去多浮的路嗎？

藹特加　　階梯和城門，馬路和走道，我全都認識。苦湯姆給

　　　　人嚇掉了巧。好人底兒子，天保佑你不碰到惡鬼！

　　　　苦湯姆肚裡[16]一起來了五個鬼魔啦；淫慾魔[17]奧被

　　　　狄克脫；噤口魔好拍當勢；偷竊魔馬虎；兇殺魔模

　　　　塗；還有鬼臉尖嘴魔忽烈剖鐵及白脫；他後來又到

　　　　手了不少的小丫頭和老媽子[18]。因此，上天保佑你

　　　　罷，老爺！

16　原文自此處起至「天保佑你罷，老爺！」止，對開本闕佚。

17　這裡五位魔鬼中第一位尚係初次顯露大名，第三、第四位在上文第三幕第四景
　　註57處曾提起過，第二、第五位則各與第三幕第六景註13及第三幕第四景註40
　　處的魔鬼名近似；為免除不需要的混亂起見，姑改為前後一致。

18　原意為「寢室侍婢與女侍」。

葛洛斯忒　　拿去，收下這錢包，天降的災殃
　　　　　　已使你對任何不幸都低頭忍受；
　　　　　　我如今遭了難正好給你些溫存[19]。
　　　　　　天神們，請永遠這般安排！快讓
　　　　　　富足有裕和饕餮無厭者[20] 感受到
　　　　　　你們的靈威，他們渺視著[21] 神規，[22]
　　　　　　有眼不肯見，爲的是全無感覺；
　　　　　　然後均衡的散播纔夷平了過量，
　　　　　　人人能有個足數。你認識多浮嗎？
藹特加　　　認識的，老爺，
葛洛斯忒　　那裡有一座懸崖[23]，高高低著頭

19　Wordsworth：因為我如今的這場禍患教訓我同情於身受苦難的人。

20　從Onions之《莎氏字典》。但Koppel解原文「lust-dieted」為「淫慾無厭的」。未知孰是。

21　對開本作「slaves」；四開本作「stands」，顯然有誤。譯文從前者，根據Heath及Johnson所釋；或更準確些作「奴視著」——奴婢待之，視為無足輕重之意。

22　Schmidt釋原文「ordinance」為「自然底規律」。

23　Moberly註，奇怪的是葛洛斯忒往多浮去，並不是如雷耿所刻薄他的那麼樣，要去盡他通敵叛國底能事，乃是因萬分絕望，要去投崖自盡。這陪襯的劇情裡的這一點是莎氏作品中藉重薛特尼（Sir Philip Sidney，參看第三幕第七景註17），藉以對薛特尼表示敬意的諸點之一；莎氏為此不惜犧牲一些事實上的可能性。在薛特尼底《雅壙地》裡，我們有「一位拍夫拉高尼亞底國王受了他兒子底虐待，走到一高岩上去自投」。Rolfe註，這懸崖現在聞名為莎士比亞崖，在多浮城外西南方，因時有山崩已減低了高度，但仍有三百五十英呎。海浪依舊撲擊著石子灘，採海茴香的人依舊乘著籃子掛下去幹他們那冒險的營生；但崖石並不如詩人要我們想像的那麼筆立，崖腳下的東西也並不如此細小。實際上也許作者並不指定這座危崖，只是描擬著想像中的一片理想的峭壁而已。現

　　　　　　俯視那有邊沿的[24] 海面，真叫人駭怕；
　　　　　　你只用領我到那懸崖盡頭邊上，
　　　　　　我自會把我身邊的一點兒財寶
　　　　　　補償你一身的窮苦；從那裡起始
　　　　　　我就不用你領路。

藹特加　　　　　　　　　　　讓我挽著你的手；
　　　　　　苦湯姆來帶你去。　　　　　　　〔同下。〕

　　有東南鐵道穿過這多浮崖，隧道長1331碼。

24　Capell註，「有邊沿的」，因為是鎖在海峽中間的。

第二景

　　亞爾白尼公爵府前。
　　剛瑙烈與藹特孟上場。

剛瑙烈　　歡迎你[1]，伯爵；我們那心軟[2]的夫君
　　　　　我詫異爲何不路上來迎接。——
　　　　　　　　　　〔奧士伐上。〕主公呢？
奧士伐　　在裡邊，夫人；可從無人他那樣地大變。
　　　　　我對他告稟那上岸來的軍隊，他只笑。
　　　　　我告他你正在回家，他說「纔壞事」；
　　　　　我提起葛洛斯忒和敵國私通，
　　　　　又稟報他兒子怎樣效忠勤主，
　　　　　他叫我蠢才，又說我把正事說成倒。
　　　　　依理不愛聽的話他都像高興聽，
　　　　　愛聽的反要招怪。
剛瑙烈　　　　〔對藹特孟。〕那你就回步罷。
　　　　　這都是他膽懦心驚之故，因而

1　Delius註，他們二人同道來，到了府邸前她便歡迎他進去。
2　Johnson註，要記得在第一幕終了時剛瑙烈底丈夫亞爾白尼不喜歡她毀棄恩義壓
　迫李爾的毒計。譯者按，參閱第一幕第四景景末。

不敢有施爲；非還報不可的欺凌

他不願去理會。我們在路上的願望

也許會成事[3]。藹特孟，回到我妹夫前；

催促他的徵募，你領著他的隊伍。

我得在家中交換了他與我的武器，

把我的紡線桿[4] 遞到他手裡去掌管。

這可靠的僕人將在你我間來往；

你若敢爲你自身去冒險，不久

也許會接到一位女將軍[5] 底命令。

戴上了這個；不用說；低下頭來[6]。

3　Steevens釋，「我們所願望的事情，在我們行軍行畢之前，也許會實現出來」；就是說，了結或殺掉她丈夫。訓「on the way」爲「行軍行畢之前」不通；譯文從Mason及Malone解。他們所願望的事情未必僅指了結她的丈夫，也許藹特加冒險成功後的局面也包括在裡頭。

4　紡線桿應由妻子掌管，故代表婦女與家務；她如今預備把家中瑣事交給亞爾白尼，她自己提著他的劍去指揮戎馬。

5　原意爲「女主人」。他們沿途所諒解的計畫大概是這樣的：那方面由他回去設法剗奪康華底實力，取而代之，甚或殺掉康華與雷耿，這方面由她回來解決她丈夫，佩上他的劍，然後二人合起來成一新天下。她這裡的意思是說，他們的計謀成功後，她另有命令給她。剛瑙烈富於男性，好攬權，目下她的地位又比藹特孟底高出不少，所以她語氣很顯得俯就。

6　Steevens以爲剛瑙烈要藹特孟低下頭來，爲的是她吻他時，好讓奧士伐誤以爲她在對他附耳低語。但Wright覺得這樣未免將剛瑙烈看得太莊重了，況且奧士伐又是個極可靠的壞蛋，絕不會洩漏他們的私情。Delius說，也許她要戴一串金練在他頸上。若從Delius所解，後面緊接著的「This kiss」怎麼講？我想藹特孟大概身體很魁梧，她得叫他俯首下來纔吻得到他；她們姊妹二人都熱戀著他，他體格俊偉或許是個重要的原因。我一邊繙譯正文，一邊選輯Furness新集註本上的註解，全劇譯成後取Bradley《莎氏悲劇》(*Shakespearean Tragedy,*

　　　　　　這一吻，它若能[7] 言語，會使你的精神

　　　　　　高升到天上。聽懂了我這話，再見。

藹特孟　　我誓死相報。

剛瑙烈　　　　　　　我至愛的葛洛斯忒！〔藹特孟下。〕

　　　　　　啊，人和人竟有這許多相差！

　　　　　　一個女人侍奉你纔是該當。

　　　　　　那傻瓜不應將我的身體[8] 來霸佔。

奧士伐　　夫人，主公來了。　　　　　　　　〔下。〕

　　　　　　　　　亞爾白尼上場。

剛瑙烈　　往常我還值得你吹一聲哨子呢[9]。

亞爾白尼　啊，剛瑙烈！你不值那疾風吹到你

　　　　　　臉上的塵沙。我爲你的氣質擔憂[10]；

　　　　　　鄙薄自己源流的天性就在它

　　　　　　自己的範疇裡也萬難保持不潰[11]；

　　1922）底附註來相校讎，見該書論本劇附註Y內第三條正與鄙意相同。由此可
　　知讀莎劇要創一前人所未見的新解釋之難了。

7　「durst」（dare）偶有用作「能」或「願」者，見Schmidt之《全典》。

8　譯文從對開本之「body」；初版四開本作「bed」，可譯爲「牀褥」。

9　Steevens註，這樣的說法曾見於海渥特（John Heywood, 1497?-1580?）之《諺語
　　集錄》（*Proverbs*, 1546）內：「一隻不值得吹哨子呼牠的劣狗」。譯者猜想這是
　　句打獵底術語。

10　原文「fear」非「駭怕」，乃「fear for」（爲……擔憂）之簡狀。對開本自此處
　　起至註18止缺佚，本段係補自四開本者。

11　Heath疏解原文這兩行說：性情到了這樣違背天性（甚至會鄙薄它自己的根源）
　　的墮落程度後，一切固定的範圍都不能限制它了，只要它碰見了任何機會或誘
　　惑，都會氾濫潰決而不可抑止。Cowden Clarke修正前釋如後：也就不能把任何

	那枝枒，脫離了供給它營養的樹液，
	準會枯槁而死[12]，被採伐作柴薪[13]。
剛瑙烈	不用多說了；你引的[14] 根本是蠢話。
亞爾白尼	智慧和善良在壞人眼裡就變壞；
	骯髒的只愛他們自己的癖好。
	你們幹的是什麼？你們是猛虎，
	不是女兒，你們做了些什麼事？
	他是你們的父親，一位德性
	洵良，神靈庇護的[15] 老年人，就使
	纜著頭的[16] 一隻熊也會對他致敬，
	真殘暴，真敗類辱種！竟逼得他發狂[17]，
	我那位好襟弟可能讓你們那樣嗎？

的形成它的物體包括在它自己的範疇中間了。這兩行把剛瑙烈底性情比作賤視自己的泉源，終於會奔溢而逝的水流；下兩行把它比作自絕於母幹，遂致死去的樹枝。

12 原作在這裡很吃力，所用的譬喻似嫌牽強：我們從未聽見過什麼樹枝能把它自己從軀幹上撕下來的（……sliver and disbranch herself ……）。譯文「供給它營養的樹液」（material sap）從Warburton所釋。原文「material」，Theobald改作「maternal」（母親的、為母的），附從此議的有Hanmer，Johnson等本子；但Schmidt說這改法固然新奇可喜，可惜莎士比亞並不知道這個字。

13 原文「And come to deadly use」，譯者從Moberly之詮釋。

14 根據Onions，原文「text」解作「quotation」（引語）。

15 原文「gracious」，見Schmidt之《莎氏用字全典》本字項下第三條，亦作「聖潔」與「神聖」解。

16 指耍熊戲中之熊。

17 Wright謂「madded」即「maddened」，莎氏不用後一字。

　　　　　　　　一個鬚眉的男子，一位受了他

　　　　　　　　不少恩惠的公侯！如果天神們

　　　　　　　　還不派遣他們的有形的神使

　　　　　　　　快來這下界懲創這頑兇極惡，

　　　　　　　　就會有一天，

　　　　　　　　人類準得要自相去殘食強吞，

　　　　　　　　像海裡的怪獸[18]。

剛瑙烈　　　　　　　　　　獐肝鼠膽的[19] 男兒！

　　　　　　　　你有這臉皮專為捱人底拳打，

　　　　　　　　生就這腦袋乃為供人來凌虐；

　　　　　　　　你沒有眼睛能判別受苦與榮遇；

　　　　　　　　你不知[20] 只有蠢人纔會去憐恤

　　　　　　　　那未曾作惡先自受罰的惡徒們[21]。

18　見前註10。「海裡的怪獸」大概指河馬，雖然河馬並不生息在海裡；見第一幕
　　第四景註43。

19　「milk-livered」為肝中無血，作乳白色，即萬分懦怯之意。參閱第二幕第二景
　　註9。

20　自此至註24止僅見於四開本。

21　Warburton以為這裡的所謂「惡徒們」乃是指葛洛斯忒那一類的人而言。Capell
　　指摘此說之無據，理由很充足；他說，「未曾作惡已先自受罰」這句話加不到
　　葛洛斯忒身上去，因為從剛瑙烈看來，葛洛斯忒卻是先行作惡後受罰的；至
　　於「惡徒們」一語分明是指李爾，雖然這話說得可怕。非但如此，譯者以為她
　　離開伯爵堡邸時伯爵尚未被捕，捉得到捉不到還在不可知之列，受罰與否當然
　　也同樣地渺茫了。即令她離堡時在幕外眼見伯爵已被康華底從人們捉到，可是
　　亞爾白尼對於此事底始末仍然是毫不知情，她就無從對他說起什麼作惡與受罰
　　底話。Singer與Capell同意，也認為「蠢人」指亞爾白尼，「惡徒們」指李爾那
　　樣的人而言，因為前者確曾對後者表示過憐恤。Eccles主張「惡徒們」將她丈

你的戰鼓在那裡？法蘭西在我們

夫連她自己都包括在裡邊，她的言外之意是：「目前我們有一件齷齪勾當非幹不行，但慢幹不如快幹，若不先下手等受了罰就嫌遲了，到那時候便只會遭人唾罵，休想博得憐恤──只除了蠢人們底」。Malone提議從歷版四開本之句讀法，「惡徒們」一語應讀而不應句斷；至於她那詆毀底目標呢，Malone信大概是法蘭西國王。Furness也贊成保持四開本之原句讀法，不過他的解釋與上說不同。Furness覺得剛瑙烈會以「惡徒」稱呼李爾很難使人相信，而且她自己既已在上文禁止她丈夫再以虐待親父的罪名責她（「不用多說了，……」），她自己便不會再回到那個老題目上去。因此可以斷定她所謂的惡徒是對亞爾白尼而發的辱罵，──在恥笑亞爾白尼膽懦無能之上，再加上這句辱罵，好使公爵於急於自衛之際無暇再責她無良，這可以叫作易守為攻的罵架法。譯者縱觀各家所註，敢說Capell與Singer底詮義最單純也最合理，別說都有些牽強。若依Malone說，則「憐恤」一語便不知所云：不論亞爾白尼拒絕將兵底原因是什麼，我們能斷定絕不是因他憐恤法蘭西王所以偃旗息鼓不作禦侮底準備；這情形剛瑙烈明白得很清楚，否則她不是個悍婦，卻自己成了個「蠢人」了。其次，Eccles說之無稽，我們只須引第一幕第四景內幾行剛瑙烈對她父親的責難便知：

> 那過錯便難逃責難，矯正也就
>
> 不再會延遲，這匡救雖然通常時
>
> 對你是冒犯，對我也難免貽羞，
>
> 但為了顧念國家底福利和安全，
>
> 如今便不愧叫作賢明的舉措。

由此可知她暴遇李爾乃是用「大義滅親」底口實，決不致自承她的行為有任何可議之處。最後，Furness底三個論點也都軟弱無力：第一，剛瑙烈以「惡徒」稱呼李爾並不難於使人置信，因為她持有「大義滅親」一語作護符，已如上述；同時她這句話並不比她的行為或別的話更潑辣，更狠毒，況且以此稱丈夫稱父親不一樣地要不得嗎？第二，她不許丈夫再提此事，她自己果然也不應當再提，但並不見得不會再提。第三，易守為攻說我認為是一些強解，徒逞論評者之想像，並無其他根據可尋。反之，若從Capell與Singer說，卻有兩條用字的脈絡可按：一，參證原文此處的「Milk-liver'd man!」及第一幕第四景三三六行之「milky gentleness」；二，參證原文此處的「a head for wrongs」及第一幕第三景第四行「By day and night he wrongs me」。

　　　　　　　聲息全無[22] 的境內已展開了旗纛，

　　　　　　　他戴著佩羽的戰盔已開始威脅

　　　　　　　你這份邦家，你這講道的[23] 傻瓜

　　　　　　　卻坐著只高叫「啊呀，爲什麼他這樣？」[24]

亞爾白尼　　　魔鬼，去望望你自己；失形的怪相

　　　　　　　只合惡魔有[25]，卻不如呈現在女人

　　　　　　　身上時可怕。

剛瑙烈　　　　　　　　　　啊，發獸的蠢才！

亞爾白尼[26]　你這矯形藏醜的[27] 東西，羞死你，

22　意即不作戰備。

23　原文「moral」，Delius釋為「moralizing」。

24　見前註20。

25　Warburton釋原文「proper」如譯文之「只合魔鬼有」，又「deformity」為「diabolic
　　qualities」（魔鬼底或魔鬼似的性格）。譯者覺得「deformity」一字只能用以說明
　　形體上的醜惡，若言性情品格，則根本沒有「形體」（form）可言，也就無從
　　「變壞」（de）；Schmidt之《莎氏用字全典》釋此字為「bad shape, ugliness」（惡
　　形，醜陋），方為合理。參證下下條註內Furness底解釋，及再下條註。Delius
　　註此二字云：用美好的外表掩飾內裡的醜惡，二者相形之下那醜惡便分外顯得
　　可怕，——依Delius說，這全句底涵義是：「這樣的險詐在魔鬼身上顯現出來還
　　不如在女人身上顯現的那樣可怕」。Furness嫌此說過分精細，有剖毫鬩髮之病。

26　原文自此處起，迄註29止，係補自四開本者。

27　關於原文「self-cover'd」底解釋眾議紛紜，大別之可分為三派。第一，大多數
　　的名註家認定無可詮釋，斷為必有印誤，於是各提改正的字眼；我就Furness
　　底集註本上所羅列的計算起來，共得十種不同的修改法，內中「self-converted」
　　（自己變幻相貌的）有Theobald, Warburton, Capell等三家校刊本共同採用，
　　「sex-cover'd」（以女身掩護著安全的）經Crosby提議而被Hudson在他的第三版
　　校刊本裡採用，此外的八種修改法或人各為政，或一人二議，錯綜擾攘，未見
　　何等高明。譯者細察這第一派底箋註後，以原文雖似難懂，卻並不費解，故將

　　　　　別把你妖魔底本態[28] 畢露在臉上。

　　　　　若使順著血性去行事能無傷

　　　　　我的身分，我準叫你全身骨架

　　　　　脫盡榫，撕得你肌膚片片地飛。

　　　　　可恨你雖是個惡魔，你這女身

　　　　　卻保了你的命。

剛瑙烈　　　　　　　算了，好一個大丈夫[29]——

　　　　　一信使上場。

亞爾白尼　有什麼消息[30]？

信使　　啊，大人，康華公爵過世了，

　　此十種修改法姑且刪略不錄。第二，Johnson, Malone, Hudson, Cowden Clarke,
Wright等五家底意見大致相同，都認「self-cover'd」為「魔性遮蔽著女性的」
或「惡性克制著本性的」：若從此說，則亞爾白尼對剛瑙烈雖極厭惡，尚不無
體諒之意。第三派則有Henley, Delius, Schmidt, Furness, Craig等五家（譯文即根
據此說），解原文為「以優美的女體掩飾著或藏匿著惡魔底本質的」：依此說則
亞爾白尼痛恨剛瑙烈底熱烈可說已到了沸點。以下引Furness底詮釋（譯者按，
此說非但能闡明行文底奧蘊，並且指示了飾剛瑙烈的演員在臺上如何去表情；
可惜前人從未說過，否則或可免去許多爭論）。Furness說：她一向變幻著形相，
將真身藏匿了起來；但如今她既然顯現原形，那外表上便畢露出惡魔底本來面
目來了。沒有一個女人，尤其是剛瑙烈，能受了她丈夫這樣的痛罵而無動於中
的。她怒得身體四肢都發抖，容顏歪斜，醜怪不堪。於是亞爾白尼又告她，叫
她為自己留一點地步，莫把她素來隱藏著的惡魔底真身，那奇醜極怪的本相，
在外貌上全盤呈露出來。

28　Furness引Schmidt之《全典》，證明原文「feature」一字在莎氏作品中總是用以
　　指外形或身體底姿態，不作別解。

29　見前註26。

30　此行亦補自四開本。

他正要弄瞎葛洛斯忒底第二隻

眼睛時，被他自己的僕人所殺死。

亞爾白尼　　葛洛斯忒底眼睛！

信使　　　　　　　　　　　有一名他自己

所養大的家人，為哀憐[31] 所驅使，拔劍

對他的家主[32] 反抗他那番行動；

他怒從心起，便迎頭將他擊斃，

但自己也中了重傷的一擊，隨後

便因此喪生。

亞爾白亞　　　　　　　這顯得你們在上邊，

公正的天神們，頃刻間能對我們

這下界的罪惡懲創得絲毫無爽[33]。——

可是，啊，可憐的葛洛斯忒，他那

第二隻眼睛也瞎了嗎？

信使　　　　　　　　　全瞎了，大人。——

這封信，夫人，求您馬上給回音，

這是二公主底。

剛瑙烈　　　　〔旁白〕一方面我很高興[34]；

31　原文「remorse」，從Dyce之《莎氏字彙》，譯作「同情」、「慈悲」或「哀憐」。

32　若依Eccles則當譯為「撥開他家主底劍鋒」。譯文係根據Schmidt之《全典》。

33　此意為譯者所增。

34　Malone註：剛瑙烈底計畫是要藥死她妹子——嫁給藹特孟，——謀殺亞爾白尼——把全王國都得到手。康華底死對於她的計畫底最後一著有利，所以她喜歡；但同時那件事使她妹子有和藹特孟結婚底方便，這個她可不喜歡。

　　　　　但成了寡婦，我那個又跟她在一起，
　　　　　我想望中的全盤策劃也許會倒下來，
　　　　　要了我這條老命³⁵。那方面著想，
　　　　　這消息可不壞。——我看了就寫回信。〔下。〕

亞爾白尼　他們弄瞎他的時候他兒子在那裡？

信使　　　跟夫人同來到這裡的。

亞爾白尼　　　　　　　　　　　　他不在這裡。

信使　　　不錯，大人；我路上碰見他回去³⁶。

亞爾白尼　他知道了那行兇沒有？

信使　　　哎，大人；那是他告發了他的，
　　　　　又故意離開了堡邸，好讓他們
　　　　　放開手去用刑罰。

亞爾白尼　　　　　　　　葛洛斯忒，
　　　　　這輩子我總要謝你對國王的愛顧，
　　　　　又替你那眼睛報讎。——這裡來，朋友；
　　　　　你還知道些什麼也都告了我。　　　　〔同下。〕

35　原意為「可恨的生命」。她的意思是，假使藹特孟和她新寡的妹子勾搭上了，她的整個計畫就得失敗，那麼一來就要她的命了。「可恨」，因為那樣會使她受不了。

36　從Wright。

第三景[1]

> 近多浮城之法蘭西軍營。
>
> 鏗德與一近侍[2]上場。

鏗德　　法蘭西國王忽然回去，你知道爲什麼緣故嗎[3]？

1　此景全部不見於對開本；Pope最先名之爲第三景；Johnson謂對開本刪去此景似只爲縮短全劇之故。Eccles底校刊本以第五景移在本景前面，名之爲第三景，名本景爲第四景，名第四景爲第五景。據說這更改次序底目的是要使所有在多浮城附近展開的諸景更銜接些，同時也要免除舊編法所能引我們生出來的一個猜測，以爲李爾曾在野外過了一夜。Eccles註本景云：我們可以假定，李爾、鏗德及侍從人員離開葛洛斯忒堡邸亡命赴多浮時是在早上，同時剛瑞烈與藹特孟也離開了那邊向亞爾白尼公爵府進發，而當天較晚些時，失明的葛洛斯忒由一老人領導也從那邊出發向多浮前進：從那天早上起算到本景，正值第四個早晨。本景開場時和鏗德說話的這近侍，就是他在荒原上那風暴的夜晚差到多浮城去的那個近侍。從他們的對話裡可以知道他們相會還在不久之前。鏗德似乎還只新到。這近侍雖比國王他們出發得早不了很多鐘點，但因趕路勤快，比他們想已早到了一些時候，這其間他已有機會見過了考黛蓮。

2　Johnson：即鏗德差他送信給考黛蓮的那近侍。但譯者細檢第三幕第一景，只見鏗德託一位近侍去多浮城向考黛蓮作口頭的報告，又給他一隻錢袋和一隻作物證的戒指，卻不見有什麼書信交與他帶去。我信關於書信的話若非作者疏誤，致使前後不接榫，這個近侍定不是那個近侍。不過我信疏誤底可能大概多些。

3　Steevens註：法蘭西國王已不復是個必要的人物，所以在全劇進展到將近結局之前，這麼樣找一個機會遣開他是很合適的。爲使他不失身分起見，我們不應讓一位君主像一些不重要的人物一樣，在劇終時無聲無臭地給遺忘掉；不過要使他在事先離開本劇（這一層只能以匆促返駕來達到），一定得在觀眾面前有一個明白的交代纏行。這是劇中加入本景的用意之一。假令這位君主統率著他

近侍　　有一點事沒有辦妥，他出來過後纔想起來，那可叫
　　　　王國裡擔驚冒險得甚麼似的，非他回去不成。

鏗德　　他留誰在這裡當統帥？

近侍　　法蘭西底大元帥賴發將軍[4]。

鏗德　　你那封信可打動了王后，引得她有她有什麼傷心的
　　　　表示嗎？

近侍　　有的，閣下；她接下，當著我看了信，
　　　　不時有大點大點的眼淚滴下她
　　　　嬌柔的臉頰。她好像是一位統制
　　　　那悲傷的女王，不過悲傷真倔強，
　　　　想當那駕馭她的君王。

鏗德　　　　　　　　　　　　　啊，她感動了。

近侍　　可未曾動怒；鎮靜和悲傷爭著要
　　　　表現她最高[5]的德性。你見過陽光裡
　　　　下雨吧；她一邊微笑一邊掉著淚，
　　　　要比單零的悲喜或忿怒透露著
　　　　更高超的德性[6]；輕盈的淺笑遊戲在

自己的軍隊，經歷過他王后底死難，我們很難想像他對劇情還有什麼用處。到
那時節，他那陣失偶的情緒便會減低李爾亡女的沈痛所給人的效力；而從另一
方面說，他既是一位可敬又可憫的人物，便會分散觀眾底注意力，因而就使亞
爾白尼、藹特加和鏗德顯得不重要了，——可是他們這三人底德行是應當特別
表揚得彰明昭著的。

4　原文為「Monsieur La Far」，實譯當作「賴發先生」。後來王后陷在敵人手裡，
　　但統兵的此公並無下文。

5　譯原意當作「好」或「美妙」，下面「更高超」作「更好」或「更美妙」。

6　原文「like a better way」極難索解，因而各註家提議修改的本子，或改字，或改標點，約有十種之多。Warburton倡議改為「like a wetter May」（像一個比通常更多雨的五月天）；從這讀法的有Theobald之初版及Johnson, Capell, Jennens等四種本子。但在英國多雨的季節說五月不如說四月更確切些，而在莎氏作品裡又往往將四月裡的日子譬喻或形容眼淚，所以Heath直截了當改原文為「like an April day」（像一個四月裡的日子）。可是被抄錯或印誤的作者原筆很難和四開本原文相差得這麼遠，於是便有Theobald之二版、Steevens, Knight, Dyce及Staunton等之「like a better day」（像一個比平常好些的日子）。Steevens解釋這改法說：一個比平常好些的日子是那個最好的日子，而那個最好的日子又是於地上生物，尤其是草木，最順遂的日子，那樣的日子陽光和雨水很調節有度。這說法拐彎抹角太多，也不易使人相信。其次則有Tollet與Malone底「like a better May」（像一個比通常好些的五月天）。這讀法，Tollet說，比Warburton底好，因為這裡陽光比陰雨佔優勢些。Warburton底「比通常更多雨的五月天」卻顯得考黛蓮悲傷超過了鎮靜和忍耐了。Malone說，Steevens底更改，「一個比平常好些的日子」，不論怎樣講法，不一定有下雨底意義在裡頭，同時一個又晴又雨的日子也不很能稱為一個好日子，一個好些的日子，或那個最好的日子：因此，這更改也就不能代表考黛蓮底微笑與眼淚同時併作了。從Tollet, Malone的有Eccles, Boswell, Collier及White諸校本。Boaden和Singer改原文標點為「Were like; a better way」，意思是「好比陽光裡下雨一樣，只是更好些」。至於為什麼考蓮黛底又笑又哭比天底又晴又雨要好呢？據說乃是因為陽光裡閃著雨光，微笑卻「不曉她眼中有何賓客在」。這樣解釋了我們依然不很明白，於是Singer引《聖經新約》裡的「更好的是慈悲是右手不應知道左手施些什麼」來疏證。這解法未免太玄妙了一點，但有Delius底贊助，雖然他並不採用他們二人底標點法。Hudson本作「Were like: a better way……」上半截與Boaden他們所詮釋的一樣，下半截則附麗在下一句上，意即「說得好些，輕盈的淺笑……」，Hudson以為這樣標點了既可增進詩意，又能改善邏輯，無復可疑。Lloyd主改為「like a bitter May」（好比一個淒風苦雨的五月天）；這意思倒很不錯，可惜與上下文不生關係。譯文從Cowden Clarke底箋註，認原文「a better way」有雙重的涵義：第一，同時微笑又落淚比單獨鎮靜或單獨悲傷更能表現她的情緒，因此比任何「單獨的表示」要好些；第二，她「未曾動怒」，卻用微笑和眼淚來表示她的鎮靜和悲傷，在這上面也能「透露出一個更高超的德性」。這解釋頗能道出莎氏用字底經濟與蘊藏底豐富，同時又不易原文一字，可說是比較差強人意的了，雖然也失之太晦。但Wright認為本意根本無法明瞭，各家校本也無一可稱滿意。此

　　　　　她紅熟的唇邊，像茫然不曉她眼中

　　　　　有何賓客：在那淚珠往下墮便比如

　　　　　珍珠底墜子脫落了鑽石穿的練[7]。

　　　　　總之，悲傷會變成最可愛的奇珍，

　　　　　如果悲傷能使大家都像她

　　　　　那樣美妙[8]。

鏗德　　　　　她沒有對你說話[9]嗎？

近侍　　　不錯，她頻頻喘息裡噓出一兩聲

　　　　　「父親」來，像是心中不禁那促迫；

　　　　　她叫道「姐姐們！姐姐們！羞死當貴婦

　　　　　當姐姐的人！鏗德！父親！姐姐們！

　　　　　什麼，在風雨中間？在夜晚？別讓人

　　　　　相信這世上還有哀憐存在！[10]」

　　外，又有Dodd底「like a checquer'd day」及Pulloch底「link'd in bright array」：
　　二者視原文以敝屣，不在考證本來的讀法上著眼，而在創造新意義上致力。Craig
　　提議改為「like a bettering day」，意思是她的微笑和眼淚好像由下雨轉入晴朗的
　　一天，那時候陽光正在趕走雨雲；不過Craig自認這校改並不滿意。Daniel（Arden
　　本引）謂應作「like't a better way」：他解道，考黛蓮眼中含淚好像陽光裡下雨，
　　只是更要美妙些。Phelps之Yale本即從Daniel此解，唯未採他的校改而仍用四開
　　本原文。

7　Steevens謂原文「dropp'd」是珠寶鑽石匠用的一句術語：「drop」為古時項串上
　　的垂飾，項串以平頭鑽石穿成，上懸一珍珠墜子。至今耳璫仍名為「drops」，
　　即本此下垂之意。

8　Schmidt之《莎氏用字全典》謂原文「all」與「it」應互易了地位然後加以解釋，
　　見「become」項下第三條第三節。

9　原文「question」此處不作問話解，乃漫指會話而言。此係根據Steevens之詮釋，
　　Schmidt之《全典》亦作如是解。

那妙絕的[11] 雙睛早已被悲啼所潮潤[12]，

到這裡她便傾注出一汪清[13] 淚；

隨即走開去獨自去對付憂愁。

鏗德　　這是星宿們，我們頂上的星宿們，

主宰著我們的情性[14]；否則父母

全相同[15]，不能生這般相差的兒女，

自後你沒有跟她說過話？

近侍　　　　　　　　　　　　　沒有。

鏗德　　這是在國王回去以前嗎？

---

10 譯文從Steevens所釋，但Schmidt說，若從Capell改原文「Let pity not be believed!」底「pity」為「it」，則韻文底節奏和詩底意義都能改進。按Capell底校訂可譯為「別讓人相信有這樣的事！」。

11 Schmidt之《全典》釋原文「heavenly」為「supremely excellent」，譯文即據此。

12 原文「clamour moisten'd」大致有訛，Furness肯定為莎氏全部劇作中訛誤最多的一景裡的一個訛誤。校改與註釋的有十餘家之多，現僅選新集註本編者認為較堪注意的兩家說法。Capell以「moisten'd」與上文的「shook」並行，以「clamour」作它的賓詞。依此說法，這兩行可以這樣譯：

　　　　到這裡她那妙絕的雙眼便注出

　　　　一汪清淚，潮潤了她那陣悲啼。

Walker則作「clamour-moisten'd」，以之與上面的「heavenly」並行，為「eyes」底形容詞。譯文即本此說。

13 Schmidt之《莎氏用字全典》釋原文「holy」為「perfectly pure, immaculate」（純清無疵）。

14 根據Malone所註，此處「conditions」不作「情形」或「處境」或「身世」解，應訓為「情性、脾氣、本質」。

15 Johnson謂「self mate and mate」為「同一個丈夫和同一個妻子」，現達意如譯文。初版四開本作「self mate and make」，意同。

近侍　　　　　　　　　　　　不，在以後。

鏗德　　好罷，閣下，這可憐遭難的李爾王
　　　　如今在城裡；他偶然神志清明時
　　　　還記得我們是為什麼來，可不肯
　　　　見他的女兒。

近侍　　　　　　　　　為什麼，動問老兄？

鏗德　　一腔無上的慚愧擋著[16] 他：他自己
　　　　不存慈愛，對她已斲盡了親恩，
　　　　使她去逆受異邦底風雲變幻，
　　　　把她的名份反給了那兩個狼心
　　　　狗肺的[17] 女兒；這種種刺得他入骨
　　　　傷心，如焚的羞慚使他不肯去
　　　　面見考黛蓮。

近侍　　　　　　　　唉呀，可憐的老人家[18]！
　　　　你沒有聽說亞爾白尼和康華
　　　　進兵底消息嗎？

近侍　　　　　　　　　是的，他們動員了。

鏗德　　好罷，閣下，我帶你看我們的主上去，
　　　　留你在那邊侍候他。為重大的原因
　　　　我還得隱藏著一些時，等我透露出

16　Badham評原文「elbows」為不通。Wright解為「站在他臂膀（elbow）旁邊提
　　醒他過去的事情」。Schmidt說也許是「用臂膀將他推開去」。譯文採用此釋。

17　原意僅為「狗心的」，即殘忍不仁。

18　原文近侍稱國王為「poor gentleman」，頗費索解，姑大膽改譯為「老人家」。

真名的那時候，你不愁空勞結識我
這一場。請跟我同去罷。　　　　　〔同下。〕

第四景

　　佈景同前。一帳幕內。

　　旗鼓前導，考黛蓮，醫師，及眾士卒上場。

考黛蓮　　唉呀，是他。只剛纔還有人見過他，

　　　　　癲狂得像激怒了的大海，高聲歌唱著；

　　　　　又把叢生的玄胡索[1]和田間的野草，

1　Farren在他的《論瘋癲文集》(*Essays on Mania*, 1833) 裡告訴我們說，自此以下的一些植物都有苦、辛、辣、毒、濃烈、刺戟和麻醉的特性。所以李爾編就的這頂草冠，Farren說，非常能形容或微狀他害的是什麼病，甚至連病源和變化都和盤托了出來。他又說，把這些花草植物放在一起決不是偶然的。玄胡索或名延胡索 (fumitory)，Theobald等人底改正本作「fumiter」；Skeat之《英文字原字典》(*Etymological Dictionary of the English Language*) 謂晚期拉丁語作「fumus terrae」，意即「地煙」，形容它的滋生繁殖。Farren又說因它葉子奇苦，日爾曼大醫學家霍夫曼 (Friedrich Hoffmann, 1660-1742) 等搗葉汁以治憂鬱症及猜疑病。牛蒡底英名極混亂，最通行的Hanmer改正本從現代英語之「burdocks」，四開本原文作「hordocks」，初、二版對開本作「hardockes」，三、四版作「hardocks」，而Farmer, Steevens等作「harlocks」，此外異名尚多，但實際上恐係一物。Farren說「harlocks」有幾種，實上都密生芒刺，實可作芥末用。毒藥芹 (hemlock) 為聞名的毒草，Ellacombe說它臭味惡劣，其毒無比。聞名的原因是希臘大哲人蘇格拉底 (Socrates, 公曆紀元前469-339) 被雅典城 (Athens) 法官判為妖言惑眾，罰飲毒芹汁自盡。蕁麻 (nettles)，Farren云富於刺戟性，觸人皮膚作奇痛如焚。Ellacombe說蕁麻底纖維舊時曾作衣線用，又可織布，但切忌園中或田裡讓它生長，否則無法殲滅。稗穀 (darnels)，Farren謂性能醉人或麻醉人，故土名為「醉漢草」(drunkard grass)。Ellacombe云，莎氏當時一切

所有那牛蒡，毒藥芹，蕁麻，假麥，

杜鵑花，和養人的麥子裡蔓蕪的莠草，

都採來編成了草冠戴在頭上。——

派一連士兵出去；去搜遍每一畝

那麥子長得高高的田疇。找得他

引到我們眼前來。〔一軍官下〕——人間的醫藥[2]

怎麼樣纔能恢復他已喪的神志？

誰若將他救治好，我身外的所有

全給他作酬謝。

醫師　　　　　　　　還有救方[3]，娘娘；

他無非欠少了安眠，那原是我們

害草底普通名字都叫「稗穀」；它的害處，他又說，不但在阻塞小麥底生長，而且稗粒與麥粒混和時簡直無從分辨，所以在陶賽郡（Dorsetshire），說不定在旁處亦然，也叫作「拐子麥」（cheat）。杜鵑花（cuckooflowers），Beisly謂生於草原或澤地上，花作玫瑰紅，開在杜鵑鳥或布穀鳥啼春時，故名。Farren說古希臘羅馬人把它用來治療差不多所有的腦系病，至今藥劑書裡仍把它列在醫治痙攣，癲癇和其他神經及智能病的藥方裡。

2　Schmidt之《莎氏用字全典》訓原文「wisdom」為「science, knowledge」（學問，智識）。

3　Kellogg云：他這回答有極深長的意義，因為這裡已約略包括了現代科學所承認的幾乎是唯一的治瘋原則了，即現今最卓越的醫師也無非按了此理診治病者。這裡我們不見提起什麼鞭撻病者，畫符、念咒、傳鬼、請神等的伏魔治法，那些治法在莎氏當時就是最優秀的醫師也都不免公然地應用；我們也不見提起什麼用旋轉椅、使嘔吐、施瀉劑、淋大雨、放血、剃光頭、貼起泡膏藥等等的假科學治法，那樣的治療直到我們現在（Kellogg作書論此時在1866）也還有加在那班不幸者底身上的，簡直是醫學史上的笑柄底不滅的紀念碑。莎士比亞用這位醫師底口吻說話時，那種種無稽的診治法一概不提，只給了我們一條又單純，又眞實，又到處可以應用的原則。

人身底養料；要使他墮入沈酣，
卻儘有許多靈驗的藥草，服用了
便能把疾苦消弭[4]。

考黛蓮　　　　　　　　　這世間地上，
凡是能賜人健康的祕草[5]，你們
一切效用尚未經宣明的靈藥啊，
快跟我這雙流的眼淚一同榮長！
請你們幫同治癒這好人底慘痛！
去尋求，去爲他尋來；不然時生恐
那無從制止的[6] 狂怒，因沒有理智[7]
去引導，會斷送他的命。

　　　　　一信使上場。

信使　　　　　　　　　　　有消息，娘娘。
不列顛大軍正在向此間推進。

考黛蓮　知道了；我們準備著只等他們來。——
啊，親爹，我此來原是爲你的事；
因此法蘭西大王
也不忍見我流傷心和哀求[8] 的眼淚。

4　直譯原文當作「能使痛苦閉緊了眼睛」。

5　意即指上文所云「靈驗的藥草」裡的祕密的功能。為暢曉起見，下行「靈藥」
　字樣為譯者所增益；若據原意直譯，當作「所產的那尚未宣明的效用」。

6　從Delius訓，原文「ungoverned」為「ungovernable」。

7　原文「means」，Johnson箋解為「應當用來引導狂怒的那理智」。

8　原文「important」，Johnson及Schmidt都訓為「importunate」（迫切地要求的）。

我們這行軍，非誇誕的野心所刺激，

乃是愛，衷心的摯愛，和老父底權益；

但願馬上聽到他，看見他！　　　〔同下。〕

第五景

葛洛斯忒之堡邸內。
雷耿與奧士伐上場。

雷耿　　　　我姊丈底軍隊到底出動了沒有？
奧士伐　　　出動了，夫人。
雷耿　　　　他親自在那邊指揮嗎？
奧士伐　　　　　　　　　　　　　夫人，可費了
　　　　　　好大的麻煩。你姊姊倒是位比他
　　　　　　更要強的軍人，
雷耿　　　　藹特孟伯爵沒有到你主子家裡
　　　　　　跟他說過話嗎？
奧士伐　　　　　　　　　　沒有，夫人。
雷耿　　　　我姊姊給他的這信裡可有什麼事？
奧士伐　　　不知道，夫人。
雷耿　　　　說實話，他趕忙離了這裡有要事去。
　　　　　　最糊塗莫過於葛洛斯忒瞎了眼
　　　　　　還容他活下去；他足跡所至離盡了
　　　　　　我們的人心；藹特孟我想是去，
　　　　　　為可憐他受罪，去了結他永夜的餘生；
　　　　　　另外也為去探視敵方底實力。

奧士伐	我定得趕上他，夫人，送他這封信。
雷耿	我們的軍隊明天就開拔；你且
	耽在這裡罷。路上很危險。
奧士伐	我不能，
	夫人，主婦責我辦妥這事情。
雷耿	爲什麼她得寫信給藹特孟？你不能
	替她傳話不成？看來是，有些事，──
	我不知是什麼。我會對你很好的，──
	讓我打開信看看。
奧士伐	夫人，我還是不[1]──
雷耿	我知道你主婦並不愛她的丈夫；
	我深信她不愛；上回在這裡她對
	藹特孟貴爵一疊連的秋波脈脈，
	媚眼傳言。我知道你是她心腹。

1　Johnson註：我不懂為什麼莎士比亞給與這樣一個純粹的小人這麼多的忠誠。他現在拒絕了出賣這封信；隨後當臨死時又一心關切著要把它送達到藹特孟手裡。Verplanck註：莎氏在這裡並非在對我們宣傳平板的道學，卻無意中描繪出了我們人性中很可異但很普遍的一些矛盾的道德現狀。熱忱的、光明正大的、甚至犧牲自己的忠誠──有時是對一個首領，有時是在一黨、一派或一夥從黨裡邊──往往和美德良行並無關係，因為在達犯普通道德律的一般人中間，這樣的忠誠倒往往非常地強烈。人對上帝或對同類的情誼被峻拒或被遺忘時，即令最走投無路的心情也會抓住了一點點東西，以寄託它的天然的好群情緒，所以當它漸漸不見了高貴與真實的責任時，便會跟這個管家的一樣，愈衆愈變得對它自擇的主子底罪惡效忠起來了。這是人為的社會裡的許多道德現象之一。Johnson是個細心觀察社會的人，這現象又正在他觀察的範圍之內；我們奇怪的是他竟沒有看出奧士伐底性格正需要這樣纔顯得逼肖通真。

奥士伐　　　我，夫人？

雷耿　　　　我曉得所以說；你是她心腹；我知道。

　　　　　　所以讓我告訴你，聽我這句話[2]：

　　　　　　我丈夫已然去世；藹特孟和我

　　　　　　已有過商量；要嫁他我比你主婦

　　　　　　更外方便些；其餘的任你去推想。

　　　　　　你若見到他，請你把這個交給他[3]；

　　　　　　你主婦從你口裡聽到了如許時，

　　　　　　務必要請她識趣些，別癡心妄想[4]。

　　　　　　好罷，再會。

　　　　　　要是你湊巧聽到那瞎眼的逆賊時，

　　　　　　誰將他結果了，幸運[5]便落在誰身上。

2　原文「this note」，Johnson釋如譯文，但Delius說是一封信下面原文「give him this」他說也就是指這封信。

3　Capell提議她這裡授給他一隻戒指，但Grey主張只是傳口信而已，也不會如Delius所說的那樣是一封信，因為在下一景裡奥士伐被藹特所殺，檢查他口袋時只有一封信，而這封信分明是剛瑙烈寫給藹特孟的。White也說這是口信，但又說一件紀念品也是可能的。譯者以為雷耿託奥士伐帶給藹特孟的一定是一件無關緊要的東西：一封信底說法已經Grey駁掉；帶口信「要嫁他我比你主婦更外方便些」則恰同她自己的「藹特孟和我已有過商量」自相矛盾——既已「有過商量」怎麼又託她情敵底心腹帶此口信？那豈不是自露馬腳？而且他怎麼肯帶？至於戒指或紀念品，我認為也不妥當：無論如何她沒有理由託剛瑙烈底忠僕帶此不利於他主婦的事情。

4　Hudson謂雷耿底嚴冷、精明和透人骨髓的惡毒在這裡暴露得很清楚。原文「desire her call her wisdom to her」（要她用她的智慧）他說該這樣解：「讓她有法子想就去照辦，沒法子想就拉倒」。Moberly釋為「放棄一切對藹特孟的想念」。但我覺得譯文較上列二說與原意更吻合些。

奧士伐	但願我能碰到他，夫人！那時候
	我自會表示我跟那方面走。
雷耿	再會罷。　〔同下。〕

5　「preferment」一字在旁處往往解作「擢升高位」，但在此處宜訓為「幸運」，見
　　Schmidt之《莎氏用字全典》本字項下第二條。

第六景¹

多浮城附近之田畝間，
藹特加衣農夫服，導葛洛斯忒上場。

葛洛斯忒　　我什麼時候會到那山巖²頂上？
藹特加　　　你現在正在往上爬。瞧我們多辛苦。
葛洛斯忒　　我覺得地上是平的。
藹特加　　　　　　　　　陡得可怕。
　　　　　　你聽，可聽見那海？
葛洛斯忒　　　　　　　　真的沒有。
藹特加　　　你別的官能，爲了你眼睛底慘痛
　　　　　　也都變得不靈了。
葛洛斯忒　　　　　　　也許真是的；
　　　　　　我覺得你口音改了，便是說話時
　　　　　　措辭和用意也比先前都好些。
藹特加　　　你完全聽錯了。只除了我穿的衣服，
　　　　　　我毫無更改。

1　Johnson謂本景情節與治癒葛洛斯忒絕望的策略係全部借自薛特尼之《雅臚地》
　　者。但細按薛特尼書中的「拍夫拉高尼亞國王之故事」與本景情節只大致相似，
　　並不盡同，至於藹特加治癒葛洛斯忒絕望的策略，《雅臚地》裡卻完全沒有。
2　Delius註，這「山巖」即本幕第一景景末註23處葛洛斯忒所說的那「懸崖」。

葛洛斯忒	我覺得你說話好了些。
藹特加	來罷，老爺這裡就是了。站定著。
	這麼樣[3] 低頭[4] 下望真可怕得暈人[5]！

3　Johnson評註云：這段描寫自愛迭孫（Joseph Addison, 1672-1719）以來很受人
　讚賞，愛迭孫曾有過一句不很成功的諧謔，說「誰讀了它能不覺得頭暈的準有
　個很好的頭，或很不好的頭」。這段描寫當然不算壞，但我以為跟詩底精妙純
　粹的境界還相差得很遠。一個人在一座巉巖上憑高俯瞰，往往會被一片廣漠驚
　人到無可抗拒的毀滅感所侵襲。可是只要我們的心神能夠喘息稍定，能觀察到
　一些微末的關節，能在明白清楚的瑣事上面將注意力分化開去的時候，那層勢
　不可當的感覺便會馬上變得散漫無力。作者這樣子列舉了老鴉與烏鴉，採海
　茴香的人與漁夫們，這樣子在那崖頂與山腳間的空虛裡歷歷安置下了人物，也
　就等於阻遏著讀者或聽者底那種穿過空虛及恐怖而沈沈隕落的感覺，結果就會
　把我們眼前的景色所給的那大印象消減不少。Mason指出藹特加所描摹的乃是
　一座想像中的巉巖，他並不像一個真在巉巖邊上的人一樣，毋須被那可怕的大
　毀滅所壓迫。Eccles則謂藹特加所以要列舉這些細關末節，無非為使他哄騙他
　父親的語氣像真。Knight批駁Johnson底評註說：在約翰蓀博士底批評裡，我們
　很可以看出他的心性，和他那時代對於詩的趣味。韋茲渥斯（William
　Wordsworth, 1770-1850）在他詩集底再版序裡已經很清楚地指出，那一類批評
　底根本錯誤是在奉意義空泛的大字眼為圭臬，認為那是唯一適當的詩底文字，
　而把單純清楚的文字，「不論安排得怎樣天然，又怎樣切合於韻文底規律」，反
　認為是散文底文字。約翰蓀不喜歡觀察詳細的關節，不肯去注意各個事物，那
　是他個人底愛齔和當時文壇底習尚。……藹特加描摹那巉巖底方式是專為給失
　明的葛洛斯忒聽的。老鴉和烏鴉，採海茴香的人，漁夫，船隻，能見而不能聞
　的海浪──他列舉的每一件人物，都是選來給他父親作估量山巖高度的標準用
　的。若把各別的描摹化為籠統的形容，至少那戲劇上的適當性會被整個地破壞
　掉。山巖底高度若僅憑一個領路人模糊地斷言，那麼，在葛洛斯忒心中也就只
　是一片浮薄的意象而已。葛洛斯忒也許能聽信那領路的人，但決不會聽信得這
　麼樣真切如見，可以約略估量出那險峭底程度。約翰蓀認為這是莎氏文章底欠
　缺處，原來正是它富於戲劇性的所在。我們毫不猶豫說，這所謂欠缺處就在詩
　底美質上也是超凡出眾的。Knight又說，有人向他說那山巖在潮水最漲時高出
　水面只313英呎。可見這只是一座想像中的危崖，並非實指某一石壁而言。參

老鴰和烏鴉展翅在下方的半空中
還不如甲蟲一般大。採海茴香[6]的人
空懸在崖半的中途好驚心的行業！
我覺得他全身大小只及到他的頭。
漁夫們行走在灘頭像鼹鼠在匍匐；
那邊拋著錨的那三桅的高舟縮成了
它尾後的小艇；那小艇成了個小得
幾乎看不見的浮標。吟哦的海浪
在無數空勞的[7]亂石間逞狂使暴，
但在這巉巖底[8]高處卻不能聞見。
我不想再望了，不然怕眼亂頭昏，
一失足會翻身滾落這萬仞的危崖[9]。

閱本幕第一景註22内Rolfe之註。

4　直譯當作「注目」。

5　直譯原意為「多可怕，多暈人！」，但嫌太碎。

6　Tollet引Smith氏之《渥忒福地方志》（History of Waterford, 1774）云：在本地海邊的巖石上海茴香產得很多；看人採集它真是可怕，用一條索子從巖石頂上掛下去好幾噚，危危欲墮，彷彿臨空的一樣。Malone註，這個人不是莎士比亞想像中的人物，因為採集海茴香實際上是當時一種普通的行業，常有小販帶著它在街上叫賣；這一類植物當時通作酸菜用，而採集它的要算多浮海邊巖石上為特別多。Beisly云：此類植物底學名為「Crithmum maritimum」，通常叫作「聖彼得草」（St. Peter's Herb）或「海茴香」（Sea-fennel），叢生於海邊石上，七、八、九月開花，花作暗黃，葉粉綠色，細長而多肉，很香，嫩葉浸在醋裡可作酸菜。它不生在海水浸到的地方；莎氏注意及此，所以說它生在崖半的中途。

7　Warburton訓「idle」為「不毛的」；譯文從Eccles所釋。

8　此為譯者所增之語。

9　原文「Topple down headlong」字面上的意義僅為「（使我）倒身翻落」，但聲音

葛洛斯忒	讓我站在你那裡。
藹特加	把手伸給我。
	現在你跟那邊沿只一呎底相距。
	什麼都可以，我可不願往上跳[10]。
葛洛斯忒	你放手。這裡，朋友，還有個錢包；
	這包裡一顆寶石很值得窮苦人
	到手。但願神仙和天神們使你
	得了它亨通順遂！你走遠一點；
	跟我說過了再會，讓我聽你走。
藹特加	再會了，善心的老爺。
葛洛斯忒	我一心祝你好。
藹特加	〔旁白〕我把他的絕望兒戲到如此，都爲要
	把它治好。
葛洛斯忒	〔下跪〕威力無邊的天神們！
	我要長辭這塵世，在你們眼前，
	鎮定著神魂，抖掉我這場奇禍；
	我若能忍受得長久些，不跟你們那

上的意義則頗難傳達，因作如譯文以資補救。可是譯文失之冗長，又用了一個
形容詞；不過這缺陷是無法彌補的了。

10 Warburton問，往上或向上跳有什麼危險？一個人這樣一跳，他說，下地時還是
站在原處；所以他改原文「upright」爲「outright」（往外），要這樣那個人纔準
會墮下危崖。Heath及Mason都主張維持原文，說那是在形容崖石底峭險和藹特
加如何逼近那邊沿；若作「往外跳」便沒有意義了。Malone說得妙：要是Warburton
在修改莎氏這些戲曲之前在一座危崖邊一呎之內往上試跳一下，恐怕這世上就
不會有他那番苦功留下來了。

不可抗的[11] 意志衝撞，這可惡的風燭

餘生也總有那麼一天會燃盡，

藹特加若還活著，啊，祝福他！——

好罷，人兒，祝你好。

藹特加　　　　　　　　　　我去了，老爺；再見。

〔葛洛斯忒仆地。〕

〔旁白〕但生命既自願[12] 被盜，我不知想像

會不會順手把它那寶藏盜走。

他若去到了他想去的巖邊，這下子

便會使得他永遠不能去再想。

還活著沒有——喂，先生！朋友！

聽著，先生，說話啊！——〔旁白〕也許他果真

這麼樣死了[13]；但還能甦醒過來。——

你是什麼人，先生？

葛洛斯忒　　　　　　　　走開，讓我死。

藹特加　　　只除非是空中的遊絲，羽毛，或空氣，

這麼一嘸又一嘸地從高而降[14]，

11　Abbott之《莎氏文法》第411條謂語尾「-less」作「not able to be」（不能、無法）
　　解；故此處「opposeless」訓為「irresistible」（不能抵抗的）。

12　Hudson謂這裡的「how」有「whether」或「but that」之勢，譯文即據此。這兩
　　行底大意是說：像他這樣既然一心要自殺，也許不待事實上的跳崖，也許這樣
　　子在想像中跳一次崖就會死去。

13　從Johnson所釋，Hudson謂此語語意緊接上文之「想像會不會把它那寶藏劫走。」

14　原文語意僅為「往下掉這麼多嘸」，但聲音上的意義卻並不這樣簡單：
　　「precipitating」一字底言外之意絕不是面目全非的另一種文字所能輕易道出。

　　　　　你怎樣也得雞卵般碎成萬片；
　　　　　可是你還能呼吸，有重量，有東西；
　　　　　不流血；還會說話；又安全無恙。
　　　　　首尾相銜接的[15] 十柱船桅，還不抵
　　　　　你從高直掉下地來的這樣高遠；
　　　　　你還活著真是個奇蹟。再說句話。

葛洛斯忒　　但是我當真摔了沒有？

藹特加　　　從這可怕的白堊岩的邊山[16] 絕頂上
　　　　　掉下來！向上望；那高歌的雲雀遠到
　　　　　連這裡不見又不聞；你只要向上望。

葛洛斯忒　　唉呀，我沒有眼睛。
　　　　　人到了悲慘底絕境時，難道用自盡
　　　　　來解脫那悲慘的權利也不讓享有？
　　　　　但悲慘若能騙住了暴君底暴怒，
　　　　　阻撓他驕強的意志，那倒也未始
　　　　　不是慰人之處。

藹特加　　　　　　　　　把手臂伸給我。
　　　　　起來；對了。怎麼樣？還覺得你的腿？
　　　　　倒還站得住。

葛洛斯忒　　　　　　　站得太穩了，太穩了。

15　原文「at each」有不少註家修改它，其實並無修改底必要；譯文從Dyce所釋。
　　此語雖不合現代英文底習慣，看來似覺異樣，但在莎氏其他作品中有相同的例
　　子可循，Schmidt曾舉一例證其無誤。

16　Knight訓「bourn」為「邊界」，謂指英、法二邦之交毗。

藹特加	這事情實在太奇了。在山巖頂上
	纔跟你分手的是個什麼東西？
葛洛斯忒	那是一個窮苦不幸的乞丐。
藹特加	我站在這下邊，只見他雙目炯炯，
	像兩輪滿月；他有一千個鼻子，
	頭頂上高隆的觭角凹凸交錯[17]，
	好比是生峰的[18] 海面。那是個惡魔；
	因此，你這位受神明護佑的老丈，
	懷念著那班清明無比的[19] 神靈吧，
	他們的光榮乃在把凡人無力
	做到的做到[20]，你全靠他們搭救。
葛洛斯忒	我現在記得了。我從此要忍受奇慘，
	直到它自己叫「夠了，夠了，」然後死。
	你說起的那東西，我當作人；它常說
	「惡鬼，惡鬼；」它領我爬上那巖巔。
藹特加	你得心神鎮定些，自在些[21]。——誰來了？

---

17 「waved」，Schmidt之《莎氏用字全典》釋為「indented」（凹凸交錯、犬牙形的）。

18 譯文依大多數的版本，用四開本之「enridged」。列版對開本都作「enraged」（激怒的）。

19 Theobald釋原文「clearest」為「處事公開而正直」。Johnson解為「最清純的，最不受罪惡所汙損的」。Capell訓為「明鑑的」，謂與葛洛斯忒底不辨良奸因而致禍成對比之意。Schmidt說「bright, pure, glorius」（光亮，清純與光華）三層意義都包括在這「clear」（清明）一字裡頭。

20 從Capell之箋註。

21 Schmidt云，原文「free」指身心都不為任何病痛與煩惱所擾，有健全、快樂、

> 　　　　李爾上場，身上亂插野花[22]。

> 神志清明的決不會這般裝束。

李爾　　　不，他們不能碰我，說我私鑄錢幣。我自己就是國王。

藹特加　　啊，這模樣好不刺人底心肺！

李爾　　　在那件[23] 事情上造化可勝過了人為[24]。——這是你們的恩餉[25]。——那傢伙彎弓的模樣活像個趕老鴰的草人[26]。——跟我放一枝碼箭[27] 出去。——瞧，

　　放心、不關懷諸意。

22　此導演辭內野花字樣為Theobald所增。

23　Capell註：李爾這段瘋話是因為想起了他在位時的操作而發的，那操作便是指戰爭和戰爭底附屬事物；他有時在募兵，有時在開戰，又有時在操練弓弩手，看他們演習；從前曾有人以為他這瘋話裡也提到放鷹，下文的「鳥」即是指鷹；但現在我們懂得了，「鳥」是指箭，「飛得好」是射得好的意思，因為那「鳥」是飛到靶眼上去的。

24　Schmidt釋此語云：李爾底意思是說一位天生的國王決不能失掉他自然的或天賦的權利。

25　從Douce。

26　Furness及Douce都釋原文「crow-keeper」為被僱專在田裡驅逐烏鴉的人，Schmidt之《全典》亦作如是解。Onions則除前意外亦訓為「scare-crow」（立在田裡嚇烏鴉的草人）。我覺得後一個意思更合理，因為很可笑；至於趕老鴰的長工，假使有的話，站在田疇間並無固定的姿勢，而且老鴰是防不勝防的。

27　Furness新集本上說，自Steevens以下有好多校刊家都以為原文「a clothier's yard」是指《鉛韋之獵》（Chevy Chase）裡的「An arrow that was a clothyard long」而言。譯者按〈鉛韋之獵〉為一著名的英蘇邊界歌謠，收在很通行的Arthur Quiller-Couch之《牛津歌謠選》（The Oxford Book of Ballads）第二卷第六輯裡；上引歌詞是那首民歌第二段第四十二闋底第一行。Phelps引著Stewart所論原文「clothier's yard」（衣莊一碼箭）一語云：所謂「衣莊一碼箭」並不跟某種量長

瞧，一隻小耗子！別做聲，別做聲；這一塊烤奶酪
就行了。——那是我的鐵手套[28]；待我用它來向一
個巨人挑戰，——將長戟隊[29] 帶上前來。——啊，
飛得好，鳥兒[30]！恰在靶眼上，恰在靶眼上！
Hewgh！——叫口令[31]。

藹特加　香薄荷。

李爾　過去。

葛洛斯忒　那聲音我認得出來。

李爾　嚇！剛瑙烈，——有一把白鬍子[32]！——以前他們

短的標準碼尺有什麼關係，乃是指手臂向旁伸直時從鼻尖到大指尖那中間的距
離。一個能放「衣莊一碼箭」的弓箭手，箭尾在他鼻子前面時，有力量把他的
弓拉出一臂長。……一個身材魁梧脊力合格的弓箭手一定得有這樣長的箭，能
這麼用法。為行文簡短起見，譯「碼箭」。

28　歐洲中世紀風俗，一個騎士向另一個騎士挑戰時就把他的鐵手套當著對手往地
下一擲，對手若接受他這挑戰便把那鐵手套撿起來。怪大漢或巨人為古時神話
傳說中的人物。

29　「brown bills」為十六、七世紀英國步兵用的一種戟。原文作「戟隊」解，因
「bring up」為「引上或帶領前來」——見Schmidt之《全典》「bring up」項下
第一條。

30　Heath及Capell都說原文「bird」（鳥兒）隱喻著箭；見本景前註23。Warburton
逕改「bird」為「barb」（羽箭）。但Douce與Steevens主張李爾說的是擒捕小野
味的鷹，因「well flown」（飛得好）是放鷹術裡一句很普通的習用語。「Hewgh!」
則為模倣箭鏃飛過時的噓哨聲。

31　Johnson註，李爾自以為在一個要塞或戒嚴地帶裡，所以在藹特加通過之前他要
他叫通行口令。

32　Halliwell要我們看第二幕第四景正文註60後面的「你對著這鬍鬚不羞嗎？」那
「鬍鬚」，他說，就是這裡的「白鬍子」；所以這裡也就是責備剛瑙烈慘無人道
的意思。

狗似地奉承我，告訴我說，我還沒有黑鬍子就跟長
了白鬍子的一般通達事理[33]。他們口口聲聲應答我
「是」和「不是」[34]！那樣的應答可也不是敬神之
道[35]。有一回大雨濕透了我，風刮得我牙齒打磕；
我叫停住了打雷，雷聲可不聽我的話；那回子我就
把他們看穿了，看透了他們的本相[36]。滾蛋，他們
不是他們自稱的那種人；他們告訴我我高過一切；
那是在撒謊，我還免不掉打寒顫呢。

---

33 直譯原文作「告我說，我沒有黑鬍子先有白鬍子」。譯文從Capell所釋義。

34 Pye說，李爾說了什麼他們回答他「是」同時又回答他「不是」，不成其為奉承。Pye有個朋友向他提議一個很巧妙的讀法：把「too」改為「to」，動一下原文底標點，就講得通了。那兩句併成一句的讀法譯成中文可作：「我說『是』，他們也說『是』，我說『不是』，他們也說『不是』，可不是敬神之道」。White採用這個讀法。譯者覺得Pye太咬文嚼字。實際上莎士比亞並不是這樣一個呆板的文法學家。Singer這也許是說，李爾說「是」，他們也說「是」；李爾說「不是」，他們也說「不是」；但更許是說他們口是而心非，李爾說「是」時，他們為奉承他起見也說「是」，但他們心裡在偷偷地說「不是」，反之亦然。Cowden Clarke謂此「是」與「不是」有無可無不可之意，說那班脅肩諂笑的朝臣們極善於伺機察色，望風轉舵。

35 Moberly云，此語係隱指《聖經新約》保羅〈致哥林多人後書〉，第一章第十八、十九節（Corinthians, part II, ch. i, 18-19）裡的「我指著信實的上帝說，我們向你們所傳的道，並沒有是而又非的。因為我和西拉，並提摩太，在你們中間所傳上帝的兒子耶穌基督，總沒有是而又非的，在他只有一是」（用上海美華聖經會官話和合本譯文）。原文「divinity」，Schmidt之《全典》不釋為「敬神之道」而釋為「theology」（神學）。Phelps引Stewart之箋註云：一個人全憑他自己的利益而定他意見底可否，就乾脆是個撒謊者；撒謊可不是什麼好的敬神之道。

36 直譯可作「嗅出了他們的本味來」。

葛洛斯忒　那說話的音調我記得十分清楚。

可不是國王嗎？

李爾　　　　　　　　　對了，週身是國王[37]。

我只要一瞪眼，那百姓[38] 便多麼發抖。——

我饒赦了那個人底命。——你犯了什麼罪？

是姦淫？

你不該死罪；為姦淫而死？用不到；

鷦鷯也在那裡犯，細小的金蒼蠅

就在我眼前宣淫，

讓交媾儘管去盛行；葛洛斯忒底私生兒，

還比我合法的牀褥間所生的女兒們，

對父親要比較地親愛。

去罷，淫亂，去胡幹罷！因為我缺少兵，

瞧那邊那裝腔憨笑的婆娘，

她的臉[39] 顯得她腿叉[40] 裡有雪樣的貞操，

她假裝清貞潔白[41]，一聽見提起

尋歡作樂就搖頭，——

37　原意「寸寸都是個國王」。

38　Walker說，這「百姓」是百姓底總稱，並不指定某一人。

39　原文「between her forks」，Edwards謂按文意上自然的結構，當在「snow」之後。譯文即本此。

40　Warburton解「forks」為叉開手指遮著臉，假作含羞之態。Jourdain亦作如是解。Furness認為錯誤，但不好意思明說是什麼。

41　Staunton釋原意為「假裝清貞底羞懦」。

野娼婦[42]，或是放青的[43] 馬，幹起那營生來

不比她更外浪得滋味好。

從腰部以下她們簡直是馬怪[44]，

雖然上身完全是女人；

到腰帶為止[45] 她們歸天神們所有[46]，

下身全屬於眾鬼魔[47]；

那兒是地獄，是黑暗，是硫黃的深坑，

在燃燒，在沸滾，惡臭，潰爛；噦，噦，噦！呸，

呸！——給我一磅麝香；藥鋪裡的大掌櫃，把我的

---

42 Dyce之《莎氏字彙》訓「fitchew」為黃鼠狼，又謂此字此處作俚俗語用，意即如譯文。

43 Heath註，「soiled」者春天放馬出去吃新春早草之意，這樣放青能把馬底內部滌除乾淨，使牠充滿血液。

44 「Centaurs」為希臘神話中半上人身下半馬身之怪物，極粗獷淫亂。

45 Ingleby致Furness函內引《英國底虛榮：或天責華服》（*England's Vanity: or the Voice of God against ...... Pride in Dress*, 1683）一書云：「很早的時候，在教會底許多邪說裡，就有一支派，叫做the Paterniani，也許就是那醜陋的『唯智講道會』（the Gnostics, 應用波斯、希臘之神學哲學以說明基督教教理之宗教哲學派）底卵子；他們認為人身上部確為上帝所造，但自腰帶以下，卻是魔鬼造的；他們很自鳴得意，以為因此就可以自由處置魔鬼所造的他們的那一部分身體，只要把餘下來的部分留給上帝就行了」。

46 譯原文「inherit」為「所有」，見Schmidt之《全典》本字項下第二條。

47 Malone及Knight都懷疑以上這段話作者本意是否要它有音組。Singer謂此段文字節奏太整齊了，不能僅把它當作散文，但若說它是史詩或敘事詩底音組，倒不如說它是抒情詩底音組更適當些。White云：說不定後面這一段是幾行殘破的無韻體；稍稍改動一下，全段文字就很能安排成完整的五重音的無韻體韻文。Abbott在他的《莎氏文法》第五一一節裡說，高過一切的熱情，像這裡，和《奧賽羅》第四幕第一景三十四至四十四行間的狂癲，是用散文來表現的。

想像弄香它；這兒有錢給你。

葛洛斯忒　啊，讓我吻一吻那隻手！

李爾　　　先讓我擦一下；那上面嗅得出塵凡底氣息。

葛洛斯忒　啊，殘毀不完的萬民底楷範[48]！

　　　　　這廣大的宇宙[49]竟會這麼破碎。——

　　　　　你認識我嗎？

李爾　　　你那雙眼睛我很記得。你在瞟我不是？不行，瞎眼
　　　　　的小蔻璧[50]，隨你去搗多兒的亂；我可不會再去愛
　　　　　了。你念念這封挑戰書；只用仔細瞧它那筆法[51]。

葛洛斯忒　即使你字字是太陽，我也看不見。

藹特加　　〔旁白〕我不願聽信傳聞[52]；但果真[53]是如此，

48　原文「piece of nature」，Schmidt謂「piece」當作「model」（典範、模楷）解。
　　若然，則「nature」一字應歸入Schmidt《全典》本字項下第三條，作「人身體
　　上與道德上的機構」解。說李爾在身體上與道德上為模範或典式；當然就等於
　　說他是萬眾人在這兩方面的典範了，故曰「萬民底楷範」。

49　Furness說，這大概是指占星術士所謂維繫「人」底「小世界」與「天地」那個
　　「大世界間的連索而言。見第三幕第一景註4。

50　羅馬神話，蔻璧（Cupid，相當於希臘神話中的Eros）相傳為一小童神，眼睛被
　　蒙住，手攜弓矢；凡間男女一被其箭鏃射入心中，無不盲目相愛，永不衰替。
　　這句話底言外之意想必是：「無論如何我決不再愛什麼女人了，以免戀愛成功，
　　將來再生出那樣的女兒來，反叫自己受罪。」

51　Schmidt之《全典》釋「penning」為「style」（風格），不知係指字體抑文章風
　　格，姑譯為「筆法」。

52　Staunton認為此處文義不明。藹特加不願聽信傳聞的是什麼事？他準已曉得他
　　父親瞎了眼；因為在前一景裡已經提起過。我們也許可以猜想，那是他見李爾
　　拿出了一張緝殺葛洛斯忒的告示。Cowden Clarke則謂藹特加看見不願相信的
　　是：他那瞎眼的父親與癲狂的國王彼此相見時的那種慘不可言的情狀。Delius

我的心便不免片片地在碎。

李爾　　　你念。

葛洛斯忒　　什麼，用我這眼眶[54] 念嗎？

李爾　　　啊哈，咱們成了一夥兒了嗎[55]？你頭上沒有眼睛，錢包裡也沒有錢，是不是？你的眼睛只剩個框，你的錢包輕得發慌[56]；可是你還瞧得明白這世界是怎麼一回事。

葛洛斯忒　　我心裡明白出來[57]。

信這是在說李爾底情景。

53　在音律上這裡的「is」應讀重音，故譯為「果真是」。

54　四開對開各本都作「the case」；Rowe改為「this case」，從這讀法的有Pope，Capell等多家；唯現代善本仍遵原本。Jennens箋云：我沒有了眼睛，你要我用眼眶念嗎？

55　文「are you there with me?」Wright訓「is that what you mean?」（你是那個意思嗎？）。Wright引莎氏喜劇《隨你喜歡》（As You Like It, 1599-1600，可譯為《聽隨尊便》；有人譯為《如願》，誤，——按原劇釋題詳Furness之新集註本）第五幕第二景三十二行底解作「I know what you mean」（我知道你什麼意思）的「I know where you are」作為佐證。但譯者認為這例子與本句至多只在行文上有些近似，用意卻絕不相同；所以若一定要說彼此用意亦近似的話，本句只能亦只應解作「do you get me?」（你懂得我的意思嗎？）或「do you agree with me on that point?」（我們在那上頭是同意的嗎？），可是實際上彼此用意我認為完全不同：無論如何，Wright底或修正了的Wright底解釋，我覺得都跟上下文語氣不緊湊，不密接。從各方面看，最謹嚴合理的解釋應如譯文，意即「你跟我一樣，也倒了楣嗎？」

56　直譯本句當作「你的眼睛在悲痛（沈重）的情形中，你的錢包在輕鬆（愉快）的情形中」。但這裡的「case」（情形）與上文的「case」（眼眶）間那層雙關卻無法依樣譯出。李爾以國君之尊，至此竟降到跟他自己的宮庭弄臣一樣，真是慘極。

57　原文「feelingly」亦有雙關之巧。Moberly云葛洛斯忒說，這世界究竟是怎麼一

李爾	什麼你瘋了？一個人沒有眼睛也看得出這世界是怎麼回事，用你的耳朵去瞧；瞧那兒那法官對一個笨傢伙的[58] 小偷罵得多厲害。聽著，聽進去；換亂了地位，混一混你猜[59]，那一個是法官，那一個是賊？你可見過一個種地的養的狗對一個叫化的直咬嗎？
葛洛斯忒	見過王上。
李爾	那傢伙可逃開那條狗？那上面你可以瞧見那活龍活現的所謂權力[60]；一條狗當了權，人也得服從牠，——

你這壞蛋的公差，停住了毒手！
你爲什麼要揮鞭毒打那娼家？
露出你自己的背來捱；熱剌剌
你只想跟她幹那椿好事，卻又爲
那事鞭打她。放印子錢的要絞死騙錢的。
大罪惡原來都在襤褸的衣衫裡
顯出來[61]：重裘和寬袍掩蓋著一切。

回事，他內心能深切地感覺到；李爾誤以爲他在說他已沒有眼睛，所以只能在心中感覺到——因問他「什麼，你瘋了？……」，除此而外，原文「see」字底兩層意思，「看」與「知道」，亦難於譯文中用同一語法達恰當。

58 從Schmidt《全典》形容詞「simple」項下第五條所釋本字義。

59 Malone註，「handy-dandy」是小孩子玩的一種遊戲，先將兩手蓋著一件小東西搖幾搖，然後握住了兩手分開，讓另一個孩子猜那一隻手裡有東西，那一隻沒有。

60 直譯原意當爲「權力底代表者」或「權力底象徵」。

61 從對開本原文，Furness解爲「從破衣服裡看進去，一切的罪惡都顯得很大」。

罪孽披上了金板鎧[62]，把法律底長鎗

戳斷了也休想傷得它分毫；披上了

破衣爿，矮虜使一根柴草便穿透它。

沒有人犯罪，沒有人，我說，沒有人；

有我來作保；信我這句話，朋友，

我自有權能去封閉告訴人底嘴[63]。

你去裝一副玻璃的眼珠，像一位

卑污的政客一般，假裝看見你

不看見的東西。——好罷，好罷，好罷。

脫掉我的靴；用勁，用勁，對了。

藹特加　〔旁白〕清明的思路裡糾纏著胡思亂想[64]！

啊，瘋癲裡可又有理性！

李爾　你若要為我的命運哭泣，把我

這雙眼睛拿去使。我們倆夠熟的了；

你名叫葛洛斯忒。你一定得忍耐；

我們當初都是哭著到這裡來。

你知道，我們最初次嗅到這空氣，

都呱呱地哭泣。我要對你傳道；

---

62 Cowden Clarke謂「plate」為「披掛板鎧」。據此則直譯全句應作「使罪孽披掛鐵板鎧似的鍍上了金」，但嫌辭費。

63 原意為「嘴脣」。

64 原文「impertinency」，Douce謂僅指與本題不生關係的言語思想，並不含貶責或指摘之意。這個字，他說，到十七世紀中葉之後，纔寓有「莽撞」或「無禮」等意義，至於用來說婦人小子「無恥」或「放刁」則更在往後許多時候。

你聽著。

葛洛斯忒　　　　唉呀，唉呀，好慘啊！

李爾　　　　我們初生時，我們哭的是自己
　　　　來到了這傻瓜們登場扮演的大戲臺。
　　　　這是頂上好的氈帽[65]；成隊的馬匹，
　　　　蹄底下都給釘上了毛氈的軟底[66]，
　　　　真是個神機妙策。我來試試看；
　　　　等我悄悄地趕上了這些女婿們，

65　Capell註云：李爾底瘋癲到這裡已改變了狀態；他靜了，顯得有了一點理性；他認識葛洛斯忒，看得出他的情景；叫他要鎮靜；……說要對他「傳道」；於是他規規矩矩站成一個牧師傳道的姿勢，脫了帽子。說了沒有幾句話，他神志又亂了；那帽子引起了他的注意，跟著另一串思想又發了火：「This a good block?」（這是頂好帽子？）是注視著那帽子時說的；緊接著因為望到他的帽子底「氈」，又聯想起氈底用途。Steevens及Rushton自莎氏同代作家中舉例，說「block」一字在當時有「帽頂」（除去了邊的帽子）、「帽子」（連邊都在內的整隻帽子）或「帽型」（製帽用的木型）三種不同的解法。Collier斷「block」為印誤，因為在本幕第四景裡我們聽說李爾戴的是野花野草編成的圓環；他猜測本字應為「plot」（計謀），因二字發言略近似，容易聽錯。若依此說，則本語當譯為「這是個上好的計謀」。Furness對Capell底箋註不很滿意，雖然大多數的校刊家都從Capell所釋。他覺得李爾戴著一頂氈帽至少使人看了很不舒服，別的且不說。他提議或者解「block」為「木砧頭」，它最普通的意義，較為妥當。在美國名伶蒲士（E. T. Booth）底《舞臺提示錄》裡，這裡有這樣一句導演辭：「李爾脫掉居任（Curan）底帽子」。Furness認為李爾這樣做確是要比脫掉他自己的帽子好些。

66　Malone說，這個「神機妙策」事實上在莎氏降生五十年前已有過。在赫伯脫男爵（Edward Lord Herbert, 1583-1648）底《亨利八世傳》（Life of Henry the Eighth, 1649）裡，據說「瑪格蘭貴婦，……安排一個很出奇的『馬上比武』（juste）；比武場是一所大廳事，高出平地不少步級，鋪著大理石似的黑色方石；為免除滑倒起見，馬蹄上都套著氈鞋；比武過後，那班貴婦們便徹夜跳舞」。

就殺，殺，殺，殺，殺[67]！

　　　　一近侍率僕從數人上場。

近侍　　啊，他在這裡；拉住他。——王上，
　　　　你的最親愛的女兒——

李爾　　沒有人來救？什麼，變成了囚犯？
　　　　我簡直是生成的胚子要給命運
　　　　所捉弄[68]，好好待我罷；你們改天
　　　　自會到手我這份贖身的買命錢。
　　　　跟我找幾位外科醫師來；我已給
　　　　切進了腦子裡去[69]。

近侍　　　　　　　　　你要什麼都行。

李爾　　沒有幫手[70] 嗎？光是我一個人？哦，
　　　　一個人底眼睛用作了澆花的水罐，
　　　　又用來灑落那秋風揚起的灰塵[71]，
　　　　那人兒便會弄成一個淚人兒[72]。

近侍　　大王在上，[71]——

67　Malone：這是從前英國步軍衝鋒時喊陣的口號，跟我們中國自古以來的完全一
　　樣。

68　從Walker所釋義。

69　Cowden Clarke說，「脫掉我的靴；用勁，用勁」，表明李爾腳裡血脈阻滯，這病
　　狀與腦筋受傷有密切的關係；而這裡的「我已給切進腦子裡去」，恰好表明他
　　頭腦裡殷殷作痛，使我們起非常的同情。譯者按，這未免有點會曲解吧。

70　或指決鬥時的副手。兩人決鬥，各請摯友一兩人充副手，在場照顧一切。

71　此二行對開本佚。

72　原文「a man of salt」；本Malone之註釋。

李爾	我要死得勇敢，像一位衣裳 齊整的新郎，什麼！我要很高興。 算了，算了，我是一位國王， 我的主子們，你們知道了沒有？
近侍	您是位明哲的聖君，我們都奉命。
李爾	那就還有一線希望[73]。來罷，你們要抓它，可要跑 得快纔抓得到。「沙沙，沙，沙。」[74]

〔急奔下；從者後隨。〕

近侍	最卑微的可憐蟲降到了這般情景 也非常動人底憐憫，更何況是君王！ 那兩個女兒把你的身心坑進了 整個的人間地獄[75]，多虧這一位 又把你重復濟渡了回來。
藹特加	您好，大先生。
近侍	祝福你，老兄；什麼事？
藹特加	先生，您可聽說過快要打仗嗎？
近侍	聽說之至，並且誰都知道； 只要辨得出聲音的，誰都聽說過。
藹特加	要勞駕動問，對方底軍隊多近了？

71　同前註71。

73　Johnson訓原文「there's life in't」為「這事情還沒有絕望」。

74　Hudson謂「Sa, sa, sa, sa.」也許是用來表示李爾逃跑時的喘息聲。Stark則謂李爾歌舞跳躍而逃，這算是他的歌聲。不知孰是。

75　原文「general curse」意即「整個兒該咀咒的情形」或「完全的災殃」。

近侍	很近了，且正在疾進；那大軍快隨時 都能瞭望到[76]。
藹特加	多謝您，先生；這就夠了。
近侍	雖然王后因特別的原因在這裡， 她的兵可開上前去了。
藹特加	勞您駕，先生。〔近侍下。〕
葛洛斯忒	常存惻隱的天神們，停止我的呼吸； 別讓附在我身上的惡精靈[77]，在你們 願我去世前，重復引誘我自盡！
藹特加	禱告得好，老丈[78]。
葛洛斯忒	這位仁善的君子，你是什麼人？
藹特加	一個最可憐的人，在命運底打擊下 安身而立命；我知道而心感[79] 過悲哀， 故此就敏於[80] 憐恤。把手伸給我， 我領你到一所安身的地方去。

---

76 從Johnson所釋義。

77 古羅馬神話裡說，每一個人從生到死都有護身的精靈附在他身上：司理他的運氣，決定他的性格，等等。羅馬人信每人都有兩個那樣的精靈，好運氣由好精靈給他，壞運氣由惡精靈給他。

78 原文為「father」，前面已見過一次。Hudson謂這是年輕人通常對長者的稱呼，所以藹特加不住地這樣稱呼葛洛斯忒，他還認不出來。

79 原文「known and feeling sorrows」，Warburton訓為「過去和現在的悲哀」，Malone解為「從經驗裡得知的悲哀」，Eccles釋為「自己知道因而同情人家的悲哀」，Cowden Clarke則為「feeling」一字有雙重涵義，在自己是「親自感到的」，人家對他所生的影響則是「非常動情的」。譯文從Schmidt。

80 根據Schmidt所解。

葛洛斯忒	真感謝；

葛洛斯忒　　　　　　　　　　　　　　真感謝；
　　　　但願天恩和天福多多臨照你。
　　　　　　奧士伐上場。

奧士伐　　正是那公告縣緝的正凶！好運氣！
　　　　你那個沒有眼睛的腦袋生就了
　　　　要使我交運。——種禍生殃的[81] 老賊，
　　　　快記起你過往的罪孽，向天祈禱[82]；
　　　　那準要殺死你的寶劍已拔出鞘來。

葛洛斯忒　讓你那[83] 友好的手臂[84] 用夠了力量。

奧士伐　　好膽大的村夫，你怎敢公然扶助
　　　　這一名廣佈周知的逆賊？滾開去！
　　　　不然那大禍蔓延時，你同他會同遭
　　　　不幸。放開他的臂膀。

藹特加　　老先生[85]，沒有旁的緣故咱可不能放開。

81　「unhappy」，Schmidt之《全典》訓為「mischievous, fatal」（為害的，種禍生殃
　　的）。奧士伐這麼樣罵葛洛斯忒，乃是罵他私通敵國與縱李爾來多浮的事。

82　從Warburton所釋。按基督教慣例，人死前須懺悔生前罪孽，向上帝禱求升天；
　　所以就是罪犯或仇家，在行刑或致死之前，必給與一個祈禱及懺悔的機會；若
　　倉卒畢人之命，使人淪入地獄而無緣自救，在行刑人或致命者為一違犯基督教
　　教旨的罪孽。

83　Cowden Clarke以為這話是葛洛斯忒求救於藹特加的意思。Furness則認為是對奧
　　士伐說的，求他用足了氣力，了結他自己的自盡失敗後的餘命。譯者確信前一
　　說有誤。

84　原文僅為「手」。

85　此句直譯當作「先生，不等到以後有時機咱可不給放開。」原文從此起藹特加
　　對奧士伐所說的話據說是索美塞得郡（Somersetshire）底方言，其中如「chill」

奥士伐　　　放掉，奴才，不然你就得死！

藹特加　　　好先生，走您自個兒的道，讓咱們苦人兒過去。咱
　　　　　　要隨便讓人嚇唬住了，就不用等到今兒，咱兩禮拜
　　　　　　以前就該讓嚇壞了。別走上這老兒身邊來；走開點
　　　　　　兒，咱跟您說一聲吧[86]，不然咱就來試試，您那腦
　　　　　　瓜兒[87] 硬還是咱的棍兒[88] 硬；咱可不跟您客氣。

奥士伐　　　滾蛋，臭東西[89]！　　　　　　〔二人交劍。〕

藹特加　　　小子，咱來揍你[90]；來：咱不怕你刺人[91]。

奥士伐　　　奴才，你把我刺死了。把錢包拿去；
　　　　　　你若要有一天能發跡，非得埋了我；
　　　　　　你把在我身邊找到的一封信
　　　　　　去交給葛洛斯忒伯爵藹特孟；
　　　　　　你往英吉利[92] 軍中去找他。唉，

　　　即英語中的「I will」，「chud」即「I should」或「I would」，「ice」即「I shall」
　　　等是。

86　「che vor ye」Johnson譯為「我警告你」。

87　原文「costard」本來是英國產的一種大蘋果名，Gifford謂因此常被嬉用作「頭」
　　　底混名。

88　Knight引Grose底《方言字彙》（Provincial Glossary），謂「ballow」解作「竿」
　　　或「棍棒」。

89　原文意為「糞堆」。

90　直譯可作「拔你的牙齒」，有一點怪。Schmidt訓為「I'll curry you」（我來揍你）。

91　Dyce之《莎氏字彙》釋「foins」為「thrusts」（襲擊、刺）。

92　四開本作「British」（不列顛底），對開本作「English」（英吉利底）；參看第三
　　　幕第四景註68。Knight云，各版四開本與各版對開本間的這一點小差異，可以
　　　證明下面兩件事裡的一件：初版對開本出版時，「不列顛」和「英吉利」這兩

死得真不是時候！死！　　　　　　〔死去。〕

藹特加　我很知道你；你是個跑快腿的壞蛋，
對那主婦底凶邪險惡真是
順從到萬分地如意。

葛洛斯忒　　　　　　　　什麼，他死了嗎？

藹特加　坐下來，老丈；息一會。——
我們來看他的口袋；他說起的那封信
也許與我有益。他死了；我只在
可惜沒有劊子手來執法[93]。我來看。
讓我來打開你[94]，封蠟；禮貌啊，別見怪。
要明曉仇家底主意，我們劃破
他們的心；摺開一封信更合法。
〔讀信〕別忘了我們間交宣的誓約。你有許多機會
斬除他；只要不缺少決心，時間和地點自會俯拾即
是。他若凱旋而回，就沒法辦了；那時候我是個囚
犯，他的牀是我的監獄；所以你得從那可惡的淫熱
裡救我出來，就替代了他，作爲你那番辛勤底酬謝。
　　你的——但願能說是妻——戀慕的情人[95]

個名稱底分別——當初是用來對新王詹姆士一世表示尊崇之意的——已毋須
過慮到了；若不然，這段文字便是在詹姆士接英國王位之前寫的，隨後在排印
初版對開本的稿本上未經改正，故對開本仍作「英吉利」，但於1606年在國王
面前排演本劇的稿本上卻是改正了的。

93 Schmidt：藹特加所耿耿於懷的是他竟然比應當處死奧士伐的那劊子手早了一
　　步；這事情枉費了他的氣力，糟蹋了他的身分，按理他是不屑去做的。

94 原文「Leave」即「give leave」之意。

　　　　　　　　　　　　　　　　剛瑙烈。

女人底慾海啊，浩瀚得渺無邊限⁹⁶！
想謀害那麼個德行洵良的丈夫，
掉換品，竟是我的兄弟！——在這沙地裡，
待我來掩埋⁹⁷ 你這個奔波於淫婦

---

95 Schmidt謂，「servant」一字常被用作「lover」底別稱，非但一般上流人對他們的所戀自稱是如此，便是那些貴婦們也往往以此稱呼她們的情人。此處剛瑙烈係主動者，故亦自稱為「servant」，愈見其肉麻可笑。

96 一二三版各對開本原文有誤；譯文從Rowe, Wright, Schmidt等審定的四版對開本之「indistinguish'd ……」，此與初版四開本之「indistinguisht」可云並無差別。又各版對開本作「……will」，四開本作「……wit」；譯文根據前者。Theobald引Warburton云：這裡「indistinguish'd space」所譏諷的不是女人慾念底猖狂暴亂，而是它之變幻不測。那變幻之速真了不得：一個慾念來和另一個慾念去，這其間竟絕無分秒的間隔或毫忽的距離；在時間上與空間上來者與去者簡直全都分不開來。西班牙文豪塞萬提斯（Miguel de Cervantes Saavedra, 1546-1616）底戲謔傳奇《吉訶德爵士》（Don Quixote de la Mancha, 1605, 1615）裡那瘋騎士底扈從山谷班查（Sancho Panza）有句話說得妙；他說，「在一個女人底『可以』和『不行』之間，我不敢保證能插一個針尖下去」。若依Warburton這說法，本行可譯為「女人底慾啊，密集得竟連成一片！」此意可謂極盡諷刺之能事，但細按劇情，恐未必是莎氏底本旨。Collier謂「indistinguisht space」顯然是兩個聽錯了的字，實際上應作「unextinguish'd blaze」方能解釋。若從此說，本行可譯為「女人底慾火啊，盛大得真無從去遏止！」White與Hudson二氏所見一致，譯文即根據他們的訓解。Moberly則謂這一行底來源也許是拉丁詩人霍瑞斯（Quintus Horatius Flaccus，公曆紀元前65-8）《詩章》第一集第十八首（Odes, I, xviii）裡的「她們貪到了慌急時使用她們自己慾念底細線去區別是與非底分野」；那就是說，她們區別是非全看她們要不要那件東西。所以莎氏這裡的意思似乎是：一個女人底慾念不知道善惡底界限。Schmidt與White等人所解略同，已入譯文。

97 Johnson最先闡明「rake up」為「遮蓋」或「掩蓋」；Hudson謂美國東北六州之新英倫至今仍習用此語。

姦夫間的奸邪的⁹⁸ 信使；等時機成熟，
我就向那位險遭毒手的公爺，
揭發這封可鄙的信。幸而我能
告訴他你死了，你幹的又是什麼事。

葛洛斯忒　王上發了瘋，我這份可惡的理性
卻如此矯強，我還能危然兀立著，
神思清醒地深感到自己的悲愴！
我不如也錯亂了精神；不再去想念
哀愁，迷惘裡雖痛苦也不自知覺。

藹特加　讓我攙著手；我聽到遠方的軍鼓聲；〔遠遠聞鼓聲。〕
來罷，老丈，我替你去找個朋友。　　〔同下。〕

98　「unsanctified」據Steevens説是指奧士伐不得在教禮淨化過的處所埋葬。Schmidt
　　僅釋為「wicked」（奸邪、頑惡）。

第七景

法軍中一帳幕外。

考黛蓮，鏗德，近侍及醫師[1] 上場。

考黛蓮　　忠良的鏗德啊，怎麼樣我纔能償清
　　　　　你那番仁善？只愁我生命太短促，
　　　　　黽勉[2] 也無用。

鏗德　　　蒙娘娘嘉獎[3] 已然是過分的恩酬。
　　　　　我所有的陳稟都和真情相吻合，
　　　　　不增添，也未經截短，不爽分毫。

考黛蓮　　請你去改穿好些的衣裳；這服裝
　　　　　只是那不幸時底留念[4]；把它換了罷。

1　Malone：各版四開本裡醫師和近侍所說的話，在各版對開本裡都歸近侍一個人說。我猜想大概因演員缺少，為方便起見，這兩個原來各別的人物併成了一人。Collier：四開本為時較早，與對開本相距有一二十年；可異的是當四開本那時候，卻肯多費些錢，近侍和醫師那兩個人物竟各僱了一個演員去扮演。

2　Johnson訓原文「measure」為「一切我稱讚你的好處（只嫌不夠）」。譯者覺得若依Johnson此解，原文似應為「all measures」而不該是「every measure」。Johnson所以這樣解釋，我想是受了鏗德「蒙娘娘嘉獎已然是過分的恩酬」這句話底影響——以為這是針對「只愁我生命太短促……」底回答。譯者認為鏗德此語是回答考黛蓮「忠良的鏗德啊……」那句問話而發的，與「只愁我生命太短促」無密切的直接關係。因此，我覺得從Becket解「measure」如譯文，方為合理。

3　原意為「承認」，即承認他的好處。

鏗德	請恕我，我敬愛的娘娘；現在就顯露 真相，便和我既定的計畫[5]相妨； 我認爲時機未到時，且請莫認我， 我就把這隱祕當作娘娘底恩典。
考黛蓮	就依你的話，賢卿，——王上怎樣了？
醫師	還睡著，娘娘。
考黛蓮	啊，慈藹的天神們， 請救治他慘遭酷虐的心頭這巨創！ 這位被孩兒們逼迫成瘋的[6]父親， 啊，你們務必要絲絲理整他 軋轢不成調的神志！
醫師	陛下要不要 我們弄醒老王上？他睡得夠久了。
考黛蓮	運用你醫理上的識見，隨意去辦。 他換上衣服沒有[7]？

4　據Steevens及Malone說，「memories」解作「memorials」（紀念品）。

5　原文「made intent」，Warburton改爲「laid intent」，Collier改爲「main intent」，我覺得都不妥。「made」有「既定」之意，與「intent」（決意、計畫）並不衝突，也不重覆。譯文從Johnson註。

6　原文「child-changed」，依Steevens說可有兩個解法：一是被高年與委屈折磨成一個小孩的」，二是「被他的孩兒們害成了這個模樣的」。Delius以爲這是指李爾換了另一個孩兒；就是說，他離開了剛瑙烈和雷耿，來就考黛蓮。譯者認爲Steevens之第二說最合理，Malone與Halliwell俱如是解；譯文即用此意。

7　本景景首導演辭，有些現代版本，如Furness之新集註本，作：「法軍中一帳幕內。李爾睡在牀上，細樂徐鳴；一近侍及餘衆侍立……」按「李爾睡在牀上」云云原是Capell想當然的增添，對開四開本裡都沒有；譯文從Koppel及Bradley

近侍　　　　　　　　　換好了，娘娘；
　　他正在沈睡中，我們替他更了衣。

之說，把它刪去。Capell本底不合理處，據Bradley說，有四點。第一，讀者或觀眾一開首就認為他們父女倆已經相見過；因為要是不然，李爾近在咫尺，考黛蓮決不會跟鏗德交談得這樣安閒無事的。如果他們確已相見過，那麼，隨後她對他說的一段話就會顯得全不緊張了。第二，李爾在場會使觀眾或讀者異常興奮，只想看他們父女兩人底重會，決不再有耐心去注意鏗德和考黛蓮底交談了；那麼，開場時他們兩人底這番交談也就完全失去了緊張的意味。第三，下面考黛蓮叫李爾「別那樣，父親，切莫跪下來」，分明烘托出父女倆初次重見時李爾那種悔愧不安的情狀。第四，父女相見了一會，醫師見李爾興奮過度，便說「要他裡邊去」；如果李爾此時原在帳幕內一張牀上，又有什麼裡邊可去？可不是要他走出帳幕外面去嗎？如今我們若返觀四開及對開本原文，就可以發現它們景首的導演辭互相歧異處只是前者有醫師而無近侍，後者有近侍而無醫師，而後者又誤把醫師和近侍底話都讓近侍一人去說。這兩種原版本底相同處是在都沒有提起李爾；由此可知李爾當幕啟時並不在臺上；因此，考黛蓮和讀者或觀眾用全神聽著鏗德談話，並不悖理。她和鏗德談話一完，便回過頭來問醫師說：「王上怎樣了？」醫師說李爾還睡著，當即請准了她要將他弄醒。考黛蓮又問：「他換上了衣服沒有？」那意思並不是問李爾換上了睡衣沒有，乃是問他們除去了他的草冠，替他更上了新衣沒有。近侍回答說：「他睡得正濃的時節，我們已替他更了衣。」於是醫師又請她在弄醒李爾的時候站在旁邊。她當即首肯，醫師隨即說道：「請您走近些。——那邊的音樂響一點。」再其次是考黛蓮底話了：「親愛的父親啊！」依初版對開本，「僕從以擡椅舁李爾上場」這句導演辭是在考黛蓮底「他換上衣服沒有」一語後面的。李爾那個時候上場，Bradley認為毫無疑問是太早了些。依他說這句導演辭也許放在「請您走近些」（Koppel主張這句話是對舁李爾的僕從們發的，若然則應譯為「你們走近些」）後面最為得體。得體底理由如下：第一，這樣安排使鏗德在這一景裡有他相當的地位；第二，能顯得考黛蓮在事先並未見過李爾；第三，使他們父女相見成一很有藝術趣味的演劇的緊要關頭；第四，使李爾下跪變成十分自然；第五，能顯得李爾略呈疲乏後就下場是勢所必然的事；第六，這樣安排是唯一的略有所根據的安排，因為通行本景首的導演辭「李爾睡在牀上」云云只是Capell底倡議，在他以前卻從未聽說過。也許有人說用椅子擡李爾上場的方法太簡陋，但意利沙白時人是不顧慮這些的，他們要關心的是戲劇底效果。

醫師	我們弄他醒來時請娘娘在旁； 我信他舉止已經安靜。
考黛蓮[8]	很好。
	僕從以抬椅舁李爾上場。
醫師	請你走近些。——那邊的音樂響一點[9]！
考黛蓮	親愛的父親啊，讓康復將起痾的靈藥 掛在我脣邊[10]，讓我這一吻醫癒了 我兩位姊姊對父王橫施的這暴創！

8　自註8至註9，除導演辭外，原文僅見於四開本。

9　Capell：我認為這是詩人底一個很高超的思想；我從這句話上敢下這樣一個推斷：本景幕啓時李爾牀後應當有一陣細樂遠遠地起奏；安定他神經的該是這陣音樂，治癒他瘋癲的也該是它；如今這醫師為要催醒他，就招呼樂師們逐漸把樂聲加大起來；這麼樣便不僅在用意上是高超而合理，且能使劇景有聲有色。Bucknill從醫學的觀點上著眼，不很贊同這個辦法。他說，這似乎是個大膽的試驗，說不定有很多危險。本來以為音樂能撫慰瘋狂，乃是個極古而極普遍的信念；但若用音樂來打破病者服藥後的安眠，而當病人醒來時又讓他一睜眼便看見那樣一個最易刺戟他神經的人，似乎正和瘋後所亟需有的那種心情上的寧靜狀態相背馳。莎氏彷彿有一點疑惑這個辦法，因為他使李爾幾乎馬上進入了一個新的瘋狂狀態。考最早用音樂治瘋，見於載籍的，要推《聖經舊約》(〈撒母耳記〉上卷十六章，I Samuel, xvi) 裡大衛 (David) 彈著豎琴使掃羅 (Saul) 寧靜的那個故事。法國精神病學專家厄斯岐洛爾 (Jean Etienne Dominique Esquirol, 1772-1840) 說：「我常用音樂治療，但極少得到成功。音樂可以使他們寧靜，但不能醫好病源。我見過瘋人聽了音樂而狂怒；……我信古人把音樂底效用誇張得太過分，而近人所記的事實又不夠多，仍難斷定在怎樣的情形之下音樂纔真有效力。可是這個治療法依舊非常可貴，尤其在病後的療養期中；雖然怎樣施行和施行後有無效力都很難說，但絕不應當忽略它」。

10　Theobald，Warburton等以為原文「restoration」應作「Restoration」，說是對健康女神 (Hygieia) 底稱呼；校詁家從他們的有十餘人。譯文據Delius與Hudson等釋，Furness亦認此為確解。

鏗德　　好一位溫良親摯的公主娘！

考黛蓮　　即使你不是她們的親爹，這蒼蒼的

　　　　　　也該叫她們不忍。難道這是個

　　　　　　任憑交惡的狂飆去吹打的臉龐？

　　　　　　任它跟[11] 滿載驚人霹靂的弘雷

　　　　　　相對峙？像一名敢死軍[12] 頭戴著輕盔，

　　　　　　守在那最可怕的急電底飛金亂竄，

　　　　　　和迅雷底猛擊之中[13]？我仇人底狗[14]，

11　自此至註13對開本原文付闕如。

12　Reed云：John Polemon之《戰爭野史》(*Collection of Battels*, 1578) 中譯得有義
　　大利史家保羅喬服 (Paolo Giovo, 1483-1552) 關於馬列那諾之戰 (the Battle of
　　Marignano, 1515) 的一段話：「他們是各縣挑選出來的精壯，年富力強，英勇果
　　敢。依他們本國底老律，只要在少壯時幹過些猛武過人的事，便可以得到非常
　　榮譽的軍勳，所以他們自願請求做種種極危險的艱鉅工作，甚至常有赴死如
　　歸，全無顧慮的。這班人，為了勇敢和頑強異於常人，他們本國人稱之為
　　『desperats forlorne hopen』(敢死無畏軍)，法蘭西人稱之為『enfans perdus』。
　　因此，他們各執一份終身的通行護照，並得終身享領雙俸，且隨身有一種特別
　　的徽號。那徽號便是在帽頂上截上一簇常人所不得佩的白羽毛，向後斜插著，
　　在風中搖曳，使人見了頓起敬佩英武之感。」Whalley云，守夜似乎是這班敢
　　死軍所做的事情之一。——譯者按，歐洲中世紀時盜賊猖披，殺人越貨乃是常
　　事，入夜後絕少交通，故守夜乃屬冒死之舉。

13　這一行半譯文與四開本原文結構略異，惟大意無差。

14　Verplanck謂，美國畫家查維士 (John Wesley Jarvis, 1780-1834) 常徵引這幾行
　　詩，認為在最短的篇幅裡描摹最大的憎惡被憐憫所制勝底至高典範。當那樣風
　　雨雷電底時節，便是見讎人在戶外，也不忍不讓進自己家裡去暫避風雨，容他
　　在爐前安享一夜溫暖；那原是合於人情惻隱之常的。可是這還算不了什麼：推
　　而至於讎人底狗也要放進屋裡去躲一躲那天變，而且那條狗還親口咬過這屋主
　　人，再加上這被傷的屋主人又是位絕對溫良無忤的好女子。

縱然牠咬了我，那晚上我也要讓牠

在爐前歇宿；你卻是否寧願，

可憐的父親，跟豬豚和無歸的浮浪者[15]

去同處，在泥污[16] 和爛草之間存身？

唉呀，唉呀！奇怪的是你的生命

竟沒有和靈明同時完結。——他醒了；

你跟他說話。

醫師　　　　　　　娘娘，您說最好。

考黛蓮　父王怎麼樣？陛下貴體如何？

李爾　　你不該將我從墓中拖出來受罪；

你超登了極樂；我卻被綁在火輪上[17]，

甚至我自己的熱淚也鎔鉛似的在燙我。

考黛蓮　父親，你認識我嗎？

李爾　　你是個鬼魂，我知道；那時候[18] 死的？

15　原文「rogues」並無詆毀的意思，僅指浮浪無業之人。

16　原文為「short」；若沒有印誤，依Moberly說可解作「不夠的」。不過這只能算強解，在遣辭選字上「short」這字是說不過去的。因此Moberly及Furness都疑心原文應為「dirt」（泥污）。Graig訓為「截短的」或「短少的」。

17　Moberly說，李爾形容他自己所身受的痛苦，似是借鏡於溺斃者得救重生時所經歷的那種滿身的疼痛。Furness問得好，李爾所說的是他肉體上的痛苦嗎？分明不是。

18　初二版對開本與初版四開本都作「where」（在那裡）；Dyce主張從「when」（什麼時候），說前者簡直不通。Collier認為這是故意的不通，顯得李爾「依舊，依舊，迷糊得很呢！」Collier又說，問一個鬼魂它是什麼時候死的並不見得通，問它在那兒死的可也不見得更不通。但譯者覺得二者畢竟稍有差別：若說前一問是牛頭不對馬嘴，後一問簡直是風馬牛了。Collier故意不通之說似近是。

考黛蓮	依舊。依舊。迷糊得很呢！
醫師	他還不很醒；等一會再跟他說話。
李爾	我到了什麼地方？現在在那裡？
	這麼大晴天？我太給騙[19]得懵懂了。
	我見了旁人這樣，也兀自會替他
	可憐得要死。我不知要說什麼話。
	我不敢賭咒這是我的手。等我看；
	我感覺到這一下針刺。但願我能
	明知自己的處境！
考黛蓮	父親啊，望著我，
	請伸手放在我頭上為我祝福[20]。
	別那樣，父親[21]，切莫跪下來[22]。
李爾	請你
	別開我的頑笑；我是個極癡愚老人[23]，

---

19 Johnson釋註云，我為物象形態所蒙蔽，我在冥懜無定中浮游。

20 Hudson謂，我們無知的祖先們以為一個父親或母親底詛咒是可怕得不得了的事情；所以考黛蓮急於要她父親取消他在本劇開首時對她所發的詛咒。

21 對開本原文無此語，係補自四開本者。

22 Steevens：這情形我在一部比本劇早十年左右出版的老劇本《李爾王》(King Leir, 1594)裡也見到。不過很難說定，這雷同究係出自模仿，抑為用意相同的偶合。

23 Ray評註李爾這兩段話如下：描繪瘋狂初癒心理的文字，要比寫李爾這陣自昏沈的黑暗恢復到健康的清醒更忠實的，從未有過。通常從急性的瘋狂清醒過來往往是很慢的，迷惘得一重又一重地卸掉，然後經過幾星期乃至幾個月的掙扎，病者就變成一個理性健全的常人。但遇到很少的例外時，這變化也能發生得極快。也許只在幾點鐘或一天之內，那病人就認清了他所處的情況，將迷惘

年紀在八十以上，不多也不少[24]；

要說老實話，

我怕我神志有點兒不很靈清。

想起來我該認識你，也認識這人兒；

可是我猶豫難決；因為我全不知

這是什麼地方，我使盡心機

也不能記起這些衣袍，也不知

我昨夜在那裡宿歇。別把我取笑；

這事情很分明，我想這位貴夫人

是我的孩兒考黛蓮。

考黛蓮　　　　　　　　我確是；我確是[25]。

李爾　你在流淚嗎？不錯，你在哭，請別哭。

你若有毒藥給我喝，我也會喝下。

我知道你並不愛我；因為，我記得，

你兩個姊姊都把我糟蹋過；她們

全沒有原因，你卻有。

去盡，然後用完全不同的眼光重新佑定他一切的關係。

24　原意為「一點鐘不多，一點鐘不少」。有三五位註家認為這兩行不很可靠；因為「在八十以上」顯然沒有說定究竟是幾歲幾月幾日幾時，但接著又說「一點鐘不多，一點鐘不少」，確有些莫明其妙。Steevens及Ritson都猜想這是當時演這劇本的什麼無知的伶人加插進去的。Knight, Walker, Hudson等則以為這兩行固然是語無倫次，但在宿瘋未醒的李爾口中說來，卻為繪影繪聲之妙筆。

25　Cowden Clarke評云：用寥寥數字表現一個沈默的婦人放著熱情去悲泣，從來沒有比這裡和下文的「沒有，沒有」更為精妙的。這三言兩語十足描畫出了考黛蓮這樣一個女子底抑制住的哭泣；她的情性專注而不顯露，但非常熱烈而懇摯。

考黛蓮	沒有，沒有。
李爾	我是在法蘭西嗎？
鏗德	在您的本國，王上。
李爾	不要哄我。
醫師	娘娘可以安心了；失心的瘋癲
	已在他胸中過去[26]；但如果要使他[27]
	把他經臨的後影和前塵貫串得
	絲絲入扣，那可就還很危險。
	要他裡邊去[28]；等他更顯得安靜前，
	且莫再打擾他[29]。

26　對開本原文作「kill'd in him」，直譯可作「已在他內裡（給弄）死掉」；許多版本都從此四開本作「cured ……」（給治癒……）。Collier主張改對開本之「kill'd」為「quell'd」（被鎮定）。

27　原文自這裡起到「……還很危險」止，僅見於四開本。「To make him even o'er the time he has lost.」Warburton解釋為「使事態和他的理解相調和」。Steevens贊成此解，他說這可憐的老國王沒有什麼話可以告人，雖然他可以聽人家說許多話。所以醫師底意思是——李爾在這樣神志尚未大定的狀態中，使他明瞭他自己在瘋狂時期裡的一切經過，是非常危險的。Hudson：「使他清算所失的時間，或使他把記憶所及的最後一天跟他目前的情景連接或配合起來」。Schmidt之《莎氏用字全典》訓「even o'er」為「給予一個完滿的洞悉，一個明晰的理解」。譯文從Hudson所解，惟措辭較為肯定而是記敘的。

28　如果採用Capell在本景開場時所增添的導演辭，譯者真不懂帳幕裡邊還有什麼裡邊可去。

29　Brigham云：我們差不多不好意思，可是得承認，雖然莎氏寫這段文章已有兩世紀半（這是在1844四年的話，距現在則已有三世紀多，不知情形有無變更——譯者），但我們對治療精神病的方法並無多少增益。使病人睡眠，用藥學上與道德上的治療安靜他或她的心神，避免一切不和善的態度和行為，而當病人漸次恢復過來正在療養期中時防止他一切精神上的刺戟，以免復病：這些方法

考黛蓮	王上高興去[30] 嗎？
李爾	你可要耐著我一點纔好。我如今要請你忘懷和寬恕；我老昏了[31]。〔除鏗德與近侍外餘眾盡下。〕
近侍[32]	真的嗎，閣下，說是康華公爵讓人弄死了？
鏗德	一點不錯，閣下。
近侍	現在是誰統帶著他的部下？
鏗德	聽說是葛洛斯忒底野兒子。
近侍	他們說他那個給逐出的兒子藹特加跟著鏗德伯爵在德意志呢？
鏗德	傳聞可沒有準。我們這該仔細些了；王國底軍隊說話就趕到。
近侍	這場決戰許會大大地流血。再見了，閣下。〔下〕
鏗德	我殷勤護主的願望[33] 能不能成功， 全繫在今天這勤王決戰底勝敗中。　　　　〔下〕

現在仍然被認為最好而幾乎是僅有的必要治療。

30 Schmidt釋原文「walk」為「去」或「退」。

31 Coleridge評註云：李爾很動人地恢復他的理智，和他說話中那沖淡的憂愁，都很優美地使觀眾或讀者有一個預備——預備接受這年邁的受難人辭世時所給與的那最後一陣的悲哀但又甜蜜的慰安。

32 自此以下這景末，對開本佚。Johnson認為這是作者專為縮短劇景而刪去的；但Malone則謂演員於作者脫離粉墨生涯後，未得本人同意而逕自截去者；未知孰是。

33 直譯原意應作「我的問題和目的」。

第五幕

第 五 幕

第一景

　　近多浮城之不列顛軍營。

　　旗鼓前導，藹特孟，雷耿，數近侍及眾士卒上
　　場。

藹特孟　　去探聽公爵最後的定計是否
　　　　　　還有效，往後可經過什麼事勸阻
　　　　　　又更改了方針沒有。他變換無常，
　　　　　　總自相矛盾。問明他下定的決心[1] 來。

　　　　　　　〔對一近侍語此，近侍即下。[2]〕

1　本Johnson所釋義。

2　各版原本無此導演辭，此乃從Clark及Wright之Globe本所增添者。Capell本作「對
　　一軍官語此，軍官鞠躬而下」。

雷耿	大姊底那家臣準是遭逢了不測[3]。
藹特孟	恐怕[4]是如此，夫人。
雷耿	可愛的賢卿，
	你已經知道我存心要給你好處；
	告訴我，——只要說真話，——可得說真話，
	你不愛我姊姊嗎？
藹特孟	我愛她得光明磊落[5]。
雷耿	難道你從未踏上我姊夫底路徑
	到過那禁地嗎？
藹特孟[6]	那你就轉錯了念頭。
雷耿	我怕你同她已結下不解的私情，
	她已把一身所有全給了你[7]。
藹特孟	把我的信譽打賭，沒有過，夫人。

3　「miscarried」在莎氏作品中常作「死掉」解，見Onions之《莎氏字典》；故下文藹特加對亞爾白尼説，「若萬一不幸，……」可作或應作「你若戰死時，……」。參閱原文。

4　Schmidt之《莎氏用字全典》釋原文「doubted」為「feared, suspected」（恐怕是，疑惑是。）按此乃古義；目下通用英語之「doubted」作「不信是、疑惑不是」解。二者適成相反。

5　「honoured」據Schmidt之《全典》作「純潔有德行」解。

6　自註6至註7，原文僅見於四開本。

7　Furness之新集註本對「as far as we call hers」未加註釋，惟意義殊欠明瞭。Phelps云，這大概是説「她給到了她所能給的限度」，意即將她自身和她所有的一切全盤付託給他。但譯者覺得雷耿目前最焦心急應的只是藹特孟底愛，其他的一切還顧不到，正如剛瑠烈底心情一樣，「寧願戰事失利」，卻不願雷耿「將我們兩人拆散」。

雷耿	我決不容許她對你那麼樣親暱[8]。 親愛的賢卿，莫跟她相好。
藹特孟	別擔心。—— 她和她丈夫來了！

　　旗鼓前導，亞爾白尼，剛瑙烈，及眾士卒上場。

剛瑙烈[9]	〔旁白〕我寧願戰事失利，不甘心那妹子 將我們兩人拆散。
亞爾白尼	親愛的二妹，我們相遇得正好。—— 伯爵，聽說這樣：父王投奔了 他小女，還有忍不住我邦底暴政， 不禁疾首高呼的百姓們，也都已 跟著他同去。我問心[10] 不能無愧時， 還從未心生過奮勇；但這事[11] 能使我 關懷，都因為法蘭西遣兵來犯境， 卻不因他推戴了王上，又連結 叛民們；至於他們的興兵，我怕是

8　據Delius註。

9　這裡一行半僅見於四開本。

10　註10至註12亦僅見於四開本。

11　Theobald底註曲解得厲害，殊不值轉錄。此段譯文所本者乃Warburton及Capell
　　所釋義；這兩位註家都把四開本原文之「bolds」改為「holds」（譯者按，若不
　　將此字改動，則「推戴了王上」應作「為王上壯膽」）。按四開本原文「not bolds
　　the king」，誠如劍橋本之校詁者Clark及Wright所云，有簡略過甚，用意突兀之
　　弊；據他們說，這四個字也許是手民底印誤，而且在它們前面也許還有一行根
　　本被遺漏掉，所以辭旨這般突兀而牽強。

	義正而辭嚴，正自有重大的緣由。
藹特孟	公爺這話偉大[12]。
雷耿	為什麼講這個？
剛瑠烈	聯合了起來共同和敵人對抗；
	這些國內的私爭都不是鄰兵
	壓境底原因[13]。
亞爾白尼	那就讓我們去向
	我軍底宿將們[14] 共商行軍底進止。
藹特孟[15]	我去了馬上就回到你帳中候命。
雷耿	大姊，你跟我們一塊兒去嗎？
剛瑠烈	不。
雷耿	那樣最合式；你同我們去罷。
剛瑠烈	〔旁白〕啊哈，我可猜透了這個謎[16]——我就去。

---

12 Capell指出這是句寓意諷刺的反話。

13 「鄰兵壓境」為譯者引伸原意而加上的。此語恰與上文亞爾白尼所說的相針對。

14 原文「ancient of war」，Eccles釋為「以運用戰術長老了的人」，Walker及Schmidt訓為「宿將或元老軍人」，Moberly則解作「參將」。

15 本行不見於對開本，乃得自四開本者。

16 Moberly解道：你要我同去只為監視我跟藹特孟兩人中間的一切往來罷了。Delius認為雷耿怕剛瑠烈在軍機會議之後與藹特孟私會，所以要她一同走，好監視她。Bradley主張剛瑠烈此語不應從Capell校本定為旁白，下面兩句導演辭也都不對，應從Koppel說加以更正。第一句導演辭Koppel改為「雷耿，剛瑠烈，眾侍從，及士卒同下」，第二句他改為「藹特孟下」。Bradley說：亞爾白尼提議在他自己的帳幕裡開一軍機會議，藹特孟當即首肯，說他馬上就去赴會；參加這會議的人物是亞爾白尼、藹特孟，與一些「宿將們」。雷耿正領著她的軍士下場，但她見剛瑠烈按兵不動，便疑心她姊姊想參與會議，以便跟藹特孟在一

　　　　　　　眾擬下時，藹特加喬裝上場。

藹特加　　若是公爺同我這樣的窮苦人

　　　　　曾有過交談，且請聽我一句話。

亞爾白尼　回頭我來趕上你。——

　　　　　　　除亞爾白尼及藹特加，餘眾盡下。

　　　　　　　　　你說罷。

藹特加　　在開戰之前，請開緘一讀這封信。

　　　　　你如果戰勝，叫軍號傳呼我來到[17]；

　　　　　我雖然外觀鄙賤，但我能給你

　　　　　看一名擁護這信裡的言辭的戰士。

　　　　　若萬一不幸，你也就料清了世務，

　　　　　陰謀便自然終止[18]。祝你幸運！

亞爾白尼　躭一會，等我看完信。

藹特加　　　　　　　　　　我不能等待。

　　　　　到時候，只要讓令官高呼挑戰，

　　　　　我自會再來。

亞爾白尼　好罷。再見，我準定看你這封信。〔藹特加下。〕

　　　　　　　藹特孟重上。

　　起。她妒火中燒，便要她姊姊同走。剛瑙烈起初不肯，但隨即明白了她的用意，便一半嘲諷一半鄙夷地答應了她。姊妹二人當即領著士卒下場而去；而藹特孟和亞爾白尼正各自下場要去開軍機會議的時候，藹特加上場來了。他的話使亞爾白尼停了下來；亞爾白尼要藹特孟先走一步，說「回頭我會來趕上你」；然後他對藹特加說，「你說罷」。

17　原意為「送信人」，為顯豁起見未便直譯。

18　Johnson註云，「一切不利於你生命的陰謀都會終止」。

藹特孟　敵軍已在望；紮定你隊伍底陣勢。
　　　　　根據勤報[19]，我這裡記著有他們
　　　　　實力底約數；如今可不容你再有
　　　　　倏忽的從容[20]。

亞爾白尼　　　　　　　我就去預備應變。　　〔下。〕

藹特孟　我對這兩姊妹都曾起誓過說愛好；
　　　　　她們交相猜忌[21] 好比見杯弓
　　　　　就疑心蛇影。二人中我何從何去？
　　　　　都要？要一個？都不要？兩人都活著，
　　　　　就一個也享受不到。要了那寡婦，
　　　　　會激得她姊姊剛瑙烈惱怒成瘋；
　　　　　至於我同她[22]，因為她丈夫還在，
　　　　　也暫難成事。如今我們且利用
　　　　　他那份聲威來應戰；等戰事一停，
　　　　　她本想把他去掉，就讓她去設法
　　　　　快將他除去。至於他存心要顧憐

19　即「殷勤的探報」，Wright訓「discovery」為「reconnoitring」（偵察）。

20　Heath：這是藹特孟催促亞爾白尼快看敵軍實力底約計單之意。但Schmidt另有一可喜的妙解：「現在可不容你再多說費話了；向來你把你所有的事情都讓我去做（你瞧這敵軍實力底約計單），現在你一定得親自出馬縱行」。

21　根據Delius，原文「jealous」不解作「妒忌」，而解作「猜忌、狐疑」。

22　Mason：「我不很能打成功我這場牌」。Dyce底《莎氏字彙》也這樣解釋，這裡的隱喻所指的是一種四人成局的紙牌戲，對座二人成一組，兩組相對輸贏分數或錢：藹特孟（和他同組的那一個當然是剛瑙烈）擔心他自己不能把這場牌打贏，因為亞爾白尼還沒有死。「暫」為譯者所增。

李爾和考黛蓮，——戰事一經停當，
他們在我們的掌中，便休想得赦；
再說我自身眼前的處境[23]，那只要
防護得周全[24]，不用去疑難自擾。　　　〔下。〕

---

23 Johnson註，原文「for」解作「as for」（至於），不解作「因為」；譯文本此說，
　作「再說」。Wright說兩種解法都可以。

24 Rushton謂原文「defend」應本古意解作「command」（指揮、支配）；譯者認為
　無此需要。「周全」意為譯者所增。

第二景

　　　　　介於兩軍間的一片曠野。
　　　　　內作進軍之號鳴。旗鼓前導，李爾，考黛蓮，及眾
　　　　　　士卒上，過臺面，下。

　　　　　藹特加與葛洛斯忒上場。

藹特加　　　躭在這裡罷，老丈，就把這樹蔭
　　　　　當作寓主人；祝福有道者戰勝；
　　　　　只要我回得來，自會帶寬慰給你。

葛洛斯忒　　願神靈護佑安全！　　　　　　　〔藹特加下[1]。〕

1　Spedding氏對本劇第四、第五兩幕底分界有詳論一段，現迻譯於後。將莎氏作
　　品假定為欠缺藝術的那些批評，雖然我都置疑不甚信，可是我總以為《李爾王》
　　劇中確自有它的缺點在。我總以為最後兩幕底意味不曾維持得完好；李爾底熱
　　情高升滿漲得太早了些，而下落消退的過程又拉得太長久。在莎氏其他的悲劇
　　裡，從沒有已經絕了望的命運要人同情得這麼長久的。只要對主角的希望一完
　　事，大收場跟著馬上就來。照例全劇底意味在前四幕裡逐漸向一個大劇變升騰
　　而上，到了第五幕先是略一停頓，隨即登峰而造極，於是就從高處倒壞下來；
　　再往後便是兩、三場簡短而悲傷的尾景，彷彿像一聲破浪底嘆息。但在《李爾
　　王》劇中卻並不如此。在第三幕裡熱情就已登了峰，希望就已經完結。再下去
　　他的前途太絕望了，不夠維持一股生動的意味；我們對他的同情便太慘淡，太
　　沮喪了，不能延續下去，延盡下半本戲。我覺得第三幕終訖時還缺少一些將臨
　　的事故，一點期望中的成敗關頭，多少風雨欲來時的冀希或恐懼，只等時機成
　　熟，局勢一轉，李爾底命運便會有個最終的解決。我知道第四、五兩幕裡動作

與變故並不少，但都和李爾本人不生密切的關係。蒿特加、蒿特孟底生死榮辱都不夠意味濃厚；那簡直是另一件事，對於劇本自身可說是一種打擾。我關心的只是李爾。這一層雖像是個大毛病，但我怕錯處也許不在劇中而在我自己身上；也許我看法不對，於是所見便不免有失；因此我等著，希望能發現一個新觀點，從那新角度上看起來全劇底動作或者能顯得比較地和諧。不過除此而外，同時卻另有一個缺憾，雖然在當時我以為沒有像上一個那麼嚴重，但實在太引人注目了，——我敢說，不論憑什麼公正的批評原理，都得斷定它是個無從辯解的弊病。我說的是第五幕裡的戰爭：那本是極重要極重要的一仗，但了結得那麼疎懶匆促，在效果上可說是一無所成，在想像上不曾留得有什麼痕跡，與或然麼也格格不相容，而且為了它自身不能動人的緣故，連帶著使一切依附它的事情都顯得不重要了。說嚴格些，這場戰事簡直等於沒有；雖然我們聽說已打過了，而且打敗了，這麼一仗，但實際上我們並不心感到有這回事。可是，在這裡避免這樣一個缺憾有多麼特別的重要，我當時竟不曾見及；我感到的只是這缺憾對觀眾所生的印象太粗糙唐突——在莎氏其他的作品裡從沒有這樣子的。在別處，只寥寥的幾筆染便把整場戰爭都展露在我們眼前來了——從戰場的一角匆匆轉換到另一角，友人或敵人間幾句促迫的招呼，或幾短段掙扎、追逐、或逃亡，都能表徵給我們看那劇景外的戰事正是怎樣地如荼如火；於是，主角倒時，我們覺得他的軍隊果真敗了。只需一兩頁劇辭就能生那樣一個幻象，一產生就好了。請注意我說起的這戰事，它和莎氏旁的劇作中的戰事迥不相同。現代版本裡的戰景都在這裡（Spedding氏至此，引原文最初六行半及附帶的導演辭——譯者），而劇中所有的戰事也都在這裡了。使人渴望已久的那法蘭西軍隊（一切都以它為樞紐）穿過了舞台，我們的希望和同情都跟著它同去。接著是四行對話。劇景不動，但我們聽見「進軍的號鳴」起自幕後，跟著便來一陣「退軍的號鳴」，於是從纏那英銳有為的大軍去處的曠野裡，上來了一個人，剛纔下場去參與戰役的就是他（Bradley頗不贊同此語，因為，他說，蒿特加要親自向蒿特孟挑戰，他不會願意參戰去冒喪身之險的——譯者），如今他重復上場來，告我們說一切都已完事。沒有人對莎士比亞有真正信仰的會相信作者底原意是這樣一個情形。更沒有人相信，這樣一個情形而還能用理由來替它辯護的……我忽然想到，只需把舞台上的安排一改動，這整個困難便可以消弭淨盡。細心檢視之下，我發覺一切附帶的困難也都跟著不見了；如今我很滿意，這纔是莎氏原來意想中的真正的安排。我的提議有著這層好處，這點可靠性；就是不用改動原文底一個字母——只需把分幕處略一移動，使第四幕延長一景半，在這裡「蒿特加下」處閉幕，使第五幕順序也稽遲

一景半,在後面「藹特加重上」處開幕。這麼一來,那戰事便落在兩幕底交界裡了;而我們的想像,既然有餘暇去為戰爭底結局擔憂掛念,那結局就自然變得相當地重要,成了劇中故事裡劃分時代的一個段落,並且在李爾底命途中也成了個最後的厄運。第一幕閉幕時李爾剛發完他第一陣暴怒,他申明和剛瑙烈永遠脫離父女間的關係。第二幕離他在極度的悲慘愁苦中,昏黃時被逐出戶外,狂飆暴雨馳驟並至,瘋狂一步追緊一步。第三幕結尾時,內心和外界的雙重風暴已淫盛稍殺,一線隱約的希望和一場迢遙的報應都已有了點可信可疑的消息。第四幕底落幕我想該在懸應最殷之處:謠傳已經證實;法蘭西軍隊已上了岸;李爾底瘋癲已消退了好些,只需法軍戰勝,他還能恢復原狀;「王國底軍隊說話就趕到」;兩軍已互相瞭望得到;而「這場決戰許會大大地流血」。到了最後,「法蘭西軍隊通過舞台,考黛蓮手挽著她的父親」——這是四開本裡的導演辭,而四開本是不分幕的——藹特加下場去加入法軍,只剩葛洛斯忒在樹蔭下「祝福有道者戰勝」。幕下時我們覺得那場流血的決戰正在開始,我們所有的希望便都維繫在那上頭。幕再啓時只聞「進軍及退軍之號鳴」,仗已經打過。「李爾王戰敗了,他們父女倆遭了擒」;至於第五幕底餘賁乃是要交代清楚那些逆天理達人情的分崩離析底結果,和閤攏一群受難者底眼睛。在現今通行的這台安排之下,這場戰爭簡直是莎作中絕無僅有的敗筆;但只要依我的提議稍一變動,全劇就馬上變成從頭至尾整篇是構成得又複雜又緊湊的神品了,在莎劇中再無第二篇能和它抗衡。在如今通行的這安排之下,第四幕終了後的停頓有雙重的弊病:一方面於戰機成熟之前打斷了行軍底迅速和備戰底倉皇;另一方面,因為這不必要的稽遲阻隔在中間,使這場戰事給人的印象更顯得微弱淡薄。可是在我建議的情形之下,那停頓正落在應當停頓的所在,毫釐不爽,結果是引起了無窮的憂慮和企盼。讓四開本裡法軍過舞台的行列進行得誇張些、威武些,「考黛蓮挽著李爾底手」跟在後邊(因為這麼樣纔更顯得李爾須看戰事怎樣結局以定他的命運),而在第四、第五兩幕之間把罕得爾(Georg Friedrich Handel, 1685-1759)底偉大的戰樂來奏著,我想這樣的安排方真正算得盡善盡美……以上是Spedding氏於1839年所作的論評。四十年後,他收回了一部分意見;他說他從前疎忽了這一點:對開本上藹特加下場後的導演辭既然是「內作進軍及退軍之號鳴」,只要空著舞台(只除瞎眼的葛洛斯忒在樹蔭下低頭默禱)讓觀眾多聽一下遠遠的人馬喧嘩聲,那效果便和幕與幕間奏著戰樂不相上下。他又替上文所謂「雙重的弊病」解釋說,法軍所以不在第四幕而在第五幕上場,乃因導演人覺得這樣可以使飾小兵的演員改換法軍制服方便些。Craig也覺得這場決定李爾命運的戰事描寫得不夠充分。他說:但一位意利

内作進軍及退軍之號鳴。藹特加重上。

藹特加　　快走，老人；讓我攙著你；快走！

　　　　　李爾王敗了，他們父女倆遭了擒。

　　　　　伸手給我；來罷。

葛洛斯忒　　　　　　　　不用再走遠了，

　　　　　老兄，我在這裡死也是一樣。

藹特加　　什麼，又往壞裡想了？人去世

　　　　　得跟投生同樣地聽其自然[2]；

　　　　　等成熟就是了[3]。來罷。

葛洛斯忒　　　　　　　　這話也對。　〔同下。〕

　　沙白時代的戲劇家要表現英軍被法軍在任何情形之下所戰敗，是一件吃力不討好的事；經驗告訴他，最聰明的辦法是把那戰事往簡略不重要裡描敘。

2　原意為「人得忍耐去世如忍耐投生一樣」。

3　Steevens叫人將「Ripeness is all」比較《哈姆雷特》第五幕第二景二百十行底「the readiness is all」，唯未下註解。許多近代註家未曾體會二者究竟有無異同，遽認「Ripeness」即解作「readiness」（有準備）。殊不知這裡只是兩個類似的語句結構或思想方式，涵義未必盡同，Steevens固未嘗說過前者即後者也。我認為「Ripeness」訓「有準備」遠不如訓它的尋常意義「成熟」好。時會「成熟」了上帝自然會叫我們去世，正如從前時會「成熟」了他叫我們投生一般。生與死都不可強求，都須等時會「成熟」和上帝底命令；所以二者我們都得忍受不應自作主張或反抗上帝底命令。

第三景

近多浮城之不列顛軍中。

旗鼓前導，藹特孟凱旋上；李爾與考黛蓮被
虜；隊長及眾士卒隨上。

藹特孟	要幾名公差把他們帶走；好好 看管起來[1]，且等掌握重權者[2] 判定要如何處置[3]。
考黛蓮	自來用意 善良招禍深，原不從我們開端， 為了你，蒙難的父王，我憂心如擣[4]； 不為你，我自能藐視命運底顰眉[5]。 我們不見見這些女兒和姊姊[6] 嗎？
李爾	不要，不要，不要，不要。來罷，

1　原文「good guard」即「guard them well」之意，見Schmidt之《莎氏用字全典》
　　「guard」項下第三條。

2　本Hudson所釋義。

3　Steevens謂「censure」為「判決、處斷」。

4　Schmidt《全典》訓「cast down」為「depressed」，意如譯文。

5　直譯為「以顰眉制勝那善變的命運底顰眉」。

6　Cowden Clarke評云：這是個極辛辣的譏諷，以最單純的字句表達，正合這言語
　　平淡而情緒濃烈的女子底本色。

讓我們跑進牢裡去；我們父女倆，

要像籠鳥一般，孤零零唱著歌。

你要我祝福的當兒，我會跪下去

懇請你饒恕。我們要這麼過著活，

要禱告，要唱歌，敘述些陳年的故事，

笑話一班金紅銀碧的朝官們[7]，

聽那些可憐的東西[8] 說朝中的聞見；

我們也要和他們風生談笑，

議論那個輸，那個贏，誰當權，誰失勢，

還要自承去參透萬象底玄機，

彷彿上帝派我們來充當的密探[9]。

我們要耐守在高牆的監裡，直等到

那班跟月亮底盈虧而升降的公卿

徒黨們[10] 都雲散煙消。

7　原文「gilded butterflies」（鍍金的蝴蝶）Craig訓為「gay courtiers」（服裝富麗的朝官們）。按英女王意利沙白朝（1558-1603）頗多年少翩翩衣冠炫艷的廷臣，最著者如得寵最深但終被斬首的厄色克斯伯爵（Robert Devereux, 2nd. Earl of Essex, 1566-1601）。

8　原文「poor rogues」（可憐的壞蛋）含憐愛之意，見Schmidt之《莎氏用字全典》，及Onions之《莎氏字典》，故不應直譯。

9　Warburton誤以「God's spies」（上帝底密探）為監視上帝行動的密探；不知他們是否為Warburton所派去的。Heath和一般的解釋都說是「上帝授與權能，使參透萬百事物底秘奧的密探」。Johnson詮註云：彷彿我們是天使，是上帝特派下來探報凡間的生活的，因此我們就賦有一種力量，參透人類舉動底初始動機，和一切行為底玄奧。

10　Moberly謂，莎士比亞曾見過厄色克斯伯爵底失寵與被處極刑，他這裡也許就

藹特孟　　　　　　　　　　　　　　　把他們帶走。

李爾　　　　在這樣的犧牲上面[11]，我的考黛蓮，

　　　　　　就是天神們也要投奠些香花[12]。

　　　　　　我拉住你沒有？誰若要把我們離散，

　　　　　　除非從天上取下一炷火炬來[13]，

　　　　　　將我們，像洞裡的狐狸，燻出這人間。

　　　　　　揩乾了眼淚；他們要我們哭泣，

　　　　　　可自會有惡毒的邪魔[14] 先把他們

　　是指他。

11　Bucknill註本段全段云：這不是瘋癲，可也不是健全的心境。情感上這麼易受
　　刺戟乃是老年時常有的現象，在本劇最初幾景裡已被描繪得盡緻，而這樣的病
　　況在這時候重復顯露出來，在心象底變遷史上也恰是件極可能極真切的事。不
　　論那一個戲劇家，只除掉莎氏，準會使這位可憐的老國王恢復他平衡與控制一
　　切機能的力量。他們會使愛父心效驗超神，竟至能制勝心象機能底定律。但莎
　　士比亞表現給我們看了實際上的進步確實能有多少，那就是說，身體上與道德
　　上的雙重打擊所形成的瘋癲果然已經痊癒，但情感底易受激動與混亂卻依然如
　　故，那原是多年積習老而彌盛的烈情底自然暴露，無法醫治也無法改變。譯文
　　「犧牲」一語採它的古意：這成語如今已變成濫調，空泛得血肉全無了，可惜
　　沒有適當的代用辭——我怕用在這裡已喚不出它的本來面目了。

12　原意僅為「香」。

13　Heath：這是指用火燻狐狸趕它出洞而言。Capell：可是為什麼要「從天上取下
　　一炷火炬來」趕他們父女兩個出洞？這是因為，第一，分離他們不是件凡人的
　　工作，第二，這句話本身是個不祥的先兆——過後不久確有一炷上天命定的火
　　炬將他們分散。

14　原文為「good-years」。Hanmer說是指梅毒，字源為法文底「gouje」，意即跟著
　　軍隊賣淫的下等娼妓。法國俗語罵人「婊子」為「gouje」，那買淫所得的疾病
　　就叫做「goujeres」。Dyce之《莎氏字彙》引考脫辮來瑚（R. Cotgrave）底《法
　　英字典》（1611）云，「gouge」為賣淫與兵士之妓女，為隨軍的營娼。據
　　Morwenstow云，英國西南部康華郡（Cornwall）底古語稱魔鬼為「goujere」，

遍體的肌膚都吞噬；我們得先看了

他們死掉。來。　　　〔李爾及考黛蓮被押下場〕

藹特孟　你過來，隊長；聽著。

收下這張文件[15]；跟他們監裡去。

我已經提升你一級；你若奉行

這裡邊的訓令，就上了榮華底大道；

你要明白，人得聽時勢去推移；

靡軟的心腸不配作軍人；你這件

重大的使命不容你說話[16]；你先說

你準定辦到，不然就另去高就罷。

隊長　我準定辦到，大人。

藹特孟　　　　　就動手；完了事

你就能自慶幸運；聽我說，——馬上幹；

依我的指令去照辦[17]。

隊長[18]　我不能拉一輛大車，也不能吞乾麥；

至今當地的土話裡仍流行著這字。這更足以證明莎氏少年時因偷鹿被緝，曾逃到康華郡去暫避過一時。《牛津新英文字典》解「good-years」云；此字來源不明，漸被用在咀咒的語句中，解作定義不明的惡勢力或惡媒介，舊釋為「梅毒」有誤。

15 Malone云，這是命令將李爾及考黛蓮執行死刑的一個文件，上有藹特孟及剛瑠烈底簽署。

16 Warburton云，所謂「great employment」（重大的任務）係指那段害底任命而言，後來藹特孟自承認那文件上有剛瑠烈和他自己的簽署：這事就夠使這個隊長不負什麼責任。但譯者以為未必盡然。Malone謂原文「question」訓「discourse, conversation」。

17 Moberly云，那就是說，要殺害得顯出考黛蓮是自殺的。

　　　　　　只要是人做的工作，我準能做到。　　　　〔下〕

　　　　　　　　號聲大作。亞爾白尼，剛瑙烈，雷耿，隊長，及
　　　　　　眾士卒同上場。

亞爾白尼　　伯爵，你今天顯示了你天性[19]底驍勇，

　　　　　　又多虧命運將你好好地指引；

　　　　　　今天這戰事底敵人[20]已被你虜到。

　　　　　　我要你交出他們，等我們來決定，

　　　　　　按他們應得的罪名，也爲我們

　　　　　　自己的安全之計，該如何處治。

藹特孟　　公爺，我認爲那年老不幸的國王

　　　　　　該將他送交看管的專人[21]去監守[22]；

　　　　　　他那樣的高年，更重要是他那名位，

　　　　　　都能吸引民心[23]哀憐擁戴他，

　　　　　　反叫我們用餉銀招募來的士兵

　　　　　　倒戈[24]刺進我們發命者底眼裡來。

　　　　　　法蘭西王后我送她同去；至於

18　這兩行僅見於四開本。

19　原文這裡的「strain」Wright訓爲「門閥、家世」，但Schmidt之《莎氏用字全典》
　　及Onions底《莎氏字典》都解作「天性、本性」。Craig則採Wright解。

20　原文「opposites」作「opponents」解，訓爲「對手」或「敵人」。

21　初版對開本付闕如。

22　從Delius所釋。

23　從Capell。

24　從Steevens。

為什麼理由，說不說都一樣[25]；他們
明天或往後，準備你升庭去審問。
如今[26] 我們流著汗，流著血；親友們
戰死在疆場；須知最有道的爭端，
參與者，就是正在熱血奔騰時，
遭逢了慘痛，也無有不把它詛咒。
怎麼樣判處考黛蓮和她的父親，
要另找相宜的所在。

亞爾白尼　　　　　　　　閣下，對不起，
這番戰爭裡我把你只當是下屬，
不當作同僚。

雷耿　　　　　　　那得看我們要怎樣
借重他。我想你話未出口[27]，該先問
我們的意嚮。他帶著我們的隊伍，
又身負我們自身和權位底委託；
他掌握的權能和我這麼樣近似[28]，
也就無妨自號是你的同僚。

剛瑞烈　不用這般暴躁；他自身的光榮

25　對開本原文作「My reason all the same」，四開本作「My reason, ……」；譯者覺得後一個讀法合理。若直譯對開本，作「我的理由都一樣」，則考黛蓮既不年老，她那法蘭西王后底名位又與不列顛民心無關，前後語意就講不通。

26　往後這一段僅見於四開本，對開本付闕如。

27　原意為「說得這樣遠」。

28　從Malone。

	擡高他自己勝如你給他的虛銜[29]。
雷耿	經我授與了我自己的權能名位，
	他便能跟任何位重權高者相抗。
亞爾白尼	他當了你丈夫，至多也不過這樣[30]。
雷耿	開頑笑的常變成了先知。
剛瑙烈	啊哈，啊哈！
	對你這樣說的那眼睛有點歪斜[31]。
雷耿	爵夫人，我身子不很好受[32]；不然時，
	我該當大怒著用惡聲相報[33]。——將軍，
	把我的軍隊，俘虜，承產，都收下；
	將他們，將我，完全去自由支配[34]。
	讓大家來作證，我在這裡使你
	作我的夫君。
剛瑙烈	你想佔有他是不是？

29　從Furness，訓「addition」為「title」（銜頭、名號）。

30　各版四開本將本行作為剛瑙烈說的話。Capell註此讀法云：這句話很合剛瑙烈底身分，她也許想探明她妹妹用意何在；同時亞爾白尼站在一旁享受她們二人的爭辯，似乎比加入舌戰好些。

31　Steevens謂此係暗指英國舊時此成語而言：「情妒能使好眼變斜眼」。

32　剛瑙烈暗中給她吃的毒藥開始發作；參閱下文。

33　原文「……stomach」Schmidt訓為「憤怒」。

34　原文「the walls are thine」頗費猜解。有三數註家疑為印誤，提議了幾個改讀法。Wright則斷為下文藹特孟垂斃時所說的那堡壘底圍牆。但經Schmidt引了三個例證之後，似已再無疑義存在；Schmidt說，雷耿對藹特孟說「這牆垣是你的」乃是隱喻她自己的身體而言，她把她自己比作一座被征服的堡壘，這陷落敵手的堡牆便由藹特孟去自由支配。

亞爾白尼	准不准許可不必由你來決定[35]。
藹特孟	也不必由你，公爵。
亞爾白尼	混血兒，得由我。
雷耿	〔對藹特孟〕傳令擊鼓，證明我給了你名銜[36]。
亞爾白尼	等一下；聽我說。——藹特孟，我將你逮捕，
	罪名是謀叛；和你同時逮捕的　　〔指剛瑙烈〕
	是這條五采的花蛇[37]，——美貌的姨妹，
	爲了我妻子底利權起見，我取消
	你對他的所有權；她早跟這位伯爵
	有重婚的密約在先，我是她丈夫，
	我反對你這要和他成婚的預告。
	你若是要婚嫁，不如向我來求愛；
	我妻子早跟他訂了婚。
剛瑙烈	好一齣趣劇[38]！

---

35 譯文根據Johnson底詮解。Delius認爲「你的」應說得著重些，表示不用她而應由他來阻止雷耿底婚事。

36 Capell註：藹特孟底熱情並沒有升得這樣高，他也沒有決意非享用那「名銜」不可，甚至要動用干戈來「證明」他的地位；雷耿不知她自己的軍隊已被遣散，卻怒火中燒，鼓動藹特孟下場去備戰——亞爾白尼隨後說的「等一下」便是阻止他下場。Furness說，「等一下」也許是阻止雷耿下令擊鼓，未必見得定是阻止藹特孟下場；譯者以爲這修正有理。按各版四開對開本原沒有上面「對藹特孟」這導演辭，這是Malone加上去的，而Hanmer則從Capell之意於「對藹特孟」後又加「他們二人正擬下場」。

37 「gilded serpent」譯爲「閃金的蛇」也可以，但剛瑙烈既有她丈夫領兵，就未必戴盔披甲，又況這是在大戰初勝之後，她更應盛裝艷服而出。Schmidt之《莎氏用字全典》於「gilded」項下有「gay-coloured」一義。

亞爾白尼	你身上佩的是武裝，葛洛斯忒； 讓號聲去吹放。如果沒有人證明 極惡的，顯然的，和多數的逆圖叢聚在 你一人身上，這便是我給你的擔保[39]。 我自會在餐前從你這心頭證實 我這裡宣告你的罪名分毫不假。
雷耿	病了啊，我病了！
剛瑙烈	〔旁白〕要不然，我決不再信 毒藥底靈效。
藹特孟	那是我給你的交換品。 這世上不論誰對我以逆賊相稱， 便撒了個無恥的大謊。快吹送軍號； 誰敢上前來挑釁，我對他，對你，—— 對誰不都一樣？——自會決心去 保持我忠貞的聲譽。
亞爾白尼	傳令官[40]，喂！

38　Onions之《莎氏字典》云:「interlude」本意為「含有戲劇性與僅具模擬性的一種扮演，性質輕鬆或滑稽，上演於冗長的神績劇或勸善劇（參閱本劇第二幕第二景註18──譯者）劇幕之間」；又云，此字在十六、七世紀則往往指通俗的舞臺劇，如喜劇、滑稽戲之類。Moberly訓原文「An interlude!」為「我們的戲劇情節裡還有情節！」Moberly此解譯者以為不可：剛瑙烈聽了亞爾白尼挖苦她那麼一大頓，該已猜想到她和藹特孟間的祕密已被洩漏；不過她雖然懷著鬼胎，外面仍在過作鎮靜，裝出全不知情的樣子，同時以被誣的口吻怒責她丈夫演出「好一齣趣劇」！

39　Malone在這句話後面及下文「那是我給你的交換品」後面，各加插這樣一句導演辭:「擲一手套到地下」。參看第四幕第六景註28。

藹特孟⁴¹	傳令官，喂，傳令官！
亞爾白尼	信賴你個人的勇敢⁴²；因為你的兵，
	徵募來原都用我名義，也都已
	用我的名義遣散。
雷耿	我病得更厲害了！
亞爾白尼	她病了，──送她到我的帳幕裡去。

〔雷耿被扶下〕

　　一傳令官上場。

這裡來，傳令官，──就讓號聲去吹放，──
把這個去宣讀。

隊長	吹號！⁴³	〔號聲作〕
傳令官	〔高誦〕號令本部軍中，若有不論那一位出身高貴	

的將士，認為這僭號葛洛斯忒伯爵的藹特孟是個叛
逆多端的反賊，就讓他在第三次號聲時出頭挑戰
⁴⁴；藹特孟是勇於自衛的。

藹特孟	吹號⁴⁵！	〔第一遍號〕

---

40 或譯為「禮官」。他的職務很多，如登記及公布貴族底紋章，司理喪事儀仗，
　　出告示，在敵對的兩軍間傳信等，這裡是公佈決鬥底挑戰書。

41 本行原文不見於對開本。

42 Steevens註，原文「virtue」訓為「勇敢」，乃是取羅馬人用這字的本義。按「virtue」
　　我們通常解為「德行」，但此處不可望文生義。

43 此係補自四開本者。

44 此二字為譯者所增補。在挑戰底術語裡，挑戰者叫作「appellant」(彈劾人、控
　　告人)，他所取的控告方式就是挑戰。

45 對開本付闕如。Jennens：四開有印誤；叫吹號不該由藹特孟發令，那是傳令

傳令官	再吹號！	〔第二遍號〕
傳令官	三吹號！	〔第三遍號〕
		〔幕後有號聲響應〕

　　　　　號聲第三遍時藹特加武裝上場，一軍號手前導。

亞爾白尼　問他[46] 來這裡底目的，爲何在這陣
　　　　　號聲裡來到。

傳令官　　　　　　　　　你是誰？報出姓名
　　　　　身份來。爲什麼你應答這聲召喚？

藹特加　　我沒有名字；奸謀底毒齒已把它
　　　　　咬光蝕盡；但我來會戰[47] 的那對手，
　　　　　我出身底高貴卻並不讓他分毫。

亞爾白尼　那對手是誰？

藹特加　　　　　　　　　他名叫藹特孟，僭號稱
　　　　　葛洛斯忒伯爵，誰替他來答話？

藹特孟　　他親自答話。你對他有什麼話說？

藹特加　　拔出劍來，若果我語言衝撞的
　　　　　是一副高貴的心腸，你能用武器
　　　　　主張你自己的公道；這是我的劍：

　　官底職務。但Capell斷爲不然：這時節藹特孟上了勁，他搶前一步發令，侵犯
　　了傳令官底職務。據後說，則藹特孟眞是本性畢露。

46　Blakeway註云：這是合於以挑戰當眾彈劾刑事被告的那種儀節的。「控告人和
　　他的代訴人先到轅門前來。……於是監軍保安官（Constable）和大禮官（Marshal）
　　由傳令官發言，問前來挑戰的是誰，他披掛著武裝來做什麼。」——見賽爾騰
　　（John Selden, 1584-1654）底《決鬪》（Duello, 1610）。

47　原文「cope」訓「encounter」（敵對、會戰），見Schmidt之《全典》。

你看，我向你挑戰乃是我榮譽，

信誓，和武士底職業給我的特權[48]：

我聲言，——儘你去力壯年青權位高，

聽你有戰勝的餘威[49] 和簇新的[50] 幸運，

任憑你多麼兇，多麼勇，——你是個逆賊，

對天神不真誠，對父兄信義全無，

想危害這一位尊榮顯耀的明公，

從你頭頂底最高尖直到你腳下

最低處的塵埃，整是個毒點污斑

生滿身的[51] 賊子。只消你說聲「不是，」

這劍，這臂膀，連同我至高的英勇。

準會在你那心窩裡證明我這話：

你撒謊。

藹特孟　　　　聰明些[52] 我該問明你是誰，

48　Johnson云，所謂「信誓……給我的特權」乃是指一個武士入武士道時宣誓受戒從而獲得的特權。Malone註，藹特孟說：「我這裡拔出我的劍來。你看，我對你這逆賊挑戰乃是我職業上的特權或權利。所以我聲言……」。藹特加所謂他職業上的特權，不是Warburton所誤解的那控告本身，而是提出那控告以及用劍來維持那控告的權利。

49　直譯原意當為「戰勝者底劍」，但原意所象徵的實際上即是「戰勝的餘威」。

50　原文「fire-new」更準確些可譯為「新鑄成的，或新出鎔爐炙手可熱的」。

51　原文為「toad-spotted」（癩蝦蟆一般斑點遍體的）。按癩蝦蟆往往被視作醜惡與骯髒底表象，當時都以為牠身上有毒。

52　Malone註：因為要是他的對手身世微賤，他可以拒絕應戰。所以前面那傳令官公告道：「若有不論那一位出身高貴的將士，……」。後面剛瑞烈也因此說道：「按著決鬥底規條你毋須去應答一個不知名的對手。」

　　　　但既然你外表有這般勇武英俊，

　　　　言語間還顯示幾分優良的教養，

　　　　我便不屑去顧慮武士風底成規，

　　　　謀安全，拘細禮，拒絕對你應戰[53]。

　　　　我把那叛亂不義罪擲還你頭上去；

　　　　叫地獄般可惡的巨謊摧毀你的心；

　　　　又只因它們擦過了不曾留什麼

　　　　傷痕，我這劍便馬上會替它們開路，

　　　　讓它們永遠留在你心中。——吹號！

　　　　　　　〔警號頻傳。二人劍鬥。藹特孟倒地〕

亞爾白尼　　饒了他，饒了他[54]！

剛瑙烈　　　　　　　　葛洛斯忒，這是奸謀，

　　　　按著決鬥底規條你毋須去應答

　　　　一個不知名的對手；你不曾戰敗，

　　　　只受了人誆騙。

_____

53　這兩行譯文本Malone所釋義。「nicely」（拘細禮）即指墨守當眾挑戰的禮節而言，參閱前註46及52。「delay」譯為「拒絕」，係根據Schmidt。

54　Theobald以為「Save him, save him!」應是剛瑙烈所說的（假若不錯，則或可譯為「來救他，來救他！」）。「這簡直是荒謬」，Theobald說，「亞爾白尼分明知道藹特孟底逆謀，又知道他自己的妻子和他有私情，無論如何決不會關心他，要救他的命」。Johnson主張維持原文，說亞爾白尼願意暫時饒過藹特孟底命，為的是想用那封信使他招認他的弒上的逆謀，然後再把他定罪。Walker及Halliwell卻贊成Theobald底校改；Halliwell謂：我感覺到那驚呼只除了在剛瑙烈口中衝出來就罷，否則便顯得太過熱情。她見他倒地時脫口叫道：「啊，來救他；來救他！」隨即安慰他，要他別把這件事就當作對方已得了合法的勝利，跟著她就說明她的理由。

亞爾白尼	閉住你的嘴，女人，
	不然，我就把這封信停止你開口。——
	接住，你這狗賤賊[55]；再沒有名稱
	能形容你的壞，去看你自己的孽跡。——
	別撕，夫人；我看你知道這封信。
剛瑙烈	就說我知道，法律在我掌握中，
	不由你分配。誰能將我來問罪？　　　　〔下〕
亞爾白尼	真駭人聽聞！啊！——你知道這信嗎？
藹特孟	別問我知道些什麼[56]。
亞爾白尼	趕上她；她要亡命胡幹了；止住她[57]。
藹特孟	你們[58] 所責我的罪狀我確實曾犯過；
	還不止，多得多；到時候自然會分曉。
	這一切都已成前塵，我也完了事。——

---

55 Capell認為「Hold, sir」是亞爾白尼對藹特加說的：亞爾白尼生恐藹特加怨毒太深，馬上將藹特孟結果掉；他出來加以阻止，為的是要施嚴刑或用別的方法使他把陰圖篡弒的全部奸謀都招認出來，好給他一個更可恥的死法。若依此說，則原文「Hold, sir」當譯為「請你住手，閣下」。但Dyce, Furness, Schmidt等都不以此說為然，主張這話該是亞爾白尼對藹特孟說的，說時把剛瑙烈寫給他而他尚未寫目的那密札放進他手裡。譯文即本此意，但原文「sir」在這裡正如在許多旁的地方一樣，實在無法譯得愜意。

56 譯文從對開本；四開本上是剛瑙烈說的這句話，說了方下場。Hudson註：按理亞爾白尼該問藹特孟「你知道這信嗎？」因為事實上剛瑙烈這封信中途為藹特加自奧士伐身上得來後交給亞爾白尼的，因此藹特孟並未見到。可是他還有幾分丈夫氣，不願暴露一個他心愛的女人底醜惡，所以拒絕作答；但對於他自己的罪狀他卻不惜去從容招認。

57 Capell在此後加一導演辭，「對一軍官語此，軍官即追蹤她下場」。

58 從Bradley說，原文這裡的「you」乃是指亞爾白尼及藹特孟兩個人。

　　　　　可是你是誰，加給我這部命運？
　　　　　果真你系出名門，我便能原諒。
藹特加　　讓我們交相憐愛[59] 罷。藹特孟，我身家
　　　　　不比你低微；若說我出身比你好，
　　　　　你將我這般傷害就加罪幾分。
　　　　　我就是藹特加，你父親底兒子。
　　　　　天神們最是公平，把我們尋歡
　　　　　作樂的非行利用來將我們懲創。
　　　　　父親在他那黑暗的胡爲裡生了你，
　　　　　也丟了他眼睛一雙。
藹特孟　　　　　　　　　你說得不錯；
　　　　　真是的；命運底輪盤滿轉了回來[60]；
　　　　　我如今在這裡生受。
亞爾白尼　　　　　　　　我當初就見你
　　　　　步履間預示出身世底尊嚴華貴。
　　　　　我得擁抱你[61]；我若對你們父子
　　　　　曾有過仇恨，讓悲哀裂破我的心！
藹特加　　可敬的公爺，我知道。

---

59 Johnson評云，我們的作者於不經意間把基督教底情緒和行為加到了邪教徒身上去。但Cowden Clarke問得有理，他們說，寬容大度的德性可不是合於一切時代及一切信仰下的人性的嗎？

60 「那輪盤轉滿了一圈」係指命運底「輪盤」回復了原狀。藹特孟從底下開始，襲伯爵動位時便是轉到了頂上，如今卻又轉回原處。

61 含慶賀與感謝之意。

亞爾白尼　　　　　　　　　　你一向在那裡

躲避？怎麼知道了你父親底慘禍？

藹特加　　　看護了那疾苦我所以知道，公爺。

請聽我略敘些經臨；等我話盡時，

啊，但願這顆心會頓時爆裂！

為逃避追得我緊緊的那兇殘的文告，——

啊，最叫人醉心的莫過於生命！

我們怎樣也不甘心把一死來了事，

甯肯去隨時忍受那臨終的慘痛！——

我換上了瘋人底襤褸，裝一副外表

連狗子都鄙棄；然後遇見我父親，

血涔涔的鑲框，正新喪了那雙瓊寶[62]；

我為他當嚮導，領著他，替他乞食，

絕望裡救了他回來；可是我從未，

——啊，真不該[63]！——直到半點鐘以前，

佩戴了武裝，纔向他，顯露我自己；

我當時不敢說，雖然希望，結局[64] 好，

於是先請他為我祝了福，然後

細告他我們那長行底經過；唉，他那

62　指葛洛斯忒之毀明；根據原文直譯。原文之隱喻新穎可喜，不譯太可惜。

63　原文「O fault!」又可譯為「啊，（是我的）過錯」。但Furness贊同Delius底說法，以為「fault」底意思是「（真）不幸」。

64　此處「success」不是我們通常所解的「成功」，應訓為「結局」或「結果」，見Schmidt及Onions之《全典》及《字典》本字項下各第二條。

有裂痕的心兒，太微弱，可不能支撐！
在極樂和深悲底兩情[65] 衝激中，微微
一笑便碎了。

藹特孟　　　　　你這番言語感動了我，
也許有幾分善果；你且接著
往下說；看來你話還不曾說盡。

亞爾白尼　　如果還有話，更外要傷心，停住罷；
我聽你訴敘，幾乎要化成熱淚了。

藹特加[66]　　不愛悲哀的[67] 到這裡總以為該完結；

---

65 原意為「熱情底兩極」，非「兩情」，但不便那麼譯。

66 從這裡起至註69止，原文僅見於四開本。

67 這四行底原文頗費各註者詮解。Warburton斥為「被誤成該死的胡說」，當即大
加顛倒改竄；但我們只有四開本作根據，要顛倒改竄不難，那麼辦了是否可靠
卻很難說。Dodd認為原文「another」和「such」對立，說「『不愛悲哀的』你
這樣的人」（such）是藹特加在面稱公爵，「愛悲哀的另一種人」（another）是在
對公爵指他自己的兄弟，於是全段便變成了對藹特孟的一番旁敲側擊的責罵；
若依這個解法，可以這樣譯：

不愛悲哀的到這裡總以為該完結；
但世間卻另自有人，在悲痛上兀自要
再加些悲痛，使多的更復多，……

Heath把「another」解作「另一個人」，指鏗德，說他的死；若依此說，中間兩
行應這樣譯：

但此外卻另有一人，悲痛上他還要
添加些悲痛，使多的更復多，……

Steevens解「but another」為「但另有一個結局」，使與「period」（完結、收場）
並行，意即鏗德底結局。Malone之意則與Dodd所見略同。Collier與Wright二家
箋註頗近似，Furness認為確解，即譯者據以著筆的解法；但譯文「可不知禍患

可不知禍患不單行，悲痛上還有
悲痛要添加，多的會更多，有分叫
如今這傷心底絕頂上增一層忉怛。
我正在大聲號哭時，來了一個人，
他見我身處可鄙的窮途末路中，
本想要迴避；但一見那是誰遭逢到
這般的不幸，他就伸長了兩臂，
將我齊頸子摟緊，高聲叫嚷得
彷彿要震破天空；又去擁抱我父親；
又說起他自己和李爾，從無人耳聽過
那樣可憐的故事；正細訴遭遇時，
他那陣悲哀更變得高峭欲絕了[68]，
生命底絃絲便開始斷裂。那時節
有兩通號報，我離他在那邊暈去。

亞爾白尼　　這是誰？

藹特加　　　　　是鏗德，公爺，被放逐的鏗德；
化了裝他跟在仇視他的那君王左右，
供他作就是奴婢也不堪任的驅使[69]。

　　　　　一近侍手執血刃上場。

近侍　　　救人啊，救人，救人！

　　不單行」一語乃原文所無，認真依Wright底解法直譯當作「只須再說一件事」。

68　原意為「更外增加了力量」。

69　原文自註66起到這裡止，對開本付闕如。

藹特加	怎麼樣救法[70]？
亞爾白尼	你說罷，喂！
藹特加	這血刀是什麼意思？
近侍	滾熱的，還冒著煙！這是從她 心裡頭拔出來的——啊，她已經死了！
亞爾白尼	誰死了！說啊，你這人！
近侍	您夫人，公爺，是您的夫人！她妹妹 讓她給藥死了；這是她自己承認的。
藹特孟	我跟她們倆都訂得有婚約，現在 三個人正同時婚嫁。
藹特加	鏗德來了。
亞爾白尼	不用管她們死或活，把屍身擡出來。　〔近侍下〕 天神們這番譴罪好不叫我們 膽戰心驚，但引不起我們的憐憫[71]。
	鏗德上場。
	啊，這是他嗎？這樣的時會可不容 我們去細講禮貌上應有的客套。
鏗德	我來和我的王上和主公永訣。 他不在這裡嗎？
亞爾白尼	大事情我們忘掉了。

70　Lloyd評云：這一問很能表現藹特加底多能而隨時警覺的性格。

71　Tyrwhitt謂，若莎士比亞讀了一輩子亞理士多德（Aristotle，公曆前384-322）底
　　《詩學》（*Poetics*），他也不見得能把恐懼和憐憫，那兩個情緒底別的活動，
　　區分得更準確些。

藹特孟，王上在那裡？考黛蓮在那裡？——
你看見這情景沒有，鏗德？

〔剛瑙烈及雷耿之屍身被舁上。〕

鏗德　　唉呀，爲什麼這樣？

藹特孟　　　　　　　只因都愛了
藹特孟；這一個爲了我先將那一個
使毒藥弄死，隨後她又自殺。

亞爾白尼　說得不錯。——把她們的臉蓋住。

藹特孟　我口吐著生命底殘喘；我決心背著我
天生的本性，在未死前稍微行點善。——
快派人，趕快去，到堡裡！因爲我下了
命令叫把李爾和考黛蓮都處死。
噯，要趁早！

亞爾白尼　　　　快跑，快跑啊，快跑！

藹特加　去找誰，公爺？——那值班管事的是誰[72]？
給我一個冤刑的憑證。

藹特孟　想得周全。拿我這把劍去，
把它交給那隊長。

亞爾白尼　　　　　拚命趕快去！〔藹特加下〕

藹特孟　他有你妻子和我的命令，叫當監
絞死了考黛蓮，只推說她自盡是爲
絕望過度。

72　見Schmidt之《莎氏用字全典》。

亞爾白尼　　天神們護佑她！——把他暫時攙開。

〔藹特孟被舁下。〕[73]

李爾抱考黛蓮之屍身重上；藹特加，隊長，及

餘人隨上。

李爾　　　　快哀號，快哀號，快哀號！啊，你們是鐵石人！

我有了你們的那些舌頭和眼睛，

便要用它們來號哭得天崩地陷[74]！

她一去不來了！我知道怎樣時人活著，

怎樣時已經死。她死得跟泥土一般！

借一面鏡子給我；要是她呼吸

沾霧了鏡面，哈，那她還有命！

鏗德　　　　難道這就是世界底末日到了？

藹特加　　　還許是那恐怖未來前的象兆[75]？

73　此導演辭為Theobald所加。

74　原意為「天穹破裂」。

75　「那恐怖」（that horror）乃是說世界末日底恐怖，「那恐怖底象兆」（the image of that horror）便是指目前這個景象：最初這樣解釋的為Capell。Steevens起初以為：鏗德問，目前這個景象是否就是已往種種事態底結局？——藹特加接著又問，還許只是我們心目中那真恐怖底一個表象而已？但後來他似乎放棄了這個解法，很讚佩Mason底箋註。Mason大概是受了Capell底暗示，詳疏如後。鏗德所謂「the promised end」是指世界末日底到臨。在《聖經新約》〈馬可福音〉（St. Mark's Goapel）十三章裡，耶穌對他的門徒預言世界末日將如何地到來；他描摹那大解體前將先來的徵兆說：「因為在那些日子必有災難，自從上帝創造萬物直到如今，並沒有這樣的災難，後來也必沒有」。又說，「弟兄要把弟兄，父親要把兒子，送到死地；兒女要起來與父母為敵，害死他們」（引官話本）。鏗德默念著他眼前那無比的慘象，又想到剛瑙烈與雷耿怎樣逆天理，悖人情，要謀害她們的父親，便不禁記起了這幾段文字，當即問：「這難道就是曾經預言

亞爾白尼　　　　　　　　　　　　倒下來，

　終止這傷心的慘事[76]。

過的那世界底末日？」藹特加便也問道：「目前這景象還許只是那恐怖未臨前
的一個預兆吧，那恐怖本身還在後面？」……若有批評家反對這個解釋，以為
劇中人物都是異教徒，所以《聖經》並不稔熟，那他們就將莎士比亞看得太
板了，我怕他並沒有準確到這樣。Henley主張鏗德此問乃是記起了考黛蓮給他
的信裡的話而發的，那信裡有這樣兩句：「……將在這混亂非常的局勢裡尋找
到時機——設法把損失彌補回來……」。(第二幕第二景景末)。假定鏗德固然
如此纔發的問，他便只在自言自語，我們儘毋須硬派藹特加懂得他的本意；藹
特加並未見過那封信，他繼續發問不但可以有，還且需要，一個與鏗德原意不
相為謀的意思。總之，鏗德與藹特加前後二問間有個誤解：鏗德心中有考黛蓮
底信在，藹特加所說的纔是Capell所解釋的（譯者按，若依Henley這說法，則
鏗德底問話可作「難道這就是那預言所說起的結局？」)。Mason底妙解也許是
真正的解釋；因為雖然他引的那段〈馬可福音〉不在說世界底末日，而是指耶
魯撒冷城(Jerusalem)與猶太邦國底傾覆，但一般人對這預言的了解確如Mason
所解釋的那樣，Halliwell則以為鏗德底問話是一句反詰，因為這禍患來得太突
兀，太出人意外：纔不久以前似乎一切都有希望，正義能得伸張，善人可以獲
福，但結局卻壞到如此！若從此說，則鏗德底問話可譯為「難道這就是我們（觀
察剛纔的大局後）所意料中的結局？」。

76 關於原文「Fall and cease」，歷來莎劇學者尚未有令人十分滿意的見解。Pope,
Theobald, Hanmer等為省事起見，根本刪去了它。Capell云：這三個字加上了附
帶的動作便極容易懂得；亞爾白尼說話時只需將兩手向上高舉起來，又昂頸注
視著上方，這麼就可以顯得他叫掉下來的乃是上天——掉下來壓碎這樣一個災
禍酷烈的世界。所謂「cease」即「讓世間萬物終止」之意，譯文即應用Capell
此說。Steevens註曰：亞爾白尼眼看著李爾那極力想救甦他孩子的情景，就想
起了救不回來時他將受多大的打擊，因此對他說道：「倒下來，與其活下去繼
續受苦，還不如馬上一死了事」。Mason說：也許這是在說那上演本劇的戲院，
亞爾白尼底意思是，「放下幕來，終止這場可怕的劇景」。Davies謂：亞爾白尼
或許在說，「低聲一點，停止一切的叫喊，不然你們會驚擾這位垂死的王上」。
Delius認「fall」和「cease」二字是「that horror」（那恐怖）底同格名詞（noun in
apposition），是加在藹特加話後的一點補充，意即「（世間萬物）毀滅與終止（底
象兆？)。Moberly底解釋與Delius者略同。Furness認Chapell底說法比較可靠，

李爾	這羽毛還在動[77]！
	她還沒有死！要是她果真還活著，
	便算是我幸運，可以贖盡償清
	我從來所受的悲痛。
鏗德	我的好主公啊[78]！
李爾	請你走開去！
藹特加	這是你的朋友鏗德。
李爾	滿都去遭瘟，你們那班逆賊
	和殺人的兇犯[79]！我還許救得她回來！
	如今她可一去不回了！——考黛蓮，
	考黛蓮！耽一會。哈！你說什麼？——
	她聲音[80]　永遠是輕軟，溫柔，低低的，
	那在女人家是個優良的德性。——
	我已經把那絞死你的奴才殺死。
隊長	不錯，大人們，他殺了。
李爾	可不是嗎，人兒？

不過覺得亞爾白尼對天神們說話竟會不用祈求的語氣，未免可怪。

77　用羽毛放在垂死者鼻前，試驗他（或她）呼吸已否停止。這裡李爾底手多半在
　　發抖。

78　Theobald在這下面加一導演辭，「下跪」。

79　Moberly註：他們將他的注意力分散了一會兒，他以為就在那千鈞一髮的片刻
　　間他也許還能救活他的孩子，如今卻完了。

80　Moberly：經這樣異常恬靜的一筆之後，考黛蓮底美滿的性格似乎便告了完成；
　　她分明是作者所創人物中他自己所最鍾愛的一個，代表他理想中的英國女子。
　　她的聲音是她稟性婉淑祥和底表徵。

　　　　　　　我有過那日子，用一把鋒利的偃月刀
　　　　　　　能叫他們嚇得跳。如今我老了，
　　　　　　　這種種磨難累得我不中用。——你是誰？
　　　　　　　我眼睛不什麼頂好；等我來馬上說。

鏗德　　　　　若是命運神誇說她先寵而後恨過
　　　　　　　兩個人，你同我各人眼中有一個[81]。

李爾　　　　　我眼光好暗啊[82]，——你不是鏗德嗎？

鏗德　　　　　　　　　　　　　　　　　　正是，
　　　　　　　你臣僕鏗德。你僕人凱優斯[83] 在那裡？

李爾　　　　　我跟你說罷，他是個好人；他會打，
　　　　　　　並且打得快[84]。他已經死掉，爛掉了。

81　譯文從Capell註，——命運對他們主僕二人都顯示過她的無上的威權：「如今在
　　我鏗德面前站著的是你李爾，在你李爾面前站著的便是我鏗德了」。Eccles認為命
　　運所寵愛的是一個某甲，命運所憎恨的是一個某乙：某甲並不指定誰，某乙乃
　　是鏗德自稱。此說有一缺點，即「we」一字變成不通（原文第二行實際上變成
　　了「我們看見我」）。因此Jennens主張改「we」為「you」，Furness又改「you」
　　為「yo」，於是原文第二行實際上便成了「您（或你）看見我」。Malone, Delius,
　　Moberly等三家以為上面所說的某乙乃指李爾；其餘各點則與Eccles所解相同。
　　Bradley說，鏗德並不在答覆李爾底問話「你是誰？」也沒有說起他自己，只指
　　著李爾對旁人說道：「若是命運寵愛過又憎恨過一個人，同一個人，我們如今
　　便親眼見到了——就是他，李爾。」

82　譯文從對開本而據Capell所釋義。Jennens改原文「sight」為「light」，改後的意
　　思是「光線壞得很」。這改本經White, Hudson, Collier等三家底校刊本採用。又
　　各版四開本根本不收此語，Pope等四家從之。

83　「Caius」為古羅馬人名字，鏗德底假名。

84　見本劇正文59頁（編按：本版第53頁），鏗德將奧士伐絆倒，等他站起來時又
　　一邊推，一邊打，將他趕出去。又見本劇正文99頁（編按：本版第95頁）及第

鏗德　　　沒有死，我的好主公；我就是那人——

李爾　　　讓我就來認認。

鏗德　　　自從你初次轉進了命運底坎坷[85]，
　　　　　一直跟你到如今——

李爾　　　　　　　　　　　歡迎你這裡來。

鏗德　　　除了我再沒有旁人[86]。滿目的淒涼，
　　　　　陰慘慘，死沈沈。你兩位長公主她們，
　　　　　都是去自尋的死路[87]，死得沒有救[88]。

李爾　　　哦，我也這麼想。

亞爾白尼　　　　　　　　他說什麼話，
　　　　　連他自己都不知道[89]，我們要他

　　二幕第四景註13之本文：「一時惱怒上來，我就奮不顧利害底重輕，拔劍向他
挑釁」。

85　原文為「frist of difference and decay」；譯文根據Schmidt之《莎氏用字全典》（見
　　「difference」項下第一條）。

86　若依Capell所釋，當作「什麼人都不該歡迎」；這是根據各版四開、對開本底原
　　文標點所下的註解。譯文據Rowe, Johnson等校刊本，在「else」後作句號；又
　　從Delius, Clarke, Furness等人底註釋。Ulrici與Moderly底解釋則與Capell底一
　　樣。

87　Capell謂「foredone」（自殺）跟下半行底含意為修詞學上的「重覆」
　　（redundancy），不妨改為「fore-doom'd」（預先命定）——若依此說，譯文可
　　作「都是去自定的命運」。Collier說，只有剛瑞烈是自殺的，雷耿並沒有。但譯
　　者認「自尋死路」不必親手動刀去自盡，一個人為自己預先命定這樣一個結局
　　也未嘗不是一種自殺。

88　按基督教教規，暴斃或自盡的人，因為臨死前不及向上帝懺悔和祈禱，那靈魂
　　是絕望的，沒有救，會墮入地獄。

89　對開本作「……says」（他說什麼話他自己也不知道）；四開本作「……sees」（他

　　　　　　　　認識我們更不成。

藹特加　　　　　　　　　　　一點都不行。

　　　　　　　一隊長上場。

隊長　　　大人，藹特孟死了。

亞爾白尼　　　　　　　　　那無關緊要。——

　　　　　親貴友好們，請明白我們的意思：

　　　　　這大禍[90] 該怎樣善後就怎樣去善後。

　　　　　至於我們自己，已決心辭了任，

　　　　　在這位老王上生前，把君權讓給他

　　　　　收回自用。——〔對藹特加及鏗德。〕

　　　　　你們，各自去復了位；

　　　　　另外還有些酬功。但那可償不清

　　　　　你們那片精忠。一切的親者

　　　　　都得嘗自己那美德底報酬。仇者

　　　　　喝一樽應受的懲創。——啊呀，你們看[91]！

李爾　　　我這可憐的小寶貝[92] 給他們絞死了！

　　看見了也認不出我們）。譯者認為對開本讀法較優，因為李爾這時候正呆望著
　　考黛蓮底屍身在出神，雖回答鏗德說「哦，我也這麼想」，但所答的究竟是什
　　麼，卻是連「他自己也不知道」。

90　Capell及Steevens說「this great decay」是指李爾。譯文依據Delius及Furness二家
　　註，不把它解作「大不幸的人」，而把它解作「大禍」或「巨變」。

91　Capell謂這是亞爾白尼見了李爾重復去擁抱考黛蓮底屍體而表示的驚異。參閱
　　註93Malone註。

92　原文「my poor fool」按字面譯當作「我的可憐的傻子」，但不能這樣譯。關於
　　這三個字，Furness本上集得有將近二十家底詮註，現節譯於後。Steevens：這

是李爾對他那縊死的考黛蓮（有人以為是指他的傻子，那不對）表示憐愛的意思；他正在注視她唇邊還有沒有氣息的時候，自己驀地死了。「poor fool」在莎氏當時是一句憐愛的語句，並不照字面直解。況且李爾底傻子早已被忘得無影無蹤；他在第三幕第六景裡，盡過了在劇情中的功用之後，就悄悄退了下去，不再上場。一個父親，目睹著愛女死在他懷中，而竟會想起從前供他解悶的一個弄臣，這未免太不近情，太不像真正的悲傷和絕望了。非但如此，考黛蓮是剛纔被人絞死了的；但我們卻不知道，也不能想像，為什麼那傻子要跟她同樣地死法。跟李爾敵對的這方面，對他的弄臣並無什麼利害衝突。他對於本劇的用處只在對比他主公底苦樂，減輕他主公底悲哀；那目的達到之後，我們的詩人對他的關切便完了。「poor fool」這句話，當一個臣下悼傷一位公主底天折時說出口來，的確不配，但由一位年邁力衰，神經錯亂的老國王（當他在一個已被人害死的女兒身邊作最後的呼號時，理智已失了駕馭，還存在的只有舐犢的深情）說出來，卻並無不妥。Reynolds不以此說為然，他說：有些人以為李爾在說他的傻子，不在說考黛蓮，我便是這些人中間的一個。這裡李爾對他那傻子的愛念，我總以為是莎氏作品中所常有而獨步的一著神來之筆，或人性底自然顯露。李爾對他的傻子似乎特別心愛；這傻子也忠心侍候著他，當他危難窘迫的時分極力慰藉過他，那麼對於他的愛顧似乎也受之而無愧。「可憐你這個傻子小使」，他在暴風雨裡這樣說，「我心裡倒還有些在替你悲傷呢」。所以我覺得，即使在這個比暴風雨更加幾分災害的當頭，李爾忽而想起他，並沒有過分地重視他。李爾原是一位和藹、熱情，而優柔寡斷的老人；或者可說是一個慣壞了的孩子到了年老的時期。這般慈祥的家庭之愛（愛他的「小使」）也許配不上一個比較英武些的性格，譬如說，奧塞羅（Othello）、馬克白（Macbeth），或理查王三世（Richard III），但出之於他這樣的一個性格，卻並無什麼不合。「沒有，沒有，沒有了命」等等，我猜想那語氣不是溫和的，而是極熱情極激越的：別讓什麼東西活著——讓大毀滅快些來降臨——「為什麼一隻狗，一隻馬，一隻老鼠要有命，你卻沒有一息氣？」我們還可以說，按戲劇底需要，至少為劇情合理起見，這個為作者、李爾以及聽眾所全都偏愛的弄臣，不該被遺失掉或遺忘掉，應當有一個下落才是。雖然如此，我們不能在這上面推論得太遠，因為莎氏並不常注意到把每一個他所創的人都交代清楚的。不過我又得說，假若有伶人存定了這個見解，以為這「poor fool」是指考黛蓮，我信聽眾一定會覺得很奇怪：一個父親怎麼會這樣子稱呼他的亡女，去表示悲傷和憐愛，而那個亡女又是一位王后？「poor fool」這稱謂確實是表示親愛的，而莎氏自己又曾在別處叫射死的鹿為「poor dappled fools」（可憐的那有斑點的傻子們），但

是這樣的用法卻決不會，也決不能合式的，只除非是去悼惜那些很低賤的東西，愛也許可以愛，但並不可貴或可敬。Malone確信Steevens底解釋是對的，他說：李爾在本景內從上場起到這裡，又從這裡起到他死去，可說是始終專注在他喪亡女兒的那件事上。不錯，他暫時曾被鏗德分心過一會，因為鏗德勉強他辨認他自己；但他立刻回到了他心愛的考黛蓮身上去，重復去俯視她的遺體。如今他自己已在瀕死的痛楚中掙扎；在這個肝腸寸裂的當兒，而還會想到他的傻子，那當然是不自然到了萬分。最重要的理由已經Steevens氏說過——李爾剛見到了他的女兒被人縊死，他來不及救她的命，雖然正好趕上了去手刃那奉命的兇手；但假若我們以為他的傻子也是給人絞死的，那可就並沒有一點根據可供憑藉了。至於「poor fool」這句話是否只能指「那些低賤的東西，愛也許可以愛，但並不可貴或可敬」，我想是不成問題的。莎氏用他的語句不一定嚴格地恰當，而且用他自己來闡明他用語底意義又往往最為可靠；那麼，他在旁處既然把這個稱呼加在亞多尼斯（一個又年輕又天真的美男子，非但為一位女神所重視，還為她所戀愛）底身上，而不以為不妥，在這裡為何不能同樣地應用到考黛蓮身上去？（譯者按，Adonis為希臘及羅馬神話中一美少年，為戀愛女神與地獄女神所爭戀，後由天帝調處，兩位女神輪流和他做六個月的夫妻；他是獵野豬時被野豬用獠牙刺死的。又按，莎氏有一首千餘行的長詩，名〈維納司與亞多尼斯〉〔Venus and Adonis, 1593〕專敘此事）。在古英文裡「fool」與「innocent」二字同義，所以這裡有「poor fool」這個特別用法。我想這裡這「poor fool」一語底涵義是「親愛、嬌柔、無告的天真無罪者」。Rann似襲用Malone底解釋，訓此語為「我的不幸的、天真的考黛蓮」。Knight謂這裡的「poor fool」也許和奧賽羅底「excellent wretch」（妙極了的壞東西，或可憐蟲）用意相同；可是我們以為，莎氏在這裡想表現的更許是一點特別的憐愛：李爾既然已經神志昏迷，說話時便將女兒和他回憶中的那個傻子混亂了起來。在風雨煎迫中李爾說道：「可憐你這個傻子小使，我心裡倒還有些在替你悲傷呢」。現在大難臨頭，慘痛攻心，昏迷中過去與目前相混，於是考黛蓮便變成了他的「poor fool」了。Collier則持論中立，認為傻子若果死去，莎氏應給他另外一個死法，方不致和考黛蓮底被縊相混；從另一方面說，傻子有來蹤而無去跡，下落不明，也不是一個辦法。此外，如Verplanck, W. W. Lloyd, Chambers, Wright, Dyce等多家，都贊成「my poor fool」即係指考黛蓮。新集註本之編訂者Furness則首先很疑惑，但終於信服了這個解釋。此外如Schmidt, Craig等也都斷言「poor fool」為一憐愛的稱呼，指考黛蓮而不指傻子。

　　　　　　沒有，沒有，沒有了命！爲什麼

　　　　　　一條狗，一匹馬，一隻老鼠要有命，

　　　　　　你卻沒有一息氣？你不會回來了，

　　　　　　決不會，決不會，決不會，決不會，決不會！——

　　　　　　請你解開這扣子[93]。多謝你，閣下。

　　　　　　你看見這個嗎？看她，——看著，——她嘴脣——

　　　　　　看那裡！——看那裡！　　　　　　〔死去。〕

藹特加　　　　　　　　　　暈過去了，——王上，王上！

鏗德[94]　　快碎啊，我的心！快碎掉！

藹特加　　　　　　　　　　王上，向上看。

鏗德　　　別打擾他的魂。啊，讓他去了罷！

　　　　　　誰把他在這具刑架上，這強韌的[95]人間，

　　　　　　多架些時候，準會遭他的痛恨。

93　1833年4月份《每季評論》(*The Quarterly Review*) 上評云：觀眾剛見到了而彼
此相表示過李爾底心神底殭絕，不旋踵之間李爾身上忽又發生了一陣極駭人的
變態，亞爾白尼便不禁叫道：「啊呀，你們看！」在強烈的刺激之下，李爾他
那萎弱的身體曾有過一陣迴光返照，那虛幻的振奮過後他馬上又陷入了絕望之
中，筋疲力盡，動彈不得。但就在這一點上，旁的劇作家只會描寫一個為父者
底絕望，莎氏卻能用微微一舉手的姿勢，形狀出李爾瀕死時他身體內部的變
化。全身的血液都已蓄聚在他心中，可是心房裡那微弱的激動已不能把血液重
行推出來了。李爾這時候已虛弱得不能解衣，但他只以為那窒息的感覺是因
為他衣服太緊而起，所以對旁人說道：「請你解開這扣子」。

94　此係從對開本原文；四開本裡這句話是李爾底。若從後者，前面李爾「死去」
那導演辭當移後去；依Wright說，那導演辭該在鏗德下次說話時。

95　譯文據對開本之「tough」，意思是說這人間是具不壞的刑架。Pope，Capell等從
二三版四開本，作「rough」（強暴的、粗魯的）。後一種讀法缺少蘊蓄，有一瀉
無餘之弊。

藹特加	他真的去了。
鏗德	奇怪的乃是他竟會
	支持得這麼久；他只是強據著生命。
亞爾白尼	把他們擡走。——我們目今的事務
	是要上下一體地去同伸哀悼。——
	〔對鏗德及藹特加。〕朋友們[96]，這一片邦疆由你
	們兩位來主宰，請你們來支持這分崩共殘碎[97]。
鏗德	公爺，我不久就要別離這塵世；
	我主公叫我去，我不能向他推辭[98]。
藹特加[99]	我們得逆來忍受著這傷心的重擔；

96　原文「Friends of my soul」，屬於修詞學裡的所謂紆曲說法（periphrasis），意即如譯文，見Schmidt之《全典》。原文從本行起到劇終，不用素體韻文（blank verse）而用雙行駢韻體（heroic couplet）。

97　原意為「這破碎的政權」。Jennens謂最好全劇就在這裡停止，譯者頗有同感。

98　對開本二、三、四版於鏗德說完這話後有導演辭「死去」，從此者有Rowe等五家。Jennens云：鏗德不允從政，只因為他年邁力衰，不勝煩劇之故，卻並非因為他要馬上倒地而卒。他只說他不久要去旅行，然既無訣別之意，又未表示就要死的徵兆，設若忽然死去，豈不太突兀，太出人意外了嗎？Malone云：鏗德上場時曾說過，「我來和我的王上和主公永訣」，可是那句話和這裡的要旅行一樣，只能表示說話人底悲感。「shortly」（不久）這個字確鑿證實了莎氏不要他在臺上死。譯者覺得Malone此解最妥切。Moberly謂「a journey」（一次旅行）乃是到另一個世界去的意思。Schmidt謂「My master」是指李爾，不是指上帝「我主」。

99　對開本諸版作「藹特加」，四開本作「亞爾白尼」。Theobald謂，演藹特加的那演員在莎氏當時很受人歡迎，所以遵著戲劇底禮節，這最後幾句話不讓權位大的亞爾白尼說，而讓藹特加說。Halliwell云：這四行應由亞爾白尼說，因為他在死剩的幾個人中間權力最大，地位最高。他這話又似乎在輕輕責難鏗德底絕望語，告訴他「我們得逆來忍受這傷心的重擔」。如果鏗德死了，決不會這樣

有話說不出，只能道心中的悲感。

最老的遭逢得最多。我們年少的

決不會身經如許，還活得這樣老[100]。

〔同下，奏喪亡進行曲。〕

平淡地過去；而且亞爾白尼這幾句話也就失掉了它們的意義。Schmidt云：這幾
句話分明是藹特加說的，因為他得回答亞爾白尼剛纔說的話。還有，那話裡的
意思——他暫時說不出他應說的話——完全不合亞爾白尼底口氣，因為在這最
後一景裡，他從未忘懷過國家大事或公眾底利益。可是最後那兩行和公爵底性
格卻很相當，而且按照戲劇底成規也該由他出口。也許前兩行和後兩行本來應
由藹特加和亞爾白尼二人分說。Craig從對開本，說Theohald所給的理由不成為
理由；這四行，作者本意是叫藹特加說的，因為一來他務須回答前面亞爾白尼
對鏗德和他所說的話，二來「我們年少的」一語由他說來也比較地自然。Bradley
也擁護對開本，他說：對鏗德底絕望語所下的「輕輕的責難」似乎更適合於藹
特加底性格，而且我們也不能證明亞爾白尼年紀輕，雖然我們也沒有理由猜想
他年紀不輕。

100 Jennens云：最後兩行簡直是蠢話，分明非作者原筆，不論誰只要改得好就不妨
　　一改。Capell（從四開本）云：亞爾白尼底意思是說，他身親經歷過這許多滄
　　桑，定會減壽幾年。Dyce云：最後一行底意義確是太晦。Moberly註：年老和
　　悲多對於不快樂的李爾是同一件事情；他一生經歷過那麼樣愁慘黑暗的時日，
　　那麼樣無比的忘恩負義和暴躁的縱情任性，即使我們也活到他那樣的年紀（那
　　是多半不會的），也決不會經歷到他那樣的壞日子。Bradley註：「最老的」不是
　　指李爾，而是指「我們中間最老的」，就是說，鏗德。末行譯文「還」字即從
　　Bradley之以「and yet」釋原文之「nor」。

附 錄

李爾王悲劇附錄

一　最初版本

　　《李爾王》最早的版本，和莎氏其他劇曲底版本一樣，也分四開與對開兩種。在十七世紀這本戲底四開本共印行了三次，第一次在1608年，第二次1619年，第三次1655年；對開本共印行了四次，初次1623，二次1632，三次1664，四次1685。這前後七種版本中以初、二兩版四開本和初版對開本最爲重要，十八世紀以來各校訂註釋家所根據的就是它們；其餘四種版本則較爲次要，因爲都是那三種最初版本底直接或間接的重排複印本。莎劇底原稿、抄本、演出本、紀錄本和印底，我們知道，都早已被時間磨骨揚灰，化歸烏有；而作者當初寫作底目的又只是在戲臺上演出，不預備發表，所以他從未親自監印過任何一篇劇本：因此兩層原因，比較最可能與原作相近的十七世紀版本當推那三種最初的本子了。

1607年倫敦書業公所底《登記錄》（*Stationers' Register*）上有這樣一項登記：

26 Novembris

Nathaniel Butter	Entred for their copie vnder th andes of Sir George
John Busby	Buck knight and Th wardens A booke called. Master WILLIAM SHAKESPEARE *his "historye of Kinge Lear" as yt was played before the kinges maiestie at Whitehall vppon Sainct Stephens night at Christmas Last by his maiesties servantes playinge vsually at the 'Globe' on the Banksyde.* vj^d

這裡「Nathaniel Butter」和「John Busby」是請求登記的兩個出版家；「SIR GEORGE BUCK」爲詹姆士一世底內庭歡娛總監（Master of the Revels）——按當時一般的書籍於印行前須經坎忒白列（Canterbury）大主教或倫敦主教所委的檢書牧師檢查過，方准出版，戲劇底演出則須通過內庭歡娛總監底檢查，由他認爲沒有藝瀆神聖、譏彈政治、妨礙國策、毀謗顯要和語涉淫猥等錯失後，就可以正式上演，上演過的劇本若要出版就不必檢書牧師底重行審閱了；「Th wardens」爲書業公所底主事兩人，冊上未列名姓；在御前上演的大概就是初次演出日期，「*Sainct Stephens night at Christmas Last*」爲1606年12月26日；戲班「*his maiesties servantes*」乃莎氏自己所隸屬且有份頭的國王御賞班（the King's men）；「*the 'Globe' on the Banksyde*」則爲國王御賞班平日在那裡演出，供民

眾看戲的地球劇院，位於泰姆士河河濱；「vjᵈ」是印書登記費六便士。

　　上面所說在1607年11月26日登記的那本書便是《李爾王》第一版四開本，下年出版時書名頁上的題名全文是：

M. William Shak-speare: ｜ *HIS* ｜ True Chronicle Historie of the life and ｜ death of King LEAR and his three ｜ Daughters. ｜ *With the vnfortunate life of* Edgar, *sonne* ｜ and heire to the Earle of Gloster, and his ｜ sullen and assumed humor of ｜ Tom of Bedlam: ｜ *As it was played before the Kings Maiestie at Whitehall vpon* ｜ S. Stephans *night in Christmas Hellidayes.* ｜ By his Maiesties seruants playing vsually at the Gloabe ｜ on the Bancke-side. ｜ *LONDON*, ｜ Printed for *Nathaniel Butter*, and are to be sold at his shop in *Pauls* ｜ Church-yard at the signe of the Pide Bull neere ｜ Sᵗ. *Austins* Gate,. 1608. ｜

這初版四開本叫做「花牛版」（'Pide Bull' edition），因為書名頁上載明發行人Nathaniel Butter底店招以花牛為記。我們現在認為初版四開本的這「花牛版」和我們現在認為二版四開本的版本，究竟那一個在前，那一個在後，莎劇底版本專家在十八世紀開始的一百六十餘年中一直沒有弄清楚。W. G. Clark和W. A. Wright在他們編校的劍橋版全集（1866年初版）腳註裡比較這兩種版本時，還叫「花牛版」為二版四開本，叫我們現在認為二版四開本的版本為初版四開本。這兩位聲名藉藉的莎劇學者於劇本編完後纔開

始在序文裡承認他們書中所說的二版四開本在前，故是真正的初版四開本，他們書中所說的初版四開本在後，故是真正的二版四開本。不過他們還以爲這兩種版本底前後相距不甚久，在同一年內印行，因爲二版四開本底書名頁上分明也印著1608年出版。這錯誤一時無法消除，要留待二十世紀底莎劇學者來改正了。

　　然祇就初版四開本而論，使問題尤其複雜化的是同屬於這所謂「花牛版」的各本也不盡相同：Halliwell-Phillipps說在僅存的十二本「花牛版」本子裡（W. L. Phelps在1922年耶魯版《李爾王》裡說只知道有十本存在了）沒有兩本完全一樣。那原因據Clark和Wright說，大概是「花牛版」排印底當兒，有些張上的誤植是印過了多少份後纔被發覺而改正的，迨改正後又繼續印出多少份來，也有發覺了誤植之後手民猜測情形以錯改錯，乃至改得更糟的，如此先後參差，紊亂更甚。而且（Furness特別贊成此說）再加上改過的和未改過的各張被釘書作工人摻雜混亂了起來，沒有一份份地理清，於是這版本上的隱謎便越發難於猜透了。劍橋版全集兩位編者底這個假定，以及他們對於兩種四開本孰先孰後的見解，隨後經Daniel在他影印「花牛版」四開本的序文裡加以確鑿的證實，至此將近兩百年的疑難摸索遂一掃而空。

　　至於各本初版四開本所共有的錯誤費解處，手民底印誤固然是一個因素，但另有個或許更重要的原因則爲排版時印底上的錯誤太多。據校訂家研究底結果（見E. K. Chambers: *William Shakespeare*, vol. I, pp. 161-'2, 465-'6; Clarenden Press, Oxford, 1930），「花牛版」底印底大概是用當時的速寫法（叫作「stenography」，又叫作「brachigraphy」），在演出時偷記下來的，

然後由速記人錄出全文，印書人即據以排版。「花牛版」印底來自速記底證據很多；譬如說，有關文好多段，分行往往分錯（有時一行韻文開始弄錯以後，跟著就把行中間的文句中斷作爲行底起訖，直到遇著另一錯誤或整段韻文結束時方重新弄對），有些韻文行完全沒有音組，散文印成韻文而韻文則印成散文，全劇除逗點以外差不多不用其他的標點符號。「花牛版」《李爾王》雖有這些毛病，但比起莎氏其他劇曲底初版四開壞印本來，還算是相當高明的；它的記錄人只在分行與句讀二事上欠缺了點功夫。如果速記偷記底說法不錯，「花牛版」這本子想必是既未得戲班許可，又未經作者同意的所謂盜印本了。發行人Nathaniel Butter雖曾把這本書向書業公所做過登記手續，保護他的版權，但那版權底獲得就根本未見得合法。我們知道他在1605年曾盜印過海渥特底劇本《你若不認識我，便誰都不認識》（Thomas Heywood: *If You Know Not Me, You Know Nobody*），後來曾被海渥特所公開責難過。

　　第二版四開本，經Pollard，Greg，Niedig等莎劇版本專家底考證（見Chambers, vol. I, pp. 134-'5, 463 ff., vol. II, p. 396），論定是「花牛版」底重排複印本，於1619年出版，發行人爲William Jaggard，印行前大概曾得到「花牛版」原發行人N. Butter底許可，但並未向書業公所作轉移發行權底登記。它書名頁上的題名全文是：

M. William Shake-speare, │ *HIS* │ True Chronicle History of the life │ and death of King *Lear*, and his │ *three Daughters.* │ *With the vnfortunate life of* EDGAR, │ sonne and heire to the Earle of

Glocester, and | *his sullen and assumed humour of* TOM | of
Bedlam. | *As it was plaid before the Kings Maiesty at White-Hall,*
up- | *pon S. Stephens night, in Christmas Hollidaies.* | By his
Maiesties Seruants, playing vsually at the | *Globe on the Banck-*
side. | Printed for *Nathaniel Butter.* | 1608. |

這版本我們叫它「N. Butter版」，如今已確實證明為1619年之二版
四開本。當時印書很馬虎，Jaggard也許只把他的印底「花牛版」
書名頁上的書店地址劃去，可並未把自己的書店地址補入，其他
都一仍舊貫，就是印行年代也沒有改正。這樣一來，更使得莎劇
學者如入五里霧中：Capell, J. P. Kemble和初版劍橋本全集腳註
裡，都誤認這「N. Butter版」在「花牛版」之前；其他自Rowe,
Pope等起以迄1866年前的校訂註釋本，則只要講到這兩種版本底
年代，便無不誤認它們於同一年內印行。這「N. Butter版」現在
雖已證明是「花牛版」底重排複印本，因而權威不大（Phelps 在
1922年耶魯本裡說，他知道此書現有二十八部存在），但它有幾處
很有價值的改正「花牛版」印誤的地方，卻不能在現存的任何一
冊「花牛版」本子裡找到。並且大體上它比「花牛版」要印得好
得多——那也許是世間少有的一種惡劣印本。不過總起來看，它
們是相差不頂大的兩種本子，二者合起來往往與初版對開本對
稱，雖然在重要性上絕不能跟它分庭抗禮。

　　初版對開本係莎氏去世後他的戲班裡的兩位同事好友John
Heminge與Henry Condell所付印，《李爾王》乃其中三十六本戲曲
之一。《莎士比亞喜劇史劇悲劇集》這書名初次見於書業公所底《登

記錄》，登在1623年11月8日項下；實際登記的只是十六個從未印行過的劇本，有兩個則雖未出版過也未被上冊，其餘十八個已都有四開本行世；申請登記的發行人為Edward Blount與Issak Jaggard（William J. 之子）；審查官這一次不是內庭歡娛總監，而是聖保羅禮拜寺裡的一位檢書牧師，名Thomas Worrall；登冊主事姓Cole，名不詳。這部戲劇「全集」（Pericles一劇未收入），據Willoughby說，也許在1621年就開始排版，中經停頓，書名頁上載明1623年發行，但實際出書恐怕在1624年2月間。書名頁正中印一Martin Droeshout所作之鑴版莎氏像，照相縮影見本書上冊卷首題名頁對面。《李爾王》在這「全集」內被列入悲劇部分，佔283至309頁；它與《馬克白》、《奧賽羅》與《沁白林》都經分幕分景，其他悲劇則不然。這版本毫無疑問要比兩種四開本好得多了，而且所根據的定必是與初版四開本所用者頗不相同的另一印底。雖然它較四開本為優，但正如Collier所云，莎氏劇作中卻很少有《李爾王》這樣靠四開本補足它的缺文，成為足本的。這是因為四開與對開版本底劇辭很有長短不同之故。據新集註本編者Furness氏底估計，四開本內約有220行為對開本所沒有，對開本內則有50行為四開本所沒有；結果四開本底總行數比對開本者要多出約175。惟Craig, D. Nichol Smith, Phelps, E. K. Chambers等俱謂四開本約有300行為對開本所無，對開本約有一百十行為四開本所無。這計算頗有出入大概緣於計行底方法不一樣，Furness併兩半行為一行，其餘各人以兩半行為兩行。總之，四開與對開版本大有參差是不成問題的。這參差，多而少，少而多，便成了莎劇校訂學上一片極饒興趣的研究園地。究竟對開本付印之前，是誰做過了

一番刪削工作，有一處甚至把整整一景（第四幕第三景）完全取消？是作者自己嗎，還是同班底伶人？有何計畫，抑出於偶然？目的是要縮短劇本呢，還是要增進戲劇效果？這些都是這兩種版本如此參差所引起的問題，而對於它們的答案倒是德國莎劇學者比英國莎劇學者更來得注意。

　　Johnson相信對開本所根據的是莎氏自己的最後改稿，改得很匆忙隨便，修短劇景底用意多，而貫串劇情進展底存心少。Tieck以爲對開本裡的缺行有些也許因爲詹姆士一世崩位後檢查書籍較嚴而刪去的，有些也許是爲影射的地方故實已逐漸晦隱，或暗指的新聞事件已失掉時效，這一類東西莎氏劇曲中以本劇爲最多；至於第四幕第三景之被削也許因爲缺少了一個勝任愉快的演員去表現它，或者爲了要使劇情結構單純化，以免除若不截去便準會引起的劇情糾葛。Knight把對開本推崇備至，斷定它的刪削與增添俱出於莎氏自己，非任何編者所能代庖。第三幕第一景「他撕著白髮，……都同歸於盡」是一段精彩的描寫，不過作者去掉它自有他的權衡，因爲跟著在第二景裡就可以見到李爾在同一情形中的行動。同幕第六景「我馬上來傳訊她們……」一段（見本書該景註7、註21）很難說定被刪底用意何在：也許因爲扮李爾的伶人在第三幕裡演得力竭聲嘶，爲節省他的精力起見，不如把這段略去；更大的原因或許是鏗德在此段之前剛說過「他所有的聰明才智完全讓位給了狂怒」，這場幻想的審判會顯出瘋人底神志太有條不紊了。藹特加在這一景臨了時的叶韻獨白，作者當然不妨省略它，不會感到可惜。亞爾白尼痛罵剛瑙烈的第四幕第二景被節縮得很多；若依四開本卻並不能推進劇情，而對於劇

中人物性格底發展也沒有多大的貢獻。同幕第三景完全給削掉，那是這首劇詩裡最淒美動人的一景；若果四開本不把它保全著，我們確乎要惋惜不置。但這一景大部分是描寫的文章；這描寫固然曼妙無比，尤其是使我們更深切知道考黛蓮性格可愛到絕點的一些地方，然我們畢竟相信我們的悲劇詩人，Knight說，我們相信他很嚴正地決意讓這篇驚人的劇本完全倚重它的動作，而不靠別的東西。至於以後的缺行，直到劇終，就不多而不甚重要了。

　　Delius（德國莎士比亞學會《年刊》卷十）主張非但對開本底闕文不是莎氏自己的刪削，就是四開本所少的也並不出於他的本意。對開本所沒有的「220行」他斷定是伶人們所截去的，用意乃在縮短上演底時間。四開本所沒有的一些行則為手民底疏誤遺漏，大都起因於印底之殘缺不清。就事件本身而論，莎氏既然身為伶人，由他自己去刪削他的劇本，似遠較由旁人捉刀為自然。但我們知道他為班子裡寫好了劇本，交卷之後，自己素來是漫不經心的，劇本底命運和文名底顯晦悉數放在度外。對於《李爾王》他的態度多半許是一貫的，所以上台表演底問題大致不復能使他操心，而照例由地球劇院底戲班子，劇稿底主人翁，去全權決定。況當1608年，初版四開本出版而正值這本戲在舞台上風行的時候，莎氏正住在故鄉司德拉福（Stratford-on-Avon）。是不是那時候或往後，Delius問，班子裡的伶人們會特地去麻煩遠離倫敦的作者，請他親自刪削，以便上演，既然這樣一件工作，在慣於處理此類例行公事的他們看來，分明是日常會碰見而他們自己儘可以同樣不費吹灰之力去做到的事？而且假定莎氏自己果真刪改過此劇的話，對開本上一定留得有確曾改易過

的痕跡，必不僅止於劃去多少行而已。莎氏不會自己覺得《李爾王》裡的那一段是多餘的，否則他的編校註釋者認作贅疣的部分他不會寫入劇中。歸結起來，Delius相信對開本所根據的是較晚的一個劇稿，爲劇院所有；它與莎氏原作比較還近似，不過曾經管理劇院的伶人們刪削過。

　　Koppel（1877）與Delius底見解完全相反，他認爲四開與對開兩種版本裡的刪行削景都出自莎氏自己。莎氏是伶人、劇院管理人、戲劇作家與劇院詩人；他對於劇曲底出版和文名底顯晦無論怎樣不感覺興趣，但對於劇本在舞臺上的成敗，就是說，應否把它們截長補短，以便適合於上演，可不能漠不關心。據他說，先後的次序是這樣的：原來是與四開本差不多的一個劇本；其次是加長了的，就是四開本加上對開本所增的110行，頗像我們現代版本底方式；最後因感覺太長，大加剪裁，便成了最短的對開本所保存的那樣子。Koppel把這兩種版本裡所多出的或缺少的一一加以評騭，茲將新集註本所選者重述三五，以見一斑。四開本所遺的第一幕第一景38至43行「好讓我們釋去了……永免將來的爭執」一段（見本書上冊頁四；**本版第7頁**），夠不上作者水準，雖然四開本裡多數的闕文確出於莎氏之本意，跟著47、48兩行「如今我們既然要……從政的煩憂」（見上冊頁五；**本版第8頁**）可能是對開本裡的蛇足，因它們重複了上面的「而且決意從衰老的殘軀上……力壯的年輕人」一段（頁四；**本版第7頁**）。對開本缺少第三幕第一景「他撕著白髮……」的一段與削掉第四幕第三景全景，Koppel對它們與Knight底意見略同。對開本內第三幕第一景30至42行「可是法蘭西……這重任交與你閣下」（見該景註14）之

被刪，是因爲李爾底苦難已傳到了法蘭西（四開本裡兩位不列顛公爵底不和似乎是法軍乘機進侵底唯一原因），若再派這位貴人到多浮去見考黛蓮便成了多餘的、沒有目的的事了。從對開本文字上看來，我們只得到李爾即將遇救的一點有安慰性的保證：鏗德告訴這貴人時只出之以暗示，卻並未言及法軍已在多浮登陸。這個有安慰性的暗示，以及錢袋和戒指，都是這忠誠的武士所應得的報酬；而把這暗示放進這預備的劇景裡，便使它變成了急進的悲劇劇情中的一瞬刻撫慰的靜謐——這正是刪去這十二行底高明之處……。

　　Schmidt（1879）責備現代版本集納四開與對開各版本底字句行景爲不合理，因爲作者從未寫過那樣的綜合作品。四開本底不合法是顯而易見的，因爲對開本上莎氏兩位老友Heminge與Condell在〈致讀者〉文內說得極明白：「你們以前受了各種偷得的私印本底欺騙，那些本子全都被那班爲害的發表它們的騙子在欺詐偷竊中弄得殘缺失形；如今你們可以看到那些本子已治好了殘疾，手足俱全」。當然，可靠的劇稿跑進書商手中，被印成四開本子，並非絕不可能，但實際上是極難的事。全本劇稿，我們要曉得，是在劇院管理人手裡的，他們中間不見得會有一個出賣他們自己專利的內奸；而在伶人方面呢，每人只單獨知道自己的劇辭，一個外面的買稿人要得到全劇劇辭，便非得使全劇的伶人們來一個有組織的同謀不成。可是僱了速寫的抄手在戲院裡紀錄全劇，只要不怕麻煩，肯花錢，卻並非難事。一個速記員來不及可用兩個三個，彼此替換；一次上演來不及可分兩次三次，務使全文到手。《李爾王》底兩種四開版本便是這樣得來的；它們與對開本相

異處不值得考慮（只除了十三四處對開本上顯然的印誤之外），因
爲後者至少與作者原稿有間接的關係。這劇本結構謹嚴，而對開
本所去掉的都無關宏旨，故可斷言其非出於凡庸之手。我們可以
假定在這版本出來的前幾年，舞臺上的本劇便是這個模樣。至於
兩種四開本之較長，並不能證明它們比對開本爲較全：我們只能
說上演它們的時候對於舞臺底需要還沒有充分的經驗。有人說，
四開本所根據的爲較早的原稿，對開本底印底是莎氏後來的改正
稿。這親自改正一說全無史實可憑。對開本底付印人分明說道，「他
心手相應，想到的就暢達出來，我們難得在他稿子上見到一處塗
抹」，而莊孫（Ben Jonson）引莎氏同事的伶人們底話也這樣說法。
四開與對開版本底異文有許多完全不相干：字句間稍有出入，意
義上並無大不同，對於整篇作品則絕對不重要。如果對開本確係
印自改正稿，許多改正便會給予伶人們許多麻煩和惑亂，那是斷
乎要不得的事。但假定了四開本印底得自速記之後，四開本上許
多異文就不難推知其故了。伶人們底記憶有時未必可靠，這是一；
他們也許未必認真把莎氏原劇一字不易地念出來（譬如說，在他
們看來，「stoops to folly」跟「falls to folly」無多大分別，「protection」
與「dear shelter」差不多），這是二；還有速記員用的縮寫，有時
被手民所誤讀（如前者用「my l.」以代「my lord」，後者排成了「my
liege」），這是三；速記稿上又往往有空缺，留待後來填補，而結
果每被誤填（如「high winds」誤作「bleak winds」），這是四；此
外速記員將劇辭聽錯寫錯，尤屬意料中的常事，不足爲奇。總之，
Schmidt認爲四開本不可靠而對開本可靠，但對開本並非莎氏自己
修改底結果。

　　Fleay（1879，魯濱蓀《文學擷英錄》）提出闋文緣於檢查說。四開本，他說，正如它書名頁上所云，為1606年12月26日在御前上演的那個劇本；分幕分景而頗多刪削的對開本則是適應於舞臺需要的節縮本，節縮大概在莎氏去世後1616至22的六年間。當1605年原來的劇稿寫成時，時事新聞有下列各件正深印著人心：Jane王后不久前（在1604年10月）問訊過占星術士，她對此道信仰甚深；當時正傳聞著詹姆士一世與王子亨利失和；新朝底大批封爵頗為時下所譏訕；英倫與蘇格蘭方（1604年10月20日）公告合併；1605年11月5日之火藥大陰謀鬨動著朝野，餘驚未息。因此，第一幕第二景103至108行「我的這個壞蛋就中了這兆頭；這是兒子跟父親過不去：國王違反了他本性底慈愛；那是父親對孩子不好。最好的日子……」的一段（見本書上冊頁四○至四一，註25；**本版第40頁**），在作者原意也許並無所指，惟於宮中上演怕會引起誤會，故被檢查官刪去，而遂不見於四開本內。反之，用以替代此段的九一等行（見註21）及一三七等行（見註33），內有「我愛他得那麼溫存；那麼全心全力地愛他」（上冊頁四○；**本版第38頁**），「對國王貴族們的威嚇和毀謗」（頁四三，指火藥大陰謀；**本版第43頁**），「婚姻被破壞」（頁四三，指厄塞克斯伯爵夫人事；**本版第43頁**）等語，對於詹姆士一世卻並無冒瀆之處，故被加入四開本內。還有第一幕第四景三一七至三二八行「這人計算多好！……還是要——」的一段（頁七五至七七；**本版第70頁**）為四開本所無，其中尤以這幾行為詹姆士一世所難於容忍：

　　　　……，他便會指使他們那暴力

　　護衛他自身的昏憒，甚至威脅

　　我們生命底安全。

而最明顯的例子是第三幕第一景二二至四二行的一段（頁一四七至一四九，註8及14；本版第139-140頁）：那裡「他們有些個……遮蓋這隱事的虛飾」的幾行準是因不便上演而被刪掉的，故不見於四開本，替代它的則分別是「可是法蘭西確已有……交與你閣下」的幾行。原來這幾行

　　……他們有些個——

　　權星高照的，那一個沒有？——屬僚們，

　　外形像僚屬，暗中卻為法蘭西

　　當間諜和探報，私傳著我邦底內情。

　　看得見的，譬如……

　　再不然就有更深的隱事，以上

　　那種種許只是遮蓋這隱事的虛飾。

觸犯權貴們底禁忌非常深，因當1604年冬天，英國與西班牙議和條約簽訂了還不到六個月，而這和約是賄賂了Suffolk, Northampton, Pembroke, Southampton, Dirleton等顯要纔成議的：所以這幾行不能放在宮內上演的劇本裡不必說，就是在地球劇院公演時，如果說了出來，也怎能不被觀眾誤解為暗射這一件大規模的敗法毀紀案底隱語？至於四開本底舛誤百出，和對開本闕佚之非出於莎氏本意，但為管理劇院的伶人們所刪，則Fleay與Delius

完全同意。

　　A. C. Bradley謂（《莎氏悲劇論》，1904），《李爾王》在莎氏悲劇中最偉大，最神奇，沖天貫日，莫可與京，雖然它也最富於晦冥、矛盾、難解處（勃氏所示這篇大悲劇底短處不下二十點，但我們在這裡不能列舉，因若欲將作者底主旨公平表達出來，便得把他積極方面的立論也盡述無餘；但那是篇幅所不許可的事，故只得留待將來，讓我們萬一有機會譯完了四大悲劇之後，再把這本自身便爲不朽傑作的劇論也譯出來，以見其全。我們鄙夷利用了勃氏底反面文章去指摘如此一篇偉構的詭計，因爲那麼做只能使讀者得到一個扭曲論者真意的誤解——而勃氏原文分明並不會招致任何誤解：他說（p. 261）全劇底沒遮攔處跟它的缺點相形之下，我們不是不覺得後者底存在，便是認它們爲無關緊要。質言之，斷章取義，故意造成那樣的誤解，由嚴肅的觀點看來，對讀者簡直是一種無恥的詐術，對勃氏是絕大的侮蔑，對《李爾王》則如蚍蜉撼大樹，並不能傷其毫末）。這些缺點大體上是因爲它的闊大、驚險、崇高、需要有它們，一小部分則許是起因於莎氏寫作時的粗心。不過那小部分，創作時的疏忽遺漏固然可以認作一個或然的原因，另一個也許更真切的原因則是爲了題材太豐富，怕劇文過長，演出諸多不便，故莎氏（a）於寫作時即力自撙節，不曾照原來所想像好的計畫充分揮灑出來，或者（b）於寫成後始加以刪削，惟未經一度細心的修改，遂致有些地方顯得劇情不明晰、不接榫。譬如說（*Shakespearean Tragedy*, Macmillan, London, 1922; note T, pp. 446-'48），李爾怒責剛瑙烈「什麼，一下子就是五十名隨從！」（見本書上冊頁七三；**本版第68頁**〕），但檢視前文，

她並未說起過數目，只表示了一點願望（「請允從我削減從人的願望」，見頁六九；**本版第64頁**）：也許剛瑙烈原來表示願望時確曾說起過數目，但劇本寫成後或被刪去，故怒責底語意就有些脫節。（雨按，這裡未必是脫節：剛瑙烈可以先斬後奏，表示願望時已把半數的隨從裁去，等到李爾下場去纔初次發現此事，於是馬上回場上來，責她「一下子……」，且希望雷耿「撕掉你這張狼臉」）。還有，第一幕第一景浡庚岱公爵有向考黛蓮求婚的優先權，法蘭西王則被列為，並自甘居於次選，那原因大概也可以納入（b）類。此外傻子底命運沒有交代，以及其他的幾個缺點，都可以歸咎於僅事刪削而未經修改。至於可納入（a）類者，如葛洛斯忒於本劇開始前也許慫恿過李爾底劃分國土的意思，鏗德則力持反對。如果這猜測不錯的話，第一幕第四景一三五行傻子說起「有個人啊勸過你」（頁六〇；**本版第58頁**），和第三幕第四景一五五至一五六行葛洛斯忒謂：

> 公主們巴他死。啊，那個好鏗德
> 他說過會這樣的，可憐他遭了流放！

（頁一七六至一七七；**本版第166頁**），這兩處就會顯得更有意義了。這樣一來，劇中兩個故事就可以連繫得更外密切。……最後，全劇有三段通常被疑為他人所妄自增入者，Bradley（note V, pp. 450-'3）認第一段（第一幕第五景景末兩行，頁八二，註13；**本版第75頁**）確係偽託，第二段（第三幕第二景從傻子底「好一個夜晚！」起至景末，頁一五八至一六〇，註23；**本版第148頁**）亦然，

第三段（第三幕第六景景末譪特加之獨白，頁一八九至一九〇，
註45；本版第180-181頁）則翔實可靠，為莎氏手筆無疑，Bradley
對此三點各舉理由五六條作證，茲不具述。

　　E. K. Chambers（*William Shakespeare,* 1930）相信四開與對開
兩種版本彼此對比後各自所缺少的字句行景皆為莎氏原作所固
有，闕佚底原因則不一。唯一的例外是第三幕第二景景末傻子底
一段預言；這十七行他認為確係偽託。四開本之印底為一速記稿，
它的闕佚大率為伶人們、速記員與印工底錯誤，有三處則或許是
檢查官底刪節。對開本底刪削未見得高明，大致是劇院裡為解決
演出問題而去掉的，雖然手民底印誤與檢查官底刪節（三處）也
不無關係。遺漏第四幕第三景整整一景乃是個主要的損失，因為
這一景是考黛蓮前後出場相距過久的一個居間的連繫。要追究從
事此類刪削的是莎氏自己還是同事的伶人，是件無聊而無益的
事；不過我們可以斷定排印對開本所根據的印底定為劇院裡的演
出本劇稿。

二　寫作年代

《李爾王》底寫作年代，比起莎氏有些劇曲底寫作年代來，可說是還不難作相當準確的考定。現存得有兩個時間上的界限，一個決自內證，一個決自外證，二者前後相距只有三年：從1603到1606。

供給外證的是書業公所《登記錄》，它告訴我們這本戲於1606年耶穌聖誕節上演於宮內的白廳；由此可知寫作必在這最晚的時間界限之前（但Bradley謂在宮內上演未必一定是第一次演出，見p. 470）。從內證上我們可以找到一個最早的時間，寫作必在它這界限之後。

作內證的是劇中所提及的寫作前之時事三件：第一件爲哈斯乃底《揭發狀》，最先指出此事者爲Theobald；第二件爲藹特加裝瘋時所哼的小調，不用通行古歌謠裡的「英吉利人」而曰「不列顛人」，此事爲Malone所最先指出；第三件爲葛洛斯忒說起的「近來這些日蝕月蝕」，首先提供我們注意的是Aldis Wright氏。

先說哈斯乃《揭發狀》（Samuel Harsnet發表此小冊時爲坎忒白列大主教Richard Bancroft手下的牧師，後來他自己被任爲約克大主教）。此書於1603年出版，書名頁上的題名全文甚長爲「A Declaration of Egregious Popishe Impostures, to with-draw the harts of Her Maiestie's Subjects from their allegeance, and from the truth of Christian Religion professed in England, under the pretence of casting out devils. PRACTISED by EDMUNDS, *alias* Weston, a Jesuit, and diuers Romish Priestes his wicked associates. Where-unto are annexed the Copies of the Confessions, and Examinations of the parties themselues, which were pretended to be possessed, and dispossessed, taken upon oath before his Maiesties Commissioners, for causes Ecclesiastical AT LONDON Printed by Iames Roberts, dwelling in Barbican, 1603.」《李爾王》涉及此書處見第三幕第四景註11，40及57，同幕第六景註2，13及17，和第四幕第一景註17。內證三事中以這一件爲最無問題，其餘二件則考訂家對它們的意見不大一致。

第二件內證，據Malone說，限制這本戲底寫作期間在1604年10月以後。第三幕第四景景末藹特加假裝著苦湯姆哼道：「……『fie, foh, fum, 我嗅到一個不列顛人底血腥』」。可是在比莎氏此劇較早些的書籍裡遺留下來的這兩句古曲辭都是「fy, fa, fum, 我嗅到一個英吉利人底血腥」。原來蘇格蘭王詹姆士六世兼承英國王位而後，國會於新朝第一次開會時宣佈他是大不列顛王詹姆士一世，那是1604年10月24日。莎氏寫作《李爾王》定必在此事之後，故將流行的「英吉利人」改爲「不列顛人」。Malone又推斷本劇初次上演多半在1605年3、4月間。怎麼知道呢？書業公所《登記錄》是年五月八日登錄著一個「新近上演過的」劇本，叫作《萊琊王歷史悲劇》（*the Tragecall historie of kinge LEIR and his Three Daughters & c.*），印刷人爲Simon Stafford，發行人爲John Wright。這登記的劇本不知作者何人，乃1594年5月14日Edward White早已登記過的《萊琊王歷史劇》（*The moste famous Chronicle historye of LEIRE king of England and his Three Daughters*）之第二次上冊。Stafford與Wright登記時，Malone說，分明因莎劇《李爾王》在戲院裡上演成功，出版人希望書底銷路沾一點賣座好底光，所以想用「新近上演過的」一語去蒙混買書的顧客。不過這騙局後來終於放棄了一部分，所以實際出版時書名頁上還是印著《萊琊王歷史劇》（*The True Chronicle History of King LEIR, and his three daughters, ……*）底題名，雖然「新近上演過的」一語仍未取消，若照以上的說法，《李爾王》初次演出果真在1605年3、4月間的話，它的寫作期就一定在這時限之前。總結起來，本劇寫作年月可以論定在1604年11月到1605年2月的這四個月中。

　　Chalmers相當贊成前面的結論，認此劇確是作於1605年1、2月間，但他覺得Malone底論據不盡可靠：譬如說，遠在1603年，國會尚未宣佈什麼統一英蘇二邦的不列顛時，早就有兩位詩人Daniel與Drayton在他們的作品裡用到「不列顛」與「不列顛人」二語。

　　Drake主張把寫作期推上兩月，定1604年11、12月間，為的是初次上演須得推上一兩個月，而寫作必在初演之前。發行人於1605年5月8日既想用「新近上演過的」一語去騙人，可見當時這劇本已不是正在上演：真正上演應在早一些個月之前。

　　Furness批評Malone對於Stafford及John Wright二人底「歷史悲劇」一語太拘泥。他們用「Tragecall」一字原很隨便，並不想欺騙讀者。「新近上演過的」則更是真話：這本戲在當時舞臺上是一本頗受觀眾歡迎的第三流喜劇；倒是它的成功引起了莎氏用那題材寫一悲劇的興趣，並非莎劇《李爾王》底成功使Stafford與John

Wright睜開他們的生意眼。《萊琊王》雖有個快樂的結局，但除掉最後兩三景外，整個劇本所給人的印象無疑是很悲慘的。一位年高望重的國王，餓得使他的忠僕自願獻上自己的臂膀給他療饑，這樣還不算是悲劇，怎麼樣纔算？Dryden（十七世紀英國詩人、劇作家、批評家）在他的《西班牙僧人》(*The Spanish Fryar*, 1681)序文裡說「收場快樂的悲劇」。Nahum Tate（1652-1715，三四流詩人，改編《李爾王》為一結局圓滿的喜劇，曾在英國舞臺上風行了一百四五十年）自稱他的改編本為《李爾王悲劇》。還有Campbell（十九世紀詩人）論本劇時提及《萊琊王》，也叫它「悲劇」。那麼一個意利沙白時代底印書人用「悲劇」稱呼《萊琊王》，我們也就不應深責了。

　　或許可作第三件內證的是葛洛斯忒所說的「近來這些日蝕月蝕不是好兆」等語，見上冊頁四○（**本版第39頁**），註24。A. Wright根據這句話和後面謔特孟底兩句（「唉，這些日蝕月蝕便是這些東崩西裂底預兆」及「我正想起了前兒念到的一個預言，說是這些日蝕月蝕就主有什麼事情要跟著來」，俱見頁四二〔**本版第42頁**〕），斷言本劇寫作期限最早不會早過1605年年底。寫《李爾王》時，他說，莎氏毫無疑問還清清記得1605年10月2日的大日蝕和9月間（E. K. Chambers謂為27日）的月蝕，又想起John Harvey《駁預言之妄》(1588)一書，因當時出版物中頗多占星及預言之作。還有葛洛斯忒底「如今是陰謀、虛偽、叛逆和一切有破壞性的騷擾，很不安靜地送我們去世」一語，說不定就是指11月5日的火藥大陰謀（見註25）。總之，莎氏開始寫作大概在1605年年底冬天，完成時約為次年夏季。

　　Craig在他的Arden版導言裡（p. xxiii）引用王家天文學會W. H. Wesley所供給他的天象史實，證明A. Wright以1605年日月蝕來考定《李爾王》寫作期間爲不可靠。1598年2月21日據紀錄有一大月蝕，3月7日大日蝕，8月16日月全蝕。1601年6月15日月小蝕，12月9日月蝕幾既，同月24日日環蝕。就是Wright自己所引的Harvey文也預測1590年7月7日與21日，1598年2月11與25日，1601年11月29與12月14日，都將發生日月蝕。

　　Halliwell-Phillipps對此的見解似有至理；他說要考定一本莎劇底寫作年代，把劇中提及的日月蝕、地震等等當作暗指著實事，最易引人誤入歧途。雖然如此，Craig底結論仍把《李爾王》放在1606年內，因爲它於是年耶誕節日在御前上演，而在那樣的場合演出的可說難得或決不會是演舊了的劇本。

　　對於《李爾王》寫作年代的考訂，重要者止此而已。我們不想再介紹某甲贊成Malone底這個見解，但反對他那個主張，或某乙不同意Wright底某些論據，但接受他最後的結論。莎氏蓄意寫這篇劇詩，初動筆，以至大功告成，究竟各在那年那月那一天；寫那可怕的咒誓，那暴風雨裡比風雨更威加十倍的狂怒，老父與幼女底別後重逢，究竟各在那一天底幾時幾刻；這種種即使我們知道得千眞萬確了，又怎麼樣？重要的是這本戲曲本身和你我如同親身經歷的心悟與神往；此外都可說是不相干的餘事。不錯，在作品中把我們整個的想像沈浸了一度之後，固然不妨回出來披覽一點Schlegel, Coleridge, Hazlitt, Dowden等評家底文章，或百尺竿頭更進一兩步，讀一下Bradley之宏論及Granville-Barker對他的修正。但最後還得把你我的全人格，全靈魂，投入這本神武的悲

劇本身，——務使我們自己變成一剎那的《李爾王》：從漆黑的哀愁裡超脫凡庸，乘一葉悲憫之舟渡登天光璀璨的聖境，齊死生而一永恆於俄頃之間。

三 故事來源

《李爾王》裡兩個悲劇故事，主要的以李爾為主角，次要的以葛洛斯忒為主角。葛洛斯忒故事係採用薛特尼《雅豔地》（Sir Philip Sidney: *Arcadia*）書中的「拍夫拉高尼亞（Paphlagonia）底寡情國王和他的多情兒子底可憐的境遇和故事，先由兒子說來，再由瞎眼的父親敘述」。最初指出這源流的為Lennox夫人，時當1754年。對這考訂，學者們除Hunter外，可說是眾口一辭，都已承認。

關於劇中的主要故事源從何來，意見就不很一致了。這故事，大致是三位公主對父王、兩位把怨毒報深恩，一位以濃情答苛暴——在英國文學裡由來已久，悠遠比得上任何其他的故事。在《李爾王》之前講起這故事的有以下各家：

Geoffrey of Monmouth之《不列顛諸王本紀》（*Historia Regum Britanniae*, 1139），

Wace of Jersey之《不列顛英雄史》（*Geste des Bretons*，又名 *Le Roman de Brut*，約1155），

Layamon之《不列顛史紀》（*Brut, or Chronicle of Britain*，約1205），

Roger de Wendover之《史花》（*Flores Historiarum*，十三世紀初），

Mathew Paris之《大史紀》(*Chronica Majora*，1259)，

Rebert of Gloucester之《史紀》(作於1297後)，

Robert Mannyng之《孽藪》(*Handlyng Synne*, 1303)，

John de Trevisa所譯的Ranulf Higden之《萬邦史紀》(*Polychronicon*，作於十四世紀，譯於1387)，

《羅馬英雄史》(*Gesta Romanorum*，作於約十三世紀末，英譯成於十五世紀)，

古法文傳奇《大不列顛至尊常勝無比君王》Perceforest《史傳》(*La Treselegante, Delicieuse, Meliflue et Tresplaisante Hystoire du tresnoble, victorieux et excellentisme roy Perceforest, Roy de la grande Bretaigne, fundatieur du Franc palais et du temple du souverain dieu*，按國王名Perceforest意爲「探妖林」，作於1461後)，

Robert Fabyan之《英格蘭法蘭西新史紀》(*New Chronicles of England and France*, 1516)，

John Rastell之《消閑錄》(*The Pastime of People*, 1529)，

Richard Grafton之《世紀通紀與英格蘭專史》(*Chronicle at large and meere Historie of the Affayres of England*, 1568)，

John Higgins所作《官吏鏡》部分 (*Myrroure for Magistrates*，作者前後有Baldwynne, Sackville, Ferrers, Churchyard, Phair, Higgins, Nichols, Blenerhasset等多人，1555之初版被禁，二版1559，三四五六七各版1563，1574，1578，1587，1610，Higgins所作部分初見於第四版)，

Raphael Holinshed之《英格蘭蘇格蘭愛爾蘭三邦史紀》(*The ...... Chronicles of England, Scotland and Ireland ......*

faithfully gathered, 1577），

　　William Warner底《巨人亞爾彪之英格蘭》（*Albions England,* 1586, 1589），Edmund Spenser之《仙后》（*Faerie Queene,* 1590, 1596, 1609），

　　William Camden之《不列顛三邦風土志補遺》（*Remain concerning Britain,* 1605），

　　以及我們在前面說起過的專演這故事的《萊琊王歷史劇》（*The True Chronicle History of King Leir, and his three daughters,* 1605）。

　　在這許多韻文與散文的史乘、方志、傳奇、掌故錄、敘事詩和戲劇中，莎氏於寫作《李爾王》之前大概確曾讀過的是和林茲赫底《英蘇愛三邦史紀》，史本守之《仙后》，和佚名氏底《萊琊王》。

　　可是就在故事底輪廓上，《李爾王》也和所有的前人之作大不相同，把故事變成悲劇，這是莎氏底創闢；前人都說小公主小駙馬相助萊琊王復位，兩位公爵則都戰死。鏗德伯爵替考黛蓮求情，因而激怒李爾，被逐出境，後來又化了裝追隨在他左右；這情節除求情激怒兩點在《萊琊王》內見之於Perillus一角外，亦為新創。在《李爾王》裡非常重要的傻子乃任何前作所未有。別人都說三位公主於故事開始時尚未下嫁；莎氏在劇幕初啟時就告訴我們剛瑙烈與雷耿已匹配了亞爾白尼及康華二公爵，只有考黛蓮，為求得她的青睞有位浡庚岱公爵正在跟法蘭西國王「互相爭競」。流行的傳說都只道兩位長公主怎樣對父王兇狠橫暴，有些前人底敘述也已有大公主謀弒之說；但她們共同熱戀著藹特孟，以

致自相殘殺，則以本劇爲始。國王底咒誓、狂怒、精神失常，都是《李爾王》所獨有；在較早的評話、詩歌、劇本裡，他只是低頭忍受著，至多不過來一大段可憐的訴苦。還有在莎氏之前從無人用過「李爾」（Lear）這名字，通常總是採「萊琊」（Leir, Leyre）那讀法。

　　和林茲赫底《史紀》，我們知道，是莎氏喜讀書之一。書中萊琊王故事與沁白林（Cymbeline）故事相隔沒有多少頁，而莎氏後來寫《沁白林》一劇取材於此書之〈沁白林本紀〉。《史紀》內〈英格蘭史〉卷二第五第六章所講的萊琊王故事全文現迻譯於後：

　　世界開元3105年，當覺斯氏（Ioas，按即覺許（Joash），見第三幕第二景註27）爲猶太（Iuda, Judah）國王時，不拉特特（Bladud）之子萊琊（Leir）即國王位而任不列顛諸邦之主。萊琊是位施行高貴的英主，脩政治邦，國泰民饒。他建立首都卡候連（Caerlier）於騷勒河（Sore）之濱，即如今的名城萊斯忒（Leicester）。他膝下只生得有三位公主，名叫剛瑙烈拉、雷耿、與考黛婭（Gonorilla, Regan, Cordeilla），如同三顆掌上的明珠，而小公主考黛婭尤其得寵，此外則別無子嗣。萊琊後來年老了，行動漸感不便，想知道女兒們如何愛他，且預備叫他最鍾愛的女兒傳襲王位。於是他問長公主剛瑙烈拉，她怎麼樣愛他：她當即對神道發誓，說愛他得比愛自己最尊貴的生命還要厲害。他聽了很高興，就回頭問二公主，她愛他到怎樣的程度：她一再發誓，說愛他得不能用口舌來表示，超過世間任何其他的生物。

　　然後他叫幼女考黛姬來到跟前，問她有什麼話說，她答道：「我曉得你向來對我的恩寵和慈愛的熱忱，所以不能不把良心上的真話直說；我告訴你我一向愛你，並且只要我活著一天，便會繼續一天把你當作親爹來愛戴。你若要多知道些我怎麼樣愛你，你自己不難發現——就是你對我有多麼愛，你便該被我多麼愛，我便也對你有多麼愛」。父王聽了這回答很不滿意，隨即把兩位長公主，大的配與康納華公爵 Henninus，次的配與亞爾白尼公爵 Maglanus，並且發命令，立遺囑，說一半的國土馬上分給他們去享用，還有一半等他自己去世後由他們均分。至於小公主考黛姬，他並不替她留什麼餘剩。

　　可是恰巧有位 Gallia（即如今的法蘭西）底君王，名叫 Aganippus，聽到了考黛姬底美麗、淑德和優良，願意求她為配，便派了使臣來向她父親請求。回音帶去，說是婚事可以答應，但粧奩卻一點沒有，因為一切都已經許給了兩位姊姊。雖然這樣子陪嫁全無，Aganippus 卻還是娶了考黛姬，因為他只是敬重她的為人，她的溫藹的德行。這位 Aganippus 乃是治理 Gallia 的十二位君主之一，我們不列顛史書上也有記載。

　　後來萊琊王更外衰老了，長次兩位駙馬覺得統治全境的日子還遙遙無期，就公然對他發動干戈，將君權剝奪了過去，且規定他如何度他的餘生；就是說，兩位駙馬對於他的供應各人負擔一份，讓他在那範圍裡維持他的生活和身分。但時隔不久，兩位公爵都把負擔的部分逐漸縮減。而最使萊琊傷心的是眼見兩個女兒對他全無情義；不論他如何所得無幾，她們總嫌他享受太過。他從這邊到那邊，來回住了幾次，後來他們甚至一個僕從也不讓他

保留。

　　終於兩個女兒對他那麼樣不仁不義，滅絕了父女間的恩情，食盡了從前的花言和巧語，弄得他衣食無著，被逼逃離了本土，渡海到Gallia去找他自己從前所厭棄的小女考黛妲，想得到少許安慰。這位考黛妲娘娘聽說他來到的情景可憐，就私下送一筆錢給他置備衣裝，讓他招納一班適合他向來的尊榮身分的多少個隨侍，然後再請他進入宮中。他進宮時不光是小公主考黛妲，便是他的駙馬Aganippus也歡迎他得那麼樣欣快、尊榮而溫藹，他的傷了的心頓時間大受安慰：因為他們尊崇他不減似他若自己做了法蘭西底君王。

　　他把那兩個女兒怎樣待他的情形告訴了這個女兒和子婿之後，Aganippus就立下詔諭，叫召集一大軍步兵人馬和一大路水兵船隻，由他親自統領，拱衛著萊琊過海到不列顛去復國。他們說好考黛妲也要同去，而他則許了她等他自己故世後把國疆全部相傳，以前曾給她兩個姊姊和姊夫的全歸無效。

　　水陸軍兵調齊之後，萊琊和他的女兒女婿渡海到了不列顛；跟敵軍一戰之下，大破敵陣，Maglanus和Henninus當場戰死。於是萊琊重登王位，這樣復國了兩年他就崩位，距他最初登極時是四十年。他的遺體葬在騷勒河旁萊斯忒城底下游陵墓之內。

　　考黛妲當即為不列顛至尊的女王，那是在世界開元後3155年，羅馬建都54年，正值烏西亞（Uzia，按即Uzziah）王統治著猶太人，耶羅波安（Jeroboam）王統治著以色列人（Israel）的時候。這位考黛妲在她父王薨故後好好治理了不列顛約有五年，其時她的夫君也告去世。將近第五年時她兩個外甥Margan與

Cunedag，就是前面說的兩個姊姊底兒子，因不願在一位女王治下過活，便引兵作亂，糜爛了一大部分國土。最後她被虜被囚，有了好男兒底勇敢但又絕望於恢復自由，悲傷到了極度，自盡而終。

　　這段敘述跟莎氏在《李爾王》裡所敘的有幾處不同。這裡萊琊底本意乃在把整個王國交給他最寵幸的幼女考黛妲。和林茲赫在這一點上和以前的史家也全兩樣。還有他使萊琊把長女配給康納華公爵（Duke of Cornewal），次女配給亞爾白尼公爵（Duke of Albania）；莎氏則說長女已經是亞爾白尼（Albany）公爵夫人，次女已經是康華（Cornwall）公爵夫人。最後，這裡的敘述把故事後半段底虐待情形略而不詳，也與莎氏所陳者稍異。

　　莎氏於寫作前分明也曾細心讀過的，除和林茲赫外，是史本守《仙后》第二篇第十章二十七至三十二節所詠的同一個故事。據這位詩人所說，萊琊問女兒們如何愛他只是想聽到幾頓恭維；原來他已經把國土均分作三份，正要順著長幼底次序分授給她們。莎氏在這一層上似乎把《仙后》作藍本，因為《李爾王》一開頭葛洛斯忒就告訴鏗德，「兩份土地底好壞分配得那麼均勻，所以即使最細心的端詳也分辨不出彼此有什麼厚薄」。雖然李爾對考黛蓮說，留給她的那一份是「比你姊姊們底更富饒的國境」，但那也不過是三分之一（原文作「a third」），至多三份中以此最為肥美罷了。有一事大致不成問題，那是「考黛蓮」（Cordelia）這美妙的名字係採自史本守詩中；以前所見的都讀作「呆道勒、考黛妲、考黛爾」等（Gordoylle, Cordeilla, Cordeill, Cordella, Cordell）。剛瑠烈在《仙后》裡遣嫁與蘇格蘭國王（King of Scots）為后，不配

給和林茲赫底康華公爵，也不配給莎氏底亞爾白尼。雷耿則史本守讓她嫁了坎布利國王（King of Cambria），不像在《李爾王》裡那樣當著康華底公爵夫人，但與佚名《萊琊王》裡的劇情則相同。還有《仙后》裡的這一段

> 這話真不錯，一等蠟燭點乾油，
> 火熄了，光滅了，燭心就不值一文錢；
> 所以待他解散了扈從的衛士後，
> 他那女兒便藐視他垂暮的殘年，
> 開始對他留寓著心生了煩厭；

經註家Knight指出，也許影響到莎氏，使他讓傻子說「蠟燭熄掉了，我們在黑暗裡邊」（見本書上冊頁六六：**本版第62頁**）。

　　除《仙后》外，莎氏也從《萊琊王》裡採取李爾均分國土底本意。但這位老國王決計把君權全部卸去，乃是莎氏純自《萊琊王》劇中所得來者：其他以前的敘述絕未這樣說過。萊琊在劇本開始時對他的廷臣們聲言，

> 世事煩擾我，我也嫌厭這塵世，
> 我但願辭去這些塵俗的憂煩，
> 為我自己的靈魂作一番打算。

後來他又說，

> 我就要放下王權，擺脫國政，
> 叫他們升坐我人君底御座。

這兩段可以跟《李爾王》內下面的幾行參看（上冊頁四；本版第7頁）：

> 而且決意從衰老的殘軀上卸除
> 一切焦勞和政務底紛煩，付與
> 力壯的年輕人，好讓我們釋去了
> 負擔，從容爬進老死底境域。

　　《仙后》，我們曉得，也許最先把國王三分土地的計畫示意給莎氏；但可能使這個意思格外得力的無疑是《萊琊王》，因為劇幕初啓時萊琊就說要讓掉王位，把政權

> 均分給三個女兒，作她們的嫁奩。

一位名叫Skaliger的廷臣向萊琊獻議，說既然他已知道了公主們底求婚者，莫如讓他們說一下那一個對他最好，然後決定陪嫁土地底大小。萊琊不納此議，謂無分長幼，土地要一樣分配。廷臣們便請萊琊將三位公主配給鄰邦底君主。萊琊認為可行，但又說

> 我的小女兒，美麗的考黛拉，發誓
> 她不願嫁給她自己不愛的君王。

另一位廷臣Perillus,即莎劇內鏗德底藍本,勸萊琊不要聽從眾議,強考黛姬所不好;萊琊當即道

> 我決計如此,且正在想一條妙策,
> 去試探那一個女兒愛我最深
> 這事不知道,我心裡不得安寧。
> 那麼一來,她們會彼此爭勝著,
> 競說各自的愛我要超過其他。
> 她們競說時,我要捉住考黛姬,
> 說道,女兒,且答應我一個要求,
> 我為你找一位夫婿,你就接受,
> 表示你愛我不差似兩位姐姐。

萊琊底用意是這樣捉住了考黛姬之後,要她嫁一個Brittany國王。

　　其次,這故事根據一切前人所敘,只道將來的小駙馬聽說考黛姬底美貌和淑德,派人去向她父王求婚;萊琊對她不歡,遣她空手過海。惟獨《萊琊王》劇中Gallia國王是親自來到不列顛的:

> 莫再勸阻我,諸位賢臣,我決意
> 一有好風就張帆去到不列顛,
> 我要喬裝著,去親訪萊琊底女兒,
> 那三位女仙,看芳名是否過譽。

萊琊將考黛妲逐出宮庭之後，她正巧遇到了這位喬裝進香客人的君主。他說他的主人Gallia國王正要向她求愛，問她是否願意嫁他；她回答得爽脆，說不必遠求，願意嫁給他自己，窮苦一點並不在她心上。Gallia國王便顯露了真相，馬上帶她進禮拜堂。由此可知莎劇中法王親自來到不列顛大概也是從《萊琊王》借來的意思。

　　還有《萊琊王》裡的Perillus一角，我們已經講過，是莎劇內「性情高貴心地真實的鏗德」底先聲，雖然鏗德底金石為開的忠誠勇毅（有人譏他「有勇無謀」，想必希望人人都做混蛋）遠非《萊琊王》底作者所能想像。Perillus對萊琊待遇考黛妲的情形叫著苦：

　　　　啊，我傷心見主公這麼樣昏愚，
　　　　這樣子愛聽空虛無用的阿諛。

隨即他也像鏗德似的勸諫萊琊：

　　　　主公，我這晌不做聲，要看可有人
　　　　出來替可憐的考黛妲說一句話。……
　　　　啊，仁慈的主公，讓我來替她說，
　　　　她的話不該受這個殘忍的處判。

萊琊立即答道：

　　　　你若愛你的性命，不准再勸說。

李爾對鏗德底忠言作同樣的威嚇：

> 鏗德，憑你的性命，
>
> 不准再說！

不久兩位長公主開始虐待萊琊，Perillus在一段獨白裡說道：

> 他是一面柔和的忍耐底鏡子
>
> （But he the myrrour of mild patience.）

李爾在暴風雨裡狂怒之餘，生怕自己的理智失去統馭，「神志紊亂起來」，也說（見上冊頁一五四；本版第145頁）：

> 不，我要做絕對鎮靜底典型
>
> （No, I will be the pattern of all patience.）

這兩個「patience」底意義雖然兩樣，但字是同一個字，而且句子結構和大意底應用也都相同。後來Perillus也像鏗德似的追隨在他故主左右，鞠躬盡瘁，口無怨言。當然，話得說回來，《萊琊王》裏的Perillus只是莎氏底氣昂昂血性沖天的鏗德底影子，正如嘍嘍作微鳴的萊琊不能以方疾雷不及掩耳的李爾一樣。

　　還有《萊琊王》劇中那個惡劣的信使也像莎氏底奧士伐一般，是條施行罪惡咬死賢良的忠實走狗。最後但最重要的是莎氏

寫父女闊別後李爾重見考黛蓮的那一景，那種悔恨慚愧和溫柔悌
愴的情狀得力於《萊琊王》者不少；而老父向幼女下跪尤其顯然
是從那老劇本裡借來的。

　　《李爾王》所含兩個悲劇故事，那主要的李爾底故事，來源
已如上述。次要的葛洛斯忒故事所從來的《雅鎧地》一段，現將
原文全譯如左：

　　卻說加拉廈（Galacia）王國裡有一天正值隆冬，天時奇冷，
忽然間起了陣狂風，下著烈雹，我想任何冬天也沒有過這樣險惡
的氣候。有幾位王孫公子被雹雨所迫，被疾風擊臉，只得躲進一
個可供蔭蔽的石窟裡去暫避淫威。他們躲在裡邊，等著風暴過去，
其時聽得有兩個人在說話。那兩個看不見他們，因為有石洞藏身，
但他們卻能聽到二人正進行著一陣奇怪而可憐的爭論。他們便跨
出一步，正好看得見二人而不致為二人所見。他們看到一個老人
和一個不怎麼長成的年輕人，都衣衫襤褸，風塵滿面；老人是個
瞎子，年輕的領著他：可是在窮困苦難中都顯露出一派尊貴的氣
度，與那悲慘的情形不相稱。老人先講話，說道：「算了，Leonatus，
既然我無法勸你領我去了結我的悲傷和你的麻煩，讓我勸你離開
我罷。不要害怕，我的苦難再不能比現在更大了，而跟我最合式
的也惟有苦難。我瞎了眼的步子也不會使我再遭到什麼危險，因
為我不能比現在更糟的了。我不是央求過你的嗎，要你別讓我的
這禍患連累著你？走開，走開，這左近只配我來流浪著」。年輕人
答道：「親愛的父親，別把我最後剩下的一點點快樂搶去　只要我
還有一分力量替你盡力，我還不十分苦痛」。老的呻吟了一聲，好

似心就要破裂，又說：「啊，我的兒，我多麼不配有你這樣的兒子，你對我的情義何等責備著我的罪惡！」這些悲劇的話和其他同樣的對答分明顯得他們並非生來如此運蹇；幾位貴公子聽了心動起來，當即走出去問那少年他們是何等樣人。他很雍容文雅，一股高貴的憐憫溢於言表，尤其令人肅然起敬，答道：「諸位先生，我知道你們是外路人，不曉得這裡誰都曉得的我們的苦難——這裡誰都曉得但誰也不敢表示，他們只能裝作我們罪有應得。把我們的情形來說，最需要的是人家底憐恤，可是最危險的是去公然引起人家底憐恤。但諸位在此，殘忍大概不會來趕上憎惡；不過要是趕上了，我們在這情形中其實也毋須害怕。

「這位老人家不久以前還是拍夫拉高尼亞底合法國王。他被一個忘恩負義的硬心腸兒子，不但剝奪了他的王國，這王國，外來的武力是無法把他侵奪掉的，而且還剝奪了他的視覺，那個上天也給與每個最可憐的生物的富源。那麼之後，再加受了其他傷天害理的待遇，他悲傷得剛纔要我領他到這塊岩石頂上，想從那裡跳下來自盡：我的生命原是他所賦予的，那樣一來就要叫我成了他的底毀滅者了。諸位貴君子，假使你們都有父親，而且感覺到做兒子的心裡有怎樣的天倫之愛，讓我請你們將這位國王領到一個平靜安全的所在。這樣一個有才幹有英名的國王，被虐待得這樣傷天害理，你們如果不論怎麼樣搭救他一下，在你們也可說是行了件不小的可貴的好事。」

不等他們回答他，那父親就說了。他道：「啊，我的兒，你講話多麼不盡不實，把話裡的主要關鍵，我的罪惡，我的罪惡，漏了不提！你不提若是只為顧惜我的耳朵（聽覺如今是我唯一能

得知事情的器官了），你是把我錯解了。我把你們所看見的那太陽
來起誓（這時候他把瞎了的眼睛往上翻，彷彿要尋求日光似的），
我若言語間稍有欺誑，我情願遭遇比我現在所情願有的不幸更大
的不幸，雖然這已是壞到絕點了；我意思是說我最最願望的是把
我的恥辱公佈出來。所以諸位君子要知道（諸位遇見我這樣一個
可憐蟲，我衷心切望不會對於諸位是個不祥之兆），我兒子說過的
話全是真的（啊，上帝，事實叫我以兒子相稱，但那對於他卻成
了一句辱罵）。不過除了他所說的真話之外，這些也是真的：就是
我在正式婚姻之內，由一個合法生育的母親生了這個兒子（你們
如今所見到的只是他的一部分，聽過我這一席話後便會多知道他
些），於是我欣然期待著他到社會上去顯露崢嶸的頭角，直等到他
開始令這些期待漸次滿足的時候（我既已在這世上留得有一個跟
我一樣的種子，便不需妒忌別的父親有這人間主要的安慰了），那
時候我竟被我一個野生的兒子（如若他的母親我那下殘的情婦底
話確實可靠），調弄得先是不喜歡，接著是憎惡，最後便去害死，
或極力設法去害死這個兒子——我想你們誰都會覺得不該害死的
呀。他調弄我所用的是什麼方法，我若告訴你們時，便得很膩煩
地把任何人所不會有的惡毒的虛偽，亡命的詐騙，圓滑的怨恨，
潛藏的野心，和險笑的嫉妒，來干擾你們的聽聞。可是我不願意
那樣贅說；我喜歡記憶的是我自己的劣蹟；而且我覺得責備了他
的奸謀詭計也許會替我自己的罪過出脫，那卻是我所不願的。結
果我命令幾個我信以為能和我一樣做壞事的下人把他誘到一個樹
林裡去，把他殺死。

　　幸而那班傢伙比我對他還好些，饒了他一命，讓他自去苦中

過活。他當即到附近的一個國裡去當了個小兵。他正要因一件大功而大大擢升的時節，聽到了我的消息。原來我為了溺愛那個不法而無情的兒子，讓自己完全由他擺佈，於是一切恩施和刑罰都歸他去處理，一切職位和要津全給他的寵人去佔據。不知不覺間，我自己空無所有，只留得一個國王的虛名。但不久他對我的虛名也心存厭煩，便用了種種的侮辱（如果對我所施的什麼東西可叫作侮辱的話），逼我退讓王位，且又弄瞎了我的眼睛。然後志得意滿於他自己的殘暴，叫我去自謀生路，並不關我在監中，也不弄死我，只是要我去嘗嘗苦難底滋味，以為取樂——這世上若有苦難，這真是苦難了；心裡滿是愁慘，恥辱更其多，而最多的是自己悔之已晚的罪惡。他既然得到王位是用這樣不正當的方法，保持它也用同樣不正當的手段：他僱了外邦人作兵士，駐在堡壘裡，一群群暴力底徒黨，自由底兇殺者，把本國人全體解除了武裝，使無人敢對我表示好感。其實我想很少人真肯同情我，為了我對我的好兒子那麼頑愚殘忍，對我的無情的野兒子那麼癡愚溺愛。不過就是有人可憐我摔倒得這麼兇，胸中還燃著幾星未死的愛戴我的熱忱，也不敢公然表示，甚至不怎麼敢在門首給我佈施——那是我如今唯一的活這苦命的根源了。然絕無人膽敢發出領我走瞎步的慈悲。直等我這個兒子（天知道，他應當有個比我有德行、運道好的父親）聽到了我的消息，把我待他的大惡一古腦忘了，不顧危險，並且把他如今將自己導入佳境的好事也放在一邊，來到這裡，做著你們諸位看見他做的善行，真使我說不盡的傷心。我傷心不光是為了他那多情即使對我的瞎眼也好比一方照見我罪過的鏡子，也為了他這般拚著命冒險要保全我，這纔使我最傷心。

命運對我這樣還抵不上我應得的咎責,而他這麼樣為我冒著險倒
真像在水晶匣裡裝著一匣泥土。因為我很知道,如今在位的那個,
不論他怎麼賤視(有理由)我這個大家都賤視的人,他還並不想
弄死我;但是決不會錯過弄死我這兒子的機會,因為這兒子底合
法的名義(加上他的英勇和有德)也許有一天會動搖他那永不安
全的暴政底王位。因為這一層原因我懇求他領我到這塊岩石頂
上,我得承認我的用意是要替他解除我這毒蛇般扭結他的同伴。
可是他知道了我的目的,便不肯對我順從,這是他有生以來第一
次對我不順。現在,諸位君子,你們聽完這個真的故事;我請求
你們把它向世上公佈,使我的罪行顯得他的孝行何等光榮,那是
他的功德底唯一的酬報。說不定我兒子不給我滿足的,你們可以
給我滿足:因為你們可憐救人家一命遠不如可憐了結我這一命。
了結了我不獨了結了我的苦痛,而且可以保全這個大好的少年
人,他否則一心追蹤著自己的毀滅。」

聯經經典
李爾王

1999年11月初版　　　　　　　　　　定價：新臺幣380元
有著作權・翻印必究
Printed in Taiwan.

著　　者　William
　　　　　Shakespeare
譯　　者　孫　大　雨
發　行　人　劉　國　瑞

出 版 者　聯 經 出 版 事 業 公 司
臺 北 市 忠 孝 東 路 四 段 5 5 5 號
電　　話：2 3 6 2 0 3 0 8・2 7 6 2 7 4 2 9
發行所：台北縣汐止市大同路一段367號
發 行 電 話：2 6 4 1 8 6 6 1
郵 政 劃 撥 帳 戶 第 0 1 0 0 5 5 9 - 3 號
郵 撥 電 話：2 6 4 1 8 6 6 2
印 刷 者　世 和 印 製 企 業 有 限 公 司

責 任 編 輯　李　國　維
特 約 編 輯　鄭　　嘉

行政院新聞局出版事業登記證局版臺業字第0130號

國家圖書館出版品預行編目資料

李爾王 / William Shakespeare著．孫大雨譯．
--初版．--臺北市：聯經，1999年
面；　　公分．（聯經經典）
譯自：King Lear

ISBN　957-08-2025-X(精裝)

873.43359　　　　　　　　　　88014584

聯經經典

●本書目定價若有調整，以再版新書版權頁上之定價爲準●

伊利亞圍城記	曹鴻昭譯	250
堂吉訶德(上、下)	楊絳譯	精500
		平400
憂鬱的熱帶	王志明譯	平380
追思錄─蘇格拉底的言行	鄺健行譯	精180
伊尼亞斯逃亡記	曹鴻昭譯	精330
		平250
追憶似水年華(7冊)	李恆基等譯	精2,800
大衛・考勃菲爾(上、下不分售)	思果譯	精700
聖誕歌聲	鄭永孝譯	150
奧德修斯返國記	曹鴻昭譯	200
追憶似水年華筆記本	聯經編輯部	180
柏拉圖理想國	侯健譯	280
通靈者之夢	李明輝譯	精230
		平150
道德底形上學之基礎	李明輝譯	精230
		平150
魔戒（一套共6冊）	張儷等譯	一套
		1680
難解之緣	楊瑛美編譯	250
燈塔行	宋德明譯	250
哈姆雷特	孫大雨譯	380
奧賽羅	孫大雨譯	280
李爾王	孫大雨譯	380
馬克白	孫大雨譯	260

現代名著譯叢

●本書目定價若有調整，以再版新書版權頁上之定價爲準●

聯副文叢系列

●本書目定價若有調整，以再版新書版權頁上之定價爲準●